AFFRONTA
LA TUA
PAURA

LIBRI DI LISA REGAN

In lingua italiana

Le ragazze svanite

La ragazza senza nome

La sua tomba nascosta

La confessione finale

Le sue ossa sepolte

Il suo pianto silenzioso

I corpi lungo il fiume

Trovarla viva

Salvate la sua anima

Respira un'ultima volta

Silenzio piccolina

Il suo tocco mortale

Le ragazze annegate

Guardala scomparire

Sparita ragazza del posto

La moglie innocente

Chiudile gli occhi

Mia figlia è scomparsa

Affronta la tua paura

Ricorda il suo nome

LISA REGAN

AFFRONTA LA TUA PAURA

Tradotto da Alessandro Cataoli

bookouture

In affettuoso ricordo di Elaine M. Boris

UNO

Il ciglio di un burrone era il posto meno indicato per una discussione. Non che lei avesse intenzione di discutere in un luogo simile. Anzi, non aveva intenzione di discutere affatto. Suo marito aveva suggerito di andare tutti e tre a fare un'escursione, per stare un po' all'aria aperta. Il tempo caldo e invitante, non particolarmente umido, era l'ideale. Lassù, così in alto sulla montagna, le brezze fresche accarezzavano i polpacci e scompigliavano i capelli. In cielo, gli uccellini cantavano piccoli e allegri motivetti. Per dare la notizia, Ben aveva insistito perché andassero proprio lassù, dove sarebbero stati circondati dalla serenità e dalla bellezza della natura. «Perché non saliamo sulla vetta?» aveva proposto.

Sarebbero stati soli, indisturbati dalle preoccupazioni della vita quotidiana. Sicuramente sarebbe stata una notizia gradita. Ma si era sbagliata. Si erano sbagliati entrambi. Adesso si trovava con le spalle rivolte a uno strapiombo profondo centinaia di metri. Il sudore le punteggiava il labbro superiore. Le sue spalle si sollevavano in un moto di indignazione nel vedere in che modo la creatura che aveva partorito tanti anni prima la guardava con disgusto e la chiamava stronza, malata, illusa ed egoista.

Ben cercò di mettersi in mezzo a loro. Teneva entrambe le mani alzate. «Per favore.» disse. «Adesso basta. Abbassiamo i toni.»

Ma era troppo tardi. Il danno era fatto.

La rabbia che le divampava dentro prese forza come un incendio nella foresta. Ogni sguardo ingrato che le rivolgeva era un'esplosione di ossigeno che alimentava le fiamme. «Come ti permetti?» disse. «Ho fatto di tutto per te. Ti ho dato tutto!»

«Hai fatto e dato tutto a te stessa.» ottenne in risposta. «Mi hai solo usato per ottenerlo. Come fai a dormire la notte? Lui sa quello che hai fatto?»

Per un momento, il fuoco che infuriava dentro di lei tacque. Le fiamme continuavano a lambire le sue viscere, a riscaldare la sua pelle, a farle contrarre le dita con il desiderio di fare del male a qualcuno, ma ora non c'era alcun suono. Le sopracciglia di Ben si aggrottarono in quello sguardo che le rivolgeva quando non capiva qualcosa o quando sapeva che lei gli stava nascondendo qualcosa. Non fece alcun tentativo di difenderla. Si limitò soltanto a guardarla, confuso e in attesa, ma c'erano cose di cui non avrebbe mai dovuto essere al corrente perché non sarebbe mai riuscito a capirle.

Un falco stridette in lontananza.

«Diglielo.» le intimò. «O lo farò io.»

Un verso primordiale le uscì dal profondo dei polmoni quando scattò in avanti, spingendo più forte che poteva con le mani tese che andavano a impattare con le sue spalle; solo che la sua progenie non era più una creaturina.

«Non ti azzardare a toccarmi!»

Mani forti la spinsero indietro, facendola rotolare a terra. «Fermatevi, vi prego.» strepitò Ben.

Per quanto lei lo amasse, Ben non era mai stato di grande aiuto quando finivano alle mani.

Piccoli sassolini le pungevano i palmi. Barcollò per rimettersi in piedi, con i pugni chiusi, scagliandosi in avanti per un altro tentativo, solo per essere ricompensata con un calcio allo stomaco che le tagliò il respiro dai polmoni. Per la spinta, le sue scarpe persero presa sulla ghiaia smossa tra le rocce sull'orlo del precipizio, facendola scivolare all'indietro.

Ben gridò: «No!»

Lei cadde. Dimenandosi per trovare un punto d'appoggio, con una delle mani riuscì ad aggrapparsi a un rampicante e con l'altra cercò tra la terra e le pietre una sporgenza da afferrare. Sentiva i muscoli delle spalle in tensione, fitte di dolore le attraversavano i polpastrelli, le unghie si spezzavano e le gambe penzolavano nel vuoto, gravandola del loro peso che la trascinava giù nella voragine. Poi qualcosa produsse un rumore, simile a uno schiocco, e la sua presa sul rampicante si allentò. L'adrenalina attenuò il dolore.

Da qualche parte, il falco stridette di nuovo.

Apparve il volto di Ben. Aveva gli occhi spalancati dal terrore. Deve essere a pancia in giù, pensò lei. Ben si spostò in avanti e le tese entrambe le mani. Lei cercò di afferrarne una con la mano libera. Si sentì pervadere da un senso di sollievo come una corrente elettrica quando sentì il palmo della mano di Ben stringersi contro il suo.

Poteva sempre contare su di lui. Dopo tutto questo tempo, aveva finalmente trovato qualcuno di vero, puro e gentile. Qualcuno che sarebbe sempre venuto in suo soccorso.

«Aspetta!» le urlò con voce tesa.

Lei lasciò andare il rampicante e si aggrappò all'altra mano che Ben le tendeva. Lui sorrise. Poi un'ombra apparve alle sue spalle. In un attimo, come se procedesse al rallentatore, si trasformò in un volto; guardando nei suoi occhi, vide che la rabbia e il dolore erano spariti. Ora c'erano solo le labbra serrate e il mento fisso in una determinazione d'acciaio.

«No! No, no, no!» urlò lei scuotendo vigorosamente la testa, ma questo non fece altro che allentare la presa di Ben su di lei.

«Smettila di muoverti.» disse lui. «Ti tiro su.»

Ma era troppo tardi. Scorse sul suo volto una consapevolezza raccapricciante, via via che scivolava inesorabilmente verso di lei.

Le tenne la mano per tutta la caduta.

DUE

RITIRO SPIRITUALE DEL NUOVO INIZIO, CONTEA DI SULLIVAN

Giorno Uno

«Dimmi perché sei qui.»

Josie fissò la donna che le stava seduta di fronte. La luce calante del sole che filtrava dalle finestre la illuminava in controluce come se fosse una figura soprannaturale anziché una psicoanalista. D'altra parte, la stanza non gridava esattamente "ufficio del terapeuta", con le teste di cervo imbalsamate affisse alle pareti e un gruppo di fagiani in posa in un angolo. Si presentava come l'esatto opposto del luogo in cui ci si sarebbe aspettati di trovare quello che andava sotto il nome di "Ritiro Spirituale del Nuovo Inizio". Tanto più che quel nome Josie non riusciva proprio a farselo piacere. «Sembra una setta...» aveva detto a suo marito, Noah, quando si era iscritta. Lui aveva accolto quel commento con una risata e Josie sapeva che avrebbe riso anche in quel momento, se avesse potuto vedere quella stanza.

La dottoressa Sandrine Morrow, o semplicemente Sandrine, come preferiva essere chiamata, seguì lo sguardo di Josie dal cervo a otto punte sopra la porta a un atipico cervo a tredici punte sulla parete di fronte e ridacchiò sommessamente. «Temo di non aver scelto il posto migliore. Questa proprietà viene solitamente data in affitto ai cacciatori. Ho chiesto a Cooper di rimuovere alcune delle creature più...» si guardò intorno, cercando la parola giusta prima di optare per «...maestose.»

Cooper Riggs era il custode della proprietà. «Direi che Cooper ha avuto il suo bel da fare per far sì che questo posto fosse pronto ad accogliere noi sei per l'intera settimana.» commentò Josie. «Ha trasportato le provviste, ha rifornito di gasolio i generatori, ha tagliato la legna...»

La proprietà sembrava troppo grande per essere gestita da una persona sola. Inizialmente Josie si era aspettata un unico cottage in cima alla montagna. Invece, c'erano diverse costruzioni disposte come gradini in una radura lungo il fianco della montagna. Alla base della radura c'era una piccola dépendance, non più grande di un capanno; poco sopra c'era una costruzione più grande, dipinta di rosso come un fienile. Poi c'era la casa principale, dove si trovavano Josie e Sandrine in quel momento. Era un fabbricato di dimensioni colossali, tutto costruito con tronchi di legno, dalla struttura ad A, con grandi finestre che si affacciavano su un ampio portico e su una parete di alberi circostanti. Era la struttura più imponente di tutta la montagna e indiscutibilmente la più grande, tanto da sovrastare le sei minuscole casette che si trovavano sul lato opposto.

Il sorriso estasiato di Sandrine rimase al suo posto. «Sì, credo che tu abbia ragione. I cacciatori fanno tutto da soli quando vengono qui. Parlerò con Cooper della possibilità che tutti noi ci facciamo carico di alcune faccende questa settimana, per rendergli le cose più facili. Finora non siamo stati di grande aiuto, ma d'altronde siamo soltanto al primo giorno.»

Josie le rispose con un sorriso a denti stretti. «Benissimo.»

Ecco cosa le serviva in un ritiro per elaborare un trauma: i lavori domestici; o meglio, considerando la natura rustica del luogo, fare campeggio. Era metà dicembre e si gelava. La sua preoccupazione era che l'acqua nel pozzo che riforniva ogni baita ghiacciasse. Quantomeno la casa principale e i singoli alloggi erano alimentati da gruppi elettrogeni a gasolio ed erano riscaldati con stufe a legna.

Sandrine ridacchiò. «Ti prometto che non ti farò tagliare la legna da sola, Josie.»

«Ci terrei che fosse messo a verbale che sarebbe più sicuro per tutti quanti se mi faceste tagliare la legna piuttosto che cucinare.»

Questo commento suscitò in Sandrine una risata a pieni polmoni. Gettò la testa all'indietro, scuotendo i suoi lunghi riccioli sale e pepe e facendo ondeggiare sotto un maglione nero oversize le spalle sottili. Josie sentì allentarsi un po' della tensione che le aveva annodato le spalle per tutto il giorno. Le cose erano state tese tra lei e Noah nei pochi giorni precedenti la partenza tanto che tutto d'un tratto il ritiro le era sembrato una gradita distrazione e il viaggio in macchina di tre ore fino alla contea di Sullivan le aveva dato una sensazione di sollievo. Finché non era arrivata in una delle zone più remote della contea, in un piccolo parcheggio di ghiaia, a chilometri di distanza da qualsiasi cosa che ricordasse la civiltà.

«Non sei un tipo da vita all'aria aperta, dico bene?» le chiese Sandrine.

Josie scosse la testa. «No. Sono più il tipo a cui piace la tecnologia moderna. Cose come accendere il riscaldamento premendo alcuni pulsanti sul termostato di casa mia. Per non parlare della mia auto e del mio telefono.»

E Netflix, aggiunse nella sua testa. Cosa avrebbe combinato quella settimana con tutto quel tempo libero a disposizione?

Quella mattina, Sandrine e Cooper avevano incontrato Josie e altre cinque persone nel parcheggio. Avevano detto loro di non portare con sé telefoni né nessun altro dispositivo elettronico, compresi i tablet. Avevano lasciato lì le loro auto e ognuno di loro era salito a turno su un'utilitaria cross-over John Deere

Gator, con Cooper al volante. Li aveva scortati su un sentiero irregolare che si snodava a tornanti sulla parete della montagna. Il sentiero era largo quanto bastava per far passare un'auto di piccole dimensioni, ma le rocce cadute ne avevano bloccato una parte, rendendo necessario l'uso del Gator per farli salire sulla montagna e farli arrivare in una radura alla base del campo, da cui avevano dovuto trascinare a piedi i loro bagagli per il resto della strada fino agli alloggi a loro assegnati.

«Il proprietario dice che la farà sgomberare non appena arriverà la primavera, così la gente potrà salire di nuovo in macchina.» aveva spiegato Cooper.

Sandrine si lisciò il tessuto del vestito sulle ginocchia. Da sotto spuntavano dei pantaloni neri da yoga. Ai piedi aveva un paio di scarpe da ginnastica bianche. «A dire il vero, anche a me piacciono le comodità. In effetti, ho fatto l'abbonamento praticamente a quasi tutti i servizi di streaming esistenti. Perfino a quelli britannici! Ma quassù non c'è il Wi-Fi, quindi sarebbe servito a poco portarsi dietro computer e tablet.»

Josie non era del tutto estranea a quel luogo: la contea di Sullivan si trovava a nord della piccola città di Denton, dove lei viveva, nella Pennsylvania centrale, ed era già stata in quella zona in diverse occasioni per risolvere dei casi per conto del Dipartimento di Polizia per il quale lavorava in qualità di detective. Peraltro, la famiglia del suo ex fidanzato aveva una fattoria proprio in quella contea.

Vedendo che Josie non diceva nulla, Sandrine continuò: «So che è difficile fare a meno di queste cose, ma trovo che più prendiamo le distanze dal mondo esterno durante questi ritiri, più è vantaggioso per tutti quanti. È un modo per ottimizzare il tempo e le energie per concentrarci sulle cose che abbiamo dentro di noi e che necessitano di attenzione, per fare il lavoro che serve per accedere ed elaborare alcuni dei traumi che ci portiamo dietro. Quindi, dimmi Josie, perché sei qui?»

«Per dormire.» disse di colpo Josie, senza pensarci.

Si aspettava che Sandrine la rimproverasse per quella che doveva sembrarle una risposta superficiale, ma invece si limitò ad annuire. «L'insonnia è uno dei modi in cui i fattori di stress e di ansia si manifestano fisicamente, specialmente quando sono legati a un particolare trauma. Alla lunga può essere invalidante.»

Josie annuì, anche se la sua incapacità di dormire che aveva sperimentato nei dieci mesi precedenti non era stata tanto invalidante quanto, piuttosto, certe volte le aveva dato la sensazione di essere ubriaca, di delirare o di perdere la testa.

«Mi risulta che sei un'agente di polizia.» continuò Sandrine.

Josie deglutì per un groppo in gola. «Sì.»

Era cresciuta a Denton e quando aveva finito l'università era entrata nel dipartimento di polizia locale e aveva fatto carriera da agente di pattuglia a detective.

«È un dipartimento molto impegnato?» si informò Sandrine.

Denton era una piccola città incastonata in una valle in mezzo alle montagne. A differenza del quartiere centrale, che si sviluppava lungo le rive di un ramo del fiume Susquehanna, la maggior parte del centro urbano comprendeva le aree più periferiche, che si estendevano a raggiera sulle pendici delle montagne che lo circondavano. Ma nonostante le sue numerose e remote distese rurali, aveva la sua buona dose di criminalità.

«Sì.» rispose Josie, con lo sguardo attratto dalla testa di un cervo a dodici punte montata sopra le finestre. La fissava con disprezzo. Sembrava quasi dire: "Hai chiesto tu di essere qui. Smettila di fare la ritrosa".

Stava davvero delirando per la mancanza di sonno se era arrivata a immaginarsi un cervo che le parlava.

«Siamo un dipartimento molto impegnato.» aggiunse Josie, spostandosi in avanti sulla sedia. «Ho iniziato a soffrire di insonnia verso febbraio, quando il mio collega, Finn Mettner, è morto in servizio. Gli stavo tenendo la mano quando è successo.»

Sentì la tensione nelle sue spalle diminuire.

Anche Sandrine si spostò verso il bordo della sedia, assecondando la postura di Josie e colmando una parte della distanza che le separava. «Sono davvero dispiaciuta, Josie. Naturalmente, sapevo che avevi subito delle gravi perdite, l'ho letto sulla tua domanda di ammissione. Perciò ti ringrazio per avermi raccontato di Finn. È un elemento che ci offre un ottimo punto di partenza. Che tipo di persona era?»

Josie si aspettava che Sandrine approfondisse direttamente i sentimenti che la ossessionavano riguardo all'omicidio di Mettner. Nessuno le aveva mai chiesto di parlare apertamente di lui. In realtà, anche i suoi colleghi, che pure erano stati vicini a Mettner, si rifiutavano di parlarne; per loro era troppo doloroso, ma per Josie la parte dolorosa era comportarsi come se lui non fosse mai esistito. Le sembrava ingiusto e voleva mantenere vivo il suo ricordo. Si ritrovava a pensare a lui quasi ogni giorno e puntualmente doveva ricordare a sé stessa: *l'ho conosciuto, è esistito davvero, gli volevo bene.*

Parlare di Mettner alleggeriva il peso del suo dolore.

Normalmente non riusciva a sopportare di gravare gli altri di questo peso. E ora era saltata fuori Sandrine che offriva uno spazio a Mettner e ai ricordi che conservava di lui. Così, agitando le mani, indicò il resto della stanza. «Mett avrebbe adorato questo posto. E non lo dico tanto per dire: ne sarebbe proprio andato matto. Era un grande appassionato di caccia e di pesca. Aveva tre fratelli ed erano cresciuti tutti e quattro facendo attività all'aria aperta. Sono sicura che si metterebbe a ridere se sapesse che sono qui, in un posto come questo, a parlare di lui. Era innamorato, profondamente innamorato, di una ragazza di nome Amber. Dio mio, se potesse vederla ora, se potesse vedere come soffre per lui, gli si spezzerebbe il cuore.» Si asciugò una lacrima dalla guancia e congiunse i palmi delle mani, sentendo il fantasma della mano del suo collega e amico nella sua, proprio come nella notte in cui era stato ucciso.

«Faceva... faceva il suo lavoro con passione ed era bravo. Era un grande lavoratore. Molto serio. Mi... mi sfidava sempre. Questo dava sempre fastidio a Noah, cioè a mio marito; anche lui fa parte della nostra squadra investigativa. Però, a me piaceva.»

Il sorriso gentile di Sandrine si allargava a ogni dettaglio che Josie tirava fuori. «Perché? Perché ti piaceva?»

Josie appoggiò i gomiti sulle ginocchia. Ora il cervo sembrava guardarla con approvazione. «Perché mi ha reso migliore. Migliore nel mio lavoro. Migliore... come persona.»

Josie si aspettava che Sandrine le chiedesse se pensava di dover essere una persona migliore. La sua terapeuta abituale, la dottoressa Paige Rosetti, avrebbe colto la palla al balzo su quell'affermazione. Invece, Sandrine disse: «Perché pensi che il tuo corpo abbia reagito alla morte di Mettner impedendoti di dormire bene?»

Josie guardò di nuovo il cervo, che però stavolta non le suggerì alcuna risposta.

«Non lo so.»

Con tono cauto, Sandrine disse: «So che in passato ti è già capitato di perdere delle persone a te care in circostanze violente.»

«Sì.» confermò Josie stringendo le mani finché la pelle non sbiancò. «Il mio primo marito, Ray, e mia nonna, Lisette. Sono morti tutti e due per un colpo d'arma da fuoco. Proprio come Mettner. E io non ho potuto fare niente per salvarli.»

«Ma almeno eri con loro.» le fece notare Sandrine con un'intonazione che sottolineava che non la intendeva come una domanda.

«Sì.»

«Josie, mi dispiace tanto. È una cosa veramente grande da sopportare per qualunque persona.»

«Aspetta di sentire che infanzia ho avuto...»

TRE

La battuta cadde nel vuoto. Sandrine si limitò a fissarla. Josie cercò sul suo volto una forma di commiserazione, ma trovò invece soltanto compassione. L'ultima traccia di tensione nelle sue spalle si sciolse.

«L'ipervigilanza è estremamente comune nei casi complessi di disturbo post-traumatico da stress.» spiegò Sandrine. «Il cervello e il corpo si ritrovano in un costante stato di allerta, cercando di tenersi pronti nel caso in cui si verifichi un altro evento traumatico, in modo da potersi proteggere.»

«Solo che non può proteggermi!» sbottò Josie. «Niente può proteggere nessuno di noi dal rischio che si verifichino eventi traumatici. Possiamo stare attenti. Possiamo evitare di infilarci in determinate situazioni. Possiamo cercare di prepararci a qualsiasi evenienza. Ma, a prescindere dalle precauzioni che prendiamo, ci ritroviamo colti alla sprovvista da situazioni assolutamente terrificanti.»

Ripensò alla notizia che aveva ricevuto solo pochi giorni prima di partire per il ritiro: una tremenda verità che aveva causato una frattura tra lei e Noah, che la portava a chiedersi se contasse come trauma. Di certo l'aveva lasciata spiazzata. Era stato a dir poco terribile e aveva dormito meno che mai.

«Hai ragione.» disse Sandrine. «È una verità molto difficile da accettare, dico bene?»

Josie si portò una mano al petto, dove sentì il cuore in tumulto. «Non potete aggiustarmi in una settimana.»

Sandrine sorrise di nuovo. «Lo so. Non sto cercando di "aggiustarti" Josie. Quello che vorrei fare è offrire, a te e a tutti gli altri, alcuni strumenti che magari possono rivelarsi utili per affrontare il disturbo post-traumatico da stress. Strumenti che potrete portare con voi quando ve ne andrete da qui e tecniche su cui potrete lavorare a casa con il vostro terapeuta. Mi auguro solo che troviate qualcosa di utile. Qualche volta anche solo uscire dal proprio ambiente abituale può rivelarsi utile, anche se sarà un'esperienza che richiede un po' di sacrificio.»

Josie sentì che il battito del cuore rallentava progressiva-mente. Rispettava l'onestà di Sandrine. Quasi senza rendersene conto, la sua mano si spostò dal petto alla sottile cicatrice che le correva lungo il lato destro del viso partendo da sotto l'orecchio e terminando al centro del mento: una testimonianza della sua infanzia; uno dei primi atti dello spettacolo da incubo della sua vita. Si era sempre vantata di essere molto più forte della ragaz-zina traumatizzata che aveva sopportato così tanto, eppure eccola qui, una donna adulta che di solito batteva i criminali, ma che non riusciva a dormire la notte per salvaguardare la propria vita.

«Molto spesso il nostro corpo reagisce molto più rapida-mente della nostra mente quando ci ritroviamo a dover elabo-rare un trauma.» aggiunse Sandrine. «Soprattutto con un lavoro in cui devi compartimentare continuamente i tuoi pensieri anche solo per riuscire ad arrivare al termine di un turno, vorrei iniziare a cercare di metterti più in contatto con il tuo corpo. La tua terapeuta ti ha mai consigliato la psicoterapia corporea?»

Josie non riuscì a trattenere un'alzata di spalle. Sandrine rise di nuovo. «Non è la tua passione, eh?»

Josie si sentì arrossire. «Lo ammetto, non lo è. La mia terapeuta ci ha provato a farmela fare. E non poche volte. Però con me non funziona. Pensa che io abbia un "atteggiamento negativo" su questo argomento, il che probabilmente è vero, ma non riesco a capire com'è che riconoscere i punti in cui il mio corpo reagisce in modo più disastroso possa aiutarmi a superare tutti questi traumi.»

«Sì, lo capisco.» disse Sandrine.

Josie guardò il cervo impagliato e in silenzio, gli chiese: "Tu ci credi a quello che dice questa donna?"

La dottoressa Rosetti le aveva fatto un proselitismo che non finiva più sui benefici della psicoterapia corporea; non perché potesse o volesse costringerla ad avvalersi di questa pratica, ma perché, dai toni con cui ne parlava, sembrava che fare terapia corporea fosse l'equivalente di un rimedio miracoloso per ogni ferita emotiva. Tutto ciò che invece aveva fatto a Josie era farla sentire più a disagio.

«Josie...» andò avanti Sandrine, «quando sei abbastanza rilassata, diciamo a casa a cena con tuo marito, e quando sei in una situazione di forte tensione, magari quando stai lavorando su un caso difficile al dipartimento, ti senti in modo diverso? O in entrambe le situazioni le emozioni che provi sono più o meno le stesse?»

Josie si prese un momento per riflettere. Con orrore, si rese conto che, a parte la stanchezza fisica che comportava un'indagine ad alto rischio, il suo stato emotivo era praticamente sempre lo stesso. Era calma. Ferma. Ferrea. Le capitava di rado di andare in crisi. Era tutte queste cose, indipendentemente da ciò che stava accadendo. Questo le era sempre sembrato un bene. «Stai dicendo che non riesco a riconoscere la differenza tra le situazioni stressanti e quelle rilassanti?»

Gli occhi vitrei del cervo avevano un'aria triste.

«È quello che ti ho chiesto.» confermò Sandrine. «È questo che pensi?»

«Porca puttana...» disse Josie.

Sandrine si spinse in avanti fino al bordo della sedia. «Josie, lo saprai sicuramente, visto il lavoro che fai, che quando siamo minacciati il nostro sistema nervoso simpatico reagisce con una strategia di lotta o di fuga. Una delle altre risposte, governata dal nostro sistema nervoso parasimpatico, è la risposta di congelamento.»

«Sì.» rispose Josie. «Non possiamo sapere quale di queste risposte il nostro corpo adotterà finché non veniamo messi alla prova.» Per fortuna, il suo corpo solitamente rispondeva con la lotta.

«Perché queste risposte al pericolo sono governate dal nostro sistema nervoso autonomo. Sono risposte fisiche involontarie alle minacce, come battito cardiaco accelerato, respiro affannoso, arrossamento o pallore del viso, aumento della pressione sanguigna, tensione muscolare, secchezza delle fauci. Questi sono solo alcuni dei fenomeni che possono verificarsi quando si attiva il sistema nervoso simpatico del nostro corpo.»

«Va bene.» disse Josie. «Ma non ho bisogno di scansionare mentalmente il mio corpo per essere in grado di dire che sento lo stress nel petto e nello stomaco.»

Il sorriso sereno di Sandrine tornò al suo posto. «È positivo che tu riesca a identificare le aree di stress. Continuiamo a parlare delle nostre risposte fisiche ai traumi.»

«Perché?» chiese Josie senza troppi giri di parole. Il cervo le lanciò uno sguardo decisamente critico.

Sandrine non si scompose. «Josie, così come il nostro corpo reagisce con risposte automatiche e immediate ai pericoli, dispone anche di un processo per calmarci. È la risposta del sistema nervoso parasimpatico. Rallenta il battito cardiaco accelerato, scioglie i muscoli tesi, abbassa la pressione sanguigna e così via. È uno stato di riposo e di guarigione. Il nostro corpo dovrebbe essere in grado di passare da questi due stati, di lotta o di fuga e di riposo o di guarigione, con facilità e regolarità. Capisci dove voglio arrivare?»

«Il mio corpo non ci riesce.» disse Josie. Come per mettere il punto esclamativo sulla consapevolezza di questa affermazione, il suo cuore diede un doppio colpetto. «Sono bloccata.»

«Il tuo corpo dovrebbe passare più tempo nella fase di riposo e di guarigione, ma se non riesci ad arrivarci è un problema. La psicoterapia orientata al corpo, se eseguita con costanza, permette alla mente di allinearsi maggiormente con il corpo e lo aiuta lentamente a ricordare di tornare al suo stato di rilassamento quando non avrà bisogno di essere in stato di massima allerta. Ma se non funziona, possiamo provare qualcos'altro.»

Sandrine si alzò e girò intorno alla sua sedia. La stanza era arredata come un salotto con le due sedie su cui si erano accomodate, un lungo divano e un paio di tavolini. Nell'angolo c'era una credenza con all'interno centinaia di dischi in vinile e su uno scaffale un giradischi che Sandrine passò in rassegna.

«Funziona quell'affare?» chiese Josie.

Sandrine le fece cenno di avvicinarsi. «Adesso lo scopriremo.» Scelse un disco e lo mise sul giradischi. Poi si rivolse a Josie. Fece ruotare la testa e cominciò a scuotere le braccia. «Per prima cosa, ci scuotiamo.»

Josie la guardò perplessa. «Ci scuotiamo?»

Sandrine iniziò a scuotere le gambe una alla volta. Ben presto, tutto il suo corpo fu scosso da un tremolio. «Si chiama tremore neurogeno. Aiuta a rilasciare la tensione muscolare, a scaricare l'adrenalina. Riporta il corpo in una posizione più neutrale. Provaci.»

Josie immaginava che il cervo ridesse di lei. Guardò tutti gli altri animali impagliati con occhi finti, ma sembravano disinteressati. Sandrine si dimenava senza alcun ritegno. «Coraggio! Fa' un tentativo!»

Era in cima a una montagna, sola in una stanza con una psicologa e una dozzina di animali imbalsamati. Si era iscritta a quel ritiro perché non funzionava nient'altro. «Certo.» disse.

Cominciò a muovere la testa da un lato all'altro, poi a scuotere le braccia e le gambe. Seguì l'esempio di Sandrine, imitandone i movimenti. Dopo qualche minuto, Sandrine si fermò abbastanza per posizionare la puntina sul disco che girava. All'inizio si sentì solo un fruscio, seguito da un crepitio. Poi arrivarono le prime note di una canzone che Josie riconobbe dalla stazione dei classici di Denton. I Four Tops iniziarono a cantare "I Can't Help Myself". Sandrine si mise a ondeggiare seguendo il ritmo. «Ora si balla!» annunciò, sorridendo. «Orecchiabile, vero?»

Era una delle canzoni preferite di Josie.

Sandrine alzò il volume e cominciarono a ballare.

Quella notte, per la prima volta in dieci mesi, Josie dormì tranquillamente fino al mattino.

QUATTRO

RITIRO SPIRITUALE DEL NUOVO INIZIO, CONTEA DI SULLIVAN

Giorno Cinque

Le urla squarciarono la quiete della giornata invernale. Josie si immobilizzò in mezzo al sentiero sterrato e si guardò intorno. Provenivano da qualche parte vicino alla parte bassa del campo. Si allontanò dal sentiero che portava alla cima della montagna e corse verso valle. In direzione delle abitazioni. Il tempo era diventato sempre più freddo con l'avanzare della settimana. Il terreno era duro e compatto sotto i suoi scarponi. Il respiro le usciva a nuvolette a ogni passo. Dai piccoli comignoli degli alloggi non usciva fumo. Ciononostante, li controllò uno per uno man mano che avanzava, bussando alle porte e provando a girare le maniglie. Erano aperte e non c'era nessuno all'interno. In ciascun edificio che raggiungeva, la sua mano correva a cercare la fondina della pistola che di solito teneva alla cintola; ma naturalmente non c'era. Non era una detective, era solo una persona che stava trascorrendo un periodo di ritiro nella speranza di elaborare anni di traumi. Da qualche parte in fondo alla sua mente, la voce di Sandrine descriveva gli aspetti scientifici di ciò che stava accadendo al suo corpo in quel momento.

Intanto le urla continuavano senza sosta.

Passo passo che si avvicinava all'ultima casetta prima della casa principale, quella in cui alloggiava Sandrine, sentì una serie di tonfi nelle vicinanze. Josie diede una rapida occhiata all'interno per verificare che fosse vuota e si diresse verso il retro. Brian Davies era appoggiato alla parete posteriore della casetta e picchiettava una sigaretta elettronica lunga e piatta sul palmo della mano. Le sue spalle si tesero leggermente quando si accorse della sua presenza.

«Beccato.» disse, offrendole un sorriso a denti stretti.

Lei si tirò indietro, girando la testa in direzione delle urla, che però erano cessate.

«Stai bene?» chiese Brian, scuotendo la sigaretta.

«Io, ehm...» si interruppe quando le sembrò di sentire un altro grido.

Brian tese la sigaretta elettronica e disse: «So che non ci è permesso tenere cose come questa, ma ne avevo bisogno. Purtroppo, è tutta la settimana che non riesco a farla funzionare.» E vedendo che Josie non gli rispondeva, Brian aggiunse: «È infantile, lo so.»

«No.» disse Josie, ancora in ascolto di altre grida. «Non è infantile. Anzi, lo capisco.» Quella settimana aveva desiderato molte volte un bicchierino di Wild Turkey, anche se aveva smesso di bere da anni. Sandrine aveva suggerito a tutti loro un'ampia varietà di metodi per distendersi e per elaborare i traumi, alcuni dei quali erano davvero rilassanti come la meditazione guidata e lo yoga, ma ciò non toglieva che si trovavano comunque in quel luogo per svolgere un difficile lavoro sulle loro emozioni.

Brian annuì. Aveva un'aria sollevata e con il palmo della mano diede un paio di colpetti all'estremità della sigaretta. La guardò con gli occhi socchiusi, poi cercò di infilare l'unghia sotto il coperchio, nella fessura in cui entrava la cartuccia. «Non riesco nemmeno ad aprire questo dannato coso.» borbottò. «Poi non sono neanche riuscito a metterla in carica, quindi ci sta che sia completamente andata.»

Josie si accorse che Brian non indossava né giaccone, né cappello e nemmeno i guanti; non li aveva indossati per tutta la settimana, nonostante il clima gelido. Era vestito come sempre: una maglietta, un paio di pantaloncini da basket e un paio di scarpe da ginnastica malandate. I suoi capelli castani si arricciavano alle estremità, e non c'era una ciocca che si orientasse nella stessa direzione delle altre. In generale aveva un aspetto sistematicamente trasandato. Le ricordava un liceale, ma aveva pressappoco quarant'anni. Era l'unico uomo che partecipava al ritiro - senza contare Cooper, che era il custode – ed era venuto con sua moglie, Nicole.

In totale erano solo sei ospiti. Avevano frequentato insieme sessioni di gruppo quotidiane, durante le quali si erano conosciuti un po' tutti. L'unica avvertenza su cui si era raccomandata Sandrine durante le sessioni era che non dovevano fornire molte informazioni personali, se non i loro nomi e il motivo per cui si trovavano lì. Tutto ciò che Josie sapeva di Brian era che aveva avuto un'infanzia difficile in una casa-famiglia collettiva che alla fine era stata rasa al suolo da un incendio. Ma non era l'unico motivo per cui aveva deciso di partecipare al ritiro; lui e Nicole si erano rivolti al rifugio perché avevano perso una figlia, una bambina di cinque anni, in uno dei modi peggiori che si possano immaginare: era stata rapita un giorno che giocava proprio davanti a casa. Una settimana più tardi, il suo corpo massacrato e straziato era stato ritrovato in un canale di scolo a un chilometro dalla loro abitazione. In seguito, si era scoperto che il colpevole era un uomo che ogni giorno, durante l'estate, passava per il loro quartiere con un camioncino dei gelati. E siccome il rapimento non era avvenuto nella giurisdizione della polizia di Denton, dato che i coniugi Davies erano di New York, ogni volta che il gruppo si era riunito per le sessioni di condivisione, Josie aveva dovuto trattenersi dal tempestarli di domande sul rapimento e sull'omicidio della figlia: con un uomo alla guida di un camioncino dei gelati che rapisce una bambina, non aveva potuto fare a meno di chiedersi se ci fossero altre vittime in giro.

Durante una chiacchierata, aveva oltrepassato il limite con le domande e Sandrine l'aveva presa da parte in privato per ricordarle che in quel momento non era un'agente di polizia.

«Ma sul serio, Josie...» disse Brian, rinunciando alla sigaretta e facendola scivolare in tasca. «Stai bene?»

«Ho sentito qualcuno che gridava.» gli disse. «Ma sembra che adesso abbia smesso.»

Brian rise. «Te ne sei dimenticata, vero?»

Josie infilò le mani nelle tasche. «Mi sono dimenticata di cosa?»

«Sandrine ha tenuto una seduta di rabbia oggi.»

Josie combatté l'impulso di spalmarsi le mani in faccia. Se n'era dimenticata. Tra le cose che Sandrine aveva proposto ai partecipanti quella settimana c'erano delle sedute nella "stanza della rabbia" che lei e Cooper avevano creato nella costruzione rossa. Era un grande spazio pieno di mobili, piccoli elettrodomestici e oggetti di vetro; insomma, qualsiasi cosa si potesse rompere. Indossavano spesse tute imbottite e occhiali di protezione e, brandendo mazze da baseball, si mettevano a distruggere tutto ciò che vedevano. Sandrine li aveva avvertiti che non c'era comune consenso tra i terapeuti in merito ai benefici della terapia della rabbia, ma secondo la sua esperienza era un buon sistema per le persone che avevano represso i propri sentimenti per tutta la vita di entrare finalmente in contatto con la propria rabbia inespressa; per coloro che invece erano già in contatto con la propria rabbia, il metodo offriva un ambiente sicuro in cui sfogarsi. Tanto per il primo tipo di persone quanto per il secondo, aveva spiegato Sandrine, quel sistema poteva essere una buona palestra di sfogo. Josie aveva partecipato alla sessione della stanza della rabbia il martedì precedente, insieme a tutti gli altri, ma poi si era rifiutata di farlo di nuovo perché, sebbene avesse apprezzato il senso di libertà e di abbandono che l'esperienza le aveva dato, spaccare oggetti non era stato catartico come aveva sperato; specialmente quando aveva osservato i volti di alcuni altri membri del ritiro, aveva visto il sollievo e il rinvigorimento nelle loro espressioni e si era resa conto di non aver ottenuto lo stesso tipo di beneficio. Sandrine le aveva spiegato che non ne aveva tratto beneficio perché aveva spinto la sua rabbia così nel profondo da non riuscire più a entrarci in contatto. Così com'era con tutte le sue emozioni negative. Ci doveva lavorare.

«Tu non volevi andarci di nuovo?» chiese Josie.

Lui scosse la testa. «No. Non mi andava di farlo neanche la prima volta. Ho sperimentato la rabbia, quella vera. E non mi ci voglio avvicinare di nuovo.»

Josie annuì. «È comprensibile.»

Brian puntò il mento in direzione della stanza della rabbia. «Neanche tu ci volevi tornare?»

La mano destra di Josie si chiuse intorno al cellulare recuperato di contrabbando nella tasca del giaccone. «Non me la sentivo.» mentì. Fece qualche passo indietro, pronta a ripartire ora che sapeva che non c'era alcuna emergenza. «Josie.» la chiamò Brian. Lei si voltò verso di lui. «Posso chiederti una cosa?»

Cercò di calcolare quanto tempo le rimaneva prima che si riunissero tutti per il pranzo e le sessioni pomeridiane, ma in quel posto il tempo non aveva senso. Non avevano orologi, né telefoni, né dispositivi elettronici. Si affidavano a Sandrine e a Cooper per sapere quando dovevano essere in un posto o in un altro. Un nuovo urlo squarciò l'aria. Se stavano ancora lavorando nella stanza della rabbia, lei aveva almeno un'altra mezz'ora, forse di più.

«Certo.» gli disse.

«Pensi che questo ritiro ti stia aiutando?»

Josie si prese un momento per riflettere. Era in terapia da oltre tre anni, da quando la sua amata nonna era stata ammazzata. La dottoressa Rosetti aveva dedicato meno tempo all'omicidio di sua nonna e più tempo a rielaborare i suoi notevoli traumi dell'infanzia. Noah insisteva sul fatto che fosse stato d'aiuto, anche se Josie non riusciva sempre a capire se facesse o meno qualche differenza. Dopo la morte di Mettner e l'insonnia che ne era derivata, la dottoressa Rosetti aveva pensato che quel ritiro, ovvero sette giorni di terapia intensiva del trauma in un ambiente isolato con un gruppo di persone che stavano elaborando un trauma estremo, le avrebbe giovato.

Ma se davvero le giovava, doveva ancora capirlo.

Aveva dormito bene la prima notte, ma poi l'insonnia era tornata. Non era più grave come prima, ma ancora non era sparita.

«Non lo so.» disse Josie onestamente. «Ma di solito, con queste cose, non riesco a capirlo.»

Brian rise. «Non riesci a capirlo?»

Lei scrollò le spalle. «Sì, con questo tipo di cose, con la terapia, insomma, non c'è mai un momento in cui mi sento improvvisamente meglio. È più un effetto graduale. Dormo un po' di più la notte. Smetto di volermi scolare una bottiglia di Wild Turkey ogni volta che qualcosa va storto. Chiedo aiuto quando in passato non l'avrei fatto. Parlo con mio marito invece di nascondere i miei sentimenti rifugiandomi nel lavoro.»

Brian annuiva via via che aggiungeva dettagli. «Stai dicendo che non saprai se tutto questo ti ha aiutato finché non avrai finito?»

«Esatto, o almeno credo.»

Sentendosi a disagio per tutte quelle domande, Josie chiese: «E invece a te? Ti sta aiutando?»

Brian guardò verso gli alberi che costeggiavano il retro dei loro alloggi. Tirò fuori dalla tasca la sigaretta elettronica e ne usò il bordo per grattare la cicatrice di una bruciatura sul polso. Cominciarono a cadere fiocchi di neve, piccoli e leggeri. Si posarono sui suoi capelli, scintillando. Ma lui sembrava non farci caso. I suoi occhi avevano uno sguardo lontano, privo di concentrazione, come se non fosse più presente, ma bloccato in una qualche piega del tempo del suo passato. Josie lo aveva visto accadere durante le sedute di gruppo, quando parlava dell'incendio della casa-famiglia. Sandrine gli aveva detto diverse volte di non dissociarsi e di rimanere presente.

«Brian?» lo chiamò Josie.

Lui sbatté le palpebre, riprendendo lucidità, e le rivolse un debole sorriso. «Scusami. Stavo...»

«Lo so.» disse Josie. «Non c'è bisogno di spiegare.»

Lui si rigirò la sigaretta elettronica nel palmo della mano. «Voglio sentirmi meglio.» disse. «Ma mi chiedo se ci siano delle cicatrici che non sono destinate a guarire.»

CINQUE

La neve cominciava a cadere più forte quando Josie lasciò Brian alle spalle della casetta e risalì su per la collina. Non era ancora una nevicata abbastanza pesante da ricoprire qualsiasi superficie, ma minacciose nuvole grigie incombevano basse nel cielo, preannunciando una tempesta; a quelle altitudini, si aveva quasi l'impressione di poterle toccare. Era solo questione di tempo prima che liberassero un ingente scroscio d'acqua. Ed era proprio questo che temeva: che diventasse una brutta tempesta di neve. Pur essendosi goduta la settimana del ritiro, la preoccupava molto l'eventualità di rimanere bloccata sulla montagna per altri giorni. Sandrine aveva scelto quella proprietà per la sua posizione isolata, ma lasciare il campo non sarebbe stata una passeggiata, e rischiava di diventare impossibile, se fosse arrivata una tempesta abbastanza forte.

Prima di partire per quella settimana, Josie aveva controllato le condizioni meteorologiche previste per la contea di Sullivan: una settimana prima, si era prospettata la possibilità di nevicate verso la fine del soggiorno, ma i modelli meteorologici prevedevano di tutto, da una spolverata fino a mezzo metro di neve. In buona sostanza, non avevano idea di cosa sarebbe successo.

Senza alcuna notizia dalla civiltà da allora, Josie non aveva idea di come erano mutate previsioni nel frattempo perché, pur avendo caricato il cellulare, nella sua baita non c'erano né Wi-Fi né segnale, quindi non poteva controllare. Il giorno prima, in un momento in cui stava facendo la spola avanti e indietro tra il suo alloggio e la casa principale, aveva notato un cambiamento nell'aria intorno a lei: si sentivano una pesantezza e uno spessore nell'atmosfera che di solito precedevano una nevicata di proporzioni significative. Non era qualcosa che potesse spiegare, ma essendo cresciuta sulle montagne della Pennsylvania centrale, sapeva già cosa poteva significare e il suo timore era che stessero per essere colpiti da una bufera di neve. Aveva espresso i suoi timori a Sandrine subito dopo la colazione del giorno prima, ma l'idea era stata subito accantonata. «Se avessi pensato che c'era la possibilità di una bufera questa settimana, avrei rimandato il ritiro.» aveva spiegato.

Josie si calò con più energia il cappellino di maglia sui capelli neri e cercò ancora una volta il cellulare nella tasca del giaccone. La passeggiata stava durando più del previsto. Non si era mai allontanata così tanto dalle casette dal suo arrivo, quando aveva sfruttato il suo tempo libero per farsi un'idea di ciò che si trovava al di là del campo. Se sperava di ottenere anche solo una tacchetta sul cellulare, doveva raggiungere il punto più alto possibile. Anche se il respiro le usciva in nuvolette che si disperdevano davanti a lei, il sudore le inumidiva la schiena. I polpacci le bruciavano, invece il naso lo sentiva congelato. Il vento sferzava tra i tronchi e i rami degli alberi spogli, creando piccoli imbuti di fiocchi di neve che roteavano furiosamente intorno a lei prima di dissolversi. Lo schiocco di un ramo la obbligò a fermarsi. Scrutò i tronchi nudi e i grandi massi intorno a lei, ma non vide nessuno. Non sentendo più nulla, continuò a salire fino a una piccola radura vicino alla cima della montagna. Si tolse i guanti e li infilò nella tasca destra. Dalla tasca sinistra estrasse il telefono. Insieme al telefono, caddero fuori un fazzoletto di carta stropicciato e un foglio di quaderno piegato, che svolazzarono sul terreno ghiacciato. Il fazzoletto rimbalzò via come una foglia trasportata dal vento. Il foglio, Josie riuscì a recuperarlo usando la punta dello scarpone.

«Ma porca di quella...» mormorò.

Le tornò in mente il momento in cui era seduta alla scrivania in ufficio, con il telefono bloccato tra l'orecchio e la spalla e un piccolo taccuino accanto al computer su cui scarabocchiava una serie di appunti. Aveva ascoltato la voce all'altro capo del telefono e intanto annotava parole che ancora non capiva. Parole che, in cuor suo, sapeva di non voler mai capire. E in quel momento, una parte di lei, capricciosa e infantile, si chiese: "Se avesse lasciato volare via il foglietto da sotto lo scarpone verso il cielo, anche il suo problema sarebbe volato via? Come se fosse un gioco di prestigio?"

In ufficio aveva strappato il foglio dal blocco note e lo aveva infilato nella tasca del giaccone prima che qualcuno potesse vederlo. Più tardi, tornata a casa, Noah l'aveva sorpresa a leggerlo. Allora l'aveva incalzata chiedendole di dirgli cosa aveva saputo e lei glielo aveva raccontato. Ricordava ancora l'espressione sul suo volto: un'espressione che l'aveva svuotata, che le aveva fatto male come non le succedeva da anni. Sentendosi come se avesse ricevuto un pugno nello stomaco, lo aveva apostrofato: «Non ci posso credere. Sei deluso.»

Lui aveva alzato lo sguardo dal foglio, con la fronte aggrottata dalla confusione. I suoi occhi nocciola le avevano fatto capire tutto quello che doveva sapere, ancor prima che parlasse. «Io...» aveva cominciato a dire Noah, ma poi aveva esitato. «Voglio dire, tu non sei delusa?»

Era successo pochi giorni prima della sua partenza per il ritiro, eppure le sembrava un'eternità.

Un altro rumore la distolse dai suoi pensieri: passi che scricchiolavano su un misto di foglie morte e terra compattata. Mentre si chinava per recuperare il foglietto, le apparve davanti un paio di scarponi da lavoro marroni incrostati di fango. Nel suo petto avvertì che il cuore aveva preso a battere in modo strano. La sua mente aveva appena iniziato a cercare di dare un senso a quest'altra presenza così lontana dal campo, quando una mano grande e rugosa dalle dita pelose le strappò il foglietto da sotto il piede. La cosa successiva che Josie vide fu la nuca di un uomo. Folti capelli grigi si arricciavano sulla parte alta di un collo rubicondo. Il colletto di una camicia di flanella faceva capolino da uno spesso giaccone blu. Josie tirò un sospiro di sollievo.

«Cooper!» esclamò. «Mi hai spaventata a morte.»

Lui si raddrizzò e le sorrise, con i denti ingialliti che si intravedevano sotto i baffi bianchi. Superava Josie di una trentina di centimetri circa e, sebbene fosse a occhio e croce sulla settantina, era una delle persone più robuste che Josie avesse mai incontrato: spalle larghe, avambracci spessi e piedi che avrebbero fatto impallidire perfino Bigfoot. Le porse il foglio di carta. «Si direbbe che ti sia caduto questo...»

Era facile presumere che non avesse visto nulla di ciò che c'era scritto su quel foglio, e anche se fosse riuscito a leggere quelle parole, non avrebbero avuto alcun significato per lui, ma Josie sentì lo stesso il viso avvampare nel gesto di riprenderlo e di infilarlo di nuovo in tasca, insieme al telefono. «Grazie.» disse. «Cosa ci fai da queste parti?»

Cooper si guardò lentamente intorno e tese una mano per raccogliere alcuni dei fiocchi di neve che stavano diventando sempre più grossi e pesanti. «La domanda migliore è: cosa ci fai tu da queste parti?»

A Josie non sfuggì che lui aveva replicato alla sua domanda con un'altra domanda. «Stavo facendo una passeggiata.» gli rispose semplicemente.

Gli occhi azzurri del custode scintillavano sotto le sopracciglia bianche e folte. «Nessuno viene quassù soltanto per fare una passeggiata.»

Josie non capì se la stesse prendendo in giro o se stesse cercando di farle ammettere di aver combinato qualcosa che Sandrine non avrebbe sicuramente approvato; ma qualunque fosse il motivo, non gli doveva nessuna spiegazione, quindi ripeté la sua domanda. «Insomma, cosa ci fai da queste parti?»

Cooper stava quasi per risponderle quando richiuse le labbra per un forte suono simile a uno sbuffo che proveniva dalle sue spalle. Si voltò e Josie gli si affiancò, nel tentativo di individuarne la fonte. C'era qualcun altro in cima alla montagna insieme a loro? Lo sentirono di nuovo, basso e profondo, seguito da un suono a metà tra un di ticchettio e uno schiocco.

«Oh, merda.» disse Josie, con il terrore che le faceva accelerare il battito cardiaco.

Sentirono un altro sbuffo e poi di nuovo quel ticchettio quasi metallico.

Cooper indicò un masso a circa trenta metri da loro. «Laggiù!» disse a bassa voce.

L'enorme testa di un orso nero si alzò da dietro il masso. Puntò il muso marrone chiaro verso l'alto, annusando l'aria. Sbuffò di nuovo e schioccò le fauci più volte in successione, mostrando i canini lunghi diversi centimetri, affilati e scintillanti di bava. Josie sentì un brivido percorrerle tutto il corpo. «Quell'orso non dovrebbe essere già in letargo?» sussurrò.

«Alcuni orsi fanno la tana da ottobre a dicembre. Altri non la fanno se non trovano abbastanza provviste.» rispose Cooper a bassa voce.

Una delle zampe dell'orso apparve sulla cima del masso. Artigli di cinque centimetri grattarono contro la pietra. Arrampicatosi sulla sommità della roccia, l'orso dal corpo massiccio coperto di pelliccia scura sembrò impiegare un'eternità prima di apparire in tutta la sua interezza. Si fermò un istante, scuotendo la testa ed emettendo un verso simile a quello di un grosso macchinario che prende vita. Poi saltò giù, avvicinandosi, accompagnato dal ticchettio di un attimo prima.

Josie cercò la sua pistola al fianco e si ricordò di nuovo che non c'era. Non che una nove millimetri avrebbe potuto abbattere un orso di quelle dimensioni. Il suo corpo massiccio oscillò avanti e indietro, cercando la fonte dell'odore estraneo. Con orrore, Josie stimò che pesasse tra i duecentocinquanta e i trecentocinquanta chili. Non aveva mai visto da vicino un orso nero. Le zampe da sole erano spesse quasi quanto il suo busto. Le sue spalle possenti si muovevano con una sorta di grazia selvaggia mentre avanzava, facendo un passo o due direttamente verso di loro e poi scostandosi a destra e a sinistra, come se stesse ancora cercando di decidere se attaccare o lasciarli perdere. Di nuovo, alzò il naso; di nuovo lo sentirono annusare e schioccare i denti.

L'aria nei polmoni di Josie rimase immobile quando l'orso li individuò. Il panico asciugò ogni goccia di sudore sul suo corpo. Improvvisamente si sentì gelare, come una statua di ghiaccio radicata sul posto. Una parte del suo cervello cercò di ricordare tutto ciò che le era stato insegnato su cosa fare quando si incontra un orso nero, ma non le venne in mente nulla. L'unica cosa a cui poteva pensare era che non riusciva a respirare e che molto probabilmente sarebbe morta nel giro di una manciata di minuti. Aveva combattuto contro molti assassini in vita sua, e aveva vinto, ma non era in grado di affrontare un orso nero, soprattutto senza la sua pistola.

Il palmo calloso di Cooper si chiuse intorno alla sua mano. Era sorprendentemente caldo. Con voce abbastanza bassa in modo che la sentisse solo lei, disse: «Resta ferma. Tieni duro.» Josie era sicura di aver già sentito quel consiglio. Il dipartimento di polizia in cui lavorava era pieno di appassionati di caccia, la maggior parte dei quali aveva incontrato un orso nero a un certo punto delle proprie attività all'aria aperta, ma ora, alla mercé di una creatura così massiccia che poteva ucciderla con una sola zampata, quello sembrava il peggior consiglio che Josie avesse mai sentito.

«Devi essere fuori di testa...» sussurrò da un angolo della bocca.

Cooper le diede una leggera stretta alla mano. «È l'unico modo per sopravvivere a questa situazione, se decide di attaccarci. Sei di fronte a un predatore supremo. Se ti metti a correre, lui ti corre dietro e ti posso assicurare che è molto più veloce di quanto possa sembrare.»

Un'altra serie di ticchettii seguita da un altro sbuffo che uscì dalla gola dell'orso: sembrava in parte un ringhio, il cui suono vibrò nell'aria intorno a loro.

Cooper disse: «Ci caricherà con una finta.»

«Cosa?» disse Josie iniziando istintivamente a tirare via la mano, ma Cooper la trattenne. La sua voce si fece molto più ferma. «Rimani immobile. Non correre. Segui le mie indicazioni.»

Le lasciò la mano, alzò le braccia e iniziò ad agitarle in aria. A voce alta, con fermezza e senza alcuna traccia di paura, urlò: «Forza! Vattene subito di qui! Vattene via di qui! Sparisci!»

L'orso si fermò, guardandoli con attenzione, ma il ticchettio e lo sbuffare si erano momentaneamente placati.

Josie sentiva le braccia come pesi di piombo, ma riuscì ad alzarle in alto, fin sopra la testa, agitandole come stava facendo Cooper. La voce le uscì tremolante all'inizio, ma divenne più forte a ogni esortazione. «Vattene via di qui! Lasciaci in pace! Vattene via! Vattene via!»

«Vattene da qui, stupido vecchio orso!» continuò Cooper. «Vattene!»

L'orso continuò a fissarli, perplesso.

Cooper smise di urlare. Sopra le sue stesse grida, Josie lo sentì dire: «Stai pronta e ricorda: non muoverti.»

L'orso non si mosse di un centimetro. Non dava alcun segno di voler attaccare. Un momento prima li fissava, con occhi scuri e imperscrutabili; un attimo dopo li stava caricando, un'imponente massa di muscoli e devastazione che si abbatteva su di loro più velocemente di quanto Josie immaginasse che un animale così grande potesse fare. Le sue viscere si sciolsero. Il braccio di Cooper era come una sbarra di ferro al centro della sua schiena, che la teneva in posizione. Le restava il tempo per un solo pensiero.

Noah.

Poi, all'improvviso, l'orso si fermò a un metro da loro e sfrecciò di lato, allontanandosi da una parte.

Cooper ebbe la forza di ricominciare a urlare contro di lui. «Proprio così, figlio di puttana! Vattene da qui!»

L'orso scomparve, dirigendosi nella direzione da cui era venuto, giù per la montagna, ma fortunatamente lontano dal campo.

Con una delle sue grandi mani, Cooper diede una pacca sulla schiena a Josie. Era un gesto deciso, come se stesse cercando di liberarle la gola da qualcosa che le era rimasto incastrato. Il suo respiro, forse. «Hai fatto un buon lavoro, Miss Quinn.»

Josie si afflosciò su sé stessa. Si chinò in avanti e appoggiò le mani sulle ginocchia. Cooper la accarezzò di nuovo, questa volta delicatamente, poi le strinse la nuca in un modo troppo familiare che, sul momento, le sembrò stranamente confortante.

«Stai bene.» disse Cooper con una piccola risatina. «Allora è la prima volta che guardi negli occhi un orso nero, vero?»

«Sì...» mormorò lei.

«Beh, non preoccuparti. Non credo che tornerà presto, ma non dovremmo comunque restare qui. Vai pure a fare quello che eri venuta a fare. Io ti aspetterò laggiù, dove inizia il sentiero che riporta alle baite.»

I suoi passi si affievolirono prima che Josie potesse chiedergli come faceva a sapere che era andata fin lassù non solo per fare una passeggiata.

SEI

Tenendosi in piedi, Josie aspirò profondamente diverse volte, usando la tecnica della respirazione a scatola che aveva imparato insieme a tutti gli altri durante la prima sessione di gruppo. Svuotò i polmoni da tutta l'aria. Poi inspirò con il naso per quattro secondi, trattenne il respiro per quattro secondi, espirò per quattro secondi, trattenne per altri quattro secondi e ricominciò da capo. Dopo aver fatto qualche ciclo, si sentì di nuovo più stabile nel suo corpo, più solida e meno simile a un ammasso di gelatina scomposta. Ma nonostante gli esercizi, l'ansia la punzecchiava come un porcospino che si rotolava nel suo petto. Una rapida scansione dei dintorni la rassicurò sul fatto che Cooper aveva ragione: l'orso non era tornato. Non ancora. E Cooper non era più nei paraggi.

Le mani le tremavano mentre se le ficcava di nuovo in tasca e tirava fuori il cellulare, facendo attenzione a non far cadere di nuovo il foglio degli appunti. Quando premette il tasto di accensione ebbe la sensazione che il polpastrello dell'indice fosse intorpidito. Tutto il processo di avvio sembrò durare un'eternità. Josie batté i piedi per far scorrere un po' di calore nell'attesa.

Un'altra occhiata tutto intorno a sé rivelò che non c'erano altri intrusi, né animali né umani.

Finalmente apparve la schermata di blocco. Inserì il codice di accesso e attese che la schermata iniziale seguisse con la foto in cui erano ritratti lei, Noah e il loro Boston Terrier, Trout. Il suo cuore fece uno strano salto a vedere quella foto e desiderò disperatamente di potersi accoccolare a letto con loro due proprio in quel momento. Avrebbe voluto non aver litigato con Noah prima di partire. Avrebbe voluto avergli dato la possibilità di spiegare, come lui le aveva chiesto. Avrebbe voluto cedere alle sue richieste di parlarne.

Ma avrebbe fatto qualche differenza?

Non era in grado di saperlo, ma Josie sentiva la mancanza del marito e del cane con un bisogno che la coglieva di sorpresa proprio per l'intensità. Aveva poco tempo per lasciare che le notifiche si caricassero o per fare qualsiasi altra cosa, a parte cercare di controllare i messaggi di Noah, che non c'erano, e le previsioni del tempo. Aveva lasciato il telefono acceso con il volume spento quando era arrivata al ritiro il sabato. Quando lo aveva controllato martedì, anche se non lo aveva usato, la batteria era quasi completamente scarica. Non appena erano arrivati ai piedi della montagna era entrato in modalità roaming e da allora era rimasto così, prosciugando la batteria. Il carica-batterie teneva a malapena il passo. Anche in quel momento era solo al cinquantasei per cento. Lo tenne tra le mani e girò attorno a un grande pino, aspettando di vedere se avrebbe inter-cettato la connessione di rete.

«Sì!» esclamò, trovato un punto che le dava una tacca. Alzando l'altra mano, aprì l'applicazione meteo. Il telefono scese al cinquantacinque per cento e una piccola icona di un tornado girò sullo schermo, indicando che l'applicazione si stava caricando. Qualsiasi connessione avesse raggiunto non era suffi-ciente per accedere all'applicazione.

«Ma perché?»

La nevicata si stava intensificando. Fiocchi grossi e umidi le finirono sul viso e sullo schermo del telefono. Lo sfregò con la manica del giaccone, cercando di tenerlo asciutto. Avvicinando il telefono all'orecchio, provò a chiamare Noah, ma dopo aver composto il numero, sentì solo silenzio. Poi iniziò a scrivere un messaggio da inviargli, esitando su ogni singola parola. Sapeva che avrebbe dovuto iniziare scusandosi, ma la infastidiva scrivere la parola "scusa". Si sentiva ancora ferita dalla reazione che lui aveva avuto alla notizia e non ce la faceva a far finta di niente e a chiedergli del tempo. Fece qualche tentativo di scrivere un testo coerente, ma non riuscì a decidersi a inviarlo.

Alla fine, tirò fuori le informazioni di contatto della sua amica e collega, la detective della polizia di Denton, Gretchen Palmer. Questa volta le sue dita si mossero rapidamente, senza esitazioni.

Va tutto bene. Mancano ancora un paio di giorni al ritorno. Sono preoccupata per il tempo. Non c'è internet qui, è già tanto se il cellulare riesce a prendere. Tempaccio in arrivo?

Premette "invio" e aspettò che una piccola icona a forma di cronometro girasse sotto il suo messaggio. Il messaggio non partiva.

«Maledizione.»

Batté di nuovo i piedi, accorgendosi che la neve era caduta in abbondanza tale da scricchiolare sotto le sue scarpe. Il suo sguardo si spostò sul masso che l'orso aveva scavalcato: era già coperto di neve.

Se avesse lasciato il telefono acceso, sarebbe stato possibile - anche se altamente improbabile - che il messaggio arrivasse intanto che tornava al campo, ma se Gretchen le avesse risposto, non sarebbe riuscita a leggere il suo messaggio a meno che non fosse tornata fin lassù, cosa che non voleva assolutamente fare.

Josie era così presa dal suo dilemma, con gli occhi fissi sullo schermo e la bocca che mormorava "dai, dai, dai" in continuazione al messaggio non inviato, che non alzò lo sguardo quando sentì dei passi avvicinarsi.

Pensò che fosse di nuovo Cooper, venuto a metterle fretta, ma fu la voce di Sandrine quella che risuonò, forte e piena di sgomento.

«Josie! Che cosa stai facendo? Quello è un... è un telefono?»

Sandrine pronunciò la parola "telefono" come se avesse sorpreso Josie con una testa mozzata tra le mani. I suoi occhi castano chiaro erano spalancati dalla sorpresa e dalla delusione. Fiocchi di neve si impigliarono tra le sue lunghe ciglia e lei li sbatté via. I lunghi capelli tra il castano e il grigio che le scendevano da sotto il cappello di lana scintillavano di altri fiocchi.

Fra tutti i presenti, Sandrine sembrava quella più male in arnese per i climi invernali di quella settimana. Gli altri avevano portato giacconi pesanti, guanti, sciarpe, cappelli foderati di pile e scarponi invernali. Sandrine indossava una giacchetta tecnica troppo grande per lei di un colore oliva sbiadito da troppi lavaggi. Dal bordo spuntava l'orlo dell'ennesimo abito oversize sottile che sventolava sotto l'orlo della giacca. Sotto indossava i suoi normali pantaloni neri da yoga. Un paio di scarpe da ginnastica per la corsa completavano quell'insieme mal assortito. Non era la prima volta quella settimana che si vedeva che tutta la pianificazione che Sandrine aveva fatto era stata destinata alle attività del ritiro, senza che le fosse rimasto il tempo di preparare un guardaroba adeguato alle montagne della Pennsylvania centrale in pieno dicembre. Eppure, in quel momento guardava Josie con quell'espressione accigliata e non sembrava avere freddo.

«Dov'è Cooper?» le chiese Josie, girandosi per guardarsi alle spalle. Ma Sandrine ignorò quella domanda e scosse la testa con aria triste.

«Ti sei portata il telefono?»

Sandrine doveva aver incrociato Cooper per arrivare fin lassù e lui sicuramente doveva averla avvertita dell'orso. Josie fece un gesto intorno a loro con la mano in cui teneva il telefono. «Sandrine, mi dispiace, ma questo tempo...»

Con un'altra scrollata di testa, Sandrine la interruppe. «Oggi il tempo ti fa pensare molto. Non posso pensare che sia una preoccupazione così grande.»

«Invece lo è.» insistette Josie. «Se cadrà molta neve, potremmo rimanere bloccati quassù per giorni con poche provviste e poca legna per tenere le casette al caldo.» E gli orsi.

Sandrine fece un passo verso di lei. Josie si chiese se stesse per chiederle di consegnare il telefono, ma invece le mise una mano sull'avambraccio e lo premette verso il basso. «Mettilo via. Josie, non è il tempo che ti dà preoccupazione, non lo capisci?»

Un'ultima occhiata allo schermo del telefono mostrò a Josie che il suo messaggio non era ancora stato inviato, così lo rimise in tasca. Infilandosi di nuovo i guanti, incrociò lo sguardo intenso di Sandrine. «Hai visto Cooper mentre venivi per di qua, vero?»

«Sì.» disse Sandrine. «È sul sentiero che ci aspetta. Non cambiare argomento, Josie. Penso che dobbiamo discutere del vero motivo per cui sei tanto fissata con il tempo.»

Josie fece un respiro profondo. «Non qui.»

Sandrine strinse momentaneamente le labbra; aveva l'aria di una maestra delusa. «Hai ragione. Non è il caso di parlarne qui. Fa freddo e Cooper ha detto che vi siete appena imbattuti in un orso! Però, Josie, di questa cosa dobbiamo occuparcene!»

«Sandrine, è davvero molto semplice...» ribatté Josie cominciando a incamminarsi verso il sentiero che portava al campo. «Questa del ritiro è stata un'esperienza eccezionale. Dico sul serio. Finalmente sono riuscita a dormire meglio! Ma se rimaniamo bloccati quassù per molto tempo, la situazione rischierebbe di farsi molto spiacevole per tutti quanti.»

Sandrine faticava per tenere il suo passo. Con un sospiro,

spolverò la neve dalle spalle. «Josie, hai lavorato così duramente questa settimana. Sono rimasta molto colpita dall'impegno che hai profuso nell'elaborare gli eventi traumatici della tua infanzia e le perdite dolorose che hai dovuto sopportare in età adulta... ma nelle nostre sedute private ho avuto l'impressione che stessi trattenendo qualcosa.»

Josie non disse nulla. Come al solito, Sandrine aveva ragione. Usò la manica del giaccone per asciugarsi la neve dal naso.

Con toni più morbidi, Sandrine continuò: «Vuoi parlarmi di che cosa ti preoccupa?»

Josie continuò a camminare lungo il sentiero, infastidita da quanto tempo ci stavano impiegando. I suoi scarponi scivolarono più volte sulla neve bagnata.

«Io ritengo che il tuo vero problema sia la fiducia.» continuò Sandrine. «Lo so che non abbiamo avuto modo di conoscerci molto bene e che hai passato qui meno di una settimana. E considerando le esperienze della tua vita, posso certamente comprendere perché hai problemi a fidarti delle persone – e dei rapporti interpersonali - ma non riuscirai mai a superare il tuo trauma se non fai un tentativo per fidarti delle persone.»

«La fiducia è una cosa che si guadagna.» sottolineò Josie. Si guardò un'ultima volta alle spalle. Riusciva ancora a vedere il masso, ma l'orso non era tornato.

«Nella tua vita c'è mai stato qualcuno che sia riuscito a guadagnarsi completamente la tua fiducia?»

La risposta arrivò a Josie all'istante. La prima persona che si era guadagnata la sua fiducia era stata Lisette, sua nonna, ma ora non c'era più. Rimaneva suo marito, Noah. Si fidava ancora di lui? Non lo aveva mai ritenuto capace di farle del male fino alla settimana passata: era riuscito a sconvolgerla semplicemente con quello sguardo. Le mancava ancora il fiato quando ci pensava.

Tu non sei delusa?

Per la prima volta da quando aveva ricevuto la notizia, una voce in fondo alla sua mente aveva iniziato a dirle: "Allora? Non sei delusa?".

«Porca puttana.» disse lei.

«Josie, è molto difficile avere relazioni significative senza fiducia.»

«No.» si affrettò a dire Josie. «Non si tratta di questo. Io mi fido delle persone.»

Provò un briciolo di sollievo nel rendersene conto. Si fidava dei suoi colleghi: il capo della polizia, Bob Chitwood, e la sua amica, la detective Gretchen Palmer, per non parlare della sua famiglia acquisita, l'amica Misty Derossi e suo figlio, Harris Quinn. C'era anche la sua famiglia biologica, con cui si era riunita appena sei anni prima.

E Mettner. Un ricordo le balenò nella mente, saltando fuori dal nulla come uno dei malvagi personaggi automatici di una fiera di carnevale perversa: il suo volto pallido, il modo in cui la stava fissando negli ultimi istanti, prima di morire dissanguato, gli occhi che passavano dalla dolorosa consapevolezza di essere stato gravemente ferito alla rassegnazione che la sua vita stesse per giungere al termine. Scuotendo leggermente la testa, Josie ne scacciò il ricordo dalla mente. Sapeva che avrebbe dovuto accettare quei ricordi, quelle emozioni che ne derivavano, ma aveva sempre odiato quel consiglio con ogni fibra del suo essere, senza contare che né il momento né il luogo erano adatti per una cosa del genere.

Stavano scavalcando un ammasso di pietre quando Sandrine scivolò; Josie fece scattare una mano in avanti, afferrandola per un braccio per tenerla in piedi. In lontananza, Josie vide Cooper che aspettava sotto una quercia spoglia. «Mi fido dei tuoi metodi come terapeuta, Sandrine.» chiarì Josie. «Ma non mi fido delle tue valutazioni sul tempo.»

A questo commento Sandrine rispose con una risata, afferrando con entrambe le mani il braccio di Josie per sostenersi. «Mi piace la tua franchezza.»

«Ho vissuto qui per tutta la vita.» aggiunse Josie. «So riconoscere quando sta per arrivare una tempesta.»

Sandrine tenne gli occhi puntati sul terreno davanti a loro, muovendosi con maggiore circospezione. «Se questa cosa ti preoccupa così tanto, stasera manderò Cooper giù alla città più vicina per scoprire cosa sta succedendo. Questo potrebbe calmarti?»

«Sì.» disse Josie. «Grazie.»

Sandrine si fermò appena prima che arrivassero vicino a Cooper. Scostò la mano di Josie. I suoi occhi si incupirono per la preoccupazione. «O preferisci andare a casa? Non voglio tenerti qui contro la tua volontà, Josie. Sei libera di andartene quando preferisci. Ci rimangono solo domani e sabato mattina. Che nevichi o meno, il nostro programma o il lavoro che stiamo cercando di fare non cambiano. Tanto è tutto al chiuso. Cooper può anche scavare un sentiero da ogni casetta alla casa principale, se necessario.»

Josie non aveva voglia di discutere con Sandrine. Poteva andarsene, era vero. Poteva tornare direttamente alla sua baita, impacchettare tutte le sue cose e salire sul retro del Gator per farsi accompagnare da Cooper fino alla sua auto. Sarebbe stata a casa nel giro di poche ore.

Ma per quanto le mancasse Noah, non era sicura di voler davvero affrontare la difficile conversazione che l'attendeva a casa, quello stesso giorno per giunta.

Sandrine batté i piedi per riscaldarsi. «Quindi non sei così preoccupata per il tempo?»

Josie si tolse il guanto e infilò la mano nella tasca del giaccone, cercando la pagina del quadernino e quando le sue dita si chiusero intorno alla carta, lo tirò fuori e lo porse a Sandrine, che lo prese, fissandone le parole. «Oh Josie... Questo... si riferisce a te?»

Stava cominciando a perdere sensibilità sulla punta del naso. «Sì.»

Presumibilmente Sandrine aveva ragione: c'era un'alta possibilità che la sua fissazione per le condizioni meteorologiche non fosse altro che una scusa per distrarsi da ciò che la stava aspettando a casa, tanto più che la settimana stava volgendo al termine e lo spettro delle difficili verità e delle discussioni che avrebbe dovuto affrontare si profilava minaccioso all'orizzonte; di conseguenza, piuttosto che pensare a queste cose, era più facile concentrarsi su un disastro di tipo diverso.

Sandrine lesse la diagnosi. «Riserva ovarica ridotta. Setto uterino. Hai provato a rimanere incinta?»

Josie chiuse gli occhi. La neve le bagnava le guance. Un fiocco umido le finì sulla palpebra. Dopo aver fatto due respiri profondi, lo asciugò e riaprì gli occhi per affrontare lo sguardo di Sandrine. «Sì. All'inizio di quest'anno io e mio marito abbiamo deciso di provare ad avere dei bambini. Ma siccome non riuscivamo a concepire, sono andata dal mio ginecologo e ho fatto degli esami. Non mi sono rimasti molti ovuli. C'è ancora una piccola possibilità di rimanere incinta, ma anche se ci riuscissi, correrei il rischio di abortire perché l'interno del mio utero ha una forma strana, causata da una parete di tessuto che non dovrebbe esserci. Quella cosa che dice del setto.» Le lacrime scivolarono fuori dagli occhi, nonostante stesse cercando di trattenerle. Fece un gesto verso il foglio. «Il setto non ha un apporto di sangue sufficiente per l'impianto di un embrione. È questo che porta agli aborti spontanei. Potrei sottopormi a un intervento chirurgico per correggerlo, ma con i pochi ovuli che mi sono rimasti, potrei non rimanere mai incinta, anche con i trattamenti per la fertilità, che comunque sono costosi. Correrei il rischio di spendere i risparmi di una vita per sottopormi a questa operazione senza avere la garanzia di ricavarne qualcosa.»

La neve cadde sul foglio, cancellando le parole scarabocchiate dalla mano di Josie. Sandrine lo ripiegò con cura e lo mise in tasca. Josie provò una strana sensazione di sollievo, come se si fosse tolta una parte del peso che comportava questa tremenda realtà delle cose.

«Tu e tuo marito avete discusso di altre opzioni?» le chiese Sandrine.

«No. Non siamo riusciti neanche a iniziare il discorso perché ha visto gli appunti che avevo preso durante la conversazione con il medico. Gli ho spiegato cosa significavano. E a quel punto ha assunto un'espressione così...» Nonostante il freddo che le attraversava tutto il corpo, Josie sentì una pugnalata di dolore caldo penetrare nell'addome quando ricordò l'espressione sconfortata di Noah.

«Non ti aspettavi che rimanesse così deluso?» le chiese Sandrine. «Anche lui voleva dei figli, immagino...»

«Sì, ma mi aveva sempre detto che gli sarei sempre bastata io, anche se non dovessimo mai avere figli.» piagnucolò Josie battendosi un pugno sul petto, con le lacrime che adesso arrivavano veloci e furiose. «E io gli avevo creduto. Gli ho creduto per tutto questo tempo. Ma poi, quando gli ho dato la notizia, ho visto sul suo volto che era una bugia.»

Sandrine tirò fuori da qualche tasca della giacca un pacchetto di fazzoletti, che porse a Josie con mano tremante per il freddo. «Non sono sicura che si possa dedurre così tanto da un semplice sguardo, Josie. Tuo marito che cosa ha detto?»

Le parole le raschiarono la gola. «Che era rimasto deluso.»

Sandrine guardò oltre lei fino a dove aveva individuato Cooper, che stava perlustrando tutto intorno, sicuramente alla ricerca dell'orso. Tornando a Josie, disse: «Le persone sono molto più complesse di così, Josie. Non sono sicura che dovresti prendere a cuore così tanto la sua reazione iniziale. Cos'altro ha detto?»

Josie si asciugò il viso con i fazzoletti. Le lacrime le sembravano congelarsi sulla pelle. «Niente.»

«Perché non c'era nient'altro che volesse dire o perché non gli hai dato la possibilità di dire altro?»

Dalla bocca di chiunque altro, le parole sarebbero potute suonare taglienti, ma Sandrine aveva un modo sorprendente di addolcire anche le domande più schiette. Vedendo che Josie non le rispondeva, Sandrine sorrise gentilmente. «Non andare a casa, Josie. Non ancora. Rifletti sul perché il tuo istinto ti ha spinto a fuggire piuttosto che a parlarne con tuo marito. Io conosco già la risposta, ma ho l'impressione che tu, invece, non la conosca. Posso dirtela se vuoi, ma non avrà lo stesso impatto che avrebbe se ci arrivassi per conto tuo. Resta qui con noi. Penso che sarebbe utile se ti prendessi il prossimo giorno e mezzo per esplorare questo problema prima di andare a casa e affrontare la realtà. Che ne dici?»

Josie tirò su col naso. «Ci sto.»

«Allora andiamo a metterci al caldo.»

SETTE
DENTON, PENNSYLVANIA

Nonostante avesse fatto la doccia prima di uscire di casa, Noah Fraley sentiva già una patina di sudore che gli inumidiva la nuca. Sentiva le gambe pesanti per la corsa che aveva fatto quel giorno. Si era costretto a percorrere quasi il doppio dei chilometri che percorreva di solito e aveva continuato a correre fino a quando non era riuscito a concentrare i suoi pensieri su nient'altro che non fosse mantenere un flusso costante di ossigeno nei polmoni e il corpo in posizione eretta. Almeno fino a quando il pensiero di sua moglie, Josie, e del modo in cui lo aveva fissato nei giorni prima di partire per il ritiro in montagna non erano scomparsi dalla sua mente. In frantumi, ecco come gli era apparsa. Quella era la parola giusta per descriverla e gli era venuta in mente solo quando lei se n'era già andata. O qualsiasi altra parola giusta, se è per questo.

«Maledizione.» mormorò tra sé e sé, salendo un'altra breve rampa di scale. Erano solo due piani, eppure quel giorno gli sembrava di non arrivare mai in cima. E perché diavolo faceva così caldo? Faceva sempre così caldo nella tromba delle scale della centrale?

Si fermò sul primo pianerottolo per togliersi il giaccone. In quel momento un agente in uniforme uscì dalla porta del primo piano e gli finì addosso, spingendolo. Cadde all'indietro, quasi precipitando giù per i gradini che aveva appena fatto e quando le sue mani afferrarono la ringhiera, appena in tempo, il giaccone gli cadde giù per le scale. L'agente chiese scusa e scomparve al piano di sotto, saltando sopra al suo giaccone senza neanche degnarsi di passarglielo. Pochi secondi dopo, la porta che conduceva al parcheggio comunale al piano terra si aprì di botto e una folata di aria fredda salì verso l'alto, sollevando una ciocca di folti capelli scuri che gli ricadde sulla fronte.

Con un sospiro, Noah tornò al pianerottolo inferiore e raccolse il giaccone. Questa volta, passando davanti al primo piano, si tenne a distanza dalla porta. Non si era mai soffermato a pensare al fatto che alla stazione di polizia non c'erano ascensori e in quel momento si chiese perché non ne fossero mai stati installati. Quasi sicuramente perché la Società Storica di Denton non l'avrebbe permesso. Un tempo, il massiccio edificio in pietra a tre piani che vantava anche un campanile, ospitava il municipio. La riconversione in centrale di polizia era avvenuta quasi settant'anni prima. La sala grande del secondo piano era il luogo in cui Noah e gli altri membri della squadra investigativa trascorrevano la maggior parte del loro tempo. Si trattava di un enorme ambiente a pianta aperta, appena fuori dall'ufficio del capo Chitwood, piena di scrivanie per gli agenti che dovevano fare telefonate e compilare documenti. Solo cinque di queste scrivanie erano state assegnate in modo permanente ad alcuni membri del dipartimento. Una apparteneva alla loro addetta stampa, Amber Watts. Le altre quattro, unite a formare un grande rettangolo al centro della stanza, appartenevano alla squadra investigativa, composta dai detective Josie Quinn, Gretchen Palmer, Noah Fraley e il loro collega caduto in servizio, Finn Mettner. Sebbene Mettner fosse morto ormai da dieci mesi, il capo non lo aveva ancora fatto sostituire e nessuno aveva toccato la sua scrivania se non per accedere ai documenti ufficiali necessari per le indagini della polizia. Il capo aveva lasciato ad Amber, che era la fidanzata di Finn, il compito di rimuovere i suoi effetti personali. Ci erano voluti circa sei mesi prima che si accorgessero che lei aveva iniziato, a poco a poco, a portare via alcune cose. Le foto incorniciate della sua famiglia al completo. La tazza per la pesca che usava come portapenne con la scritta "Il Signore della Pesca" e decorata con una spigola di ceramica dipinta in maniera grossolana che suo nipote aveva fatto per lui.

Ma nei cassetti della scrivania c'erano ancora molte cose di Mettner. Noah la considerava ancora come "la scrivania di Mett".

Senza dubbio fu per questo che perse completamente il controllo quando, entrando nella sala grande, vide il capo Chitwood che stava mettendo il contenuto che rimaneva sulla scrivania in una scatola. Prima che la parte razionale della mente di Noah potesse fargli capire che era una pessima idea, il suo corpo scattò in avanti, fece il giro delle scrivanie, diede un colpo d'anca al capo Chitwood e gli strappò la scatola dalle mani, smuovendo i fascicoli all'interno e facendo scivolare alcuni fogli fuori da quello in cima.

Il capo incespicò all'indietro, afferrando lo schienale della sedia di Mettner per non perdere l'equilibrio. Da dietro di lui, seduta alla sua scrivania, Gretchen fissava la scena con aria sbalordita.

Una sfumatura rossastra si diffuse sulle guance segnate dall'acne del capo e si propagò fino alla radice dei capelli, dove fluttuavano soltanto sottili ciocche di capelli bianchi. Il capo inarcò un sopracciglio cespuglioso, incrociò le braccia sul petto magro e si rimise dritto. Quando tirò un lungo respiro, Noah capì di essere nei guai fino al collo.

«Fraley!» sbottò Chitwood. «Cosa diavolo ti è saltato in testa?»

Noah abbassò lo sguardo sulla scatola, poi girò lo sguardo sulla scrivania di Amber. Era vuota. Il sudore alla nuca aumentò, scendendo lungo la schiena e facendo aderire la polo della Polizia di Denton alla pelle. «Questa è la scrivania di Mett!» esclamò.

Un po' della spacconeria del capo sembrò dissiparsi. «No.» disse. «Questa *era* la scrivania di Mett. Voi tre mi siete stati attaccati come gatti ai coglioni per mesi per assumere un quarto investigatore e così ho fatto. Inizierà domani.»

La sedia di Gretchen scricchiolò quando si alzò. Prossima ai cinquant'anni, con più esperienza di tutti loro, avendo lavorato per quindici anni nella squadra Omicidi di Philadelphia, era una figura il più delle volte in grado di rasserenare gli animi. Girando intorno al capo, allungò delicatamente la mano verso la scatola. Noah sentì che gli dolevano le nocche per quanto forte stringeva la presa sulla scatola. Si stava comportando in modo infantile. Se ne rendeva conto. Era contento che Josie non fosse presente. Se fosse stata lì con loro, sicuramente non si sarebbe comportato così.

«Fraley...» disse Gretchen. «Sapevamo tutti che questo giorno sarebbe arrivato.»

Lui deglutì a fatica e poi lasciò che gli prendesse la scatola dalle mani. Lei la ripose sulla scrivania, si passò entrambe le mani tra i capelli sale e pepe tagliati a spazzola, sospirò e riprese a riempirla delle cose di Mettner. «Non pensare di cavartela a buon mercato.» minacciò il capo, puntando il dito contro Noah.

Gretchen, ancora in mezzo a loro, spinse il braccio del capo verso il basso, ma quest'ultimo non si fece intimorire e un altro lampo di rabbia balenò nei suoi occhi di pietra. «Figliolo...» disse Chitwood, «non so cosa ti sia strisciato su per il culo questa settimana, ma è meglio che lo cachi alla svelta, perché non intendo sopportarlo un minuto di più.»

Noah lo guardò stralunato. «Di cosa sta parlando?»

«È tutta la settimana che ti comporti come un poppante. So che Quinn è via, ma non vale come scusa.»

«Io non mi sono...» cominciò a dire Noah.

«Oh, sì invece.» lo interruppe Gretchen. Si rivolse al capo. «Non è perché non c'è. È che hanno litigato.»

Noah si sentì come se lo avesse preso a schiaffi. «Cosa? Come diavolo fai a saperlo?»

Gretchen sospirò di nuovo e smise di riempire la scatola per tirare fuori il cellulare, che sventolò in aria. «Perché tua moglie mi ha mandato un messaggio per chiedermi del meteo di oggi. Ecco come lo so. Non ha internet e servizio telefonico limitato. È preoccupata per la tempesta in arrivo e invece di contattare te, ha mandato un messaggio a me. Non ci vuole un genio per capire che non vuole parlare con te. Questo significa che avete litigato.»

Il capo scosse lentamente la testa, come in segno di disapprovazione.

«Voi non capite.» protestò Noah. «Quello che è successo è che...»

Il capo Chitwood alzò una mano, fermandolo a metà frase. «Fraley, non ho alcuna necessità che mi racconti dei vostri affari personali.»

«Parole sante.» disse Gretchen.

Noah sentì le ultime energie rimaste uscirgli attraverso i piedi e scorrere sulle mattonelle sotto di lui. Chiuse gli occhi, inclinò la testa verso il soffitto e inspirò profondamente. Di nuovo, ricordò l'espressione di Josie dopo che gli aveva detto che non poteva avere bambini. Lui aveva pensato che fosse devastata dalla notizia, ma lei aveva avuto ore per digerirla prima di parlare. Solo dopo che lei se ne era andata, lui aveva capito che non era stata la notizia a sconvolgerla, ma la sua reazione. Era vero che fino a quel momento, quando aveva scoperto che non era più possibile, lui non aveva capito nemmeno quanto desiderasse avere dei figli con lei, ma questo non significava che non la amasse più. Non avrebbe mai potuto smettere di amarla. Aveva trascorso i tre giorni prima che lei se ne andasse a pregarla di parlargli, ma avrebbe dovuto intuire cosa la turbava davvero; la conosceva meglio di chiunque altro. Per quanto lei potesse essere chiusa, questo era un punto di orgoglio per lui. Non solo aveva sposato la donna più straordinaria di tutto il mondo, ma era anche bravo a essere suo marito. Da giorni riviveva la conversazione nella sua mente, rivedeva lo sguardo di sua moglie, riviveva i tre giorni successivi, sentiva il silenzio assordante nella loro casa normalmente ricca dei suoni della felicità.

Una semplice parola di rassicurazione da parte sua avrebbe potuto evitare tutto il conflitto che ne era seguito.

Riaprì gli occhi e tornò a guardare il capo e Gretchen. «Ho fatto un casino.»

Gretchen rise. «Ah, dici?»

Il capo disse: «Beh, è meglio che tu trovi un modo per risolvere il problema in fretta, Fraley.»

OTTO

RITIRO SPIRITUALE DEL NUOVO INIZIO, CONTEA DI SULLIVAN

La cena nella casa principale poteva essere o un momento di grande vivacità arricchito da buone conversazioni o un momento di grande malinconia in cui regnava un'atmosfera da funerale. Tutto dipendeva dal tipo di giornata che i membri del ritiro avevano trascorso. Quella sera, Josie fu sollevata nel vedere che tutti erano di buon umore, nonostante la neve che continuava ad accumularsi all'esterno; anche martedì, quando avevano partecipato alla stanza della rabbia, erano stati tutti di buon umore. Si erano seduti al lungo tavolo rettangolare, posizionato in fondo alla grande sala centrale con Sandrine a capotavola. Di solito godevano di una vista sugli alberi di fronte, ma in quel momento l'oscurità dell'esterno mostrava solo i loro riflessi contro i vetri delle finestre. Josie stava ancora riflettendo sulla domanda di Sandrine, sul perché il suo primo istinto fosse stato quello di escludere Noah. Giocherellava con la cena nel piatto, una specie di intruglio di riso e verdure. Sandrine insisteva nel proporre ai suoi commensali un menù di piatti sani cucinati con ingredienti biologici, che in larga parte Josie non aveva mai sentito nominare prima.

Si sentì colpire alle costole da una leggerissima gomitata;

alzò lo sguardo e si accorse che Alice Vargus le sorrideva con aria complice. «Rinuncerei a un organo non essenziale per un trancio di pizza in questo momento. Tu no?»

Josie rise sottovoce. «Mi hai letto nel pensiero.»

«Tieni.» disse Alice, prendendo un panino morbido dal suo piatto e depositandolo in quello di Josie. «È l'unica cosa commestibile.»

Non poteva darle torto: Sandrine aveva preparato due dozzine di panini senza glutine per accompagnare la cena e li aveva messi al centro del tavolo. Josie ne aveva preso uno, senza aspettarsi che fosse particolarmente gustoso, e invece aveva scoperto che era delizioso, tanto che, quando si era allungata per prenderne un altro, non aveva trovato neanche le briciole.

«No, ma non importa...» cominciò a dire Josie, ma Alice la guardò in un modo che lasciava intendere senza ombra di dubbio che non accettava discussioni. «Grazie.» le disse allora.

Sebbene Alice avesse un'età che la collocava tra i cinquantacinque e i sessanta, ovvero circa vent'anni in più di Josie, le due erano diventate subito amiche da quando Alice aveva raccontato che a New York, dove viveva, lavorava come infermiera al pronto soccorso, confessando che c'erano cose che aveva visto sul lavoro che l'avevano traumatizzata. Josie si era immedesimata all'istante. Ma nessuna di loro due era lì per un solo problema. Per partecipare al ritiro, bisognava aver vissuto esperienze traumatiche di un certo livello; difatti tutti loro avevano una forma complessa di disturbo da stress post-traumatico e nel suo caso, Alice, oltre alla drammatica esperienza lavorativa, aveva subito una violenza sessuale alla giovane età di diciannove anni a seguito della quale aveva dato alla luce un figlio. Crescendolo con poche risorse e con i suoi genitori che non volevano avere a che fare con un nipote generato da uno stupratore, Alice si era data alla droga e all'alcol, finendo in una spirale senza controllo che l'aveva portata a perdere la custodia del figlio. Solo dopo aver toccato il fondo, era riuscita a disintossicarsi e a rimettere lentamente insieme i pezzi della sua vita, impiegando anche diversi anni per completare la scuola per infermieri; aveva anche cercato di riallacciare i rapporti con il figlio. Il problema era che lui non voleva avere niente a che fare con lei. Sebbene Alice avesse tentato, anno dopo anno, di fare ammenda, lui non aveva accolto le sue attenzioni.

Alice abbassò di nuovo la voce in modo che solo Josie potesse sentirla. «Ho visto Cooper in sella al Gator lungo il sentiero prima di cena. Avanzava davvero a fatica nella neve.»

Josie annuì e le raccontò della conversazione con Sandrine. Con un sospiro, Alice si accomodò sulla sedia e posò la forchetta. Guardò gli altri intorno a loro, ognuno impegnato in una conversazione con il vicino di posto. «Immagino che ci siano luoghi peggiori in cui rimanere bloccati, anche se la compagnia potrebbe essere migliore. Siamo un branco di infelici sciamannati.»

«Non è la compagnia che mi preoccupa.» affermò Josie. «Sono le provviste.»

Alice si accigliò. «Per quanto tempo rischiamo di rimanere bloccati qui?»

«A seconda della quantità di neve che cadrà nelle prossime ore, anche una settimana. Non di più, speriamo. La gente sa che siamo qui, quindi mi aspetterei che qualcuno poi cercherebbe di portarci via da questa montagna il più velocemente possibile, ma siamo a chilometri dalla città più vicina, su una strada che a quel punto dovrebbe essere liberata dalla neve e, dato che qui non ci sono molte abitazioni, sarebbe in fondo alla lista delle priorità degli addetti agli spazzaneve. Senza contare che con quelle rocce cadute lungo il sentiero tra il parcheggio e qui, nessuna macchina o camion riuscirebbe a fare tutto il percorso.»

Alice riprese la forchetta e si mise a spargere il riso e le verdure nel piatto. «In tal caso le scorte di legna per il riscaldamento sarebbero un problema. Non so quanto dureranno, ma immagino che Brian non avrebbe problemi a usare l'ascia della stanza della rabbia per tagliare un po' di legna, se dovesse rendersi necessario. Per stare al caldo, però, ci toccherebbe stare tutti qui, al centro della stanza, e cercare di fare scorte alimentari il più possibile. Il grande generatore sul retro finirà il combustibile, il che renderà difficile cucinare, ma sono sicura che potremmo accendere un piccolo fuoco all'aperto. Tutte le nostre lampade per la notte sono alimentate a energia solare; quindi, se le carichiamo durante il giorno, come facciamo ora, saranno a posto anche quando farà buio.»

Josie si infilò in bocca l'ultimo pezzo di panino e masticò.

«Ma Cooper tornerà presto con delle novità.» aggiunse Alice. «Se lui ritiene che dobbiamo tutti lasciare questa montagna, allora così faremo.»

Josie non le disse che erano caduti almeno cinque centimetri di neve da quando Cooper era partito. Non era sicura che di questo passo sarebbe tornato al campo con le notizie. Guardando i volti riuniti intorno al tavolo, cercò di immaginare come sarebbe stato rimanere bloccata su quella montagna, in quella baita di legno, con quelle persone. Avevano raggiunto un timido affiatamento durante la settimana di condivisione dei loro traumi personali e, sotto la guida gentile di Sandrine, avevano creato dei legami, ma Josie nutriva parecchi dubbi che fossero sufficienti a sostenerli in condizioni di sopravvivenza estrema.

Alcuni di loro resistevano a malapena a quella settimana, come la moglie di Brian, Nicole, che sedeva dall'altra parte del tavolo. Una donna esile, che doveva avere intorno ai trent'anni, secondo Josie. Pallida, capelli tra il biondo e il rosso, braccia e gambe lunghe e flessuose che penzolavano svogliatamente dal suo corpo prevalentemente inerte. Mentre giocherellava con le verdure nel piatto, il suo gomito sinistro continuava a scontrarsi con il braccio destro della donna seduta accanto a lei, Meg Cleary. Dopo aver accidentalmente fatto cadere la forchetta di Meg dalla sua mano, Nicole propose di scambiarsi di posto. «Scusami.» disse a Meg con voce piatta. «Sono mancina. Se mi metto accanto a un destrorso finisco sempre per urtarlo.»

Meg prese il piatto e si alzò, in modo che Nicole si potesse sedere sulla sedia che aveva appena lasciato libera, ma così facendo lasciò libero il suo posto accanto a Brian che, da parte sua sorrise e fece cenno a Meg di sedersi dove era seduta sua moglie; ma Nicole disse: «Spostati anche tu, così noi possiamo stare accanto e lei si mette accanto a te.»

Le guance di Brian divennero rosse, ma fece come gli aveva detto sua moglie e un attimo dopo erano tutti e tre di nuovo sprofondati nel silenzio.

Alice toccò delicatamente la spalla di Josie con la propria e in un sussurro cospiratorio, disse: «Ti stai chiedendo chi di loro crollerà per primo, vero?»

Josie abbassò la testa per nascondere il sorriso e usò la forchetta per infilzare un pezzetto di broccolo.

«Secondo me sarà Meg.» continuò Alice.

Un sorriso educato si stampò sul viso di Meg quando Brian iniziò a parlarle. Dall'altra parte, Nicole lo guardò con aria infastidita. Josie non riusciva a capire se fosse per ciò che stava dicendo o perché era concentrato soprattutto su Meg. A differenza di Nicole, tutto in Meg era robusto, dalla sua figura formosa ai suoi lunghi e lucenti capelli castani. Almeno, tutto, fatta eccezione per la sua personalità. Nicole era incline agli attacchi verbali, cosa che Josie trovava del tutto comprensibile, visto quello che era successo a sua figlia. Meg, invece, si comportava come un animale maltrattato, com'era evidente nei suoi occhi castani perennemente spalancati in un atteggiamento di diffidenza, come se si aspettasse sempre che da un momento all'altro accadesse qualcosa di brutto.

«Capisco perché punteresti su Meg.» disse Josie guardando Alice.

«Ma non lo diresti anche tu?» le domandò Alice, avvicinandosi di più a Josie in modo da non rischiare che qualcun altro sentisse quello che le stava dicendo.

Adeguandosi al tono basso di Alice, Josie sussurrò: «Dopo quello che ha passato, certo che potrei dirlo.»

Josie era abbastanza vicina ad Alice da sentire il brivido che le attraversava il corpo. Meg era stata vittima di uno stalker di nome Austin Cawley, un collega del ristorante in cui lavorava; inizialmente le era sembrato dolce e innocuo quando aveva dato segno di essere interessato a lei. Meg non lo aveva visto sotto una luce romantica ma non aveva sospettato nulla quando aveva declinato la proposta di un appuntamento. Però poi lui aveva continuato a chiederglielo e dopo il sesto rifiuto, l'aveva sottoposta a due anni di terrore che nessun ordine restrittivo avrebbe potuto fermare. Lei aveva trovato un nuovo lavoro, si era trasferita in un altro appartamento e aveva cambiato numero di telefono più volte, ma alla fine lui l'aveva sempre ritrovata. Austin Cawley trovava sempre un modo per renderle la vita un inferno, che si trattasse di bombardarla di telefonate e di messaggi, di introdursi in casa sua e masturbarsi sul suo letto, o di piazzare videocamere nascoste nel suo bagno per poi diffondere le immagini registrate ai vicini e ai colleghi di lavoro di Meg. Il sistema giudiziario non aveva trattato i suoi reati con sufficiente serietà, né si era mosso con sufficiente rapidità. Josie aveva sempre pensato che le leggi di contrasto allo stalking nella maggior parte degli Stati fossero troppo deboli e questa sua opinione aveva trovato conferma nel caso di Meg. Sebbene lo stalker fosse stato accusato di una serie di atti criminali dopo che le immagini riprese nel bagno avevano iniziato a comparire ovunque, gli era stato consentito di uscire di prigione su cauzione. In un ultimo disperato tentativo di possedere la sua vittima, aveva sequestrato Meg e sua sorella sotto la minaccia di una pistola e le aveva tenute prigioniere nel suo appartamento per tre giorni. La sorella di Meg non era riuscita a uscirne. Era morta per un attacco cardiaco durante la prigionia, causato da una combinazione di una patologia cardiaca preesistente e delle condizioni psicologiche in cui si trovavano. A quel punto, Austin Cawley era stato accusato di reati più gravi, ma ancora una volta era stato rilasciato su cauzione, in attesa del processo. Subito dopo si era dato alla macchia. Erano passati quasi sei mesi e ancora nessuno lo aveva trovato, stando a quanto aveva riportato Meg. Lei si era trasferita quasi dall'altra parte del paese nel tentativo di passare inosservata ai radar del suo persecutore e di riuscire finalmente a sfuggirgli.

«Ogni volta che penso di essermela vista brutta...» disse Alice con voce sommessa, «penso a Meg. Non voglio apparire insensibile. È solo che non credo che Meg riuscirebbe a gestire molto bene la situazione, se rimanessimo bloccati qui. È troppo presto dopo quello che ha passato. Quel tizio non è nemmeno in prigione.»

Josie si ficcò in bocca un altro pezzo di broccolo. «Non fa una piega, ma io punto su Nicole.»

Alice si bloccò con la forchetta a metà strada tra il piatto e la bocca. «Davvero? Che ne dici invece di Taryn?»

Josie seguì lo sguardo fisso di Meg su Taryn Pederson, che sedeva dove era sempre stata seduta dall'inizio della settimana, proprio accanto a Sandrine. Come Josie, Brian e Nicole, Taryn aveva tra i trenta e i trentacinque anni. Si comportava più come Meg, che aveva dieci anni in meno, ma si vestiva in modo simile a Sandrine, con lunghi e larghi abiti svolazzanti sopra i pantaloni da yoga, sebbene fossero in inverno, il tutto coperto da una logora felpa dell'Università della Pennsylvania per tenersi al caldo. Portava anche i capelli lunghi e scuri con la riga nel mezzo come quelli di Sandrine, anche se non cadevano in riccioli dai fili argentati come le ciocche di Sandrine. Nonostante Taryn mostrasse scarso interesse per gli altri, Josie l'aveva trovata cordiale e piacevole in linea generale; il che non impediva a Meg di osservarla come se fosse una specie di animale domestico che avrebbe potuto trasformarsi in una bestia selvatica da un momento all'altro. Con il passare della settimana, Taryn aveva attirato sempre di più gli sguardi silenziosi di Meg. Josie ripensò alle varie sessioni di gruppo e alle altre attività che avevano svolto insieme, ma non ricordava nulla di ciò che era avvenuto tra quelle due. «Credo che Taryn vedrebbe l'essere bloccati qui come un'avventura piuttosto che come una catastrofe.» commentò Josie.

«Mhmm... penso che tu abbia ragione.» convenne Alice infilandosi un pezzo di asparago in bocca, per poi storcere il naso e ributtarlo nel piatto. «Ha perso i genitori in un incidente in campeggio. Poi il marito... che strano modo di andarsene. Quante persone all'anno vengono uccise dalle balene che si schiantano contro una barca da pesca?»

«Non molte, poco ma sicuro.» rispose Josie.

«E tutto questo in... quanto? Nell'arco di due anni? Sono pronta a scommettere che preferirebbe trovarsi intrappolata qui con noi piuttosto che starsene a casa da sola.»

Come accadeva di consueto durante i pasti, Taryn stava riempiendo le orecchie di Sandrine sui vari tipi di terapia disponibili per i sopravvissuti agli eventi traumatici. Al momento stavano discutendo della terapia dell'urlo primordiale, che Taryn pensava potesse essere utile, ma che Sandrine aveva già screditato in quanto era stata ritenuta priva di effettivi benefici per i pazienti.

Alice continuò: «Che cosa dimostra il fatto che nessuna di noi due abbia neanche preso in considerazione Brian come anello debole della catena?»

«Non saprei proprio che dire.» confessò Josie. «Ma non credo che ci voglia molto per far perdere la calma a Brian.»

«Sono d'accordo.» convenne Alice. «Se proprio devo essere sincera, credo che né lui né Nicole stiano elaborando quello che è successo alla loro bambina.»

Josie si sentì assalire da un'ondata di tristezza da dentro. «Ci vorrà molto più di un ritiro di una settimana per portarli a quel punto.»

«Se fossi stata al loro posto... mi sarei suicidata. Non credo che sarei stata in grado di sopravvivere a una tragedia del genere.»

Josie girò la testa e guardò Alice. Nella luce fioca della stanza, le sfumature verdi dei suoi occhi nocciola scintillavano mentre respingeva le lacrime con un battito di ciglia. I suoi occhi, e il modo in cui cambiavano sottilmente colore a seconda dell'umore, ricordavano sempre a Josie quelli di Noah.

«Scusami.» disse Alice. «Non avrei dovuto dirlo. È una cosa tremenda da dire. Non dovremmo nemmeno prendere in giro queste persone. Ho solo pensato di alleggerire l'atmosfera. Sembri così triste stasera...»

Josie appoggiò la testa alla spalla di Alice. «Ti ringrazio.»

Il rumore di piatti che tintinnavano e di ceramiche che si rompevano la fece alzare in piedi. Al capo opposto del tavolo, Nicole era in piedi, con i pugni stretti lungo i fianchi. La sua sedia era rovesciata all'indietro. Il piatto e il bicchiere dell'acqua erano in frantumi sul pavimento di legno e ciò che restava della sua cena giaceva sulle ginocchia del marito. «Sei un figlio di puttana!» gli ringhiò lei con gli occhi accesi di rabbia. Brian, dal canto suo, la stava fissando con una strana espressione sul viso, quasi annoiato si poteva dire. Per tutta la settimana non era stato loquace neanche la metà di sua moglie e non si era impegnato in nessuna delle sedute. Era già tanto se spiccicava più di due parole al giorno e quando lo faceva, parlava dell'incidente in cui era andata a fuoco la sua prima casa-famiglia e che gli aveva lasciato una vita di incubi. Sandrine aveva passato l'intera settimana a esortarlo a smettere di evitare l'argomento della morte della figlia concentrandosi su un trauma precedente. Sembrava a disagio la maggior parte del tempo e molto spesso fissava Nicole con un'espressione solidale, ma in quel momento sembrava indifferente alla manifestazione di emozioni della moglie.

Sandrine si alzò dalla sedia e si diresse verso di loro, ma prima che potesse raggiungere Nicole, la videro fare un passo indietro e allontanarsi dal tavolo.

«Nicole...» disse Brian, «per favore, siediti.»

«Non dirmi cosa devo fare, bastardo.» rispose lei. «Non ti importa niente di me o dei miei sentimenti. Non te ne è mai importato niente!»

Taryn si alzò in piedi. «Nicole...» disse dolcemente, «sono sicura che non è vero. Perché non torni a tavola così possiamo parlarne?»

La rabbia contorse i delicati lineamenti di Nicole. «Oh, sta' un po' zitta, puttana. A nessuno importa di "parlarne" con te.» disse alzando le braccia sottili per accompagnare queste ultime parole con le virgolette.

Alice sussultò.

Taryn dischiuse le labbra per rispondere, ma non ne uscì nulla, e il labbro inferiore prese a tremare. Meg posò la forchetta e appoggiò entrambi i palmi sul tavolo, come se fosse pronta a scattare dalla sedia. Per una volta, i suoi grandi occhi marroni si ridussero a due fessure e si fissarono su Taryn.

Ogni muscolo del suo corpo sembrava teso, come se si stesse preparando a qualcosa.

Sandrine si mise in mezzo tra Nicole e Taryn, scuotendo la testa, con parole gentili, ma decise. Josie si stupiva sempre di come Sandrine riuscisse a mantenere il suo equilibrio con tutti loro, specialmente quando qualcuno aveva un crollo. «Nicole, capisco che tu sia arrabbiata in questo momento, ma Taryn ha ragione. Qualunque cosa ti abbia dato fastidio, possiamo parlarne. Potrei portare te e Brian in una seduta privata, se...»

«Oh, anche tu, chiudi la bocca!» scattò Nicole.

Taryn protestò: «Ehi!»

Alice disse a bassa voce: «Nicole.»

La sua voce, delicata e quasi materna, sembrò riuscire a raggiungerla. I tratti rabbiosi del viso si allentarono quando Nicole guardò oltre la spalla di Sandrine e incrociò lo sguardo di Alice. «So che sei frustrata in questo momento, ma abbiamo dato la nostra parola che nel corso di questa settimana avremmo avuto compassione gli uni per gli altri e saremmo stati rispettosi, ricordi?»

«Sì.» disse Sandrine accodandosi ad Alice. «Questi erano gli accordi. È comprensibile che tu sia arrabbiata in questo momento. Capisco cosa stai provando, meglio di chiunque altro...»

A questo punto, i lineamenti di Nicole si contorsero di nuovo. Aprì la bocca per rispondere ancora una volta, ma cambiò bruscamente idea quando Alice le rivolse un altro sguardo materno.

Taryn si asciugò le lacrime dalle guance. «Siamo tutti arrabbiati qui, Nicole, ma prenderci a male parole a vicenda non è un buon modo per esprimere o per elaborare la rabbia.»

Nicole gemette. Alzò gli occhi al cielo e girò sui tacchi, dirigendosi verso la porta d'ingresso. Quando la varcò, una raffica di vento gelido irruppe nella stanza, portando con sé una folata di neve. Dopo che la porta si fu chiusa, gli occhi di tutti i presenti si rivolsero verso Brian, che scosse la testa e si alzò dalla sedia, facendo cadere i resti della cena sul pavimento. Appena si chinò per ripulire, Meg si alzò per aiutarlo. Brian fece un tentativo a metà per tirare su tutto il resto del cibo dal pavimento, ma vedendo l'efficienza con cui Meg si dava da fare, lasciò perdere e si raddrizzò completamente. Guardò gli altri e poi la porta. «Vado a parlare con Nicole.» disse con un tono che lasciava intendere che qualcuno lo stava obbligando a farlo.

«No.» disse Sandrine bruscamente. «Tu rimani qui a dare una mano a pulire. Voglio parlarle io.»

Una volta che Sandrine se ne fu andata, Josie e Alice aiutarono Meg a finire di pulire, e intanto Taryn si mise a sparecchiare. Brian rimase a guardarle con imbarazzo, finché Taryn non gli intimò di fare qualcosa. Ma lui, invece di aiutare, se ne andò. A quel punto, nessuno disse mezza parola e lasciarono che gli unici suoni che riempissero quel silenzio fossero il tintinnio delle stoviglie e i sospiri di Taryn. Josie andò in cucina e si mise a lavare i piatti. Pochi istanti dopo, Alice la raggiunse, asciugando con cura ogni piatto una volta che Josie lo aveva sciacquato. Guardò la porta della cucina e, sicura che né Taryn né Meg potessero sentirla, sussurrò all'orecchio di Josie: «Ora dimmi, quale delle nostre compagne pensi che verrebbe sbranata per prima dall'orso?»

NOVE

Alle tre del mattino di venerdì, Noah si sentiva come se avesse bevuto due tazze di caffè. Non era riuscito a chiudere occhio dopo il turno di giovedì sera. Ora era seduto a letto a controllare e ricontrollare il radar sulla sua applicazione meteo. Anche se Denton non sarebbe stata colpita dalla nevicata, una grande tempesta si stava abbattendo sulla contea di Sullivan a una velocità allarmante. Prima di lasciare la centrale, Gretchen aveva mandato un messaggio a Josie per dirle che era in arrivo una bufera di neve, ma non aveva ricevuto risposta; né, tantomeno le aveva detto che era tornata a casa prima, il che significava che sarebbe rimasta bloccata sul fianco di quella montagna, magari per giorni, senza dispositivi elettronici e con scorte alimentari limitate, circondata da persone che conosceva a malapena.

A prescindere dalla tensione tra loro, Noah non avrebbe permesso che accadesse una cosa del genere a sua moglie.

Come se percepisse la sua apprensione, il loro Boston Terrier, Trout, piagnucolò e scalpitò sul suo braccio; era inconsolabile da quando la sua padrona era partita. I primi due giorni di assenza si era rifiutato sia di mangiare che di fare le consuete passeggiate a meno che Noah non lo trascinasse fuori e lo convincesse con toni affabili a fare i suoi bisogni. Da parte sua, Trout non aveva fatto altro che starsene nell'atrio a guardare la porta d'ingresso. Nemmeno di notte andava a dormire nel letto con Noah. Al terzo giorno, era arrivato a malincuore a una sorta di accettazione del fatto che Josie non avrebbe varcato la porta d'ingresso molto presto, non avrebbe mangiato a tavola e non avrebbe dormito di nuovo nel letto con Noah. Tuttavia, ogni volta che ne aveva l'occasione, manifestava il suo disappunto per la situazione, proprio come stava facendo in quel momento, nel cuore della notte.

Grattandolo dietro le orecchie, Noah disse: «Lo so, bello. Dovrei andare a prendere la mamma, che dici?»

Trout sbuffò in segno di assenso e poi lanciò a Noah un'occhiata che lo raggiunse fin dentro il cuore aspettando che si alzasse e cominciasse a vestirsi. Noah preparò una piccola borsa per la notte, nel caso fosse rimasto bloccato anche lui nella contea di Sullivan, e poi accompagnò Trout dalla loro amica, Misty Derossi. Era una delle loro amiche più care e non di rado andava in loro soccorso nelle situazioni di emergenza, proprio come Noah e Josie facevano con lei. Non rimase affatto contrariata per essere stata disturbata nel cuore della notte. Capitava di frequente che si occupasse di Trout per loro; quindi, non era un'imposizione per lei tenere il loro cane a casa sua. Dopo aver dato diversi baci sul muso morbido del suo cucciolo, Noah si mise in strada. Il viaggio era lento e procedeva su strade strette e tortuose che attraversavano montagne e vallate con poche abitazioni, con la neve già alta al suolo e che cadeva incessantemente. Non c'era un'autostrada o una strada principale per raggiungere la contea di Sullivan. La Route 220 era quasi certamente la strada meglio battuta e mantenuta, ma anche quella si inerpicava tra le montagne più alte. Era quasi l'alba quando si trovò su una ripida salita in mezzo a quasi un metro di neve che non era ancora stata spalata. Gli pneumatici del suo fuoristrada faticavano a trovare l'aderenza via via che si avvicinava a Laporte, il capoluogo della contea nonché il centro in cui si trovava l'ufficio dello sceriffo. Sembrava un buon punto di partenza, soprattutto perché aveva bisogno di aiuto per localizzare il ritiro e forse anche per portare in salvo dalla cima della montagna le persone che vi partecipavano. Le mani gli facevano male a forza di stringere il volante. Il suo navigatore aveva perso la connessione da diversi chilometri, perciò, a quel punto, qualsiasi città sarebbe stata la benvenuta. Sebbene avesse superato alcune residenze solitarie e un impianto di riciclaggio, il resto della contea di Sullivan fino a quel momento non offriva altro che natura incontaminata. Il sollievo sciolse il nodo che gli si stava formando nello stomaco quando, sotto la coltre di neve, riuscì a scorgere la scritta "Laporte, tre chilometri" su un cartello verde poco più avanti. Schiacciò più forte il pedale dell'acceleratore. Stava salendo la lunga collina quando il fuoristrada iniziò a sbandare. Cercò di riprenderne il controllo, ma strattonò troppo il volante, facendo finire il veicolo di traverso. Il fuoristrada cominciò a derapare lentamente lungo la collina. Cercò di nuovo di mantenere il controllo sulla direzione o sulla velocità del veicolo, ma questo scivolò inesorabilmente di lato, guadagnando slancio verso la collina. Dal finestrino del lato di guida vide bene il fondo della collina avvicinarsi rapidamente verso di lui.

Apparvero un paio di fari, brillanti punte di spillo nella furia bianca.

Si stava dirigendo direttamente verso di lui.

C'era tempo solo per un pensiero. Il suo nome uscì come un sussurro, anche se non c'era nessuno a sentirlo. "Josie".

DIECI

RITIRO SPIRITUALE DEL NUOVO INIZIO, CONTEA DI SULLIVAN

Giorno Sei

Josie si svegliò al suono di qualcuno che bussava alla porta del suo alloggio. Si mise a sedere sul letto, sbattendo rapidamente le palpebre. Le sembrava di avere gli occhi pieni di polvere. Dall'altra parte della stanza, degli ultimi tronchetti che aveva messo nella stufa a legna che brillava di arancione non rimanevano che braci e cortecce carbonizzate. La luce del giorno, di un grigio spento, filtrava attraverso le tende di stoffa.

«Josie? Josie? Sei lì dentro?»

Era Sandrine, aveva la voce acuta, dai colpi contro la porta si intuiva la sua urgenza. Di solito non era così che li svegliava per la colazione.

«Sono qui.» rispose Josie, ma la gola era così secca che le uscì un gracidio.

Si scostò di dosso il piumone e si affrettò a raggiungere l'altro capo della piccola stanza. Anche attraverso i calzettoni spessi, il freddo del pavimento le salì fino alle piante dei piedi. Aprì la porta e girò il pomello. La porta volò verso l'interno e Sandrine irruppe nella stanza con una raffica di neve, facendo cadere

Josie sul sedere. L'aria fredda e frizzante la investì, disperdendo il calore della stufa. Sandrine si aggrappò al pomello per rimanere in piedi. Era vestita più o meno come il giorno prima, con un giubbotto tecnico sopra un sottile abito oversize, pantaloni neri da yoga e un cappellino di lana. Questa volta, quantomeno, indossava un robusto paio di scarponcini invernali.

Josie alzò un avambraccio per coprirsi gli occhi dalla luce che esplodeva attraverso la porta. Neve, neve e molta altra neve che continuava a scendere forte e veloce, proprio come quando era tornata alla casetta dopo cena la sera prima. Sulla soglia del suo alloggio si era formato uno piccolo ammasso alto circa mezzo metro, ora appiattito lungo il lato con cui si era appoggiato alla porta d'ingresso.

«Stai bene?» le chiese Sandrine. «Tutto a posto?»

Josie si rimise in piedi, strofinandosi il sedere e cercando di capire dove avesse lanciato i jeans la sera prima. «Sì. Perché non dovrei stare bene? C'è qualcosa che non va?»

Sandrine cercò di spazzare la neve fuori, sul gradino, con il bordo interno dello scarpone destro, ma era una battaglia persa. Aveva le guance tinte di un rosso vivo. Fiocchi di neve le erano rimaste impigliate tra le lunghe ciocche di capelli spettinati. «Stavo svegliando tutti per la colazione e non ho trovato Meg nella sua camera. Era aperta, ma lei non c'era. E non è nemmeno nella casa principale. Taryn è corsa giù nella dépendance dove si trova la stanza della rabbia e ha detto che non è nemmeno là.»

«Taryn?»

Guardandosi i piedi, Sandrine disse: «Cooper non è tornato ieri sera. Deve aver nevicato troppo per permettergli di tornare fin quassù. Ti prego Josie, non lanciarti in una predica del tipo "te l'avevo detto" va bene? L'unica cosa di cui mi importa adesso è trovare Meg.»

«Non è nel mio stile, Sandrine.» le assicurò Josie guardandosi intorno nella minuscola casetta. Avevano tutte la stessa disposizione: una stanza singola con un piccolo letto, una cassettiera di legno e una stufa a legna. Nel retro c'era il bagno. Josie trovò i suoi jeans in una pila di vestiti sopra il cassettone e li indossò sopra i sottili pantaloni del pigiama. Poi infilò i piedi negli scarponi e prese il giaccone da un gancio appeso alla parete, indossandolo in fretta e furia. «Quando sei entrata nella stanza di Meg, come ti è sembrata?»

Sandrine aggrottò le sopracciglia per la confusione. «Cosa vuoi dire?»

Josie dovette ricordare a sé stessa che non stava conducendo un'indagine ufficiale con la sua squadra; così, anziché chiederle se le era sembrato che nel suo alloggio ci fosse stata una colluttazione, disse: «Era tutto ordinato e al suo posto, o ti sembrava che ci fosse qualcosa in disordine?»

«Oh, sì, era tutto a posto, era tutto in ordine.»

«Tutte le sue cose erano ancora dentro?»

«Per quello che posso dire, mi è sembrato che non mancasse niente.» disse Sandrine.

«Ti è sembrato che avesse dormito nel suo letto?»

Sandrine si torse le mani. «Pensi che se ne sia andata nel cuore della notte? O questa mattina presto? Con tutta questa neve!»

Josie trovò il suo cappello in una tasca del giaccone e se lo calò sulla testa. «Non lo so. Per questo te lo chiedo.»

Un'altra folata di vento attraversò la porta, spargendo la neve sul pavimento. Sandrine chiuse rapidamente la porta e vi appoggiò contro la schiena. «Non lo so. Credo di sì. Le coperte erano stropicciate in fondo al letto.»

Josie cercò i guanti nell'altra tasca. «Sai se Meg è il tipo che si rifà il letto?»

Sandrine sbatté le palpebre. «Perché mi fai tutte queste domande?»

Josie infilò le mani nei guanti. «Sto cercando di aiutarti a capire dove può essere finita Meg.»

«Sembra... che tu stia indagando su un crimine...»

A dirla tutta, un germoglio di inquietudine era sbocciato nel profondo dello stomaco di Josie nel momento in cui aveva visto l'espressione di Sandrine. La cosa più probabile era che Meg avesse cercato di andarsene o che fosse andata a fare una passeggiata e poi si fosse persa o che fosse rimasta bloccata nella neve, e non che fosse stata vittima di un crimine. In effetti, la preoccupazione maggiore riguardava l'orso che Josie e Cooper avevano incontrato il giorno prima. Josie non riusciva a smettere di pensare ai suoi occhi marroni e al rumore dei suoi denti enormi. Poteva solo augurarsi che Meg non si fosse imbattuta in quella bestia. Perciò, si costrinse a sorridere. «Scusami, è l'abitudine. Sono sicura che Meg stia bene, ma se la vogliamo localizzare rapidamente, dobbiamo eliminare alcune variabili.»

Sandrine si scrollò la neve dai capelli. «Variabili di che tipo?»

«Per esempio, se non è nel suo alloggio, dobbiamo capire da quanto tempo è andata via. Se riusciamo a capire se ha dormito o meno nel suo letto, questo potrebbe aiutarci a farcene un'idea. D'altra parte, se Meg è il tipo di persona che non si rifà mai il letto, sarà impossibile capirlo.»

«Oh, beh, non saprei dire se lo rifà di abitudine.»

«E la stufa a legna nella sua stanza?» chiese Josie, facendo cenno a Sandrine di allontanarsi dalla porta.

Sandrine si spostò di lato, dicendo: «Il fuoco era spento.»

«La stufa era calda?»

«Oh, non lo so. Non sono andata a sentire.»

Tutto dipendeva da quanti ceppi di solito Meg caricava nella stufa al momento di andare a letto, perciò, il fatto che il fuoco fosse spento poteva non significare nulla; allo stesso tempo, poteva significare che aveva lasciato il suo alloggio da parecchie ore. In alternativa, poteva anche essere che non l'avesse caricata affatto la sera prima.

Josie aprì la porta e si affacciò sul portico, che era poco più di un piano di legno di un metro per un metro in cima a quattro scalini traballanti. Era tutto coperto di neve, a occhio e croce doveva essere all'incirca tra i trenta e i quaranta centimetri. Le impronte profonde, già riempite di nuova neve, si vedevano da sotto la casa principale fino al punto in cui si trovava Josie. Sul portico della casa principale si vedeva Taryn che si stringeva le braccia intorno alla vita e batteva i piedi. Nicole era in piedi sulla porta aperta del suo alloggio. Di Brian, invece, non c'era traccia.

Josie contò gli alloggi nella sua testa. Dal fondo del pendio, dopo la stanza della rabbia e la casa principale, c'era prima quella di Sandrine, poi quella di Nicole e Brian; in cima alla collina, allineate a formare una fila, c'erano quella di Taryn, quella di Meg, quella di Josie e infine quella di Alice.

Non c'erano impronte che indicassero che qualcuno era entrato o uscito dalla casetta di Alice. Josie si avviò per prima con Sandrine al seguito. Il vento sferzava ancora più forte sui loro volti mentre percorrevano la breve distanza che le separava dalla porta dell'alloggio di Alice. Lei aprì dopo i primi colpi. «Ma che ci fate...»

La domanda le morì sulle labbra appena guardò oltre le spalle di Josie e di Sandrine e si accorse della neve che scendeva abbondante. «Oh, no. Il nostro soggiorno su questa montagna si è appena allungato... e non di poco.»

UNDICI

Si riunirono in cerchio nella sala grande della casa principale. Erano tutti imbacuccati con cappotti, cappelli, guanti e scarponi pesanti, tranne Brian che era entrato con indosso soltanto una maglietta, dei pantaloncini da basket e un paio di scarpe da ginnastica, che si era infilato senza calzini. Sulle sue caviglie si vedevano i rivoli lasciati dalla neve che si stava sciogliendo, ma lui non dava a vedere che gli desse fastidio. Tutti gli occhi erano puntati su Sandrine, la quale, per la prima volta quella settimana, sembrava aver perso la calma soprannaturale di cui era solita mostrarsi provvista in ogni momento. Si torceva le mani e rivolgeva lo sguardo verso Josie.

Taryn sedeva accanto a Sandrine, dall'altro lato, con gli occhi spalancati e i denti che le lavoravano sul labbro inferiore. Vedendo che nessuno parlava, fu Josie a prendere la parola: «Qualcuno ha visto Meg ieri sera?»

«È rimasta qui per un po' dopo cena.» le rispose Alice. «Io e Taryn abbiamo fatto un bagno sonoro nella sala di meditazione e lei si è unita a noi.»

«Esatto.» confermò Taryn.

Josie guardò Sandrine che annuì.

Lei si era ritirata nel suo alloggio dopo la scenata della cena, con i pensieri rivolti a Noah più che mai.

Nicole si passò una mano tra i corti capelli biondo rossiccio e sospirò. «Che importanza ha se qualcuno l'ha vista?»

«Nicole...» sussurrò Brian.

Lei gli lanciò un'occhiata e poi abbassò lo sguardo. In silenzio, si girò la fede nuziale intorno al dito. Ci giocherellava così tanto che la lucentezza dell'oro si era opacizzata.

«Sto cercando di capire da quanto tempo è scomparsa.» spiegò Josie.

Brian mise una mano sulla spalla di Nicole, ma lei se la scrollò di dosso. «Ed è importante?»

Era una domanda piuttosto strana da parte di una madre la cui figlia era stata rapita e uccisa. Era anche vero, però, che Nicole aveva trascorso quasi tutto il tempo a parlare soltanto di come fosse stata segnata dalla perdita della sua bambina, senza scendere nei dettagli dell'intervento della polizia o della dinamica dell'accaduto.

Josie lanciò un'occhiata oltre le finestre. C'era bianco a perdita d'occhio; sotto quella bufera di neve non si riuscivano a vedere nemmeno i rami spogli degli alberi. «Se si è allontanata, ma è rimasta nei dintorni, questo ci darà un'idea di quanto dobbiamo cercare. Se fosse partita alle undici di ieri sera, potrebbe essere arrivata a fondovalle, ormai; se, invece, fosse scomparsa nelle prime ore di questa mattina, potrebbe essere ancora nelle vicinanze.»

Alice si guardò intorno fissando ciascun membro del gruppo. «Ma per quale motivo se ne sarebbe andata? Che ragione aveva di lasciare il suo alloggio senza nemmeno avvisare qualcuno? Tanto più che se è partita dopo il bagno sonoro di ieri sera, stava già nevicando abbondantemente.»

Nella stanza calò il silenzio. Si sentiva bene il vento che

all'esterno fischiava tra gli alberi; invece, il gruppo elettrogeno era silenzioso. Per la prima volta Josie si rese conto di quanto facesse freddo all'interno della casa principale. In assenza di Cooper, nessuno aveva acceso il gruppo elettrogeno e nemmeno la stufa a legna.

«Qui siamo tutti col cervello incasinato.» commentò Nicole. «Chi può sapere perché se n'è andata?»

«Nicole, per favore.» la ammonì Sandrine.

«E dai, Sandrine.» ribatté Nicole. «È la verità.»

«Beh...» sbuffò Taryn. «Non sono d'accordo. Tu avrai anche... il cervello incasinato! Ma io no.»

Nicole rise alla sua risposta. «Hai presente dove siamo e per quale motivo, Taryn?»

Taryn incrociò le braccia sul petto. «Il motivo per cui siamo qui è lo stesso per tutti: stiamo cercando di migliorare. Ho passato molti momenti difficili, proprio come tutti voi, ma li sto affrontando. E mi sento bene.»

Nicole le sorrise. «Ma certo che ti senti bene.»

Sandrine alzò entrambe le mani. «Per favore. Adesso smettiamola di discutere e manteniamo l'attenzione su Meg. Non è nel suo alloggio. Fuori c'è una grande quantità di neve e non sembra che voglia fermarsi. Dobbiamo trovarla.»

«Qualcuno di voi ha visto Meg dopo il...» cominciò a dire Josie, incapace di riuscire a credere alle parole che le stavano uscendo di bocca, dato che quella pratica le era sembrata così strana quando ne aveva sentito parlare per la prima volta, salvo poi scoprire che in realtà era molto rilassante, «bagno sonoro?»

Tutti quanti scossero la testa.

Alice agitò una mano opportunamente protetta da un guanto verso le finestre. «Non dovremmo seguire le sue tracce nella neve?»

«E secondo te come facciamo a capire quali sono le sue tracce?» le fece notare Brian. «Se ce n'erano, ormai le abbiamo tutte calpestate.»

«Sandrine...» disse Josie, «hai notato qualche traccia proveniente dall'alloggio di Meg quando sei uscita dalla casa principale?»

Sandrine scosse la testa. «No, nessuna. Ho cercato in giro perché speravo che Cooper fosse tornato e che magari stesse gironzolando da qualche parte, ma non ho visto nulla.»

«Cooper non è tornato dopo essersi informato sulle condizioni meteorologiche?» domandò Nicole. «Questo è sospetto.»

Taryn si strofinò due dita sul collo, all'incavo della gola. «Perché sarebbe sospetto?»

«Forse è perché non può volerci così tanto tempo per controllare il meteo? Avrebbe potuto tornare quassù prima che questa bufera di neve peggiorasse, il che significa che ha deciso consapevolmente di non tornare.» Con il gomito pungolò le costole di Brian. «È strano, non ti sembra?»

«Io... non so che dire.»

Taryn si aggiustò il cappello in testa, tirandolo giù più saldamente sulle orecchie. «Può darsi che gli sia accaduto qualcosa! Potrebbe essere rimasto ferito o qualcosa del genere. Dovremmo andare a cercare anche lui.»

Josie aveva pensato la stessa cosa, ma non aveva avuto abbastanza tempo per rifletterci su. Cooper sembrava cavarsela piuttosto bene nei boschi e, in quanto custode della proprietà, conosceva la zona meglio di chiunque altro; quindi, era più facile pensare che non fosse stato fisicamente in grado di tornare alle baite al buio o che avesse visto l'opportunità di allontanarsi da loro per una notte e l'avesse colta. In ogni caso, sperava che fosse in una città vicina, in grado di fornire loro aiuto.

«Sandrine...» disse Josie. «C'è un telefono? C'è una linea fissa qui nella casa principale?»

Sandrine scosse lentamente la testa.

«E un telefono satellitare? Di sicuro Cooper ne teneva uno nella proprietà per le emergenze.»

Sandrine fece una smorfia. La sua voce era quasi un sussurro. «L'ha portato con sé.»

«Cosa?» sbottò Brian. «Mi prendi in giro? Perché?»

Sandrine tese le mani, con i palmi rivolti verso l'alto. «Nel caso gli fosse successo qualcosa sulla neve e avesse avuto bisogno di essere soccorso.»

«E gliel'hai lasciato prendere?» disse Alice.

«Stiamo bene qui.» disse Sandrine. «Siamo al caldo, abbiamo da mangiare e abbiamo dove dormire. Cooper doveva orientarsi nella neve. Se avesse avuto un incidente, ne avrebbe avuto più bisogno di noi.»

Cercando di reprimere il fastidio che sentiva crescerle dentro, Josie chiese: «Qual era il vostro piano di contingenza se qualcosa fosse andato storto? Se ci fosse stata un'emergenza di qualche tipo?»

«Io, ehm... Cooper doveva tornare! Oppure uno di noi poteva andare a valle a piedi e trovare la zona più vicina con il servizio di telefonia cellulare.»

Intorno a loro si levò un coro di brontolii, tra i quali emerse la voce di Alice quando chiese: «E se qualcuno si fosse ferito?»

«Io ho... ho un kit di pronto soccorso.» disse Sandrine.

Nicole lanciò un'occhiata alle finestre. «Non credo che riusciremo ad arrivare in fondo a questa storia.»

Brian, che finalmente cominciava a sentire il freddo, si avvicinò alla stufa a legna e vi si inginocchiò davanti. Prese dei ceppi da un secchio lì accanto e iniziò a inserirli nella stufa. «Non c'è campo per il cellulare da nessuna parte su questa montagna. Nemmeno nel parcheggio.»

Taryn gli lanciò un'occhiata tagliente. «Hai portato il telefono?»

«Certo che l'ho portato.»

Josie sospirò. «Anch'io, ma Brian ha ragione. Il servizio è praticamente inesistente. Sono riuscita a trovare un po' di segnale ieri, quando sono salita in cima alla montagna, ma non è bastato per contattare nessuno.»

«Com'è possibile?» chiese Nicole. «Non c'è posto in tutti gli Stati Uniti in cui non si possa ricevere il servizio di telefonia cellulare.»

Alice sbuffò. «Ci sono un sacco di posti dove non c'è campo, soprattutto in zone remote come questa.»

«La contea di Sullivan è decisamente remota.» si intromise Sandrine. «Ecco perché l'ho scelta per questo ritiro. Sapevate che c'è un solo semaforo in tutta la contea?»

«Fantastico...» commentò Nicole con un'alzata di spalle.

«Anche se riusciamo a trovare un servizio da qualche parte, la batteria del mio telefono si scarica quasi subito.» disse Brian frugando in un secondo secchio più piccolo per trovare della legna. «Quello stupido roaming prosciuga la batteria così velocemente che il mio caricabatterie non riesce a tenere il passo.»

«Brian, tu e Josie dovreste caricare i vostri telefoni il più possibile prima che i generatori finiscano il combustibile.» propose Alice. «Potete fare delle chiamate d'emergenza?»

Brian alzò le spalle e tornò a concentrarsi sulla stufa, usando un accendino dotato di estensione per accendere la legna che aveva sistemato in cima ai ceppi.

«Può darsi.» rispose Josie.

Le era già capitato di trovarsi in situazioni di emergenza in alta montagna, alla periferia di Denton, con un servizio cellulare limitato. Situazioni in cui aveva cercato di fare una chiamata d'emergenza. Non aveva funzionato. Ma non voleva spaventare gli altri, specie visto che non era escluso che potessero tornare sulla vetta e provare a telefonare da lassù. Poteva anche darsi che ci fossero alcune zone servite in altre parti della montagna.

Alice guardò Josie. «Perché hai cercato di usare il telefono ieri?»

«Per controllare il meteo.» disse Josie. «Ma datemi retta,

niente di tutto questo è importante per il momento. La nostra priorità è trovare Meg. Una volta fatto questo, rivaluteremo la situazione e decideremo le nostre prossime mosse.»

«Le prossime mosse...» le fece eco Taryn, con la voce tremolante. «Siamo bloccati qui. C'è più di mezzo metro di neve là fuori e non accenna nemmeno a rallentare. La strada per arrivare in fondo alla montagna è lunga. Senza il Gator di Cooper, non possiamo scendere. A questo punto, c'è troppa neve perché anche il Gator possa portarci giù.»

Brian guardò le fiamme che prendevano la brace. Rapidamente, chiuse lo sportello della stufa e fece un salto indietro come se potesse scottarsi. «Potremmo riuscire a camminare fino ai piedi della montagna.»

«È troppo pericoloso.» disse Josie. «Sono almeno tre chilometri, se non di più. Nessuno di noi ha l'attrezzatura invernale adatta per un'escursione del genere con questo tempo. E non dimenticatevi che in giro per questi boschi c'è anche un orso.»

Alice si avvicinò alla stufa. «Anche se riuscissimo ad arrivare a fondovalle a piedi, troveremmo le nostre auto bloccate dalla neve. Allora rimarremmo bloccati laggiù.»

Brian guardò la finestrella della stufa che cominciava a illuminarsi di arancione. Fece un altro passo indietro. «Ma potremmo aspettare che qualcuno passi dal parcheggio e chiedere aiuto.»

«È un grosso rischio. E se fosse stata questa l'idea di Cooper e gli fosse successo qualcosa...» ricominciò Nicole.

Sandrine alzò di nuovo le mani. «D'accordo, ascoltatemi tutti quanti, facciamo dei respiri profondi. Sono sicura che Cooper sta bene. Ha il telefono satellitare per qualsiasi problema. Potrebbe semplicemente essere rimasto nella città più vicina per trovare le risorse necessarie a portarci via da questa montagna domani come previsto. Sono pienamente convinta che stia bene.»

«Davvero?» la apostrofò Alice togliendosi i guanti e tenendo i palmi delle mani sopra la stufa, da cui brillava il calore del fuoco all'interno. «Non vorrei passare per irrispettosa, ma avrà almeno settant'anni.»

Sandrine si sforzò di fare un sorriso. «Come ho detto, sono pienamente convinta che stia bene e che si stia adoperando per trovare un aiuto per noi proprio in questo momento. Josie ha ragione, però: dobbiamo trovare Meg. E dobbiamo trovarla immediatamente.»

DODICI

Si divisero per cercare Meg. A Nicole e Brian fu assegnata l'area a nord del campo, in direzione della vetta. Taryn fu incaricata di cercare dietro la fila di casette. Alice, invece, si sarebbe occupata dell'area boschiva di fronte a loro. Josie e Sandrine si diressero lungo il sentiero che dal campo portava ai piedi della montagna. Josie fu rincuorata nello scoprire che, per lo meno, Cooper teneva dei walkie-talkie nella cucina della casa principale. Ce n'erano quattro. Il numero esatto di cui avevano bisogno. Con Sandrine al fianco, Josie fece qualche prova con il tasto del volume, dirigendosi lungo il sentiero, passando davanti alla stanza della rabbia e alla rimessa. La voce di Brian arrivò come una serie di starnazzi. «Riuscite a sentirmi?»

Prima che Josie potesse rispondere, ci fu uno stridio di interferenze e poi Taryn disse: «Sì. Voi riuscite a sentirmi?»

Una volta che si furono sintonizzati tutti quanti, Josie premette il pulsante di conversazione e disse: «Non sappiamo quanta carica abbiano queste radioline o quanto dureranno le batterie. Cerchiamo di risparmiarle per il momento.»

In cambio, ricevette tre raffiche di rumore statico seguite da tre risposte d'intesa. Poi il dispositivo si ammutolì. Sandrine sbuffò accanto a Josie, reggendosi l'orlo del suo abito oversize mentre si inoltravano tra gli alberi. «Quanto lontano riescono ad arrivare questi aggeggi?»

«Non ne ho idea.» disse Josie. «Immagino che lo scopriremo.»

La neve superava la parte superiore degli scarponi di Josie, formando una striscia di ghiaccio intorno ai polpacci. Davanti a sé vedeva una distesa perfettamente intatta tranne che per quelle che sembravano minime depressioni in cui non si erano formati degli ammassi. Indubbiamente erano dovute alle impronte che avevano lasciato durante la nevicata iniziale e che poi si erano riempite con la tempesta della notte. Potevano essere le impronte di Cooper? O quelle di Meg? O di entrambi? Era impossibile dirlo. Potevano anche non essere nulla. Potevano essere le impronte dell'orso.

Il vento sferzava su di loro, pungendo il viso di Josie. I fiocchi di neve scendevano più rapidamente di prima.

La situazione non poteva che peggiorare.

«Ieri sera hai tenuto un bagno sonoro.» disse Josie. «Quando Meg se n'è andata, ti è sembrato che fosse turbata per qualcosa?»

«No.» rispose Sandrine.

«Si era lamentata con te di qualcosa in questa settimana, oltre a ciò di cui si è discusso durante le sedute?»

«Che cosa intendi?»

Una folata di vento sconquassò gli alberi alla loro sinistra e le schiaffeggiò così forte che Sandrine incespicò. Si aggrappò al braccio di Josie per non perdere l'equilibrio. Mentre Josie la aiutava a rimettersi i piedi, si accorse che le battevano i denti. Si prese un momento per raccogliere l'orlo del vestito e per annodarlo lungo la coscia sinistra, in modo che non le ostacolasse il cammino.

«Voglio dire se ha avuto qualche problema durante il ritiro.

C'era qualcuno del gruppo che le dava fastidio? C'era qualcosa che non le piaceva?»

«Oh...» disse Sandrine, tenendosi stretta al braccio di Josie per riprendere il cammino. «No. Non direi proprio.»

«Siamo sole qui, io e te, Sandrine. Se ti viene in mente qualche motivo per cui avrebbe dovuto scappare nel cuore della notte durante una tempesta di neve, devi dirmelo.»

«No, non mi viene in mente. Meg si è impegnata molto in tutte le attività di questa settimana. Ha persino detto che avrebbe voluto che il ritiro durasse di più.»

Questa era l'impressione che aveva avuto anche Josie, il che faceva crescere quel bocciolo di terrore che le era nato nello stomaco ogni momento di più che passavano all'aperto alla ricerca della loro compagna. Se non aveva un motivo per andarsene, perché l'aveva fatto? Poteva essere l'agente di polizia che era in lei che cercava di emergere, ma Josie si era interrogata fin da subito sull'eventualità, per quanto remota, che fosse stata rapita. Per quanto potesse essere difficile immaginare che ci fosse una persona che si aggirava per i boschi della contea di Sullivan, data la vastità dell'area che copriva, in attesa di compiere un rapimento, Josie sapeva per esperienza personale che non era infrequente che i mostri si nascondessero in luoghi fuori mano. Denton, per esempio, era nota per i criminali efferati che trovavano rifugio nelle sue foreste. Il tipo di maniaci che si mascheravano da uomini e prendevano di mira giovani donne e ragazzine. Di tutto il gruppo, Meg era la più giovane. Era anche molto attraente e di statura sufficientemente piccola da rendersi abbastanza vulnerabile in uno scontro fisico. Difatti, le era già successo una volta con l'uomo che la pedinava. Ma la possibilità più probabile, quella che Josie aveva cercato di scongiurare anche nella sua stessa mente, era che il responsabile dell'assenza di Meg dal suo alloggio fosse qualche membro del ritiro.

Intanto Sandrine teneva una mano saldamente ancorata al

gomito di Josie, che sentiva già la spalla in fiamme per il peso che si trascinava dietro. Come se le leggesse nel pensiero, Sandrine disse: «So cosa stai pensando. Beh, mi dispiace ammettere che hai ragione: non ero preparata per un inverno in Pennsylvania; anzi, ero di gran lunga impreparata. Il fatto è che questo è il mio primo ritiro invernale e, all'inizio, non avevo nemmeno intenzione di farlo, ma poi ho pensato che, non avendone mai fatto uno in inverno, valesse la pena di provare. Tanto più che in questo periodo dell'anno le persone sono costrette a starsene rinchiuse in casa e così la depressione si diffonde maggiormente. A conti fatti, l'inverno è la stagione migliore per organizzare un ritiro. Considerando tutti questi aspetti, si nota una curva di apprendimento più alta nei partecipanti.»

Josie non sentiva quasi più i piedi. Il freddo le penetrava nei pantaloni e le gelava la pelle imprimendole un dolore lancinante. I suoi occhi correvano da una parte all'altra del sentiero e dei dintorni e intanto procedevano sempre più a fatica. Sentiva Sandrine tremare addosso a lei. Per distogliere la mente di entrambe da quel freddo pungente, Josie cercò di mantenere viva la conversazione. «Non sei abituata a questo tempo, dico bene?»

«N-no. Io vengo dalla California. Anche se, a di-dire la verità, credo di non essere di nessun posto. Ho vi-viaggiato per tutta la vita, mi sono tra-trasferita dall'Oregon al Texas, poi s-sono andata a New York... ma ho tra-trascorso molto tempo in California e anche in Florida. Ho sempre pre-preferito i luoghi p-più caldi.»

Josie cercò di ricordare le informazioni che aveva letto sul sito web di Sandrine quando stava valutando se partecipare o meno al ritiro. Sandrine aveva conseguito il dottorato in psicologia all'Università della California a Berkeley. Sebbene nel suo studio privato si presentasse come la dottoressa Morrow, durante il ritiro si faceva chiamare semplicemente Sandrine. Aveva un modo di fare caloroso, calmo, era il tipo dalla parlantina dolce ed era dotata di una conoscenza e di una pace interiore che nessuno di loro possedeva neanche lontanamente. Josie si diceva che se l'avesse incontrata in un contesto diverso, l'avrebbe scambiata per un'istruttrice di yoga o per la proprietaria di un negozio di prodotti biologici. Non ricordava dove si fosse laureata, ma a parte i suoi notevoli risultati professionali, la sua biografia non conteneva molte informazioni personali. Nel corso della settimana aveva condiviso poco altro su di sé, scherzando sul fatto che non avevano aderito a quel percorso per disfare il suo di bagaglio emotivo, ma il loro, per poi passare ordinatamente alla prima sessione di gruppo.

«Uno dei tuoi genitori era nell'esercito?» le chiese Josie. «È per questo che sei stata sballottata da una parte all'altra del Paese?»

«Oh, no.» rispose Sandrine facendo una risatina secca. «Sarebbe stato senz'altro incantevole, non credi? Ma non è per questo. Ci siamo trasferiti molto a causa del lavoro di mia madre.»

Un'altra forte raffica di vento le colpì alle spalle, dando loro un po' di spinta che accelerò la loro discesa lungo il sentiero e facendole barcollare ancora una volta. Sandrine cadde sulle ginocchia, trascinando Josie giù con sé. La neve le inzuppò le gambe dei pantaloni nel momento stesso in cui ci si ritrovarono immerse. Si rimisero in piedi a fatica. Josie si voltò a guardare la strada che avevano percorso: sembrava che stessero camminando da ore e invece riusciva ancora a vedere bene il rivestimento rosso del fabbricato che ospitava la stanza della rabbia alle loro spalle e il piccolo capannone adiacente.

«Merda...» borbottò.

«Cosa c'è?» chiese Sandrine, con i denti che ora battevano forte.

«Penso che dovresti tornare indietro.» le disse Josie. «Torna alla casa principale e aspettami lì.»

«No. Non posso. Non posso starmene al chi-chiuso sapendo

che voialtri siete tutti occupati nelle ricerche. Io... starò b-bene. Continua a parlare. Mi è d-di aiuto.»

Josie riuscì a fare un sorriso raggelato e a riprendere il cammino trascinandosi dietro Sandrine. «Perché sei venuta in Pennsylvania per fare questi ritiri?»

«Mi è stato chiesto di organizzare una serie di co-conferenze per l'Università della Pennsylvania. Sapevo che sarei rimasta qui sulla costa orientale per un anno, qui-quindi ho pensato di tenere alcune delle mie conferenze in questa contea. Ne avevo già fatti mo-molti di ritiri in altri Stati, anche se non mi era m-mai capitato di farne durante una b-bufera di neve. Quelli che ho fatto qu-qui all'inizio dell'anno hanno avuto molto successo. N-Non qui nella contea di Sullivan. Questa è la p-prima volta che vengo in questa zona. Credo che sarei dovuta rimanere più vicino alla co-costa orientale.»

Prima che Josie potesse pensare a un'altra domanda, il suo sguardo si soffermò su qualcosa alla loro sinistra, appena fuori dal sentiero. Uno sprazzo di rosa acceso in un mare infinito di bianco. «Laggiù!»

Sandrine zoppicava mentre Josie la trascinava fuori dal sentiero. Alla base di un grande acero, il polsino di una manica di un giaccone spuntava da un piccolo cumulo di neve. Josie svicolò dalla presa di Sandrine e si buttò sulle ginocchia, spazzando via la neve. Il suo cuore era in piena corsa.

Sandrine disse: «Questo è il gi-giaccone di Meg.»

Ma di Meg non c'era traccia.

Josie guardò oltre l'acero, dietro al quale una schiera di tronchi spogli si estendeva a perdita d'occhio, con alcuni dei più piccoli che si piegavano al vento e si concentrò sulla striscia di terra che aveva davanti a sé, camminando con cautela tra gli alberi. La neve si sollevò dal suolo e turbinò intorno a lei, ridistribuendosi lungo il terreno. Man mano che si spostava cominciò a vedere dei piccoli grumi.

«Guarda!» gridò Sandrine allontanandosi da Josie e slanciandosi in avanti, cadendo sulle ginocchia. Spolverò la prima protuberanza che incontrò, scoprendo un cappello nero.

«Aspetta!» le disse Josie.

Sandrine strisciò verso la protuberanza successiva, spazzolando rapidamente la neve con le mani. Apparve un guanto. A pochi metri di distanza, dalla neve spuntò un altro guanto.

«Sandrine, aspetta!» disse Josie e, raggiungendola, la prese per una spalla prima che potesse avvicinarsi al successivo oggetto che faceva capolino dalla neve.

Uno scarpone rovesciato su un fianco, con i lacci sciolti.

«Cosa... cos'è questo?» esclamò Sandrine, barcollando per rimettersi in piedi. «Oh mio Dio. È... è...?»

Josie guardò oltre lo scarpone, dove un piede avvolto in uno spesso calzino rosa spuntava da dietro il tronco di un altro acero. Il sangue le ruggì nelle orecchie mentre giravano intorno all'albero. Sulla schiena, parzialmente coperta dalla neve, giaceva Meg. Sandrine scoppiò a singhiozzare sulla spalla di Josie. Il vento tornò a sferzare, sollevando gli ultimi residui di neve che coprivano il viso della loro compagna, mostrandone i bei lineamenti congelati in un sonno eterno.

TREDICI

Josie non aveva bisogno di precipitarsi a sentirle il battito: nel suo lavoro aveva visto abbastanza cadaveri da sapere già che Meg Cleary era deceduta da tempo. Sandrine si accasciò sulla neve, in lacrime. Josie si prese un momento per cercare di calmare il suo cuore che batteva all'impazzata e si concentrò sulla scena, osservandola nella sua interezza: Meg era stesa con le braccia lungo i fianchi. Una gamba era piegata, con il ginocchio rivolto verso l'esterno, mentre l'altra era dritta. La camicetta era sbottonata, esponendo il reggiseno e l'addome. La cerniera e i bottoni dei pantaloni erano ancora chiusi, ma gli scarponi e uno dei calzini erano stati gettati via, così come il giaccone, il cappello e i guanti. Quella scena la portava a chiedersi se era stato qualcuno a cercare di toglierle i vestiti o se era stata Meg a toglierseli da sola. Nel secondo caso, perché avrebbe dovuto togliersi i vestiti? La voce di Mettner le giunse da qualche parte nei profondi recessi della sua mente, risalendo dai ricordi di varie conversazioni che avevano fatto nel corso degli anni, a fornirle la risposta. «L'ipotermia...» le aveva detto una volta. «Quando il corpo si raffredda, il sangue si allontana dalle estremità e si dirige verso gli organi centrali del corpo, dove è più necessario. Si chiama vasocostrizione. Ma più si rimane esposti a temperature rigide più questo processo comincia a rallentare. A un certo punto, il corpo restituisce tutto il sangue alle estremità. I vasi vicino alla pelle si aprono e il sangue torna a scorrere. Questa fase è chiamata vasodilatazione. Le vittime a questo stadio dell'ipotermia sentono improvvisamente molto caldo. Sono già disorientate e confuse. Quindi cominciano a togliersi i vestiti.»

«Spogliamento paradossale...» borbottò. Era così che si chiamava. Ricordava che Mettner le aveva spiegato che di solito accadeva poco prima che una persona perdesse i sensi. Apparentemente poteva sembrare che Meg avesse lasciato il suo alloggio per raggiungere il fondovalle dal sentiero ed era morta congelata, ma sembrava improbabile. Era pur vero che le temperature erano scese sotto lo zero e che la neve era calata prepotentemente durante tutta la notte, ma non erano così lontano dall'accampamento; quindi, non poteva essere morta per congelamento. A così breve distanza, lei e Sandrine erano solo infreddolite.

Josie fu riportata al presente dalle grida acute di Sandrine. «Oh Meg! Povera Meg!»

«Ferma!» le urlò Josie quando vide Sandrine allungare una mano per toccare il viso della ragazza, precipitandosi in avanti e afferrandole il polso prima che la mano di Sandrine entrasse in contatto con la sua pelle.

Sandrine spalancò gli occhi per la sorpresa. «Che ho fatto?»

«Non toccarla. Per favore.»

Lentamente, Sandrine ritirò il braccio dalla presa di Josie. Il dolore le oscurò gli occhi.

«Mi dispiace...» disse Josie. «Non dovremmo interferire con il suo...» Si fermò prima di dire "corpo" concludendo invece con: «Voglio solo dare un'occhiata ad alcune cose, se non ti dispiace.»

Sandrine la fissò, senza capire. «Che cosa intendi dire?»

«Non sappiamo cosa sia successo qui. Vorrei fare delle valutazioni.» spiegò Josie chinandosi e cercando delicatamente di spostare un braccio di Meg dal lato del corpo, ma non ci riuscì. «È in rigor mortis.»

«Cosa?» disse Sandrine.

«Non importa.»

Meg Cleary non era solo congelata per essere rimasta distesa nella neve per diverse ore; il suo corpo era in pieno rigor mortis. Ora che si era avvicinata, Josie poteva vedere un piccolo taglio sulla guancia destra della ragazza, da cui era colata una goccia di sangue secco. Era un taglietto sottile, lungo appena un centimetro e mezzo, con una leggera curva all'estremità. Poteva essere un'unghia, ma non era in grado di dirlo con certezza. Approfittando dei guanti, sollevò con un dito le palpebre di Meg: il bianco degli occhi era punteggiato di petecchie, puntini rosa dove i vasi sanguigni erano scoppiati per mancanza di ossigeno. Vedendole, Josie ebbe un tuffo al cuore.

"Potrebbe non significare nulla..." sentì che le diceva la voce di Mettner nella sua testa come se fosse lì accanto a lei.

I suoi occhi furono attratti dalla sciarpa attorno al collo di Meg. "Hai ragione", gli rispose lei continuando quella conversazione mentale. Le petecchie potevano essere causate da qualcosa di semplice come la tosse o il vomito e non per forza dallo strangolamento. Ma per quanto ne sapeva Josie, Meg non aveva avuto né tosse né vomito quella settimana.

"Devi guardare cosa c'è sotto la sciarpa", le consigliò la voce di Mettner.

Ma non poteva limitarsi a dare un'occhiata. Se aveva ragione su quello che era successo alla sua compagna di ritiro, doveva trattarla esattamente come qualsiasi altra scena del crimine. Anche se non era nella sua giurisdizione, il giuramento che aveva prestato come funzionario della legge non le avrebbe permesso di contaminare la scena del crimine. Se Meg era stata uccisa, il responsabile poteva aver lasciato delle impronte, come fibre di tessuto o tracce di DNA. Perciò, era suo preciso dovere cercare di preservare qualunque indizio potesse essere presente, il che significava che non poteva permettere a nessuno di toccare il corpo della vittima più del minimo necessario per spostarlo.

Non poteva nemmeno spazzolare o soffiare via la neve. L'opzione migliore sarebbe stata quella di metterla su un lenzuolo pulito esattamente nella posizione in cui si trovava e poi trasportarla in uno degli edifici non occupati. Una volta che il suo corpo fosse stato trasferito in un ambiente con temperature superiori allo zero, la neve si sarebbe sciolta e avrebbe lasciato ogni traccia al suo posto.

Josie tirò fuori il suo walkie-talkie e premette il pulsante per parlare. Le ci volle un bello sforzo per trattenersi dal parlarci dentro come se si stesse mettendo in contatto con la sua squadra. «Sono Josie.» annunciò. «Sandrine e io abbiamo trovato Meg lungo il sentiero. Abbiamo bisogno di aiuto quaggiù, immediatamente. Dobbiamo spostarla.»

Le rispose la voce di Brian. «Ricevuto. Stiamo venendo da voi.»

«Fermatevi nella casa principale e vedete se riuscite a trovare un lenzuolo pulito.»

Ci furono alcuni istanti di silenzio e poi Taryn rispose: «Ricevuto.»

Josie fece un respiro profondo. «Alice? Mi ricevi?»

Ci fu un'esplosione di interferenze e poi sentì la voce di Alice. «Sono qui.»

«Ho bisogno anche di te. Puoi fermarti al mio alloggio e portarmi il mio diario e una penna? E già che ci sei, porta anche il mio telefono.»

«D'accordo. Ci vediamo tra poco.»

Sandrine si rimise in piedi su gambe tremanti. I pantaloni da yoga che portava erano fradici. Il suo corpo era scosso dai tremiti per il freddo, la confusione e lo sconforto. «Cosa pensi di fare, Josie?» le chiese.

Josie valutò se fosse il caso di condividere con Sandrine i suoi sospetti o di tenerli per sé e alla fine decise che era meglio non dirle niente per il momento, almeno finché non si fosse fatta un quadro più chiaro di ciò che aveva causato la morte della loro compagna. Perciò, disse: «Ho bisogno che tu stia laggiù, più vicino al sentiero, e che ti assicuri che gli altri ci vedano quando ci raggiungeranno qui.»

Sandrine si coprì la bocca prima che le sfuggisse un altro singhiozzo. Abbassò di nuovo lo sguardo su Meg e la tristezza del suo volto trafisse il cuore di Josie. «Povera Meg.»

«Per favore, Sandrine. So che è difficile, ma ho bisogno che tu vada laggiù, in modo che gli altri ci trovino. Poi dobbiamo riportarti alla casa principale il prima possibile. Cerca di non toccare nulla.»

Sandrine superò la scia di vestiti abbandonati di Meg e si fermò vicino alla linea degli alberi. Josie stimò che il corpo si trovasse a sei metri dal sentiero, in base alla distanza che intercorreva con Sandrine. Vicino al corpo di Meg non c'erano altre impronte distinguibili, oltre a quelle che Josie e Sandrine avevano appena lasciato, ma si vedevano alcune leggere depressioni che si erano già riempite di neve come quelle che avevano seguito lungo il sentiero, ma era impossibile capirne l'origine. Non formavano nemmeno una traccia continua, dato che la neve soffiava e scivolava da ore.

Intanto che aspettavano, Josie continuava a scrutare il bosco, preoccupata che l'orso potesse trovarle. Si sentì cogliere da un grande sollievo quando le giunsero le voci degli altri che chiamavano Sandrine e, nel giro di pochi istanti, Brian, Nicole, Alice e Taryn apparvero tra gli alberi. Uno dopo l'altro, guardarono alle spalle di Sandrine, dove Josie stava di guardia al corpo di Meg. Osservarono la scena. Le loro espressioni passarono dalla curiosità alla preoccupazione. Da dove si trovavano potevano vedere solo gli indumenti abbandonati di Meg e il suo piede. «È ferita?» chiese Alice, avanzando di scatto. Josie alzò una mano. «Non ti avvicinare. Per favore.»

Alice si immobilizzò. Josie andò incontro al gruppetto, facendo attenzione a evitare gli indumenti di Meg che lei e Sandrine avevano portato alla luce.

«Posso fare qualcosa.» disse Alice, cercando di superare Josie. «Sono un'infermiera del pronto soccorso. Ricordi?»

Prendendola per le spalle, Josie la tenne ferma. «Meg non c'è più, Alice. Ho già controllato.»

«Co-cosa?» esclamò Taryn, con voce acuta. «Non c'è più? Cosa intendi dire con "non c'è più"?»

Sandrine posò una mano sul braccio di Taryn. «Meg è morta.»

«No!» esclamò Taryn tirandosi la sciarpa di maglia intorno al collo per allentarla. «No. Non può essere morta. Hai provato a... hai provato a farle la rianimazione? Alice... Alice ha una formazione medica. Lei può...»

«Mi dispiace, Taryn.» disse Josie. «Sandrine ha ragione. È troppo tardi per questo. Meg è morta.»

«Stai scherzando, vero?» si intromise Brian.

«Mi dispiace.» ripeté Josie, mantenendo la voce calma. «Vorrei tanto che fosse uno scherzo. Lo vorrei davvero.»

«Ma cosa è successo?» continuò Brian.

«Non lo so.» disse Josie. «Adesso ho bisogno del telefono, del diario e della penna.»

Una nuova voce giunse alle spalle di Sandrine, Alice, Taryn e Brian. «Perché hai bisogno di tutto questo?» le chiese Nicole. Gli altri si scostarono e la videro in piedi in mezzo al sentiero. «Hai detto che Meg è morta? Come può essere morta? Che diavolo è successo?»

Alice consegnò a Josie il telefono, il diario e la penna e Josie li tenne in mano. «Non so cosa sia successo e proprio perché non so cosa sia successo, devo considerare quella di Meg come una morte sospetta.»

«Qualcuno l'ha uccisa?» chiese Nicole.

«Non ho detto questo.» precisò Josie. «Non ho abbastanza informazioni per arrivare a qualche conclusione, ma quello che vorrei fare è realizzare uno schizzo e scattare qualche foto prima di spostare il... spostarla.»

Josie si sentì addosso gli occhi di Alice.

«Non faresti nulla di tutto questo se fosse stato un incidente.» continuò imperterrita Nicole. «Pensi che qualcuno l'abbia ammazzata.»

«Non è vero, Nicole.» disse Josie.

Il labbro inferiore di Taryn cominciò a tremare «Chi poteva avere un motivo per uccidere Meg?»

«Sei sicura che non sia stato l'orso a ucciderla?» le chiese Brian.

Alice indicò il terreno dove la neve ancora turbinava e si confondeva con il vento impetuoso. «Sono i suoi vestiti quelli? Magari è andata in ipotermia.» Si voltò verso gli altri e spiegò in quali momenti dell'ipotermia si verifica uno spogliamento paradossale per poi aggiungere: «L'ho già visto succedere con alcuni pazienti ricoverati al pronto soccorso in vari stati di spogliamento. Credetemi, credo anch'io che la cosa migliore sia che Josie documenti tutto, in modo che, quando arriveranno i soccorsi, nessuno di noi venga incolpato di qualcosa che non è realmente accaduto.»

Tranquillizzati, tutti tacquero. Alice si voltò verso Josie e le fece un cenno appena percettibile. I suoi occhi parlavano chiaro. Neanche lei si sarebbe bevuta la storia dell'ipotermia, ma in quel modo Josie avrebbe avuto la possibilità di preservare le prove che poteva se fosse emerso che Meg era stata uccisa. Guardò il suo telefono: la batteria era carica al settantotto per cento. Nell'angolo superiore sinistro dello schermo c'era scritto: "Ricerca". La piccola icona che indicava la qualità della connessione era vuota, sostituita da una X al centro. Brevemente, lampeggiò fino a una singola barra di connessione. La notifica di un messaggio lampeggiava nella parte superiore dello schermo. Leggere il nome di Gretchen la riempì di sollievo, ma quando visualizzò il messaggio, il sollievo si trasformò in orrore.

È in arrivo una vera e propria tormenta di neve. Andate via subito, se potete. Fai allontanare tutti quanti da quella montagna. Spero che tu legga questo messaggio in tempo. P.S.: Noah è un autentico disastro.

Per un breve momento le lacrime le punsero il fondo degli occhi. Respirò più profondamente che poté, scacciando ogni pensiero su Noah dal suo cervello.

«Stai bene?» le chiese Nicole. «Si direbbe che tu stia per vomitare.»

Brian si girò a guardare la moglie. «Ha appena trovato un cadavere, Nicole...»

La moglie sospirò. «È una detective, no? È il suo lavoro.»

Josie spinse tutto ciò che non aveva a che fare con il compito da svolgere in una scatola ermetica all'interno del suo cervello e poi spinse la scatola in fondo al suo armadio mentale. «Sto bene...» disse alzando il telefono, il messaggio di Gretchen era ormai nascosto al sicuro dalla schermata di blocco. «Prima di fare qualsiasi cosa, cercherò di fare una chiamata di emergenza, nel caso in cui Cooper non fosse in grado di usare il telefono satellitare o di raggiungere la città più vicina. L'ideale sarebbe che qualcuno ci raggiungesse e ci portasse tutti via da qui.»

Compose il numero dei soccorsi e aspettò. Ma rimase muto. Riattaccò e riprovò. Stessa storia. Al terzo tentativo squillò una volta e poi la chiamata si chiuse da sola con una serie di segnali acustici in rapida successione.

«Che succede?» chiese Nicole.

Josie sospirò. «Non riesco a mettermi in contatto con i soccorsi.»

Alice fece un passo avanti, facendo attenzione a evitare i

vestiti abbandonati di Meg. «Anche se ci riuscissi, potrebbero passare ore prima che qualcuno riesca a salire fin quassù. La neve sta ancora scendendo forte Josie, e si gela. Non possiamo lasciarla qui fuori e non possiamo incaricare qualcuno di restare con lei fino all'arrivo dei soccorsi.»

Josie annuì. «Allora seguiremo il mio piano originale.»

Lasciò il gruppo sul sentiero e si mise al lavoro, facendo un rapido schizzo di tutta l'area nel suo diario e poi scattando quante più foto poteva con il telefono. Dopo aver documentato ogni cosa come l'avevano trovata, si mise in ginocchio e rinfilatisi i guanti tirò indietro un lembo della sciarpa di Meg. Il suo cuore fece un doppio battito, si fermò e poi ripartì in quarta. Il sangue che le scorreva nelle orecchie sovrastava il vento che sferzava e gridava intorno a lei.

«Oh Meg...» sussurrò.

Senza rimuovere completamente la sciarpa, la spostò abbastanza per poter scattare il resto delle foto. Aveva visto quanto bastava per avere la conferma della sua più grande paura. Avrebbe lasciato il resto al medico legale della contea. Passò a esaminare gli indumenti dismessi di Meg. In circostanze normali sarebbero stati raccolti per essere analizzati come prove. Ma nelle condizioni in cui versavano, Josie non era in grado di raccogliere nessuna prova. Se ci avesse provato, avrebbe potuto compromettere se non perdere completamente qualsiasi prova ci fosse stata. Allo stesso tempo, però, se avesse lasciato lì il corpo, avrebbe corso il rischio che il vento facesse volare via o che la neve seppellisse o addirittura che gli animali banchettassero con qualsiasi prova fosse rimasta. Era una situazione senza via d'uscita. In definitiva, concluse che l'opzione meno rischiosa era quella di lasciare tutto al suo posto. Scattò altre foto e segnò la posizione di ogni singolo oggetto nei suoi disegni.

Una volta finito, tornò dagli altri, che si erano raggruppati lungo il sentiero. Sandrine, Taryn, Alice e Nicole piangevano sommessamente, invece Brian resisteva, anche se aveva gli occhi che brillavano di lacrime non versate e si stringeva al petto la moglie, in preda al terrore.

Anche Josie aveva voglia di lasciarsi cadere nella neve e piangere, ma non c'era tempo. Si sarebbero congelati tutti.

«Siamo tutti dispiaciuti.» disse Taryn tirando su col naso e pulendoselo con il dorso del guanto. «È una cosa terribile.»

«Povera Meg...» commentò Brian in tono sommesso, stringendo ancora di più la moglie a sé.

Alice tirò fuori dalla tasca del giaccone un fazzoletto stropicciato e si asciugò gli occhi arrossati. «Dopo tutto quello che ha passato...» iniziò a dire, senza però riuscire a finire il discorso. Sandrine le accarezzò la spalla. «È molto triste. È un giorno terribile per tutti noi, non solo per Meg.»

«Mi rendo conto che è difficile...» disse Josie. «Anch'io sono distrutta, ma in questo momento la cosa migliore che possiamo fare per Meg è riportarla al campo.»

Passò il telefono a Sandrine, incaricandola di cercare di contattare i servizi di emergenza. Poi guidò Taryn, Brian e Alice verso il corpo di Meg. Nicole rimase con Sandrine, con le braccia incrociate sul petto, asciugandosi le lacrime dal viso pallido.

«Chi ha portato il lenzuolo?» chiese Josie, intanto che gli altri si riunivano in cerchio intorno al corpo di Meg. Josie prese posizione davanti alla testa.

«Porca puttana.» esclamò Brian mettendosi accanto al fianco sinistro della ragazza. «È davvero morta. Nel senso, è morta stecchita.»

Taryn, che si era messa al fianco destro di Meg, passò a Josie un lenzuolo bianco. «Mi dispiace, Josie. Non credo di potercela fare.»

Brian staccò gli occhi dal corpo per guardare Taryn. «Stai scherzando? Non è che ti morde.»

Taryn tornò a fissare la ragazza, con il labbro inferiore che ricominciava a tremare. Si aggiustò la sciarpa intorno al collo, tirandola, come se le stesse troppo stretta.

Alice, la più vicina ai piedi di Meg, lanciò un'occhiata a Brian. «Suo marito è morto davanti a lei, ricordi?» Si voltò verso Taryn. «Non preoccuparti se non puoi, Taryn. Torna al sentiero. Vai a sentire se Nicole o Sandrine possono aiutarci. Abbiamo bisogno di quattro persone.»

Mormorando altre scuse, Taryn tornò verso il sentiero, tenendo alte le ginocchia per camminare nella neve sempre più alta.

Josie aprì di scatto il lenzuolo e lo stese accanto a Meg. «Alice.» disse. «Tu prendila per i piedi.»

Brian guardò, apparentemente affascinato, mentre spostavano con grande rapidità ed efficacia il corpo irrigidito di Meg sul lenzuolo. Josie trasalì quando parte della neve che ricopriva il suo busto si spostò. Non c'era niente da fare. Alice aveva ragione. Non potevano abbandonarla. Un attimo dopo apparve Nicole, che aggrottò le sopracciglia sotto la tesa del cappello di maglia per guardare Meg.

«Oh, porca vacca...» esclamò. «È raccapricciante da morire.»

QUATTORDICI

Quando raggiunsero il capanno accanto alla grande costruzione rossa che ospitava la stanza della rabbia, Josie era madida di sudore, nonostante la temperatura gelida e la neve pesante che le inzuppava i vestiti. Si sentiva le braccia deboli e gommose mentre stendevano Meg sul pavimento all'interno. Sandrine era andata avanti con Taryn per assicurarsi di poter aprire le porte e liberare uno spazio dove mettere il corpo. Al centro del piccolo capanno c'era un tosaerba. Né Sandrine né Taryn erano riuscite a metterlo in moto, così l'avevano lasciato dov'era ed erano passate a liberare uno spazio adiacente. Dopodiché, appena fuori dal capanno, Taryn e Sandrine avevano ammassato un decespugliatore, una cassetta degli attrezzi, due piccole taniche di gasolio, un bottiglione di olio motore, due pale e uno spaccalegna.

Una volta che ebbero sistemato Meg sul pavimento di cemento, Josie si tolse il cappello e i guanti e si passò una mano tra i capelli. Erano impregnati di sudore. Dovette resistere all'impulso di togliersi il giaccone. Doveva tenere presente il suo obiettivo: portare tutti fuori dall'edificio e lontano dal corpo il prima possibile. Brian e Nicole si diressero verso la porta.

Anche loro si tolsero il cappello. I corti capelli scuri di Alice erano bagnati e appiccicati alla testa. Si mise vicino a Josie, dando le spalle al tosaerba, e fissò Meg.

Ora che le prime scosse per la morte della loro compagna si erano attenuate, Nicole li osservava con una curiosità senza riserve. «E adesso che si fa?» si informò. «La lasciamo qui dentro? E poi perché l'abbiamo portata qui?»

«Per caso ci pensi tu a portarla su per la collina fino al suo alloggio?» le chiese Alice con tono deciso.

Nicole non rispose. Josie si accontentò di farle credere che il motivo per cui avevano portato il corpo di Meg al capanno fosse perché era il più vicino al luogo in cui era stata trovato, quando in realtà, il vero motivo per cui lo aveva preferito era che l'alloggio di Meg era l'ultimo posto in cui era stata vista e Josie voleva trattarlo come una scena del crimine; pertanto, riportarvi il corpo di Meg non avrebbe fatto altro che contaminarlo. Con tutto ciò che era stato rimosso dal capanno, a eccezione del tosaerba, non c'era motivo di tornarci. Più tardi, avrebbe dovuto trovare un modo per isolare sia il capanno che l'alloggio di Meg, o almeno chiuderli a chiave.

Brian usò il cappello per asciugarsi il sudore dal viso arrossato. «Non inizierà a puzzare?»

Prima che Josie potesse rispondergli, Sandrine si fece strada tra loro due e li allontanò dalla porta. «Andate.» disse. «Voglio tutti nella casa principale, immediatamente. Dobbiamo riorganizzarci e parlare di quello che è successo qui.»

Prima di sparire, Brian disse: «Magari dobbiamo anche capire come andarcene da qui.»

Sandrine scosse la testa, ma rimase sulla porta per alcuni istanti. Ruotando verso Josie e Alice, disse: «Se ne sono andati. Di cosa hai bisogno?»

Josie si guardò intorno. C'era solo un'entrata e non c'erano finestre, il che era positivo. «Dobbiamo sigillare questo edificio in qualche modo, così che nessuno possa accedervi. È meglio che nessuno disturbi il corpo. Sarebbe anche il caso di circoscrivere il perimetro intorno all'alloggio di Meg, se possibile. Prima dovrò fare delle foto, ma dopo sarà meglio che nessuno entri.»

Alice le chiese: «Non hai trovato la chiave tra i suoi vestiti?»

«No.» disse Josie. Sperava che Alice non insistesse e non le chiedesse se aveva o meno frugato nelle tasche della ragazza.

Non l'aveva fatto perché così facendo avrebbe ulteriormente compromesso le prove che potevano trovarsi sul corpo di Meg o sulla scena del decesso, ma non era una conversazione che voleva affrontare in un momento del genere.

«Allora io torno alla casa principale...» annunciò Sandrine mettendosi le mani sui fianchi. «So dove trovare le chiavi per chiudere questo capanno. Non so dove sia la chiave dell'alloggio di Meg, ma vedrò se ce n'è una di riserva.»

«Grazie, Sandrine.» disse Josie. «Alice e io ti aspetteremo qui.»

Quando Sandrine se ne fu andata, Alice si avvicinò alla porta e la chiuse, facendo piombare la stanza nell'oscurità. «Non può funzionare.» borbottò tra sé e sé, aprendo la porta di uno spiraglio per far rientrare la luce. Mise la testa fuori e sbirciò in giro. Quando si voltò verso Josie, disse: «Se ne sono andati tutti. Dimmi la verità. Cosa sta succedendo qui, Josie?»

Josie guardò il corpo di Meg e fu scossa da un brivido dalla testa ai piedi e cercò di reprimerlo, ma il freddo e la tensione lo resero impossibile.

«Josie?» la incalzò Alice, con voce più morbida ora. Il vento sferzava la facciata del capanno. La porta tremò nella presa di Alice. Josie sentiva il petto stretto, come se non riuscisse a riempire appieno d'aria i polmoni. Il battito del suo cuore sembrava fuori ritmo. Era sola. Completamente sola. Bloccata sulla cima di una montagna in una delle contee più rurali dell'intero Stato della Pennsylvania mentre imperversava una tormenta di neve. Anche se fossero riusciti a contattare i soccorsi, sarebbero potuti passare giorni prima che qualcuno li raggiungesse e in mezzo a loro c'era un assassino. Josie stava camminando su una corda tesa senza alcuna rete di sicurezza. Le parole di Sandrine le tornarono in mente: "il vero problema è la fiducia".

Poteva fidarsi di Alice?

«Josie, l'ho capito che c'è qualcosa che non va.»

Josie deglutì ed ebbe come l'impressione di aver ingoiato della sabbia. «Siamo nel bel mezzo di una bufera di neve.»

Alice rise, lottando contro il vento per mantenere la presa sulla porta. «Ma dai, davvero? È venuto giù almeno un centimetro all'ora per tutta la notte e sta ancora nevicando forte. A questo punto penso che non sia sfuggito a nessuno che ci ritroviamo in mezzo a una bufera di neve. Sandrine ha mancato la palla clamorosamente, su questo non ci piove. Quanto a Cooper? Beh, in base a quello che sappiamo, si è stufato di sentire tutte le nostre psico-stronzate new age sull'auto-aiuto e sui problemi che affliggono le nostre esistenze, e ha deciso di trascorrere il resto della settimana a ubriacarsi in qualche bar del posto, e intanto il resto di noi si arrangia quassù. Sai che non è di questo che sto parlando. Dimmi che cosa sta succedendo.»

Non aveva molta importanza se Josie si fidava o meno di Alice, visto che aveva già capito che qualcosa non andava. Non sarebbe passato molto tempo prima che scoprisse di cosa si trattava, che lei decidesse di dirglielo o meno. «Meg... è stata strangolata.»

Alice non sussultò e nemmeno diede mostra di alcun segno evidente di sorpresa o di turbamento, si limitò a rimanere completamente immobile. Ma poi i cardini della porta cigolarono quando lei quasi vi si lasciò cadere contro. Per un attimo Josie non riuscì a capire se respirava ancora. Poi vide che muoveva le labbra facendo qualche tentativo prima di riuscire a chiedere: «Come fai a dirlo?»

«Per i segni di pressione che ho visto lasciati dalla sciarpa.» disse Josie. «E per le petecchie negli occhi.»

Alice deglutì, e fu l'unico movimento percettibile in tutto il suo corpo. «I suoi vestiti... pensi che... pensi che sia stata...»

«No, non credo che sia stata aggredita sessualmente.» disse Josie. «Ma non posso neanche escluderlo a prescindere. Penso che i vestiti e gli altri oggetti siano stati disposti in quel modo per farci credere che sia morta per ipotermia.»

La postura di Alice si rilassò leggermente. Cominciò a fare respiri brevi e rapidi. «Stai dicendo che qualcuno tra di noi - qualcuno del nostro gruppo - ha strangolato Meg a morte e poi ha cercato di darci a credere che si sia addentrata nel bosco e sia morta assiderata?»

Josie annuì.

Alice deglutì di nuovo. «Ne sei sicura?»

«Vorrei non esserlo.»

La porta tremò di nuovo nella mano di Alice. Fiocchi di neve irruppero attraverso l'apertura, volteggiando nel fascio di luce. «Ma chi può essere stato? Non può essere stato che Brian, non credi? Scommetto che è stato lui. Le parlava sempre, anche se è sposato, e anche se lei non lo degnava di uno sguardo, lui continuava imperterrito ad attaccare bottone. Insomma, diciamo le cose come stanno, è solo un grandissimo imbecille. Non riesco proprio a capire cosa ci trovi Nicole in quel tipo. E se fosse lui lo stalker di cui ci ha parlato? Quel tale, Austin Cawley? Nessuno lo vede da mesi. È un pazzo. Potrebbe anche averla seguita fin qui, no? No, aspetta, aspetta! E se fosse stato Cooper? Sembra così mite e paterno, ma magari, sotto sotto non lo è per niente. Magari è per questo che non è tornato. Ha fatto fuori Meg e piuttosto che affrontarci in gruppo, ha levato gli ormeggi. Ma allora non capisco perché avrebbe dovuto farci credere che sia morta per ipotermia. Voglio dire, non è quello che ha fatto l'assassino? L'ha fatta sembrare una causa naturale, no? Chi poteva sapere una cosa del genere?»

Josie si spostò intorno al corpo di Meg, attraversando il

piccolo spazio fino a mettersi faccia a faccia con lei. «Alice, adesso smettila.»

«Non ci hai ancora pensato? Sei un'agente di polizia.»

Josie aveva imparato molto tempo prima che nei casi di omicidio l'unica cosa che contava erano le prove e lei non aveva prove sufficienti per formulare alcuna teoria su chi fosse il responsabile dell'omicidio di Meg.

«Non ha senso fare congetture.» si limitò a dire.

Alice strinse le labbra. Le sottili rughe agli angoli degli occhi si stropicciarono. Le macchie verdi delle sue iridi brillarono.

«Cosa c'è?» le chiese Josie.

Con la manica del giaccone Alice si asciugò una ciocca di capelli bagnati dalla fronte. «Ho visto qualcosa questa settimana. Non pensavo fosse importante o che significasse qualcosa, ma adesso...»

«Raccontami.»

Alice diede di nuovo una rapida occhiata fuori dalla porta, poi si voltò verso Josie. «Cooper e Meg. Li ho visti che parlavano. In privato, intendo. Dietro l'alloggio in cui stava lei. Per ben tre volte. L'ultima volta è stata ieri, prima che lui se ne andasse.»

Josie sentì i muscoli delle scapole tendersi. «Hai sentito di cosa stavano parlando?»

«No. Ero troppo lontana.»

«E ti hanno vista?»

Alice scosse la testa.

«Che aspetto avevano?»

La porta tremò di nuovo nella presa di Alice, che la strinse più forte. «Cosa vuoi dire?»

«Meg sembrava spaventata? Com'erano, vicini o distanti? Qual era la postura di Meg? Era guardinga? Cooper stava entrando nel suo spazio personale?»

«Oh. Erano un po' più vicini di quanto si possa stare normalmente se non ci si conosce bene. Come se non volessero essere sentiti. Meg teneva le braccia incrociate, ma ho visto che lo fa molto spesso. Ma continuava a gesticolare e a incrociarle di nuovo, come se stesse parlando con le mani. Movimenti bruschi, un po' a scatti. E ieri, quando ho visto che aveva finito di parlare, lui ha annuito e le ha messo una mano sul collo.»

Josie sentì un brivido nel petto. «In che modo?»

Alice alzò la mano libera e la allungò verso la nuca di Josie e le strinse il collo. Il guanto era bagnato e pesante, ma il movimento era simile al modo in cui Cooper le aveva stretto il collo quando si erano trovati insieme sulla cima del promontorio. Andava detto, però, che lo aveva fatto dopo che erano riusciti a mettere in fuga quell'orso. In quel momento le era sembrato l'equivalente di una pacca sulla spalla, per quanto fosse eccessivamente familiare.

«E come ha reagito Meg a quel gesto?»

Alice tolse la mano dal collo di Josie. «Si è allontanata. Sai, no, che ha detto che odiava essere toccata. Ne ha parlato durante la sessione di gruppo del primo giorno, ricordi?»

Josie annuì. Il primo giorno tutti avevano dovuto stabilire i propri limiti fisici.

«Quindi è stato Cooper, giusto? Si era preso una fissa per lei o qualcosa del genere e siccome lei lo ha respinto, lui l'ha fatta secca.»

Josie alzò le mani per fare intendere ad Alice di non continuare. «È vero che è strano che Cooper e Meg abbiano parlato in privato, ma non possiamo fare il salto da un paio di chiacchiere dietro il suo alloggio al sospetto che l'abbia uccisa lui. Alice, potremmo andare avanti tutto il giorno a proporre teorie che non hanno prove a sostegno e non servirebbe a niente.»

«D'accordo, scusami. Sono solo... molto spaventata.»

«Lo capisco.» la rassicurò Josie. «Allora, ho paura che non ti piacerà nemmeno il mio prossimo suggerimento. Non credo che dovremmo dire a nessuno degli altri che Meg è stata uccisa.»

Alice si afflosciò contro la porta, facendola aprire bruscamente. Josie la afferrò prima che cadesse. Rimettendosi in piedi, Alice sbirciò di nuovo fuori, verso la casa principale. Soddisfatta che non stesse arrivando nessuno, le chiese: «Vuoi mantenere il segreto?» La parola "segreto" era intrisa di incredulità e di terrore.

«L'alternativa è provocare il panico e mettere l'assassino in una posizione in cui si senta con le spalle al muro. E ti assicuro che non è una buona idea.»

«Quindi pensi che possa essere stata una delle ragazze? E chi potrebbe essere? Taryn è abbastanza forte, ma è tanto dolce. Nicole, invece... ce la vedrei bene a fare una cosa del genere. È sempre così arrabbiata. Ma d'altronde, chi non lo sarebbe dopo quello che è successo a sua figlia? Aspetta... Sandrine! Che mi dici di lei? È stata lei a svegliarci per dirci che Meg era scomparsa.»

«Alice...» disse Josie mantenendo la voce calma e uniforme. «Non hai afferrato il punto. Ti prego. Ho bisogno che tu faccia come ti ho detto se vogliamo uscire di qui in modo sicuro e veloce.»

Josie sostenne lo sguardo di Alice, assicurandosi che il suo respiro fosse lento e regolare. Dopo un lungo momento, i rapidi movimenti del petto di Alice corrisposero a quelli del petto di Josie. Si leccò le labbra e annuì. «Hai ragione. Sì, è vero. La nostra priorità dovrebbe essere quella di lasciare questa montagna...» e lanciando un'occhiata a Meg da sopra la spalla di Josie, aggiunse: «E ipotermia sia. Vuoi lasciare Meg in questo capanno, quindi? Fa freddo. Anzi, si gela. Si conserverà in questo modo. Come se fosse all'obitorio.»

Alice aveva capito perché Josie aveva voluto portarla lì: in quel capanno non c'era alcuna fonte di calore. Infatti, sul corpo di Meg era rimasta ancora della neve.

«Sì.» disse Josie. «È la migliore possibilità che abbiamo di preservare eventuali fibre o tracce. Sarà un problema tenerlo al sicuro, ma basterà chiudere questo posto a chiave. Quando

Sandrine tornerà con la chiave, dovrò salire all'alloggio di Meg e scattare qualche foto. Sandrine è già entrata dentro quando è andata a svegliare Meg, ma non posso farci niente.»

In condizioni normali, Josie non sarebbe mai entrata nella baita. Legalmente non avrebbe neanche potuto, neanche per perquisirla, perché i criteri per una perquisizione senza mandato non potevano essere soddisfatti. Spettava alle forze dell'ordine, nella cui giurisdizione si trovava la baita, entrare e analizzare le prove. Ma almeno, poteva fotografare l'interno per assicurarsi che nulla fosse cambiato prima che ciò accadesse. A tal fine, le circostanze attuali rientravano nell'ambito dell'emergenza.

Un'altra folata di neve irruppe dalla porta. Alice la chiuse in modo da far passare solo cinque centimetri di luce. «Cosa vuoi dire?»

«Dato che si è trattato di un omicidio e che l'ultimo posto di cui si conosce l'ubicazione di Meg è il suo alloggio, questo deve essere trattato come una scena del crimine. Deve essere tenuto isolato fino a quando la polizia della contea non potrà occuparsene. Se non si segue questa procedura, qualsiasi cosa venga trovata all'interno dell'alloggio, qualsiasi prova che possa coinvolgere l'assassino, diventa il frutto dell'albero velenoso.»

«Il frutto dell'albero velenoso?»

Josie sospirò. «Non sarà ammessa in tribunale.»

«Anche se si trattasse dell'arma del delitto con le impronte dell'assassino?»

Il sudore delle fatiche precedenti le si era asciugato addosso. Cominciò a sentire di nuovo freddo. Cercando nella tasca, trovò il cappello e se lo rimise in testa. «In questo caso non è applicabile, ma è così, in linea di massima. È già problematico che Sandrine sia entrata là dentro, ma come ho detto, non posso farci nulla.»

Entrambe sentirono dei passi che scricchiolavano sulla neve all'esterno.

Alice fece di nuovo capolino e poi si ritirò rapidamente. «È Sandrine con le chiavi.»

«Va bene.» disse Josie. «Quando Sandrine arriva, chiudiamo questo posto. Io farò delle foto nell'alloggio di Meg, mentre tu tornerai alla casa principale e mi coprirai. Ci vediamo lì appena avrò finito.»

Alice fece una smorfia. «Non voglio proprio vedere nessuna di quelle persone. Josie, uno di loro è un assassino in piena regola!»

«Lo so.» disse Josie. «Ma in questo momento la nostra sopravvivenza dipende da questo, non dobbiamo destare alcun allarme. Ti prego, Alice. Ho bisogno del tuo aiuto. Sei con me?»

Con riluttanza, Alice annuì.

QUINDICI

Noah afferrò il volante e lo girò, cercando di riportare il fuoristrada nella direzione da cui era venuto e lontano dalla traiettoria dei fari in arrivo. La macchina scivolò da una parte e dall'altra e poi si fermò improvvisamente, con gli pneumatici intrappolati nella neve non spalata. Diede un colpo di acceleratore per cercare di liberarsi, ma tutto ciò che ottenne fu di far scivolare il fuoristrada all'indietro. Il paraurti posteriore toccò il guardrail di metallo con una leggera scossa. Con sollievo, vide che non era più sulla traiettoria dell'auto in arrivo. Provò di nuovo ad accelerare, ma non andava da nessuna parte, così scese dall'auto. Nel bagagliaio c'erano un secchio di sale e una pala; con quelli, eventualmente, avrebbe potuto tirarsi fuori da quella situazione.

Quando Noah raggiunse il ciglio della strada, l'aria gli si congelò nei polmoni: oltre il guardrail c'era uno strapiombo sulla vallata; non c'erano altro che alberi e quello che sembrava un laghetto. Era stato fortunato a non averlo colpito con più forza.

Si voltò verso la strada quando sentì il rombo di un motore. Le luci contro cui aveva rischiato di andare a sbattere si erano trasformate in un grosso furgone argentato con le catene sulle quattro ruote. Sulla fiancata c'era la scritta "Sceriffo della Contea di Sullivan". Quando si fermò lungo la strada appena raggiunse il fuoristrada di Noah, un uomo con un pesante giaccone blu saltò fuori. Doveva essere sulla cinquantina, alto e robusto e gli si avvicinò sorridendo. «Sembra che abbia bisogno di aiuto.»

Noah annuì. «In realtà stavo venendo nel vostro ufficio.» Si presentò e tirò fuori le sue credenziali dal giaccone, anche se non era in visita per questioni ufficiali.

L'uomo gli tese una mano. «Agente Ehrbar. Patrick Ehrbar. Cosa ci è venuto a fare quassù, tenente?»

«C'è un campo da queste parti, non so dove esattamente. Mia moglie è in ritiro lì, insieme ad altre persone. Non l'ho sentita e temo che sia rimasta bloccata... che siano tutti rimasti bloccati dalla neve.»

Ehrbar lo guardò corrucciato e si grattò da sopra il cappello di maglia blu.

«Ha qualche informazione sulla proprietà? Perché ci sono diversi posti simili di queste parti.»

Noah gli fece un resoconto delle poche informazioni che aveva.

Ehrbar annuì. «Ho capito, sì. Credo di conoscere il posto di cui parla. È vicino a World's End State Park.»

«Un momento, mi scusi...» disse Noah, «cos'è, un parco divertimenti?»

L'agente Ehrbar rise. «No, è la riserva di caccia statale. Sono abbastanza sicuro che il mio capo, lo sceriffo Hunter Shaw, sia il proprietario di quel campo. Lo affitta tutto l'anno, ma di solito ai cacciatori. Ci ha messo un custode che lo gestisce. Intanto la porto via di qui e vediamo cosa riusciamo a scoprire.»

«La ringrazio.» disse Noah. «Lo apprezzo molto. Sa, sono un po' in pensiero per mia moglie...»

L'agente Ehrbar si accigliò di nuovo. Guardò in alto. La

neve continuava a cadere veloce e pesante. «E fa bene a esserlo...» disse. «Non sarà una passeggiata raggiungerli.»

SEDICI

L'atmosfera nella casa principale era cupa. Allo smarrimento iniziale dopo la morte di Meg era subentrato uno sgomento sordo. Si erano seduti intorno al tavolo dove erano soliti mangiare; Sandrine aveva distribuito dei piatti che nessuno aveva neanche sfiorato. Era già pomeriggio inoltrato. Nessuno di loro aveva fatto colazione. Anche se l'ultima cosa che Josie voleva fare era mangiare, sapeva che aveva bisogno di nutrirsi per recuperare le energie per tutto quello che sarebbe successo, qualunque cosa fosse. Scelse un panino da uno dei due piatti che Sandrine aveva messo al centro del tavolo e si costrinse a dargli un morso. A parte il pomodoro, la lattuga e i germogli di erba medica, non riconobbe nessun ingrediente che Sandrine aveva schiacciato tra le due fette di pane integrale senza glutine. Però non era male, tanto che in un paio di bocconi lo divorò tutto. Alice, che si era seduta accanto a lei, la osservò e alla fine scelse con esitazione il suo panino dall'altro piatto. Sembrava al burro di arachidi e marmellata.

«Come fate a mangiare in un momento come questo?» sbottò Nicole.

«Avete appena visto un cadavere.» aggiunse Brian. «E lo avete anche toccato.»

Alice fece una scrollata di spalle e ancora a bocca piena disse: «Josie è un'agente di polizia. Io lavoro al pronto soccorso di un centro traumatologico sempre molto affollato. Abbiamo visto molto di peggio, tutt'e due.»

Taryn prese un panino da uno dei piatti. «Josie e Alice hanno avuto l'idea giusta. Dovremmo mangiare tutti quanti. Non è il caso che il cibo fresco che abbiamo vada sprecato.»

Nicole e Brian presero gli ultimi due panini rimasti nei piatti. Pochi secondi dopo, Josie sentì Brian che parlava alla moglie sottovoce. «Fai cambio con il mio...»

«Cosa? Perché?» gli chiese lei prendendo il suo panino e preparandosi a dare un morso, ma lui le si avvicinò rapidamente e le toccò il braccio per fermarla.

«Si può sapere che ti prende?» gli chiese lei.

«Sono allergico alle arachidi...» le rispose lui a denti stretti. «Ricordi?»

«Oh, cazzo...» e con gesto veloce Nicole fece a cambio con il marito. Guardandosi intorno, si rese conto che tutti li stavano guardando. «Scusate.» disse. «Ogni tanto il cervello mi fa cilecca da quando abbiamo perso la nostra bambina. Mi dimentico le cose importanti.»

«Credo che in questo momento siamo tutti un po' confusi. Dopo la mattinata che abbiamo passato...» convenne Sandrine. «Sono davvero spiacente, Brian. Ho messo i panini al burro di arachidi in un piatto a parte, ma ho dimenticato di dirtelo. Sono rimasta... stordita da quello che è successo. Non ci ho pensato. A questo proposito, ci tengo a precisare che non l'ho portato io. Come abbiamo discusso in fase di organizzazione, tutto ciò che ho portato era privo di arachidi. Il burro di arachidi l'ho trovato in uno degli armadietti. Immagino che sia un avanzo dell'ultimo gruppo che è stato qui. Stiamo finendo le scorte, quindi pensavo che gli altri avrebbero gradito. Sono terribilmente dispiaciuta. Perdonami.»

«Non c'è problema.» borbottò Brian.

Da quel momento nessuno parlò più. Josie lanciò via via un'occhiata di sottecchi a ciascuno di loro, perché nonostante avesse chiesto ad Alice dall'astenersi dal formulare teorie su chi potesse essere stato a strangolare Meg, non riusciva a impedire alla sua mente di fare altrettanto. Meg indossava tutti gli indumenti pesanti quando aveva lasciato il suo alloggio di sua volontà o ne era stata tirata fuori. Dalla perlustrazione della sua casetta non aveva ricavato nulla, dato che, proprio come aveva detto Sandrine, tutte le cose che si era portata dietro erano ancora all'interno e non c'erano tracce di colluttazione, il che significava praticamente senza ombra di dubbio che Meg aveva lasciato l'alloggio di sua spontanea volontà e che aveva tutta l'intenzione di tornarci. Allora per quale motivo era uscita a fare una passeggiata nella neve, tanto più che anche nei giorni di sole che avevano preceduto la tormenta, andare a fare una passeggiata al freddo non era molto piacevole? L'ipotesi più ragionevole, viste le poche informazioni che aveva a disposizione, era che Meg stesse andando a incontrare qualcuno o che stesse seguendo qualcuno.

Ma in tal caso chi poteva essere?

In silenzio, Sandrine e Taryn iniziarono a sparecchiare. Lo avevano fatto dopo ogni pasto per quasi tutta la settimana, tanto che ormai i loro movimenti erano praticamente sincronizzati: raccoglievano i piatti con la mano sinistra e poi li infilavano nell'incavo del gomito destro prima di andare in cucina. Nicole e Brian si ritirarono sulle poltrone disposte intorno alla stufa a legna, mettendosi uno di fronte all'altra. Nicole teneva lo sguardo fisso sullo sportello di vetro della stufa, mentre Brian armeggiava con il suo telefono.

Per come la vedeva Josie, c'erano tre possibilità: la prima - che era anche la più plausibile - era che Meg avesse seguito, o incontrato, qualcuno o che fosse stata adescata da una persona nel corso di quella settimana; una persona che si trovava in quella stanza: era la posizione in cui il corpo era stato lasciato per far sembrare che Meg fosse morta per ipotermia l'elemento compatibile con la presenza dell'assassino nei locali del ritiro, ed era facilmente intuibile che l'assassino volesse farlo sembrare un tragico incidente proprio per non destare sospetti. Chi, tra di loro, conosceva abbastanza bene le fasi dell'ipotermia per sistemare il cadavere nella posizione più corretta? La prima che le veniva in mente era Alice, ovviamente, anche se l'istinto di Josie le suggeriva che non poteva essere stata lei. Al secondo posto c'era Taryn, i cui genitori erano particolarmente appassionati di vita all'aria aperta, stando a tutte le storie che aveva raccontato su di loro nel corso della settimana. Degli altri, Josie non ne sapeva abbastanza per fare ipotesi su quanto ne sapessero della morte per ipotermia.

Josie sentì la voce di Mettner fluttuare da qualche parte nel profondo della sua mente. "Ti stai concentrando troppo sulla questione dell'ipotermia. Pensa se l'assassino non avesse affatto allestito il corpo di quella ragazza. Pensa, se l'avesse solo aggredita sessualmente e non si fosse preoccupato di rimetterle i vestiti?"

«Maledizione...» mormorò Josie.

«Cosa hai detto?» le chiese Alice.

«No, niente.»

La voce fantasma di Mettner aveva ragione, però: stava procedendo con i paraocchi, si stava concentrando solo su un dettaglio, quando invece non poteva dare per scontato che l'assassino avesse preparato il ritrovamento del corpo. In effetti, la teoria della violenza sessuale era molto più probabile; ne aveva viste tante sul lavoro. Ma non c'era modo di avere conferma che Meg fosse stata aggredita sessualmente finché il corpo non fosse stato sottoposto a un'autopsia da un medico legale. Per il momento doveva solo convivere con l'incertezza.

La domanda successiva era: quale delle persone presenti in quella stanza avrebbe seguito Meg o le sarebbe andata incontro a tarda notte nel bosco durante una tempesta di neve? Josie capì per quale motivo Alice si era subito concentrata su Brian: in situazioni del genere, un uomo sembrava sempre il sospettato più ovvio, ma nei suoi ultimi casi aveva imparato a non fare mai delle congetture quando si trattava di trovare un colpevole. Detto questo, era difficile immaginare che Meg fosse sgattaiolata fuori in quelle condizioni per incontrarsi con un uomo dopo quello che il suo molestatore l'aveva costretta a sopportare insieme a sua sorella. Anche se avrebbe preferito non pensarci, Josie non poteva escludere gli altri.

La seconda possibilità era che, in qualche modo, Meg si fosse imbattuta in Cooper, il quale poteva benissimo essere a conoscenza del fenomeno dello spogliamento paradossale. Evidentemente c'era stato qualcosa tra lui e Meg, ma la natura di questo rapporto era impossibile da immaginare. A Josie sarebbe piaciuto pensare che, se Meg fosse stata importunata o se fosse stata messa a disagio da Cooper, l'avrebbe detto a qualcuno al campo, ma aveva anche ben presente che le donne, in particolar modo, sono così condizionate a non suscitare scalpore, per paura di essere accusate di avere reazioni esagerate, che il più delle volte sopportano praticamente qualsiasi cosa. Senza contare che Meg era uscita così distrutta dal suo calvario che era facile immaginare che non avrebbe avuto le energie mentali per denunciare un comportamento inappropriato.

Non era da escludere a priori nemmeno la possibilità che Meg fosse semplicemente andata da Cooper per chiedergli di risolvere qualche problema nel suo alloggio, per esempio con il gruppo elettrogeno, visto ce n'era uno sul retro di ciascuna delle loro sistemazioni, compito che rientrava nelle mansioni di manutenzione del custode della proprietà; tutti loro si erano rivolti a lui per chiedergli un aiuto in vari momenti della settimana. Perciò, il fatto che fossero stati visti parlare insieme non doveva avere per forza un significato.

A prescindere da queste considerazioni, doveva chiarire il problema logistico, di come avesse fatto Meg a finire lungo il sentiero. Cooper era già andato via da un paio d'ore quando si erano riuniti per cena, molto tempo dopo l'ultima volta che lui e Meg avevano parlato dietro l'alloggio. Per di più, nessuno aveva accennato di aver sentito il rombo del motore del Gator su per la collina durante la notte. Se Meg fosse andata a piedi fino al luogo in cui era stato ritrovato il suo corpo e lì si fosse imbattuta in Cooper, che l'aveva uccisa, era plausibile che nessuno avesse sentito il Gator a quella distanza. Cooper avrebbe potuto continuare la discesa dalla montagna senza che nessuno si accorgesse di nulla.

La terza e più remota possibilità era quella che Alice aveva suggerito quando avevano parlato nel capanno: lo stalker di Meg l'aveva trovata, in qualche modo misterioso, e l'aveva seguita fino al ritiro dove l'aveva aggredita. Ma per quanto non la si potesse scartare, questa teoria era penalizzata dal fatto che erano passati vari mesi dall'ultima volta che Meg aveva avuto contatti con quell'uomo. Ciononostante, non era difficile pensare che Austin Cawley fosse tanto disperato quanto lo era stato quando aveva rapito Meg e sua sorella, quindi era ancor meno difficile immaginarsi che fosse disposto a procurarsi illegalmente qualsiasi mezzo gli fosse necessario per attraversare diversi confini di stato e raggiungere la sua vittima. Se Cawley era l'assassino, allora, forse la posizione del corpo di Meg e dei suoi vestiti sparsi ovunque non erano una messa in scena intesa a indurli a sospettare che fosse morta per ipotermia, ma erano il risultato di un tentativo di stupro. Piuttosto, la vera domanda era: se Cawley la stava ancora perseguitando, come poteva essere riuscito a trovarla in un luogo così remoto? Josie era già stata nella contea di Sullivan in passato ed era abituata a orientarsi nella Pennsylvania rurale e anche così persino lei aveva avuto difficoltà a trovare il parcheggio ai piedi della montagna. In effetti, tutti loro avevano avuto difficoltà, anche con le indicazioni dell'ufficio di Sandrine. Nicole e Brian si erano persi. E a parte quello, c'era il problema di come avesse fatto Cawley a muoversi in mezzo alla neve senza problemi.

Rimaste sole a tavola, Josie si avvicinò ad Alice e le sussurrò: «Meg era del Texas, vero?»

Alice sgranò gli occhi e si guardò intorno per assicurarsi che nessuno le stesse guardando.

«Adesso vive nel Maryland. Voglio dire, viveva nel Maryland. Si è trasferita dopo la scomparsa del suo stalker. Ma prima di allora, sì, viveva in Texas. Perché? Pensi che sia stato quell'uomo? Pensi che sia qui?»

Josie le rivolse un sorriso rassicurante. «No. Non lo credo probabile.»

«Oh, mio Dio, allora è stato qualcuno tra di noi. Oppure è stato Cooper. È sbagliato dire che vorrei che fosse stato Cooper? Almeno non è qui adesso.»

Prima che Josie potesse rispondere, Sandrine e Taryn tornarono nella sala da pranzo. Sandrine spinse con cura le altre sedie verso il tavolo, mentre Taryn prese posto vicino alla stufa con Nicole e Brian. Alice allungò una mano sotto il tavolo e strinse il braccio di Josie con un tocco che le trasmise una sensazione rassicurante che si diffuse in un'ondata di calore per tutto il corpo, portandola a pensare in un istante a Noah e al modo in cui il suo tocco aveva sempre l'effetto di calmarla e di placare le sue preoccupazioni.

Chissà cosa aveva voluto dire Gretchen quando aveva scritto che era un autentico disastro. Forse perché era arrabbiato per la notizia che avevano ricevuto o per il modo in cui lei aveva lasciato in sospeso le cose? Per quanto si sentisse ferita, si ritrovò a desiderare di stare con lui. Le mancavano le sue carezze rassicuranti, il suo sorriso disinvolto, il modo in cui i suoi capelli scuri si impennavano al mattino, il modo in cui nulla lo innervosiva.

O almeno, quasi nulla.

Prima che la sua mente potesse imboccare di nuovo quella strada, Josie spinse i pensieri di Noah in fondo alla sua mente. Doveva concentrarsi sulla situazione che aveva tra le mani.

Intanto, Sandrine era rimasta in piedi al centro della stanza e si stava rivolgendo a loro. «Penso che dovremmo parlare di quello che è successo questa mattina.»

Josie e Alice si alzarono e la seguirono verso le poltrone, sedendosi l'una accanto all'altra, mentre Sandrine prendeva il posto più centrale, in modo da poter vedere bene ciascuno di loro. Josie era grata di avere una scusa per sedersi vicino alla stufa a legna, anche se non emetteva più tanto calore come quando Brian l'aveva accesa all'inizio della mattinata. Dopo aver scattato le foto nell'alloggio di Meg, si era fermata al suo e si era cambiata mettendo dei vestiti asciutti, ma sentiva ancora freddo anche alle dita, che cercava di tenere al caldo infilando le mani dentro le maniche della felpa con cappuccio della polizia di Denton.

Nicole si alzò e si avvicinò alla stufa, alimentando le fiamme con qualche altro ceppo. «Intendi parlare del fatto che siamo venuti in questo posto per elaborare il nostro trauma e abbiamo finito col trovare un cadavere? Comincio io. È davvero una merda.»

Taryn alzò una mano verso l'incavo della gola per grattarsi. «Nicole, per favore... modera il linguaggio.»

Nicole alzò gli occhi al cielo. «Rimane comunque una merda.» Chiuse lo sportello della stufa, ma non tornò a sedersi e ci rimase davanti, sulle ginocchia, guardandosi intorno. Josie notò che, nonostante la sua solita spavalderia, aveva gli occhi umidi di lacrime. «Non lo pensate anche voi? Non ditemi che non lo pensa nessun altro!»

Brian infilò il telefono in tasca e si appoggiò completamente allo schienale della poltrona, con gambe e braccia distese. «Lo penso anch'io.»

«E Meg. Povera Meg...» aggiunse Nicole. «Era qui per cercare di riprendersi la sua vita, di riprendere il controllo delle cose, ed è morta così. Non provate a dire che non è una merda.»

Sandrine si strinse le mani. «Anche se non avrei scelto queste parole, Nicole, hai ragione. Speravo che in questa settimana si creasse uno spazio sicuro per tutti voi e che sarei riuscita a offrirvi diversi modi per elaborare alcuni dei traumi che avete dovuto subire e invece è andata a finire che voi avete dovuto subire un altro trauma e Meg ha pagato il prezzo più alto. Credo che a questo punto dovremmo prenderci tutti qualche minuto per raccogliere i nostri pensieri su come ci sentiamo riguardo alla sua morte e poi condividerli. Poi vorrei che ognuno di voi pensasse a quale sarebbe il modo più efficace per iniziare a elaborare quanto accaduto.»

Alice incrociò le braccia, stringendosi in un abbraccio. «Sandrine, va benissimo, ma credo che dovremmo pensare a come andarcene da questa montagna il prima possibile.»

Brian alzò una mano. «Sono d'accordo.»

Sandrine sospirò e guardò fuori dalle finestre; Josie seguì il suo sguardo. Da quando avevano riportato Meg al campo, erano caduti almeno altri dieci centimetri di neve. Tornando a guardare il gruppo, Josie disse: «La prima cosa che dobbiamo fare è formulare un piano. Non solo per scendere da questa montagna, cosa che sarà quasi impossibile con questo tempo, ma anche per passare il prossimo giorno e potenzialmente anche i prossimi due o tre giorni.»

«Due o tre giorni?» le fece eco Taryn. «Vuoi che passiamo altri due o tre giorni quassù con un cadavere?»

Alice rabbrividì silenziosamente.

«È altamente probabile che le operazioni di soccorso non cominceranno finché non smetterà di nevicare.» spiegò Josie. «Potrebbe essere troppo pericoloso. Inoltre, non sappiamo che tipo di attrezzature saranno necessarie per raggiungerci e quanto tempo impiegheranno i funzionari della contea per metterle insieme e portarle qui. Quindi sì, dobbiamo prepararci all'eventualità che potremmo rimanere qui fino a domenica o lunedì, o anche più tardi. Questo significa che dobbiamo conservare le scorte che abbiamo di cibo, di legna e carburante per il generatore.»

«Vuoi dire i generatori.» la corresse Brian.

«No.» replicò Josie. «Un solo generatore. La cosa più sensata è mettere insieme tutte le nostre provviste e stare qui insieme nella casa principale.»

«Cosa? Intendi dire che dobbiamo dormire qui tutti insieme?» disse Nicole.

Alice fece scivolare i piedi fuori dagli scarponi e li infilò sotto le cosce. «Josie ha ragione. Dovremmo raccogliere tutta la legna dai nostri alloggi e portarla qui. Possiamo provare a trovare qualcosa per travasare il carburante dagli altri generatori in modo da poterlo utilizzare qui. In questo modo ne beneficeremo tutti quanti.»

Taryn si grattò di nuovo il collo e guardò Sandrine, che non fece obiezioni. «Qualcuno dovrebbe fare un inventario delle scorte alimentari, in modo da poter iniziare il razionamento. Sarà meglio mangiare prima gli alimenti freschi per poi passare a quelli non deperibili.»

«E per quanto riguarda la disposizione dei posti letto?» chiese Brian. «Dormiremo tutti qui?»

«Dovremo prendere le coperte e i cuscini dai nostri alloggi.» disse Alice. «Può darsi che quando smetterà di nevicare, se saremo in grado di farlo, potremmo spostare i materassi dalle baite a qui.»

«Se preferite, possiamo dividerci e dormire nelle sale di ritrovo.» propose Sandrine.

Le sale di ritrovo si trovavano ai lati della sala grande. In una di queste Josie aveva tenuto la sua prima seduta privata con

Sandrine, quella con tutti gli animali imbalsamati. L'altra stanza era stata allestita come una sala giochi con un tavolo da air hockey al centro, bersagli per le freccette alle pareti e, impilati in un angolo, alcuni kit per il Cornhole, un gioco che aveva guadagnato una certa popolarità nello Stato della Pennsylvania negli anni più recenti. Ciascun kit conteneva una porta di legno rialzata e inclinata, con un piccolo foro lungo la superficie. Lo scopo era quello di lanciare piccoli sacchetti di fagioli nei fori per ottenere punti. Cooper e Sandrine avevano spostato i kit e il tavolo da air hockey per poter utilizzare la stanza per lo yoga, la meditazione guidata e i bagni sonori.

Nonostante il calore supplementare che proveniva dalla stufa a legna, ora che era stata rifornita, Alice rabbrividì. «Penso che dovremmo dormire tutti insieme, qui, in questa grande stanza.»

«Perché?» chiese Nicole, aggrottando le sopracciglia.

Alice fece una scrollata di spalle. «Così possiamo guardarci le spalle a vicenda. Se qualcuno di noi avesse visto Meg uscire dalla sua casetta ieri sera, non ci ritroveremmo in questa situazione. Se stiamo tutti insieme...»

Brian la guardò con occhi sospettosi. «Tu vuoi tenerci d'occhio tutti quanti.»

«Non è quello che stavo per dire.» ribatté Alice.

«Ma è quello che intendevi.» insistette Brian. «Perché altrimenti avresti suggerito di farci dormire tutti nella stessa stanza?»

Prima che la conversazione potesse degenerare ulteriormente, Josie si schiarì la gola e disse: «Possiamo preoccuparci della sistemazione dei letti più tardi. La nostra priorità, in questo momento, dovrebbe essere quella di cercare di contattare qualcuno per assicurarci che i soccorsi stiano arrivando.»

«Sono d'accordo.» convenne Sandrine con il sorriso ormai affaticato sul volto.

Taryn lanciò uno sguardo verso le finestre, proprio quando

una forte raffica di vento scosse la casa. «I soccorsi stanno per arrivare, ormai. Sono sicura che a quest'ora, mentre parliamo, Cooper sta cercando aiuto. Ha anche il telefono satellitare! Altrimenti perché non sarebbe tornato al campo ieri sera?»

Nicole tese le mani verso la stufa per riscaldarle. «Per quanto ne sappiamo, anche Cooper potrebbe essere morto. Non abbiamo alcuna prova che sia riuscito a scendere dalla montagna.»

«Cooper non è tornato perché era stufo di ascoltare un gruppo di perdenti che si lamentano tutto il giorno.» sbraitò Brian. «Gestisce questa proprietà tutto l'anno. Sono sicuro che è abituato al maltempo. Non è possibile che sia morto.»

Josie cercò di riportarli in argomento. «In ogni caso, non sarebbe male se uno di noi si mettesse in contatto con i servizi di emergenza e li informasse che siamo bloccati quassù e che un membro del nostro gruppo è deceduto. Anche nell'eventualità che Cooper abbia avuto un incidente di qualche tipo e abbia usato il telefono satellitare, non poteva sapere di Meg, quindi non può aver riferito alle autorità della sua morte. Darebbero una priorità diversa alla chiamata se sapessero che qualcuno del ritiro è deceduto. Dovremmo farlo prima che il tempo peggiori, finché possiamo ancora muoverci là fuori.»

Taryn riportò la mano in grembo. Si era lasciata due graffi rosa ben visibili nell'incavo della gola, nel punto in cui si era grattata. «Ma come facciamo a metterci in contatto con i soccorsi?»

Josie tirò fuori le mani dalle maniche e fece un gesto verso Brian. «Abbiamo due telefoni, quindi possiamo dividerci in due gruppi: un gruppo va verso la vetta e l'altro gruppo scende verso valle, seguendo il sentiero. Così abbiamo più possibilità di riuscire a metterci in contatto con qualcuno. Poi ci ritroviamo qui.»

«Perché intanto non andiamo tutti a prendere le coperte, i

cuscini e i nostri oggetti personali e li portiamo qui per prima cosa?» intervenne Sandrine. «Ci vorranno solo pochi minuti.»

«Hai ragione.» concordò Josie. «Questa è sicuramente la prima cosa che dobbiamo fare. Dopodiché cercheremo di fare qualche telefonata.»

Detto fatto, il gruppo cominciò a infilarsi l'abbigliamento pesante per poi avviarsi verso la porta. Intanto, Josie considerò di nuovo la possibilità che uno dei presenti in quella stanza fosse l'assassino e quanto fosse saggio dividersi. Alla fine, giunse alla conclusione che, finché fossero rimasti in gruppo, sarebbero stati al sicuro. Una volta che tutti e sei ebbero portato le loro cose alla casa principale, tre poterono salire e tre scendere il pendio per quanto possibile. La neve stava cadendo così furiosamente che avevano solo una piccola finestra di tempo durante la quale potevano tentare di entrare in contatto con il mondo esterno. L'istinto di Josie le diceva che, se l'assassino di Meg era tra loro, non avrebbe cercato di sopraffare gli altri due membri del ritiro per uccidere anche loro. Dovevano correre il rischio.

DICIASSETTE

A Noah faceva male il sedere a forza di stare seduto sulla panchina dell'ufficio dello sceriffo mentre aspettava che arrivasse il capo dell'agente Ehrbar. Dopo averlo aiutato a rimettersi in strada, il vicesceriffo aveva seguito Noah fino alla cima dell'alta collina, costretto a spingerlo in certi punti con il paraurti anteriore, finché non avevano raggiunto la strada per Laporte, che non era molto più facile da percorrere. Una volta arrivati al centro della città, la strada procedeva per un lungo tratto in piano ed era molto più semplice guidare perché era stata spalata da poco. Raggiunto l'ufficio dello sceriffo, avevano trovato l'agente assegnata alla reception, che si era presentata come Carrie Roeder, intenta a ricevere un flusso costante di chiamate da parte di residenti della contea in difficoltà a causa del tempaccio. Ehrbar era stato richiamato subito, promettendo a Noah che lo sceriffo Shaw sarebbe arrivato da un momento all'altro.

Era passata più di un'ora e fino a quel momento non era entrato né uscito nessuno. Noah tirò fuori il telefono per la quindicesima volta da quando era arrivato. Non c'era nessun messaggio, non c'era nessuna chiamata. Si chiese se Josie avesse provato a contattare di nuovo Gretchen. Ma se lo avesse fatto, Gretchen glielo avrebbe detto. Aveva chiamato lei e il capo Chitwood prima di partire per la contea di Sullivan per informarli di ciò che stava facendo e aveva dovuto mettersi in malattia. Si sentiva in colpa per essersene andato proprio quando il nuovo membro della squadra stava per iniziare. Il capo non aveva detto granché su di lui, se non che aveva parecchia esperienza e anche per questo Noah avrebbe preferito essere presente per fare la sua conoscenza: ma Josie aveva bisogno di lui, di questo era sicuro. Ma soprattutto, era lui che aveva bisogno di parlare con lei. Non poteva permettere che passasse un altro giorno in cui lei pensasse di non essere abbastanza per lui e di certo non era una cosa che voleva dirle per messaggio o al telefono. Era una cosa di cui aveva bisogno di parlarle faccia a faccia.

La porta dell'ingresso si spalancò e l'agente Ehrbar entrò seguito da una ventata di neve. Se la scrollò dalla testa e guardò Noah. «Ancora qui?»

«Sì. Senta, la tempesta sta peggiorando. Non c'è modo di farmi avere il nome del custode o magari l'ubicazione della proprietà, in modo che possa controllare da solo?»

L'agente Ehrbar si accigliò. «E rischiare di rimanere di nuovo bloccato in quell'inferno di ghiaccio?»

Noah si alzò. «Devo raggiungere mia moglie. Se c'è anche solo una possibilità di raggiungerla prima che la tempesta peggiori, devo provarci.»

Con un sospiro, Ehrbar disse: «Come pensa di poterla raggiungere? Conosco quella proprietà. Non ci si può arrivare in macchina, men che mai con questo tempo.»

«E il custode?» domandò Noah. «Non avrebbe un modo per arrivare lassù in caso di maltempo?»

L'agente Roeder prese un'altra telefonata. Non appena

rispose, da qualche altra parte nella stanza squillarono altri due telefoni.

«Suppongo di sì...» disse l'agente Ehrbar. «Non farà male scoprirlo. Mi faccia vedere cosa posso fare.»

DICIOTTO

In quel momento la neve arrivava quasi alle ginocchia e continuava a scendere in modo costante. Josie si fece strada a fatica, tirando su la sciarpa in modo da coprirsi tutto il viso tranne gli occhi. Alle sue spalle, Sandrine e Alice avanzavano con difficoltà, infilando i loro scarponi nelle impronte che lei aveva già impresso. Come da programma, stavano percorrendo il sentiero verso valle, in direzione del luogo in cui era stata trovata Meg; invece, Nicole, Brian e Taryn, che componevano l'altro gruppo, erano andati nella direzione opposta, verso la vetta. Taryn non era contenta di essere stata separata da Sandrine, ma era stata quest'ultima a convincerla che si sarebbe resa più utile se avesse accompagnato Nicole e Brian.

Prima di partire, come tutti gli altri, Josie era tornata al suo alloggio per prendere le coperte e il cuscino da portare nella casa principale. Aveva anche indossato qualche strato in più, ma ormai avevano appena superato il capanno che conteneva il corpo di Meg e già era fradicia. Per di più, non aveva tenuto in considerazione che l'ingombro supplementare per ripararsi dal freddo alla fine le rendeva più difficile muoversi nella neve sempre più spessa.

Quando il bruciore ai muscoli delle sue gambe si rese implacabile, fece una pausa per riprendere fiato, stimando che fossero a circa metà strada dal luogo in cui era stata trovata Meg. Voltandosi, vide Sandrine piegata in avanti con le mani sulle ginocchia; era stato inutile cercare di convincerla a rimanere nella casa principale, si era rifiutata categoricamente. Alice la guardava con preoccupazione, le accarezzava la schiena e le stava dicendo qualcosa all'orecchio che Josie non riusciva a sentire. Dopo una pausa di pochi istanti, Sandrine si rimise in piedi. Aveva il viso rosso e umido di neve, ma fece del suo meglio per sorridere. «Sto bene.» insistette. «Per favore, andiamo.»

Dopo quella che sembrò un'eternità di ghiaccio, raggiunsero il luogo in cui insieme a Sandrine avevano trovato il corpo di Meg. Josie poteva capirlo per il modo in cui la neve era rimasta smossa nei punti in cui tutti loro avevano camminato. Neve nuova, nel frattempo, aveva ricoperto le tracce del loro passaggio; tuttavia, le vecchie tracce che avevano lasciato erano ancora riconoscibili. Però non sarebbe stato così ancora per molto.

«Coraggio.» le esortò. «Continuiamo a camminare. Se possiamo evitarlo, preferirei non compromettere eventuali prove di questa scena, per quanto possibile.»

«Ma laggiù il telefono prendeva.» disse Alice.

«Scena?» disse Sandrine. «Josie, sei davvero sicura che non ci sia proprio niente che vorresti condividere con me?»

Josie si fermò di nuovo, voltandosi a guardarla. Al di sopra della spalla di Sandrine, Josie colse lo sguardo sbalordito di Alice che, per tutta risposta, fece una scrollata di spalle, a indicare che stava a Josie decidere quante e quali informazioni condividere con Sandrine. Valutò alcuni aspetti prima di risponderle: da un lato, quello era ancora il ritiro che lei aveva organizzato, perciò, forse, si meritava di sapere; d'altro canto, era lecito chiedersi se metterla al corrente avrebbe fatto qualche differenza. E infatti, a pensarci bene, che Sandrine venisse o meno a conoscenza del fatto che Meg era stata ammazzata, non cambiava proprio nulla: sarebbero comunque rimasti bloccati su quella montagna per un tempo più o meno quantificabile, con un assassino in mezzo a loro.

«Sandrine...» disse Josie, «lo sai cos'è una morte in assenza di testimoni?»

Sandrine si portò le mani alla testa per calcarsi meglio il cappello. «Sì.» rispose lei. «Lo so cos'è. È quando una persona che è in buona salute muore da solo senza che si capisca a una prima analisi in che modo o per quali cause sia successo.»

Alice lanciò di nuovo un'occhiata a Josie. Questa volta, inarcò una delle sue sopracciglia in un'occhiata severa, come a dire: "Come diavolo fa Sandrine a saperlo?".

«Proprio così.» confermò Josie.

Sandrine lanciò uno sguardo verso gli alberi che avevano nascosto il corpo della loro compagna. «Meg era giovane e in salute. Non c'era motivo che morisse per cause naturali.» Guardò di nuovo Alice. «Tu avevi detto che era morta per ipotermia.»

Alice annuì. «Sembrava proprio così.»

«Verrebbe comunque condotta un'indagine sul decesso che verrebbe rubricato come morte senza testimoni.» disse Josie. «Di solito dalla polizia, ma più comunemente dal coroner o dal medico legale. La scena in cui è stato trovato il cadavere viene comunque trattata come una scena del crimine, nel caso in cui le indagini rivelino poi che si è trattato di omicidio. Il motivo è che si ha una sola possibilità di preservare e trattare una scena.»

«Sei entrata subito in modalità polizia, Josie...» disse Sandrine con un debole sorriso.

Josie si scosse via i fiocchi di neve che le si posavano sulle ciglia. «È vero. Sto cercando di seguire la procedura nel miglior modo possibile. Questa non è la mia giurisdizione, ma sto comunque cercando di fare tutto il possibile per facilitare il lavoro delle forze dell'ordine e del medico legale locali per quando arriveranno i soccorsi. Adesso andiamo, rimettiamoci in cammino. Troveremo un punto più in basso sul sentiero, ma parallelo al punto in cui ho trovato il segnale l'ultima volta.»

Avanzarono finché Josie non trovò un'apertura naturale tra gli alberi. «Qui.» disse.

Sandrine e Alice iniziarono a seguirla in mezzo agli alberi. Mentre procedevano, Josie si tolse i guanti e tirò fuori di nuovo il telefono e tenendolo più in alto possibile, si spostò da un albero all'altro, aspettando che indicasse una connessione alla rete mobile. Quando finalmente apparvero due tacche, aspettò un attimo per vedere se sarebbero apparse delle notifiche, ma non ne apparve nessuna. Allora digitò il numero dei soccorsi e premette su "chiama". All'inizio non squillò. Al terzo tentativo, il suono degli squilli all'altro capo della linea le fece esclamare di gioia. Dopo un'eternità si sentì uno scatto e poi una voce metallica: «Nove-uno-uno. Qual è l'emergenza?»

«Siamo al Ritiro Spirituale del Nuovo Inizio.» esordì Josie.

«Qual è l'indirizzo, signora?»

Sandrine avvicinò la bocca al ricevitore e gridò l'indirizzo. Il centralinista del 911 lo ripeté e Sandrine lo confermò.

«Qual è la vostra emergenza?» chiese l'operatrice. Prima che Josie potesse rispondere, la linea cadde.

«Che cosa è successo?» strillò Alice.

«Si è scollegato.» disse Josie muovendo le dita per cercare di combattere l'intorpidimento del freddo. «Ora ci riprovo.»

Al quinto tentativo, la chiamata andò a buon fine e di nuovo, comunicarono la loro posizione, questa volta avvisando che erano bloccate e che un membro del loro gruppo era deceduto, ma una volta che la parola "deceduto" uscì dalla sua bocca, la connessione si interruppe di nuovo. Provarono ancora e ancora finché il telefono non scese al quarantanove per cento; per allora, tutte e tre stavano tremando furiosamente e Josie sentiva che dalle ginocchia ai piedi le gambe erano come racchiuse in un blocco di ghiaccio e il vento pungeva ogni centimetro di pelle esposta.

Spazzolando la neve dalle spalle e dai capelli, Alice disse:

«Non re-reggerà. Non ci raggiungeranno ma-mai.»

«Dovranno pur mandare qualcuno.» disse Josie. «Anche se la chiamata non è stata completata. Gli abbiamo dato la nostra posizione.»

Per la seconda volta in quel giorno, Sandrine si ritrovò a battere i denti. «Co-come fai a esserne si-sicura?»

«Perché è così che funziona.» spiegò Josie.

Alice si avvicinò a Sandrine e le mise un braccio intorno alle spalle. «E se invece non mandassero nessuno?»

«Vi dico che è così.» insistette Josie, ma già si sentiva rodere dal dubbio nel profondo. Era sicura che i servizi di emergenza della contea avrebbero esaminato le molteplici chiamate parziali dal suo numero, ma rimaneva l'incognita se avrebbero dato a loro la priorità. Cooper era partito con un telefono satellitare, eppure non era venuto nessuno a cercarli fintanto che il sentiero era ancora percorribile. Josie cominciò a chiedersi quanto velocemente le autorità sarebbero riuscite a risalire la montagna.

Alice abbracciò Sandrine stretta al suo fianco. «Sei sicura?»

«Sicura.» rispose Josie. Guardò di nuovo il telefono, questa volta per visualizzare i messaggi di testo. Niente di nuovo. Scrisse un messaggio a Gretchen, fiduciosa che avrebbe funzionato come la prima volta.

La bufera ci ha colpiti in pieno. Siamo bloccati e con pochi rifornimenti. Un membro del nostro gruppo è deceduto. Sembrerebbe un omicidio. Ho provato a chiamare i soccorsi. La chiamata continua a cadere.

Sandrine si aggrappò ad Alice. «Do-dobbiamo riprovare. Per essere si-sicure.»

Ci riprovarono, lasciando solchi asimmetrici nella neve via

via che si spostavano da una parte all'altra della radura per cercare un buon punto dove stabilire e mantenere un contatto. Alice e Sandrine rimasero rannicchiate l'una contro l'altra, cercando di riscaldarsi a vicenda, mentre seguivano Josie, che provava a chiamare i soccorsi ancora una volta. Ma le chiamate non passavano, oppure cadevano così rapidamente che Josie non aveva abbastanza tempo per spiegare agli operatori la loro situazione. Quando la batteria scese al trentadue per cento, Josie si arrese. Lo schermo continuava a bagnarsi di neve e lei aveva le dita intorpidite. Controllò di nuovo i messaggi, ma Gretchen non aveva risposto. Non ancora, almeno.

Alice trascinò Sandrine fino a un grande platano e si appoggiò al tronco. «Sei un'agente di polizia. Non puoi evitare di chiamare il 911 e contattare qualcuno che conosci?»

Josie stava per ribadire che la contea di Sullivan non era la sua giurisdizione, ma poi si rese conto che non aveva importanza: se fosse riuscita a contattare un membro della sua squadra, avrebbero potuto mettersi in moto per salvarla. Con le dita che le tremavano, richiamò i suoi contatti. Noah era in cima, tra i preferiti. Esitò. Le avrebbe risposto se lo avesse chiamato?

Certo che ti risponderà, le assicurò la voce in fondo alla testa. *Era lui che insisteva per parlare della questione. Gretchen ti ha perfino scritto che è ridotto a un autentico disastro!*

«Puoi fa-farlo, Josie?» chiese Sandrine accasciandosi contro l'albero e affondando nella neve sotto i suoi piedi. Il vento ululava tra i rami sopra le loro teste. «Puoi chiamare uno dei tuoi colleghi? Po-Possono aiutarci?»

In alternativa poteva provare a chiamare Gretchen o il capo Chitwood. Loro le avrebbero risposto sicuramente. Lasciò Alice e Sandrine all'albero e riprese a camminare, girando intorno ai luoghi in cui avevano trovato campo. All'improvviso apparvero tre tacche. Prima che potesse pensarci, una delle sue dita tremanti premette sul nome di Noah. Poi arrivò il suono degli squilli.

Si sentì pervadere dal sollievo.

Un attimo dopo rispose una voce che non era quella di Noah. «Pronto?»

Josie esitò. Allontanò il telefono dalla guancia e fissò lo schermo, accorgendosi solo in quel momento che aveva chiamato il telefono fisso alla scrivania di Noah in centrale e non il suo cellulare. «C-Chi p-parla?» chiese, rendendosi conto che aveva iniziato a battere i denti a sua volta.

«A me lo chiedi?» disse l'uomo. «Tesoro, mi hai chiamato tu. Perché non cominci dicendomi chi sei tu?»

«Sto cercando il tenente Fraley.» disse lei. «Mio... mio marito.»

«Ti sento a tratti, tesoro...» disse l'uomo e Josie si chiese perché la sentisse "a tratti" quando lei poteva sentire perfettamente tutto ciò che le diceva. «Hai detto che stai cercando tuo marito? Si direbbe che tu abbia sbagliato numero.»

«Noah Fraley.» disse Josie. «Ho bisogno di parlare con lui. Sono Josie. La detective Josie Quinn. Mi trovo nella contea di Sullivan. Sono a un ritiro. Siamo rimasti bloccati nella neve...». Gli ripeté l'indirizzo. «Una nostra compagna è morta. Abbiamo bisogno di aiuto.»

«È Denton che hai chiamato...» ribatté lui. «Nella contea di Alcott. Hai sbagliato dipartimento. Senti, devo tenere aperta questa linea. Ti auguro buona fortuna.»

«Aspetti!» esclamò Josie. «Io ci lavoro al Dipartimento di Polizia di Denton! Sono la detective Josie Quinn!»

Ma la linea era già caduta.

Josie fissò lo schermo del telefono, con qualcosa tra l'incredulità e il furore che le ribollivano dentro.

Alice e Sandrine apparvero accanto a lei, barcollando l'una stretta all'altra, seguendo le orme che avevano solcato i piedi di Josie. «Cos'è successo?» le chiese Alice. «Che cosa hanno detto?»

Josie spazzolò di nuovo la neve dallo schermo e controllò il numero per assicurarsi che fosse corretto nel suo telefono. Stavolta era il numero giusto. Chi diavolo aveva risposto al telefono della scrivania di Noah?

«Josie?» proruppe Sandrine.

Il capo aveva parlato dell'assunzione di un nuovo detective per sostituire Mettner, ma aveva mantenuto il riserbo su chi sarebbe stato. Aveva assunto un nuovo detective mentre lei era in viaggio? E non lo aveva nemmeno informato sugli altri membri della squadra?

Alice scosse la spalla di Josie. «Cos'è successo?»

«È caduta la chiamata.» disse Josie. «Qui il tempo peggiora. È meglio tornare indietro. Forse l'altro gruppo ha avuto più fortuna.»

DICIANNOVE

L'altro gruppo aveva avuto ancor meno fortuna di loro nel fare una chiamata d'emergenza. Brian, Nicole e Taryn arrivarono alla casa principale pochi istanti dopo Josie, Alice e Sandrine. Era quasi buio ed erano tutti bagnati e infreddoliti. Intanto che Sandrine caricava i ceppi nella stufa a legna per riscaldare la stanza principale, gli altri facevano a turno per andare in bagno a cambiarsi con abiti asciutti. Avevano tutti un aspetto esausto ed erano congelati fino alle ossa come Josie. Sistemarono coperte e cuscini lungo il perimetro della stanza centrale, che era la più riscaldata, e poi si riunirono intorno al tavolo dove mangiavano sempre, in attesa che Sandrine e Taryn preparassero qualcosa per la cena.

Brian si armò con una delle lanterne a energia solare e dell'unica torcia che erano riusciti a trovare sul retro per dare un'occhiata al gruppo elettrogeno. Era ancora in funzione, ma nessuno aveva controllato il livello di gasolio per tutto il giorno. Nei giorni precedenti se n'era occupato sempre Cooper. Josie si chiese quanto ne fosse rimasto. Non avevano avuto modo di cercare qualcosa che potesse essere utile a travasare il gasolio dagli altri gruppi elettrogeni, e anche se potevano sopravvivere senza l'elettricità che questi fornivano, lei e Brian non sarebbero più stati in grado di mettere in carica i loro telefoni. Non che fino a quel momento fossero serviti a granché, ma Josie non voleva che quell'unico, seppur tenue, collegamento con il mondo esterno rischiasse di saltare. Trovò il telefono nella tasca del giaccone e lo collegò al cavo del caricabatterie. Lo schermo si illuminò, mostrandole l'arrivo di un messaggio di testo. Josie rimase col fiato sospeso fin quando non lo ebbe aperto: era la risposta di Gretchen, che era arrivata tra il momento in cui Josie, Alice e Sandrine avevano lasciato i boschi dopo l'ultimo tentativo di contattare i soccorsi e il loro ritorno alla casa principale.

Omicidio??? Sei al sicuro? Io e il capo ci stiamo attaccando al telefono con il Dipartimento della contea di Sullivan. Il capo conosce il loro sceriffo, Hunter Shaw. Dice che è una brava persona. Ma questa bufera è molto forte. Non so quanto tempo ci vorrà per arrivare da voi. Noah è già lassù. È partito quando ha iniziato a nevicare. Ho provato a chiamarlo al cellulare, ma non c'è campo. Tieni duro. I soccorsi stanno arrivando.

Josie rovesciò la testa all'indietro e tirò un lungo sospiro di sollievo. Noah. Noah era nella contea di Sullivan nonostante non lo avesse contattato. Si era rifiutata di chiamarlo o di mandargli un messaggio. Lo aveva tagliato fuori ancora prima di partire per il ritiro e lui era venuto a cercarla lo stesso.

Rileggendo quello che le aveva scritto Gretchen, *È partito quando ha iniziato a nevicare*, sentiva già le lacrime pungerle gli occhi. Sbattendo le palpebre per ricacciarle indietro, posò il telefono e si unì agli altri per la cena. Brian riferì che c'era abbastanza gasolio per sopravvivere almeno un altro giorno. L'indomani sarebbe andato in giro per vedere di riuscire a trovare qualcosa da usare per prendere il gasolio rimanente dagli altri gruppi elettrogeni. La notizia fu accolta con un cenno silenzioso. Nessuno sembrava avere le forze per parlare. Dopo aver mangiato, toccò a Nicole e Brian sparecchiare e rigovernare tutto, così Josie, Alice, Taryn e Sandrine poterono spostarsi sulle poltrone intorno alla stufa a legna. Josie si avvolse nella sua coperta e si appoggiò allo schienale. Nonostante il calore che si irradiava dalla stufa, non riusciva a scaldarsi. Era come se il freddo che aveva preso quel giorno le fosse penetrato così profondamente nelle ossa da darle la sensazione che non se ne sarebbe liberata mai più. Ma poi, mentre piano piano il suo corpo cominciava a rilassarsi per la prima volta dall'inizio di quel giorno, sentì sopraggiungere il dolore ai piedi, alle gambe, alla schiena e alle spalle, risultato indesiderato di una giornata passata ad arrancare nella neve che le arrivava quasi fino alle ginocchia e a trasportare il corpo della loro sfortunata compagna. Cominciò a rimuginare sulla convenienza di cercare nella borsa dell'ibuprofene, ma non aveva abbastanza forze per muoversi dalla poltrona.

Lanciò un'occhiata al di sopra delle sue spalle, verso l'oscurità che nel frattempo era calata oltre le finestre facendo rimbalzare i loro riflessi verso l'interno. Era inquietante, dava l'impressione che il resto del mondo non esistesse più. Ma al di fuori di quelle finestre, due porte più in là, il corpo congelato della povera Meg Cleary aspettava che le autorità competenti lo reclamassero. Una volta che tutti gli altri furono riuniti intorno alla stufa, Josie diede loro la buona notizia che i suoi colleghi di Denton si stavano mettendo in contatto con le autorità locali per informarle di ciò che stava accadendo. Alice batté le mani, con gli occhi illuminati per il sollievo. «Quindi i soccorsi stanno arrivando!» esclamò.

«È fantastico!» le andò dietro Brian. «Ma come faranno ad arrivare quassù? Quanto tempo ci metteranno?»

«Non lo so.» rispose Josie in tutta onestà, per il timore di esternare la sua preoccupazione che le risorse di cui disponeva la contea di Sullivan potessero già essere esaurite in condizioni così difficili. D'altra parte, un omicidio avvenuto sul territorio della contea sarebbe con tutta probabilità rientrato nella sfera di competenza della Polizia di Stato, il che avrebbe potuto comportare un tentativo di salvataggio da parte di un secondo ente.

Sandrine si passò le dita tra i lunghi capelli. «Non preoccupiamoci di questo adesso. Tutto quello che adesso ci deve interessare è che gli aiuti stanno arrivando. Cercheremo di preservare le nostre risorse il più a lungo possibile. Credo che dovremmo cogliere questa occasione per parlare di come ci sentiamo. Della morte di Meg.»

Nessuno le rispose. Gli unici suoni che si sentivano erano il crepitio del fuoco e l'ululato stridulo del vento all'esterno.

«So che siete tutti molto stanchi.» aggiunse Sandrine. «So che siete esausti. Oltre alla scossa per la morte di Meg, oggi siamo stati tutti spinti ai nostri limiti fisici. Ma credo che sia davvero importante che non perdiamo di vista l'impatto emotivo che tutto questo sta avendo su di noi. Se mettiamo da parte i nostri sentimenti adesso, ne avremo solo maggiori problemi in seguito.»

Taryn, seduta accanto a Sandrine, alzò la mano. «Mi sento triste, com'è ovvio. Immagino che sia una cosa stupida da dire.»

Sandrine sorrise. «No, Taryn, non è affatto una cosa stupida.»

«Sì, che lo è.» intervenne Nicole emergendo dal bozzolo che si era fatta con una coperta marrone da cui emergeva soltanto la testa con le corte ciocche di capelli che svettavano come le punte di una stella. «È ovvio che sei triste. Tutti quanti siamo tristi. È perché siamo tristi che siamo qui.»

«Nicole, per favore...» la pregò Sandrine. «Ne abbiamo parlato ieri sera dopo il tuo sfogo a cena. Puoi esprimere senza problemi i tuoi sentimenti, ma ti chiediamo di farlo in modo rispettoso e civile.»

Taryn ricominciò a grattarsi la gola e si rivolse a Nicole. «Sei molto irrispettosa, soprattutto nei confronti di Sandrine.»

«Falla finita, Taryn.» ribatté Nicole. Alzò la testa dalla coperta come un serpente, esponendo il suo collo sottile. «Smettila di comportarti come se questa donna fosse la migliore terapeuta del mondo. Come facciamo a sapere che è qualificata per aiutare uno chiunque tra noi "a elaborare il nostro trauma"?» la pungolò chiudendo la domanda facendo emergere le mani da sotto la coperta a formare le virgolette. «Come facciamo a sapere che ha i titoli giusti?»

Sandrine rimase a bocca aperta.

«Ma da dove ti esce questa?» sbottò Alice. «Non hai fatto ricerche su di lei prima di iscriverti a questo ritiro? Non deve essere niente male spendere i soldi in questo modo. Io mi sono dovuta fare tre turni di straordinario solo per coprire il costo di questa settimana!»

«È stata la mia terapeuta a raccomandarmi Sandrine.» disse Josie. «A te non l'ha consigliata il tuo?»

Nicole tentennò. I suoi tratti duri si indebolirono lievemente, ma Josie non avrebbe saputo dire che tipo di emozione le fosse balenato sul viso. Forse confusione. Guardò Brian, che cambiò diverse volte posizione sulla poltrona e si guardò intorno con aria di sufficienza. «Noi non... ehm, noi non incontriamo nessun terapeuta.»

Nicole aggiunse: «Non era richiesto che fossimo indirizzati da un terapeuta.»

Alice raddrizzò la schiena e si lisciò la coperta sulle ginocchia. «Voi due avete perso una figlia, in uno dei modi più orribili che si possano immaginare per giunta, e non vi fate seguire da un terapeuta? Non avete nessun aiuto?»

«Alice...» disse Sandrine con voce pacata. «Non c'è problema. il più delle volte è difficile ottenere dall'assicurazione il consenso a un trattamento di salute mentale.»

Josie capì dalla postura di Alice che non aveva intenzione di lasciar perdere la questione, e infatti continuò a interrogare Brian con aria incredula: «E come potevate pensare che una settimana in un contesto di gruppo avrebbe risolto tutti i vostri problemi?»

«Non hai capito il punto della questione.» disse Nicole. «Non importa come siamo stati indirizzati qui. Quello che importa è che la persona che ci ha portato qui non è affatto qualificata per aiutarci. Abbiamo tutti dei traumi. Come facciamo a fidarci sulla parola di Sandrine che è qualificata per trattarli? Solo perché ce lo ha detto lei?»

Alice rise di nuovo, ma ora c'era una sfumatura polemica nella sua risata. «Sì, più o meno funziona così. Non sarebbe opportuno che ci chiedesse di farci carico del suo bagaglio emotivo oltre che del nostro.»

Sandrine alzò una mano per farli tacere. «Nicole, mi dispiace molto che tu ti senta così, che tu abbia perso fiducia nella mia capacità di aiutarti...»

Brian la interruppe. «Sandrine, credo che mia moglie voglia dire che forse sarebbe utile se tu condividessi con noi un po' del tuo percorso.»

Sandrine fece un sorriso rigido. «Temo che sia meglio di no, Brian. Non mi metterò nella posizione di dover "dimostrare" che sono qualificata per occuparmi dei miei pazienti basandomi su cose che mi sono successe. Sono qualificata grazie alla mia formazione, alla ricerca e all'esperienza sul campo che ho acquisito lavorando con centinaia di pazienti.»

Ma a Nicole non bastava. «Ma come facciamo a sapere che non sei un'imbrogliona? Non tutto si può imparare leggendo libri o frequentando corsi universitari. È completamente diverso quando si sperimenta qualcosa in prima persona. Tutti i presenti in questa stanza hanno sperimentato esperienze traumatizzanti in prima persona. Eccetto tu!»

Alice scivolò sul bordo della poltrona. Un po' di colorito le era tornato sulle guance. «Per come la vedo io, rinvenire il cadavere di una ragazza conta come esperienza traumatica, Nicole. Puoi lasciar perdere questa... qualunque cosa tu stia cercando di fare. Siamo tutti stanchi. Sandrine ha fatto del suo meglio per far procedere tutto nonostante le circostanze piuttosto singolari.»

Senza prestare attenzione ad Alice, Nicole si liberò della coperta e si alzò in piedi, avvicinandosi a Sandrine. «Io ho già visto un cadavere.» Si voltò verso il marito, in cerca di un incoraggiamento o di un permesso, Josie non avrebbe saputo dirlo con certezza. L'espressione di Brian era imperscrutabile. Tornando a guardare Sandrine, Nicole continuò, con voce tremante. «Il cadavere di nostra figlia. Gli agenti che l'avevano trovata mi hanno portato nel canale di scolo e me lo hanno mostrato. Mi hanno fatto camminare nel fango per assicurarsi che avessero trovato proprio la nostra bambina. Ho dovuto attraversare i liquami per raggiungerla. Per vedere la mia bambina profanata.»

«Come sarebbe?» sbottò Josie.

Se Nicole l'aveva sentita, non lo diede a vedere, perché mantenne lo sguardo su Sandrine e la sua voce acquistò intensità divenendo sempre più forte. «Ti è mai capitata una cosa del genere? Hai mai perso un figlio?»

Pronunciò la parola "figlio" con enfasi, con la gola che le tremava. Sandrine sbatté le palpebre e gli occhi le si riempiono di lacrime. Guardò ognuno di loro. Josie vide che il labbro inferiore le tremava leggermente. Quella giornata, segnata dalla morte di Meg, da tutte le ore passate fuori al freddo, dal dolore, dalla confusione e dalla paura, la stava logorando. Sandrine era stata imperturbabile per tutta la settimana. Josie aveva la sensazione che fosse abituata a comandare e che le persone arrabbiate e combattive non la intimidissero affatto, ma la situazione in cui si erano ritrovati, con la perdita della compagna più giovane agli inizi di una bufera di neve, era un territorio inesplorato anche per lei. Era la loro guida di fatto. Se avesse ceduto, cosa sarebbe successo?

E, a parte questo, di cosa diavolo stava parlando Nicole?

Josie scostò a sua volta la coperta e si alzò in piedi. «Nicole, stai dicendo che la polizia ti ha condotta sul luogo del ritrovamento di tua figlia per identificarla?»

Nicole si girò verso di lei. Un attimo di confusione attraversò la sua espressione, ma fu subito sostituita da un cipiglio. «Cosa? Sì. È stato... è stato orribile.»

Josie mise le mani sui fianchi. Bastavano anche i più piccoli movimenti per ricordarle quanto fossero sparsi i dolori sul suo corpo, ma non poteva permettere che la situazione andasse avanti, neanche per quanto volesse sedersi e addormentarsi, perché era la detective che era in lei che non lo permetteva. «Dopo quanto tempo è stata trovata?»

Si rese conto che ora la stavano fissando tutti quanti. Era perfettamente consapevole che porre una domanda così mancava davvero di tatto; ma per quanto fosse da insensibili fare a un genitore in lutto questo tipo di domande sull'omicidio della figlia, specie quando non c'erano indagini in corso, c'era un problema, ed era che Nicole stava mentendo.

Josie lanciò una breve occhiata a Brian, ma la sua espressione non rivelò nulla. Così si avvicinò a Nicole, invadendo il suo spazio personale. «Quanto tempo?»

Nicole guardò di nuovo Brian, ma lui offrì solo una mezza alzata di spalle. Senza incrociare lo sguardo di Josie, Nicole rispose: «Non lo so. Pochi minuti dopo che l'avevano trovata. Sono venuti a prendermi e mi hanno portato da lei.»

Sandrine si alzò e si avvicinò, inserendosi tra loro. «Basta così. Per favore, sediamoci tutti e facciamo un bel respiro.»

«Nicole.» disse Josie, mantenendo il suo tono diretto. «Nessun agente delle forze dell'ordine farebbe mai una cosa del genere.»

«Di cosa stai parlando, Josie?» si intromise Taryn.

Josie tenne gli occhi puntati su Nicole. Poteva vedere la sua determinazione vacillare leggermente nel modo in cui i suoi occhi si allargavano, riempiendosi di paura.

«Nessun agente di polizia porterebbe mai un genitore su una scena del crimine come quella.» continuò Josie. «Non solo perché sarebbe una crudeltà, ma anche perché correrebbe il rischio di contaminare la scena del crimine, rendendo molto difficile l'avvio di un procedimento contro l'assassino. Avrebbero dovuto isolare la scena del crimine, Nicole. Nessuno sarebbe potuto entrare o uscire, tranne i membri della squadra investigativa e la Scientifica. A te o a tuo marito sarebbe stato chiesto, semmai, di fare un'identificazione all'obitorio, dopo che vostra figlia fosse stata sistemata. Allora dicci, cosa è successo veramente?»

Sandrine si fece da parte. Da dove si trovava Josie, vide l'odio divampare negli occhi di Nicole.

Nessuno parlò, la tensione nella stanza cresceva di secondo in secondo. Il silenzio si protrasse così a lungo che Josie iniziò a contare i secondi mentalmente. Quando arrivò a diciannove, Brian balzò dalla poltrona. «Ce lo siamo inventato.» esclamò. «È tutta una balla.»

Josie si accorse appena di alcuni sussulti.

Taryn chiese: «Come sarebbe a dire che ve lo siete inventato?»

Nicole si girò verso il marito e lo spinse, premendo forte con le mani contro le sue spalle, facendolo cadere all'indietro sulla poltrona. «Perché?» gli ringhiò contro. «Perché hai detto una cosa del genere?»

Nella voce di Sandrine si avvertiva un leggero tremore. «È vero, Nicole?»

«È spregevole.» sentenziò Alice. «Come avete potuto? Tutti e due!»

Brian si alzò di nuovo dalla poltrona. «Aspettate, aspettate un momento.» disse. «Lasciatemi spiegare.»

«Non provarci neanche!» gli intimò Nicole, con un tono basso e minaccioso.

Ma Brian, senza prestarle attenzione, continuò: «Non è successo a noi come genitori, chiaro? Non abbiamo avuto figli. Ma quando Nicole era piccola, sua sorella è stata rapita e uccisa.»

«E che motivo avevate di fingere che si trattasse di vostra figlia?» domandò Alice. «Vi rendete conto di quanto sia assurdo?»

«Ne abbiamo vissuti di momenti difficili.» si affrettò a giustificarsi Brian. «Va bene? Ma non come coppia.»

«Esatto.» disse Nicole. «Brian ha perso delle persone care in quell'incendio quando era bambino, e io ho perso mia sorella.»

«Ma perché avete mentito su tutto questo?» continuò Alice. «Non c'era assolutamente alcun motivo per farlo.»

«Mi dispiace...» disse Brian. «Posso spiegare...»

«E con che coraggio vi siete permessi di accusare Sandrine di essere un'imbrogliona quando voi due avete mentito a tutti noi praticamente fin dal primo momento?» aggiunse Alice.

«Perché è una truffatrice!» gridò Nicole, avanzando verso Alice. «Abbiamo davvero subito un trauma, Brian e io! Abbiamo soltanto modificato un po' i dettagli, ma comunque questo non cambia che non sia reale!»

Alice, che era ancora seduta, indietreggiò appiattendosi contro lo schienale. Josie si avvicinò e si mise in mezzo a loro due, avvicinandosi così tanto a Nicole da costringerla a fare un passo indietro. «Calmati...» le disse.

Nicole si voltò, ma Sandrine rimase dov'era, a sbarrarle la strada. «Credo che dovremmo parlare del motivo per cui voi due avete sentito il bisogno di "modificare i dettagli" di quanto vi è successo.»

«Non vi dobbiamo nessuna spiegazione.» ribatté Nicole. «A nessuno di voi. Ho chiuso con questa storia.»

Con uno sbuffo, superò Sandrine e si allontanò. Prese il

giaccone da un attaccapanni lungo la parete di fondo e vi infilò le braccia. Poi spalancò la porta d'ingresso, apparentemente intenzionata a uscire dalla casa principale, ma una raffica di neve trasportata da un vento freddo la investì, facendola rientrare subito nella stanza emettendo un brontolio di frustrazione; richiuse la porta, usando tutto il suo peso per spingerla. Con uno sguardo di rimando verso di loro, si diresse invece verso una delle sale di ritrovo, sbattendo la porta dietro di sé. «Io, ehm... mi dispiace molto.» disse Brian. «Vado a parlarle.»

Sandrine lo guardò andare via, senza dire altro.

Taryn si alzò e si avvicinò a lei, mettendole una mano sulla spalla. «Penso che sia il caso di dormire un po'. Siamo tutti esausti. Questo doveva essere l'ultimo giorno del ritiro. Dovevamo partire domattina.»

«Sono terribilmente desolata.» sussurrò Sandrine. «Non volevo che finisse così.»

Taryn la strinse in un abbraccio di lato. «Non è colpa tua.»

Alice si alzò, stringendosi attorno la coperta. «Riuscite a credere a questa roba?» disse.

Si sentirono le parole soffocate e indistinte di Nicole e Brian che litigarono nella sala ristoro per un'altra mezz'ora prima che tutti finalmente andassero nei loro letti di fortuna, ognuno sotto la propria coperta.

Alice aveva messo la sua coperta e il suo cuscino accanto a quello di Josie. Una volta che tutti furono avvolti nelle loro lenzuola sul pavimento, si protese verso Josie e sussurrò: «Ma tu ci riesci a dormire? Non sappiamo assolutamente chi siano queste persone! Uno di loro potrebbe essere un assassino!»

Nonostante la stanchezza opprimente che gravava su ogni centimetro del suo corpo, Josie sapeva che l'insonnia di cui soffriva l'avrebbe tenuta sveglia più che mai nelle circostanze in cui si trovavano. «Vuoi fare dei turni di guardia?» chiese ad Alice.

«Sì, sarebbe meglio. Io faccio il primo. Tanto sono abituata a fare i turni di notte.»

Josie avrebbe voluto dirle che non avevano bisogno di fare i turni di guardia, ma si rese conto che doveva cercare di dormire. Anche se si fosse limitata a concedere un po' di riposo al suo corpo dolorante, sarebbe stato già qualcosa. Ringraziò Alice e chiuse gli occhi. Era a dir poco sfinita per preoccuparsi di quanto duro e scomodo fosse il pavimento sotto di lei. Pochi istanti dopo, si ritrovò a costeggiare i margini del sonno. La sua mente ripercorreva gli eventi della giornata e realizzò che Alice aveva ragione: non sapeva nulla delle persone con cui aveva trascorso la settimana. Una di loro era morta e due avevano mentito per tutto il tempo.

Cosa potevano nascondere gli altri?

VENTI

L'agente Ehrbar aveva dato a Noah le indicazioni per raggiungere un parcheggio e per arrivare alla casa del custode della proprietà del ritiro, ma lo aveva avvertito che non avrebbe trovato la casa con il navigatore – anche perché tanto non funzionava in montagna - e che non c'era un indirizzo vero e proprio. Era solo un posto, a mezzo chilometro dopo una curva a gomito lungo la Route 154. Per fortuna, la casa di Cooper Riggs si trovava solo "più o meno" cinque chilometri dopo il parcheggio.

Nel bel mezzo del nulla, pensò Noah.

Era quasi buio quando Noah trovò il parcheggio. Percorrere la strada rurale con più di mezzo metro di neve, che continuava a scendere rapidamente, richiese tutta la sua concentrazione, soprattutto quando si rese conto che un ruscello costeggiava la strada. Se avesse perso il controllo del veicolo, non solo avrebbe rischiato di rimanere bloccato nella neve a chilometri di distanza da chiunque potesse aiutarlo, ma avrebbe anche rischiato di morire in una gelida tomba d'acqua. Difatti, si sentì estremamente sollevato quando vide il parcheggio.

Non era grande. Per metà era pieno di veicoli, i cui tettucci erano coperti da oltre mezzo metro di neve ciascuno. Vi accostò, infilando le gomme nelle tracce che erano state fatte da un altro veicolo. La neve le aveva quasi riempite, ma erano ancora leggermente visibili. Lasciata l'auto in sosta, Noah saltò fuori e si guardò intorno. Contò sette macchine, tutte parcheggiate l'una accanto all'altra, con la neve fino a sotto la carrozzeria. L'auto di Josie era al centro. Camminò lentamente lungo la fila, con il vento che gli soffiava contro.

Alla fine della fila, c'era un posto che sembrava essere stato lasciato libero prima o poco dopo l'inizio della nevicata, ma Noah poteva appena distinguere il rettangolo di terreno con pochi centimetri di neve in meno rispetto al resto del parcheggio. Al di là di questo, c'era un'apertura tra gli alberi, abbastanza larga per farci passare un'auto. Da lì provenivano quelle che sembravano impronte, appena visibili ora che erano piene di neve fresca. Qualcuno era riuscito a scendere dalla montagna e ad andarsene. Diverse ore prima, data la velocità della nevicata e il fatto che sia le impronte che le tracce degli pneumatici erano ormai quasi coperte. Ma chi poteva essere stato? Il custode? Se era sceso dalla montagna, perché non aveva chiamato i soccorsi per gli altri? Dov'era finito?

Noah tirò fuori il telefono dalla tasca del giaccone per chiamare l'agente Ehrbar, ma la chiamata non partì. Non arrivava né partiva nulla. Non aveva connessione alla rete. Sospirando, mise via il cellulare e si incamminò lungo il sentiero, seguendo le impronte parzialmente coperte fino ad arrivare a un Gator John Deere, anche questo coperto di neve. Anche se avesse avuto le chiavi, non ci sarebbe stato modo di farlo passare su un metro di neve.

La notte stava calando velocemente. Presto non sarebbe stato nemmeno in grado di vedere e non si fidava che la batteria del telefono potesse alimentare l'applicazione per la torcia abbastanza a lungo da tornare al suo veicolo. Si chiese quanto fosse lungo il sentiero e se sarebbe riuscito a percorrerlo a piedi se avesse preso la sua torcia elettrica che teneva nel bagagliaio dell'auto. In base a quanto gli aveva detto l'agente Ehrbar, non sarebbe stato possibile. Volendo, avrebbe potuto esserlo in una giornata calda e senza neve, ma sicuramente non in quelle condizioni. Aveva bisogno di aiuto per poter raggiungere Josie e riportarla indietro. Morire di freddo a metà montagna non sarebbe servito a nessuno dei due.

Tornò a piedi verso la sua auto, con la neve che gli pungeva il viso.

Alzando il riscaldamento al massimo, considerò le opzioni che gli si prospettavano. L'agente Ehrbar non sapeva se il custode fosse in casa o meno, perché, avendo provato a chiamarlo sul telefono fisso, non aveva ottenuto risposta. Noah si chiese allora se l'auto che aveva lasciato il parcheggio appartenesse a Cooper Riggs. Ma se Riggs era riuscito a scendere verso valle e a tornare a casa, perché non rispondeva al telefono? Oppure non era affatto tornato a casa? Qualcun altro del ritiro aveva trovato la strada per arrivare a valle e aveva lasciato tutti gli altri bloccati in cima in una bufera di neve?

C'era solo un modo per scoprirlo.

VENTUNO

Fedele alla parola data, Alice svegliò Josie da un sonno agitato quattro ore più tardi, per farsi dare il cambio di turno. Josie si mise a sedere, stropicciandosi via il sonno dagli occhi e guardandosi intorno nella stanza. Era illuminata solo dal bagliore arancione del fuoco della stufa a legna. Qualcuno l'aveva tenuta accesa durante la notte. Mentre Alice si girava su un fianco e si abbandonava a un russamento cadenzato, Josie si appoggiò al muro, portandosi le ginocchia al petto e osservando gli altri, ridotti a piccoli bitorzoli sotto le coperte. Sveglia e rimasta sola con i suoi pensieri, la sua mente corse subito a Noah. Aveva sperato che in qualche modo riuscisse a risalire la montagna per raggiungerli prima che si addormentassero, anche se, vista la nevicata che c'era fuori, non era chiaramente fattibile. Si chiese se Gretchen o Chitwood si fossero messi in contatto con lui per dirgli che c'era stato un omicidio. Pensò alla povera Meg, al suo corpo congelato e solo, al buio, sul fianco di una montagna.

Sentiva il senso di colpa come una morsa che la stringeva intorno al petto. La voce di Mettner le salì da qualche profondo recesso della mente. "Hai fatto del tuo meglio, considerando le circostanze".

"Che cosa faccio adesso?" gli chiese.

Giurò di poter sentire la sua risata. "Sai già cosa fare..." le rispose. "Non hai bisogno di me."

La fascia intorno al petto si strinse. Le lacrime minacciavano di uscire.

"Ma mi manchi così tanto."

Un fruscio attirò la sua attenzione. Dall'altra parte della stanza, Brian si girò e scostò la sua coperta. Sebbene si fossero sdraiati sul pavimento l'uno accanto all'altra, Nicole era ora a diversi metri di distanza dal marito. Lui non la guardò e lei non si mosse. Si alzò in piedi e si diresse verso la stufa. Quando aprì lo sportello, Josie si sentì avvolgere da una seppur lieve vampata di calore. All'interno, l'ultimo ceppo era quasi consumato. Guardò Brian che ne prendeva un altro dal fondo del secchio accanto alla stufa e lo metteva dentro. Le fiamme divamparono quando la legna prese fuoco. Brian tastò il fondo del secchio e non trovò nulla. Si mise in ginocchio e cercò intorno alla stufa. Josie sussurrò: «Il resto della legna è in cucina.» Spaventato, Brian fece un salto all'indietro e atterrò sulla schiena. I suoi occhi cercarono nella semioscurità finché non trovarono Josie. Lei si alzò e gli si avvicinò. «Scusa, non volevo spaventarti. Non riesco a dormire.» Gli tese una mano e lo aiutò a rimettersi in piedi, poi indicò il secchio e lui lo raccolse, seguendola in cucina. Cercò l'interruttore della luce e una lampadina a soffitto si accese.

«Beh, almeno il generatore funziona ancora.» si rallegrò Brian.

«Per il momento.» rispose Josie mostrandogli il punto in cui Sandrine e Taryn avevano accatastato i ciocchi di legno in più durante la giornata. Li avevano messi allineati lungo il muro accanto alla porta sul retro. Borbottando un "grazie" Brian si inginocchiò e cominciò a caricarne un po' nel secchio.

«Non ti dà fastidio?» gli domandò Josie appoggiando un fianco al bancone. «Avvicinarti così tanto al fuoco, intendo.»

Brian si fermò e la guardò. Si strofinò il palmo della mano sul segno di una bruciatura sul retro del polso. Era una cosa che lei gli aveva visto fare molte volte quella settimana, quando parlava dell'incendio che aveva raso al suolo la sua casa di accoglienza. «Pensi che abbia mentito anche su questo, vero?» le chiese.

«Non è quello che ho detto.»

Lo sguardo gli cadde sul fondo del secchio. «Ma il mio grande trauma è quell'incendio, e qui mi vedi che carico la stufa a legna per tutto il giorno senza alcun problema apparente. Immagino che tutto ciò che da questo momento io dirò, o che Nicole dirà, ora sarà messo in dubbio.»

«Non ci potete davvero biasimare...» gli fece notare Josie. Potergli parlare, lontano dalle orecchie del resto del gruppo, nella quiete della notte, era il momento perfetto per fargli qualche domanda. «Tu perché hai mentito?»

Brian scosse la testa. «Io non... non lo so. Non ho una buona spiegazione. Volevamo entrambi partecipare al ritiro, venirci insieme, ma Nicole temeva di non rientrare nei criteri del disturbo da stress post-traumatico complesso, perché quello che è successo non è accaduto direttamente a lei. Non pensava che perdere una sorella da bambina l'avrebbe qualificata come idonea. Ascolta, mi rendo conto che non avremmo dovuto mentire. Su questo devi credermi, mi dispiace. Ma non sono riuscito a dissuaderla. Non ho mentito sull'incendio. È successo davvero. L'ho vissuto.»

Josie lo guardò mentre sistemava i tronchi nel secchio per fare più spazio. Poi si fermò per togliere una scheggia da sotto la fede nuziale. A differenza di quella di Nicole, la sua era di un morbido silicone nero.

«Ma tu avevi già trovato il modo di sentirti a tuo agio con il fuoco prima di venire qui.»

«No, non l'ho mai trovato. Mi capita ancora di avere delle... diciamo, delle crisi. Ma non in questo tipo di situazione. Questo tipo di fuoco è abbastanza ben circoscritto. Ammetto che mi sono sentito turbato quando siamo arrivati qui e ho scoperto che gli alloggi erano riscaldati con stufe a legna.»

Josie rise sommessamente. «Anch'io, ma per motivi diversi. Non mi piace vivere senza le comodità moderne.»

Lui caricò qualche altro ceppo nel secchio e poi si fermò di nuovo. «L'odore mi dà ancora fastidio, qualche volta. Mi sembra come di non riuscire a togliermelo dal naso, come se mi rimanesse in gola. Qualche volta, addirittura, mi sembra di sentirne ancora il sapore sulla lingua. Quando è troppo forte, mi tornano in mente frammenti di ricordi.»

Josie si picchiettò il naso. «Questo ha senso. Ricordi cosa ha detto Sandrine? I nostri bulbi olfattivi sono proprio davanti al cervello. Gli odori arrivano direttamente al nostro sistema limbico, in particolare all'amigdala e all'ippocampo.»

Brian si alzò, annuendo. Con la mano si strofinò di nuovo la cicatrice. «Sì, mi ricordo. Emozioni e ricordi. Ne abbiamo parlato in una delle mie sedute private.»

«Ti è stato utile?»

Smise di grattarsi la cicatrice e la guardò con un'espressione perplessa, come se la sua stessa risposta lo sorprendesse. «Sì. In effetti, sì. Abbiamo applicato quella cosa dell'arresto del ricordo. Ti ricordi, l'abbiamo fatto lunedì?»

«Sì, me lo ricordo.» disse Josie unendo le mani e avvertendo ancora la sensazione fantasma del palmo della mano di Mettner contro la sua pelle. «L'ha utilizzata anche con me, per il ricordo di quando è morto il mio collega.»

Brian recitò l'esercizio. «In questo momento mi sento spaventato e in preda al panico. Nel mio corpo, mi sento stordito, sudato e un po' nauseato perché sto ricordando l'incendio e, allo stesso tempo, siamo a dicembre, ventinove anni dopo. Sono qui al Sacro Ritiro dei Nuovi Inizi in Pennsylvania. Vedo Josie, un secchio di ciocchi di legno, un lavandino, quel bancone e quella mensola piena di tazze di caffè, e quindi so che l'incendio non sta avvenendo in questo momento.»

«Cavolo.» disse Josie. «Te lo ricordi tutto.»

Lui fece un mezzo sorriso. «Funziona di più con un esercizio di respirazione, però sì. Mi ha aiutato.»

Josie decise di fare la domanda che si era ripromessa di fargli fin da quando si era alzata per fargli vedere dove avevano messo le riserve di legna. «Tu pensi che Sandrine sia un'imbrogliona?»

Un po' di colore scomparve dal suo viso. «Come ho detto, mi dispiace molto di come si è comportata mia moglie. Mi dispiace che vi abbiamo mentito e...»

Josie alzò una mano per farlo tacere. «Non ti sto giudicando, Brian. Capisco perché l'avete fatto.» A dire il vero, il motivo per cui avevano mentito non aveva molto senso per lei, ma non c'era bisogno che questo lui lo sapesse. «Mi stavo soltanto chiedendo se sei d'accordo con tua moglie, se pensi anche tu che Sandrine sia un'imbrogliona o se sei di un avviso diverso.»

Brian si abbassò e raccolse il secchio di tronchetti. «Il fatto è che non penso che sia un'imbrogliona. So che ha studiato per lavorare su queste cose. So che ha anni di esperienza. È solo che... non sono convinto che sia chi dice di essere.»

Nella quiete, Josie poteva sentire il vento che sferzava l'esterno della casa e il ronzio costante del gruppo elettrogeno. Lasciò che alcuni istanti di silenzio si fermassero tra di loro. Quando vide che Brian non le dava alcuna spiegazione, cercò di andare più a fondo: «Che cosa intendi dire?»

Prima che Brian potesse rispondere, alle spalle di Josie si udirono dei passi. «Nicole!» esclamò Brian.

Josie si girò e vide la moglie di Brian ferma sulla soglia, con i capelli biondo paglierino dritti su un lato della testa a causa della posizione in cui aveva dormito. Strizzava gli occhi per guardarli. Immediatamente, gli angoli delle sue labbra sottili si abbassarono per l'irritazione. «Ma cosa state facendo? È notte fonda.»

«Stavo prendendo altra legna per alimentare la stufa. Non sapevo dove fosse e Josie me l'ha mostrato.» Dal suo tono, Brian sembrava quasi spaventato. Tese il secchio di legna come se glielo volesse offrire.

Con occhi carichi di sospetto, Nicole squadrò Josie dalla testa ai piedi. Cosa avesse da sospettare tanto, Josie non riusciva proprio a capirlo. Era assurdo anche solo pensare che lei ci stesse provando con suo marito.

Josie indicò il lavandino. «E io stavo solo prendendo un bicchiere d'acqua prima di tornare a dormire.»

Brian le passò accanto, lanciandole uno sguardo che sembrava dire: "Non dire a Nicole di cosa stavamo parlando".

Josie gli fece un cenno appena percettibile di intesa, al che Brian abbassò momentaneamente le spalle, in segno di sollievo prima di allontanarsi in fretta. Nicole lanciò un'altra occhiataccia a Josie e poi scomparve dietro al marito.

All'inizio della settimana, Nicole aveva mostrato a malapena segni di vita; a metà settimana era diventata petulante e arrabbiata; alla fine, si era fatta davvero caustica. Dato che aveva mentito a tutti, Sandrine compresa, sul motivo della sua presenza al ritiro, Josie non capiva il suo improvviso livore verso Sandrine. Che cosa poteva aver fatto o detto Sandrine per dare a Nicole e a Brian motivo di credere che stesse nascondendo qualcosa? Che cosa poteva nascondere Sandrine che potesse avere un qualche effetto sul ritiro? La sua vita privata e il suo passato non erano affari loro e non avevano alcuna attinenza con la sua capacità di aiutarli. Il giorno del loro arrivo aveva spiegato che non tutte le tecniche e le abilità che avrebbe presentato durante la settimana si sarebbero rivelate utili. L'elaborazione del trauma e il trattamento del disturbo da stress post-traumatico complesso non erano una scienza perfetta. Ciò che avrebbe funzionato per alcuni di loro non avrebbe funzionato per altri. Questo non bastava a fare di Sandrine una truffatrice. Ma, come aveva sottolineato Brian, non erano i suoi metodi a essere messi in discussione.

"Non sono convinto che sia chi dice di essere" aveva detto. Ma che cosa poteva significare? Cosa glielo aveva fatto pensare? Perché ne parlavano soltanto adesso, alla fine della settimana, quando erano rimasti bloccati lassù?

I pensieri di Josie furono interrotti da una discussione sottovoce nella stanza principale. Distinse subito le voci di Nicole e Brian. Sospirando, decise di aspettare che si fossero dati una calmata prima di tornare nel suo angolino per fare la guardia.

Si avvicinò alla mensola sulla quale erano riposte le tazze e ne prese una, la riempì al lavandino e bevve un sorso d'acqua. All'esterno, la finestra sopra il lavandino era ricoperta di brina. All'interno c'era troppa condensa perché Josie potesse vedere il proprio riflesso. Al centro del davanzale si trovava una pianta grassa in un vaso non più grande del palmo della sua mano. Josie si chiese come facesse a sopravvivere in inverno, quando la casa principale non era riscaldata. Forse era finta. Allungò la mano per toccare uno dei suoi spuntoni e si rese conto che era finta, appunto. Quando ritirò la mano, qualcosa catturò la sua attenzione. Il luccichio della penombra su qualcosa di brillante annidato tra le punte finte. Josie posò la tazza e prese il vasetto, stringendo il piccolo oggetto misterioso tra il pollice e l'indice.

Fissandolo, mormorò: «Porca di quella puttana.»

VENTIDUE

Josie lanciò un'occhiata in direzione della porta per accertarsi che non ci fosse nessuno. Nicole e Brian discutevano ancora tra di loro nell'altra stanza a volume appena percettibile. Sentì il rumore dello sportello della stufa a legna che si apriva e si richiudeva e a seguire qualche crepitio. Finalmente Nicole e Brian si rimisero a terra, anche se continuarono a parlare, seppur con voci sommesse, ma ancora udibili. Josie non riusciva a capire niente di quello che dicevano, se non che erano ancora impegnati in quella che sembrava una discussione molto tesa. Concentrandosi sul piccolo oggetto che teneva nel palmo della mano, la mente di Josie cominciò a lavorare.

Una videocamera nascosta.

La fece rimbalzare sul palmo della mano in modo da capovolgerla. Vide l'alloggiamento di una micro-scheda di memoria SD. Era logico, dal momento che non era possibile riuscire a trasmettere in streaming via Wi-Fi da quella montagna; perciò, chiunque avesse nascosto quella videocamera in quel punto doveva registrare su una scheda SD. Se la registrazione fosse cominciata all'inizio di quella settimana, la persona che ce l'aveva messa avrebbe dovuto cambiarla più volte e possibilmente metterla sotto carica. Chi aveva più accesso alla cucina nei momenti in cui non poteva essere visto mentre cambiava la scheda di memoria? All'estremità opposta della stanza, la porta del ripostiglio, convertito in camera da letto di Cooper, era socchiusa. La luce che veniva dalla cucina ne illuminava gli spazi ridotti, rivelando una brandina con un cuscino e una coperta buttati sul materasso. Josie si diresse verso lo stanzino ma si fermò a metà strada.

Per la legge non ci poteva entrare: quella era la stanza di Cooper e, anche se lui non era presente, aveva ogni diritto di aspettarsi che la sua privacy fosse rispettata; quanto a lei, in qualità di agente delle forze dell'ordine, non avrebbe avuto alcuna motivazione valida per richiedere un mandato di perquisizione, neanche se fosse stata nella sua giurisdizione, perché le circostanze non soddisfacevano nemmeno i criteri per una perquisizione senza mandato e Cooper non era presente per darle il permesso di perquisire il suo alloggio.

Ma che motivo poteva avere Cooper di riprenderli con una videocamera segreta? Lo stava facendo per conto dei proprietari della struttura? La videocamera si trovava in cucina, dove non c'era una ragionevole aspettativa di privacy; ciò significava che, anche se alcuni o tutti i partecipanti al ritiro avessero avuto da ridire per la presenza di quella videocamera, non avrebbero potuto ricorrere a nessun tipo di azione legale. A meno che la videocamera non registrasse anche l'audio perché, sebbene nello Stato della Pennsylvania non esistessero leggi contro l'installazione di videocamere nascoste in una proprietà privata, era un reato registrare comunicazioni orali senza il consenso di tutte le parti in causa. Ma ora non aveva modo di capire se quella videocamera registrasse o meno anche l'audio, dal momento che il suo telefono non leggeva la micro-scheda SD e non aveva portato con sé il computer.

Le voci di Brian e Nicole si alzarono bruscamente.

«Chiudi la bocca e non ti immischiare.» stava dicendo Nicole.

A quel punto, Taryn, con voce intrisa di sonno, si intromise: «Chiudete la bocca tutti e due! Stiamo cercando di dormire.»

Josie tornò a guardare la piccola videocamera. Poteva esserci una spiegazione molto innocente, come per esempio che il proprietario dell'immobile che affittava i locali tutto l'anno, aveva piazzato una videocamera senza audio perché voleva soltanto tenere conto di eventuali danni alla proprietà che potevano verificarsi durante il periodo di soggiorno dei locatari. Dopotutto, si trovava in cucina. Quali cose scandalose potevano accadere in cucina?

Al di là della porta in penombra, Josie sentì dei passi.

Chiuse la mano intorno alla videocamera e prese la tazza, bevendo un altro sorso d'acqua. Da un'altra parte della casa, sentì una porta chiudersi. Un attimo dopo si udì il rumore dello scarico del bagno e poi la porta che si riapriva. Il pavimento della sala principale scricchiolò. Altri fruscii e poi un lungo sospiro. Chiunque fosse andato in bagno, adesso si era rimesso sotto le coperte.

Il suo cuore tornò a battere a un ritmo più normale. Dischiuse il palmo della mano. Ogni sensazione le diceva che non c'era una spiegazione innocente dietro la scoperta di quella videocamera. Poco importava se le registrazioni delle attività in cucina fossero state innocue, nel caso in cui ci fossero state altre videocamere piazzate in altri punti della casa. Per la sala principale non c'era molto da preoccuparsi: le riprese li avrebbero mostrati semplicemente seduti a tavola a mangiare, a oziare, qualche volta a meditare e da quella sera a dormirci. E supponendo sempre che non ci fossero eventuali altre videocamere nascoste con registrazione audio sparse per la casa, anche dalle riprese nelle sale di ritrovo non si sarebbe visto granché. Con questo, della casa principale rimaneva solo una stanza, a parte la zona notte di Cooper. Un malessere prese a gorgogliare nello stomaco di Josie. Il bagno. Pensò alla grande quantità di casi a cui aveva lavorato il suo dipartimento negli ultimi anni in cui qualche maniaco aveva piazzato una videocamera nascosta nel camerino di un negozio o in un bagno pubblico. Era possibile che qualcuno al ritiro avesse installato una videocamera nel bagno? Era possibile che tra di loro si nascondesse un pervertito o un guardone digitale? Josie non avrebbe considerato nessuno dei presenti come il tipo che potesse fare una cosa simile, ma non bastava conoscere qualcuno da una settimana per dare un giudizio del genere. Con le cose che vedeva quotidianamente sul lavoro, nulla l'avrebbe sorpresa. Si sentì bruciare lo stomaco dall'acido quando le tornò in mente che lo stalker di Meg aveva piazzato una videocamera nel suo bagno. No, pensò subito dopo. Non era possibile. Non c'era modo che Austin Cawley potesse raggiungerli in cima a quella montagna e piazzare delle videocamere nascoste senza che qualcuno se ne accorgesse.

Josie cercò di placare il senso di nausea che le stava salendo all'idea, mentre spingeva la sua tazza verso il fondo del bancone collocando dietro la piccola videocamera, dove nessuno l'avrebbe vista, prima di incamminarsi con passo leggero verso il bagno. Chiuse la porta. Vi si appoggiò contro, fece di nuovo il suo esercizio di respirazione fino a quando il battito cardiaco non tornò alla normalità. Dal momento che si trattava di un bagno comune, la legge non le imponeva alcuna restrizione nel perquisirlo. Sollevò la tavoletta del water e il coperchio del serbatoio. L'unica altra cosa presente nella stanza era un lavandino a colonna. Non c'era nessuna videocamera nascosta. Il sollievo placò quella sensazione di nausea che le stava salendo dentro, almeno per il momento. Quindi, poteva escludere, fino a prova contraria, che avessero a che fare con un pervertito.

Josie uscì dal bagno in punta di piedi e si avviò lungo il corridoio, fermandosi sulla soglia della sala principale, chiedendosi se poteva accedere alle due sale di ritrovo senza svegliare nessuno. Doveva fare un tentativo, perché non sapeva quando le sarebbe capitata un'altra occasione per guardare in giro senza sollevare polemiche. Il bagliore della stufa a legna emanava abbastanza luce da permetterle di muoversi tra i compagni di ritiro addormentati. Per prima cosa, andò a prendere il cellulare dal suo giaciglio, in modo da poter scattare qualche foto se si fosse reso necessario. La porta della stanza ricreativa scricchiolò quando la aprì; risuonò come un grido in piena notte ma, apparentemente, nessuno l'aveva sentito, perché non osservò alcuna reazione. Josie guardò per alcuni minuti le sagome addormentate di ciascuno dei suoi compagni, rannicchiati sotto le coperte, prima di sparire nella prima sala di ricreazione. Poteva soltanto augurarsi che poi nessuno si accorgesse della luce che usciva da sotto la porta.

Si mosse con la massima rapidità e discrezione possibili. Se ci fosse stata una videocamera, sarebbe stata nascosta, ma doveva trovarsi in un punto in cui potesse riprendere ciò che accadeva all'interno della stanza. Alla fine, individuò l'obiettivo in miniatura di una piccola videocamera che scintillava nella buca in cui cadeva il puck nel tavolo dell'air hockey. La lasciò lì e scattò diverse foto, facendo del suo meglio per dare l'impressione che stesse semplicemente usando il telefono, nel caso in cui la persona che aveva piazzato lì la videocamera avesse poi cercato di recuperare la scheda di memoria e l'avesse vista che curiosava in giro. Poi si mise davanti alla videocamera e fece una panoramica della stanza. Data la sua posizione, chiunque l'avesse piazzata lì lo aveva fatto dopo che Sandrine e Cooper avevano spostato il tavolo dell'air hockey e in questo modo aveva potuto riprendere le loro sessioni di gruppo, le ore di meditazione, gli allenamenti di yoga e i bagni sonori.

Pochi istanti dopo, stava passando nella stanza con i trofei di caccia impagliati per effettuare un'altra ricerca. Scorse una terza videocamera nascosta sotto l'ala di uno dei fagiani imbalsamati.

«Ma guarda tu che roba...»

Lasciò lì anche quella e scattò altre foto, questa volta

cercando di dare l'impressione che stesse semplicemente facendo delle foto a tutti gli animali imbalsamati che c'erano in quella stanza. Cercò di non pensare a tutte le questioni private di cui aveva parlato con Sandrine in quella stanza nel corso della settimana. Episodi della sua infanzia che non aveva voluto condividere durante le sessioni di gruppo. Se le videocamere avevano una componente di registrazione audio, la violazione sarebbe stata ancora più grave della sola ripresa video di materiali riservati. Una volta che ebbe finito di guardarsi intorno, tornò in cucina. La legge prevedeva che poteva recuperare le altre due videocamere come prova. Tuttavia, non era in grado di sapere come avrebbe potuto reagire l'assassino se si fosse accorto che mancavano tutte e tre i suoi dispositivi anziché uno solo e lei non voleva rischiare un ulteriore conflitto se poteva evitarlo. Pertanto, doveva capire cosa fare con la videocamera che aveva trovato lì, soprattutto perché l'aveva già spostata. La tazza era dove l'aveva lasciata, proprio davanti alla videocamera, a nasconderla. Bevve un sorso d'acqua, con la mente in sovraccarico. Chi poteva essere stato a piazzare delle videocamere nella casa principale? Ce n'erano anche negli alloggi di ciascuno di loro? Josie non ne aveva viste nel suo, ma non le aveva neanche cercate, per la verità. Non sarebbe stato troppo difficile tornare alla sua casetta non appena avrebbe fatto giorno per dare un'occhiata. Tuttavia, non poteva perquisire gli altri alloggi, non senza il permesso dei loro occupanti.

«Va tutto bene?»

Josie sobbalzò e l'acqua della tazza schizzò verso l'alto e le finì addosso. Per fortuna, aveva fatto in tempo a chiudere l'altra mano intorno alla videocamera, tenendola nascosta alla vista. Si ritrovò davanti Alice, ferma sulla soglia, che si stropicciava gli occhi pieni di sonno. Attraversata la stanza, prese un asciugamano e lo porse a Josie. «Mi dispiace di averti spaventato. Quando mi sono svegliata ho visto che non c'eri e...»

Josie posò la tazza e sorridendo prese l'asciugamano per asciugare la camicia.

«Sono entrata per mostrare a Brian dove erano conservati gli altri ciocchi di legno e poi ho pensato di bere un po' d'acqua. Mi è più facile restare sveglia qui che sdraiata nel mio letto.»

Josie osservò Alice con attenzione per vedere se il suo sguardo si dirigeva verso la pianta grassa finta sul davanzale, ma non lo fece. Ripercorse mentalmente l'interazione con Brian. Neanche lui l'aveva guardata. Se non era stato Cooper a piazzare quelle videocamere, magari sarebbe riuscita a scoprire chi era stato facendo attenzione a chi avesse dato un'occhiata alla pianta per accertarsi che la videocamera fosse ancora nascosta. Però, per riuscirci, le sarebbe stato necessario trascinare ciascuno dei suoi compagni in cucina e farli stare abbastanza vicino alla pianta da poter scorgere eventuali occhiate. Cosa sarebbe successo se avessero notato che la videocamera era sparita? In ogni caso, non avrebbero avuto modo di sapere che l'aveva presa lei.

«Dimmi la verità, Josie. Va tutto bene? Sei distante un milione di chilometri.»

Decise di non raccontare ad Alice delle videocamere che aveva trovato. Era meglio tenerlo per sé, per il momento. Non aveva ancora idea di cosa significasse o se fosse importante. Oltretutto, non c'era motivo per spaventare Alice ancora di più di quanto non lo fosse già di suo, specie se le videocamere erano state piazzate nella casa principale su indicazione del titolare della proprietà.

«Va tutto bene.» rispose Josie. «Sono solo stanca morta. Sarò in pensiero per tutti noi finché non usciremo di qui sani e salvi.»

Alice si strinse nelle spalle. «Sì, anch'io.»

«Ma per ora sto bene.» si affrettò ad aggiungere Josie. «Ti ringrazio per essere venuta a chiedermelo. Perché adesso non vai a riposarti un po'?»

Alice annuì e tornò nella sala principale.

Josie non poteva rimettere a posto la videocamera. E se fosse stato l'assassino di Meg a metterla lì? Sebbene non avesse prove che dimostrassero un collegamento tra l'omicidio di Meg e le videocamere nascoste in cucina e nelle salette ricreative, il suo istinto le diceva che un collegamento c'era. Se era stato l'assassino a piazzare le videocamere, non voleva che in qualche modo accedesse alla scheda di memoria e la vedesse nel momento in cui aveva trovato quella in cucina. Senza contare che, se a metterla lì era stata la stessa persona, contava come prova. Anche se l'aveva già toccata, senza rendersi conto di cosa fosse, doveva comunque trattarla come una prova, nel caso fosse collegata all'omicidio di Meg. Le ci vollero diversi minuti di attenta e quanto più silenziosa possibile ispezione di tutti i cassetti e degli armadietti della cucina per trovare un piccolo sacchetto di carta per panini in cui depositare la videocamera. Non era l'ideale, ma d'altronde non c'era niente di ideale nella situazione in cui si erano ritrovati. Una volta sigillato il sacchetto, trovò una penna e ci scrisse sopra dove e quando l'aveva trovata. La infilò nella tasca dei pantaloni del pigiama e fece un paio di fotografie alla pianta grassa di plastica. Spegnendo la luce della cucina, ritornò nella stanza principale al suo giaciglio per la notte. Sempre muovendosi con la maggiore cautela possibile, aprì la cerniera della valigia e infilò la videocamera in una delle tasche interne.

Trascorse le ore che mancavano all'alba guardando gli altri che dormivano arrovellandosi su chi potesse essere stato tra di loro a piazzare quelle videocamere. E, in tal caso, per quale motivo lo aveva fatto.

VENTITRÉ

Dopo aver impiegato quasi un'ora per uscire dal parcheggio, Noah ne impiegò un'altra, e qualcosa di più, per percorrere i cinque insidiosi chilometri che portavano alla piccola abitazione di Cooper Riggs che l'agente Ehrbar gli aveva descritto. La neve era così fitta e scendeva così forte e veloce che rimase bloccato più di una volta. Alla fine, dovette usare la pala e il sale. Teneva il telefono collegato al caricabatterie dell'auto, ma non c'era campo. Quando la piccola costruzione a un solo piano in cui viveva Cooper Riggs apparve davanti a lui, era ormai notte fonda. Quando entrò nel vialetto, i fari della sua auto ne illuminarono il rivestimento blu. Si vedevano leggere tracce di pneumatici, già piene di neve fresca, che portavano dalla strada a un furgone Dodge. La casa aveva un piccolo giardino quadrato e due capannoni adiacenti. Si sentì sollevato nel vedere le luci accese dalle finestre sul davanti della casa.

Parcheggiò il fuoristrada proprio dietro al furgone e si fece strada nella neve per raggiungere il portone d'ingresso, al quale non ottenne nessuna risposta per quanto bussasse. Se Cooper Riggs era dentro, quasi sicuramente stava dormendo. Noah stava cominciando a riflettere sulle alternative che gli si prospettavano quando finalmente la porta si aprì e gli comparve davanti un uomo, dalla testa rasata e dalla barba folta e scura, che lo fissava con un sopracciglio cespuglioso inarcato. «Serve aiuto?» gli domandò.

«Cooper Riggs?» chiese a sua volta Noah.

L'uomo guardò alle spalle di Noah. «Lei chi è?»

«Noah Fraley. Sto cercando mia moglie.» rispose Noah. «È nella proprietà di Hunter Shaw. Al Ritiro Spirituale del Nuovo Inizio. Si chiama Josie Quinn.»

Negli occhi dell'uomo lampeggiò qualcosa e Noah capì che sapeva di cosa stava parlando. «Oh sì, certo. Il ritiro. Mi scusi. Mi sono svegliato un attimo fa. Mi sono addormentato sul divano.»

Noah fu colpito da una folata di vento alle spalle come uno schiaffo e un nugolo di neve gli turbinò intorno al viso. «Come mai non è con loro?»

«Con loro?»

«Sulla montagna.» chiarì Noah. «Al ritiro.»

Cooper aprì la porta abbastanza da farci passare la mano e fece un gesto alle spalle di Noah. «Non si può salire con questa bufera. È impossibile per come sta venendo giù, così forte e veloce. Non si può che aspettare. Quando smetterà di nevicare, cercherò di salire fin lassù. Ho una motoslitta in uno dei capannoni. Stavo pensando di provare a tornare su con quella.»

«Era già sceso qua quando è iniziata questa tormenta?» gli chiese Noah.

«Sì.» rispose l'uomo accarezzandosi la barba. Noah notò che indossava dei blue jeans sbiaditi, una camicia di flanella e un paio di scarponi. Era completamente vestito nel cuore della notte. Intanto Cooper continuò: «Mi hanno mandato a valle a prendere dei rifornimenti, ma quando ero pronto a tornare, la neve si era fatta troppo alta. Non sarei stato in grado di risalire nemmeno se avessi voluto.»

Noah sentì una vampata di calore salirgli lungo il collo fino alla radice dei capelli. «Quindi li ha lasciati tutti lassù?»

«Mica volevo.» rispose Cooper accigliandosi. «Mi creda. Ma si dia un'occhiata intorno, amico mio. Questa è una vera e propria tormenta di neve. Lei ha... ha provato a salire?»

La neve soffiò di nuovo contro la schiena di Noah e un po' gli scivolò lungo la nuca e nel giaccone. «Sono arrivato fino al parcheggio, ma non sono riuscito a salire. Non a piedi.»

«È arrivato fino al parcheggio?»

«Beh, sì. Era sulla strada. Mi dispiace di aver bussato alla sua porta a notte fonda, ma sono rimasto bloccato una mezza dozzina di volte.»

Accarezzandosi di nuovo la barba, Cooper guardò alle spalle di Noah, verso la strada. «Gliel'ho detto, sta nevicando troppo forte. Non possiamo far altro che aspettare che smetta. Poi potremo andarci insieme. Dica un po', da che parte è diretto da qui?»

Noah sospirò e si scostò la neve dai capelli. «Non lo so. L'unica alternativa che ho è tornare a Laporte per la notte, ma mi basterebbe dormire in macchina, anche nel suo vialetto, sapendo quanto tempo ci vorrà per arrivarci. Se non le dispiace. Ho solo bisogno di raggiungere mia moglie il prima possibile. Non voglio lasciare la contea di Sullivan senza di lei.»

Cooper spalancò la porta, rivelando un piccolo soggiorno con un divano cadente, una moquette arancione datata e un televisore sintonizzato sul canale della WYEP che trasmetteva il notiziario sul maltempo. «Non dica idiozie. Non c'è bisogno che dorma in macchina. Ho un divano perfetto proprio qui. Si faccia un paio d'ore di sonno e non appena smetterà di nevicare ci andremo insieme al parcheggio e porteremo tutti quanti giù dalla montagna.»

Il calore avvolse Noah non appena varcò la soglia. Non si era reso conto di quanto fosse stanco fino a quel momento, fino a quando si trovò davanti il divano di Cooper. Non aveva dormito la notte precedente e si era fatto strada tutto il giorno contro la neve per raggiungere Josie.

«Grazie.» disse. «Pensa che con la motoslitta si potrà salire? Ci sarà almeno un metro di neve quando questa nevicata sarà finita.» disse Noah.

«C'è solo un modo per scoprirlo.» ribatté Cooper. «Dobbiamo provarci, giusto? Mi farebbe comodo il suo aiuto. Per caricarla sul furgone e così via. Poi la seguirò fino al parcheggio e da là andremo al ritiro.»

«Nessun problema.» disse Noah.

Sotto le immagini del servizio in televisione si leggeva un testo scorrevole che recitava: "Diverse contee paralizzate dalla bufera di neve". Il volume era basso, ma Noah riusciva a sentire la voce del giornalista della WYEP, Dallas Jones, che si era posizionato proprio di fronte al Sonestown Country Inn, con la neve che gli vorticava tutto intorno mentre leggeva le ultime notizie sulle interruzioni di corrente, sulla chiusura delle strade e sulla localizzazione degli incidenti. Noah era passato da Sonestown, ma sembrava fosse passata un'eternità.

Cooper gli fece un cenno verso il divano. «Si metta pure comodo. Vedo se riesco a trovarle un cuscino e una coperta.»

«Aspetti.» disse Noah. «Ha un telefono fisso che posso usare?»

Accarezzandosi di nuovo la barba, Cooper scosse la testa. «No. Mi dispiace, amico mio. È fuori uso. Non le prende il cellulare?»

Noah scosse la testa. Fece un passo verso il divano, ma si voltò a studiare il padrone di casa. Qualcosa gli solleticava il fondo della mente, qualcosa di profondo, che indugiava sotto gli strati di stanchezza e di indolenzimento. Ma cosa poteva essere, Noah non sapeva dirlo, specialmente perché non c'era niente che destasse sospetti in quel posto, nessun pericolo che saltasse all'occhio.

«È preoccupato per la sua signora, immagino...» gli chiese

Cooper e vedendo che Noah non gli rispondeva, aggiunse: «Non si preoccupi. Starà bene finché non arriveremo lassù. Aspetti qui. Intanto si metta comodo che le porto la coperta e il cuscino di cui abbiamo parlato.»

Detto fatto, scomparve da qualche parte nella minuscola casa. Noah rimase ad ascoltare i suoi passi mentre percorreva un corridoio. Una porta vicino al retro della casa rivelava le piastrelle della cucina.

In silenzio, Noah ci entrò. L'unica luce era quella che proveniva da sopra il lavandino, ma era sufficiente per distinguere l'ombra di un tavolo e delle sedie e la forma di un telefono appeso alla parete lì vicino. Sentiva ancora i movimenti di Cooper in una delle stanze in fondo al corridoio. Prese il ricevitore e se lo premette contro l'orecchio.

C'era solo aria morta.

Non riusciva a spiegarsi perché pensava che il suo ospite avesse mentito sul fatto che il telefono fisso era fuori uso. Era una follia anche solo pensarci. Aveva proprio bisogno di dormire. Non c'era nulla che potesse fare per Josie in quel momento, se non riposare un po', così che sarebbe stato pronto a partire non appena le strade fossero tornate percorribili. Quando l'ombra di Cooper riempì l'ingresso, Noah sentì un brivido lungo la nuca e la sua mano corse automaticamente a cercare la pistola d'ordinanza che normalmente teneva alla cintola, ma non c'era. Perlomeno aveva la pistola di riserva per quando non era in servizio nello scarpone, ma improvvisamente gli sembrò lontana chilometri. Per una frazione di secondo, il respiro gli si bloccò in gola. Poi la luce a soffitto si accese e Cooper gli sorrise. «Ha trovato la cucina. Il bagno è in fondo al corridoio, comunque. Ho messo la sua roba sul divano. Ha fame? Prenda quello che vuole. Ci sono dei piatti da scaldare al microonde nel freezer. Non ci metto niente a scaldarne uno, se ne ha voglia.»

L'aria gli tornò nei polmoni. In realtà stava morendo di

fame, ma era più che altro al limite delle energie. Passò davanti a Cooper per tornare in soggiorno dove lo aspettavano, come promesso, una coperta e un cuscino. «No, grazie. Non in questo momento. Credo che dormirò un po'.»

«Buona idea.»

VENTIQUATTRO

RITIRO SPIRITUALE DEL NUOVO INIZIO, CONTEA DI SULLIVAN

Giorno Sette

Si riunirono per la colazione in totale silenzio, tanto che Sandrine non si preoccupò neanche di cercare di farli parlare delle loro emozioni. Josie era grata che fosse rimasto del caffè e che il generatore fornisse energia sufficiente per prepararne ancora. Quando ebbero finito di mangiare, Taryn suggerì di discutere sul da farsi. Il compito di valutare le loro scorte era toccato a Brian, che non aveva trovato nulla nella casa principale che potesse aiutarlo a travasare il gasolio dagli altri gruppi elettrogeni; quanto alle scorte di quello che alimentava la casa principale, stimò che sarebbero durate solo altre dodici ore, di conseguenza, al tramonto sarebbero rimasti senza corrente. Al ritmo con cui stavano consumando la legna per riscaldare la casa principale, al massimo sarebbero riusciti a farla durare fino al mattino successivo. Lo stesso discorso valeva per le scorte alimentari: ce n'erano quanto bastava per sfamare tutti quanti fino alla colazione dell'indomani mattina, ma al termine delle ventiquattro ore sarebbero rimasti senza niente da mangiare, senza niente per scaldarsi e senza corrente elettrica.

«Cosa facciamo?» chiese Alice quando Brian finì la sua litania di cattive notizie.

«Dobbiamo trovare il modo di prolungare le scorte.» sentenziò Josie.

Taryn alzò una mano. «Ho qualcosa da mangiare nel mio alloggio. Mi ero portata delle merendine nel caso in cui non mi piacesse quello che c'era da mangiare qui.» Arrossendo, rivolse lo sguardo a Sandrine. «Non sapevo che fossi una cuoca così brava.»

Sandrine le sorrise. «Non mi offendo, Taryn. Non avevo imposto restrizioni riguardo al cibo. È bello che tu ci offra quello che hai.»

Con un sospiro, Alice disse: «Anch'io ho alcune barrette proteiche in camera. Posso aggiungerle alla scorta.»

Nicole si schiarì la gola, attirando l'attenzione di tutti. Nessuno, a parte Brian, le aveva rivolto la parola da quando la sera prima aveva rivelato la loro grande bugia. Tenne gli occhi puntati sui rimasugli di uova strapazzate nel piatto. «È molto carino da parte vostra offrirvi di condividere le vostre scorte. Io e Brian abbiamo delle patatine e dei pretzel che potremmo aggiungere.»

Brian fece un cenno di assenso.

Josie finì il suo caffè. «Io ho delle barrette di cioccolato.»

Sandrine batté le mani. Il suo sorriso pieno di speranza era tornato. «È meraviglioso. Sono davvero felice di vedere che siete tutti disposti a fare lavoro di squadra per aiutare il gruppo.»

Taryn spinse via il piatto vuoto. «Josie ha ragione, però. Dobbiamo tutti mangiare un po' di meno, così possiamo distribuire le scorte che ci restano su più giorni.»

Alice si piegò in avanti e guardò la tazza vuota di Josie. Poi spinse la propria tazza mezza piena verso di lei. «Va bene, allora per il cibo siamo a posto. Invece, non possiamo fare nulla per il gasolio del generatore. Ma che ne dite della legna? C'è un'accetta nella stanza della rabbia. Potremmo usarla per tagliare altra legna.»

«Stai proponendo di metterci ad abbattere alberi?» disse Taryn. «Guarda che è più faticoso di quanto sembri.»

«Abbiamo portato su lo spaccalegna dal capanno.» le fece notare Alice.

Josie valutò di non accettare il resto del caffè di Alice, ma sapeva già che non se lo sarebbe mai ripreso, perciò lo bevve.

«Sì, ma hai mai provato ad abbattere un albero?» insistette Taryn rivolta ad Alice. «Non è così semplice come si può pensare. I miei genitori amavano fare attività all'aria aperta. Non solo mi portavano a fare le escursioni e il campeggio, ma non capitava di rado che mi portassero anche lontano dai percorsi consueti. Facevamo cose del genere. Ti assicuro che abbattere alberi in queste condizioni è l'ultima spiaggia che ci resta. Quello che dovremmo fare è rovistare nei nostri alloggi in cerca di materiale da bruciare.»

«È una buona idea.» disse Brian. «C'è una cassettiera in legno in ciascuna stanza. In due non dovremmo avere troppi problemi a trasportarle.»

Taryn gli sorrise, divertita dalla rapida soluzione del problema. «Poi usiamo l'accetta della stanza della rabbia per fare a pezzi le cassettiere.»

«E le cose che ci sono qui? Nella casa principale?» chiese Josie. «Non dovremmo usare prima di tutto ciò di cui possiamo fare a meno qui? Nelle sale di ritrovo ci sono tavolini e tavolinetti che potremmo facilmente fare a pezzi e bruciare. Il gioco del Cornhole è fatto di legno.»

«Sì.» disse Alice, dando una spallata a quella di Josie. «Ottima idea.»

Josie non voleva entrare in una discussione sul perché voleva tenere chiuso l'alloggio di Meg, così proseguì: «Una volta che avremo usato tutto quello che riusciamo a trovare qui dentro, potremo iniziare con le cassettiere. Non ci servono tutte in una volta. Dovremmo iniziare con una, quella dell'alloggio più vicino, e poi, man mano che servono, possiamo procedere con quelle più lontane. In questo modo faremo meno fatica.» Fu sollevata dal fatto che tutti si mostrarono d'accordo con lei. Avrebbero dovuto rifornirsi da tre stanze prima di raggiungere quella di Meg e Josie si augurava che per allora sarebbero stati salvati.

«Quando andremo a prendere l'accetta, potremmo anche raccogliere dalla stanza della rabbia quello che può essere bruciato e che possiamo trasportare.» propose Sandrine. «Tutta quella roba è già in pezzi.»

Josie vide l'opportunità di andare a controllare nel capanno per assicurarsi che al corpo di Meg non fosse successo niente. Sapeva che nessuno era uscito di nascosto durante la notte, ma c'era ancora un orso che si aggirava nei dintorni.

«Posso occuparmene io.» si offrì.

«Ti aiuto.» si offrì Alice.

Sandrine si alzò e cominciò a prendere i piatti vuoti, stringendoli in una pila nell'incavo del gomito come fosse una cameriera.

«Dobbiamo solo tirare avanti finché non arrivano i soccorsi. Qualcuno, da qualche parte, ci sta già lavorando. Per adesso ha smesso di nevicare, quindi la speranza è che riescano a raggiungerci al più presto.»

Nicole fece un cenno verso le finestre. Il cielo era coperto da nuvole spesse, ma la neve non scendeva più. «Qualcuno di voi ha dato un'occhiata fuori? Non riusciremo a fare niente di tutto questo se prima non smuoviamo un po' di quella neve. Ci sono delle pale?»

Brian si alzò e allungò le braccia sopra la testa. «Ne abbiamo due, quelle che Sandrine ha portato su dal capanno. Possiamo fare dei turni.»

Taryn balzò in piedi. «Stavolta voglio stare nel gruppo di Sandrine.»

Nicole rise con scherno. «Qui non siamo alle scuole elementari, Taryn. Non stiamo organizzando le squadre per l'ora di ginnastica. So che sei innamorata della regina Sandrine e tutto il resto, ma lei non è poi tanto perfetta come vuole far credere.»

Alice scattò in piedi e puntò un dito accusatorio contro Nicole. «Si può sapere qual è il tuo problema?»

Sulle guance delicate di Nicole apparvero dei cerchi rosa. «Ieri è morta una ragazza, Alice! Sotto la sua sorveglianza. O eri troppo impegnata a giocare a fare la sopravvissuta con tutti gli altri per ricordarlo?»

Alice si portò una mano al petto, con le dita distese.

«Giocare? Pensi che stiamo giocando? Sei tu che ti sei inventata una storiella per unirti a questo gruppo e poter "giocare" alla mammina traumatizzata.»

Josie sentì Taryn sussultare. Brian, che guardava dall'alto la testa della moglie, trasalì. Sandrine aprì la bocca per intervenire, ma Alice era ormai lanciata in corsa. «L'unica persona qui che si è dimenticata di Meg sei tu! Sei così preoccupata che Sandrine si sia improvvisamente trasformata in un'imbrogliona che non ti importa di nient'altro. Da dove ti esce questa? Non è colpa di Sandrine se Meg è morta!»

Gli occhi di Nicole si ridussero a due fessure. La sua voce si fece bassa e tagliente come un rasoio. «E tu come fai a sapere che Sandrine non ha niente a che fare con la morte di Meg? Come fai a esserne così dannatamente sicura?»

«Di cosa stai parlando?» si intromise Taryn. «Meg è morta per ipotermia.»

Nicole era saldamente concentrata su Alice. «Come facciamo a darlo per certo?»

Josie osservò un rossore propagarsi dal collo di Sandrine fino all'attaccatura dei capelli, ma non era facile dire se fosse per rabbia o per imbarazzo. Molto probabilmente per ambedue le cose. Quello che sapeva per certo era che non poteva permettere che un simile battibecco andasse avanti ancora per molto.

Adeguandosi al tono di Nicole, Josie disse: «Adesso basta, Nicole.»

Tutti i presenti si voltarono verso di lei.

Taryn aprì bocca per ribattere, ma Nicole si chinò in avanti, con i gomiti sul tavolo, e lanciò un'occhiata a Josie. «Ripeti quello che mi hai appena detto!»

Con calma, Josie disse: «Mi hai sentito. Non abbiamo tempo per queste cose. Fuori c'è un metro di neve e ci vorrà la maggior parte della giornata per spalare i sentieri. Qualsiasi cosa tu abbia da ridire su Sandrine, dovrai aspettare. A parte questo, smettila di maltrattare Taryn. Non ti ha fatto nulla.»

Ci fu un momento di silenzio. Fuori si sentiva solo il vento, che ancora fischiava tra gli alberi. Dalla sua prospettiva, Josie si accorse che Brian era rimasto a bocca aperta, Taryn aveva gli occhi spalancati e Alice sorrideva.

«Come ti permetti di parlarmi così?» le chiese Nicole, sbattendo il palmo della mano sul tavolo. Il caffè uscì dalla tazza che non aveva neanche toccato.

«Ehi!» urlò Josie. Tutti indietreggiarono. Sandrine fece oscillare i piatti infilati nel braccio prima di riprenderne il controllo. Persino Alice fece un piccolo passo per allontanarsi da Josie. Di tutte le persone presenti al ritiro, Josie era la più calma, la più equilibrata, la meno propensa a piangere. Tutto questo perché il suo corpo pensava che il suo stato di massima allerta e il suo stato di riposo e guarigione fossero la stessa cosa. In quell'istante, sembravano tutti scioccati nel sentirla alzare la voce. Si alzò e prese la tazza di Nicole. «Non sprecare un caffè assolutamente perfetto!»

Sentì i loro occhi su di sé mentre tracannava il contenuto della tazza di Nicole in diversi lunghi sorsi. Prima di finire, sentì Alice che rideva. Pochi secondi dopo, Taryn si unì a lei.

Un muscolo della mascella di Nicole si contrasse. «Non è divertente!»

Anche Alice si alzò e iniziò a sparecchiare posate e tazze. «Oh, sta' un po' zitta.»

Josie finì il caffè e guardò Nicole, lanciandole una sfida silenziosa. Il colore delle guance di Nicole passò dal roseo al rosso cardinale. Le sue labbra si strinsero in una linea sottile. Josie notò che le sue dita tremavano sul piano del tavolo. Prima che lei potesse dire o fare qualcosa, Brian si chinò e le prese con una mano sull'avambraccio. «Dai, Nicole... andiamo.»

«Non mi toccare!» Nicole strappò il braccio dalla sua presa e spinse bruscamente indietro la sedia. Lanciando un ultimo sguardo a Josie, si allontanò dal tavolo. Brian la seguì di nuovo in una delle sale di ricreazione. Da dietro la porta chiusa giunsero altre discussioni soffocate.

Josie si rivolse a Taryn. «Stessi gruppi di ieri.»

Il sorriso sul suo volto si spense. «Non voglio stare in gruppo con loro. Non voglio fare la lagna, lo giuro. È solo che quella là non mi piace. Ecco, l'ho detto. Ha mentito a tutti quanti! E pensa che Sandrine sia un'imbrogliona! È meschina!»

«Oh, Taryn...» disse Sandrine e con la mano libera le strinse la spalla. «So che è difficile. Puoi andare con Josie e Alice. A quei due ci penso io.»

«No!» gridò Taryn. «Non voglio che tu vada con loro.» e puntò un dito contro Josie e Alice. «Una di loro due...»

Alice la interruppe. «Io sto con Josie. Punto e basta. Neanche io voglio stare con loro. Josie e io spaleremo la neve da qui al capanno, così Brian e Nicole potranno occuparsi della parte superiore del pendio. Poi prenderemo quello che possiamo dalla stanza della rabbia per alimentare la stufa. Di quello che fate voi due non mi interessa niente.»

Sandrine le zittì tutte e due. «È una sciocchezza. Abbiamo solo due pale. Non abbiamo nemmeno bisogno di dividerci in coppie o tantomeno in squadre. Taryn e io possiamo semplicemente fare a rotazione. Non importa se in salita o in discesa. Adesso però, Taryn, dammi una mano con questi piatti.»

Tranquillizzata, Taryn seguì Sandrine in cucina. Alice diede un altro colpetto a Josie, sussurrando: «Spero che vengano a salvarci oggi, perché non so se posso sopportare un'altra ora con quella bugiarda patologica. Comunque, ben fatto.»

«Grazie.» mormorò Josie. Non le era sfuggito che Nicole aveva accusato Sandrine di aver ucciso Meg. Le sfuggiva il perché. Nicole aveva capito in qualche modo che Meg era stata uccisa o l'aveva detto solo per avanzare delle teorie? E se pensava davvero che Meg fosse la vittima di un omicidio, cosa le faceva pensare che Sandrine ne fosse responsabile in un modo o nell'altro?

Mentre Josie dava una mano a rimettere a posto le stoviglie che avevano usato per la colazione, la sua mente cominciò a tornare a ciò che Brian le aveva detto su Sandrine: *"Non sono convinto che sia chi dice di essere."*

VENTICINQUE

La neve lambiva il metro. Dovettero spalare per scendere i gradini della casa principale e crearsi un sentiero. Si divisero e iniziarono a spalare. Brian e Nicole si fecero strada verso la cima, creando un sentiero verso ciascuno degli alloggi. Josie e Alice scesero verso il sentiero, dirigendosi verso la dépendance rossa per prendere ciò che serviva dalla stanza della rabbia. Come promesso, Sandrine e Taryn si alternarono su entrambi i lati, in modo che tutti potessero riposare.

Anche con la superficie più ridotta da percorrere, Josie, Alice e una terza persona, che per buona parte del tempo fu Sandrine, impiegarono ore per scavare fino all'edificio della stanza della rabbia. In ogni momento in cui non stava spalando, Josie tirava fuori il telefono per controllare se c'era campo.

«Cosa stai facendo?» le chiese Alice quando erano quasi arrivate in fondo e Sandrine stava spalando.

«Da qualche parte tra la casa principale e il punto in cui abbiamo fatto le telefonate ieri, c'era un altro tratto in cui riuscivo a prendere il segnale. Sto cercando di ritrovarlo.»

«Per fare cosa?» chiese Alice.

«Per scoprire quanto tempo ci vorrà ancora per scendere da questa montagna.» disse Josie.

Quando raggiunsero la stanza della rabbia era già metà pomeriggio. Dalle sue porte, Josie poté vedere che il capanno dove avevano lasciato Meg non era stato disturbato. All'interno della stanza della rabbia cercarono qualsiasi oggetto che potesse essere bruciato per riscaldarsi. Lavorarono il più velocemente possibile, raccogliendo qualsiasi oggetto o frammento di legno e ne fecero dei mucchi all'esterno. Erano tutte sudate per aver spalato a lungo, ma il sudore si sarebbe asciugato presto e avrebbero avuto ancora più freddo di quando avevano iniziato. Una volta fatti due mucchi, Sandrine e Alice li portarono fino alla casa principale. Josie sapeva di essere stata lasciata indietro per raccogliere qualcosa in più, ma ne approfittò per controllare di nuovo il telefono. Avvicinandosi alla parte di fondo dell'edificio, ricevette una tacca. Cominciarono a comparire le notifiche. Erano messaggi di Gretchen, che le diceva che non erano riusciti a mettersi in contatto con Noah e che, invece, erano riusciti a mettersi in contatto con l'ufficio dello sceriffo della contea. Le risorse della contea erano limitate e non avevano ancora capito come avrebbero fatto a risalire la montagna con oltre un metro di neve lungo il sentiero parzialmente bloccato, ma tutti stavano lavorando il più velocemente possibile per soccorrerli, nessuno escluso. Oltre a questo, dal momento che Josie aveva denunciato un omicidio, la polizia di Stato sarebbe stata chiamata a indagare. Gretchen aveva già parlato con la detective della Polizia di Stato, Heather Loughlin, per fare il punto della situazione e si sarebbe messa in contatto con le autorità della contea di Sullivan per coordinare le operazioni. Tuttavia, Gretchen la avvertiva che ci sarebbe voluto ancora un po' di tempo. Via via che leggeva i messaggi, Josie si sentiva scaldare dal sollievo.

L'ultimo recitava:

Stai tenendo duro?

Allora provò a chiamarla, ma la chiamata cadde dopo solo un paio di squilli. Riprovò facendo altri due tentativi, che però fallirono uno dopo l'altro.

Guardò fuori dalla porta e vide Sandrine e Alice che stavano tornando verso l'edificio. Riprendendo la lista di messaggi, scrisse:

Sono ancora qui. Dobbiamo andarcene da questa montagna il prima possibile. Ci restano ventiquattro ore prima di finire le scorte.

Premette invio. Un attimo dopo ricevette una risposta che la fece sussultare ad alta voce.

Posso fare qualcosa?

Senza pensarci, Josie rispose con grande rapidità:

Tu o Heather potete controllare questi nomi per me? Ho bisogno di farmi un'idea più precisa delle persone con cui ho a che fare, nel caso in cui non dovessimo andarcene tanto rapidamente da qui. La donna che è morta era stata perseguitata da uno stalker che poi l'ha rapita. Era fuori su cauzione in Texas ed è stato arrestato. Puoi fare un controllo anche su di lui e appena puoi mi fai sapere se esce qualcosa?

Diede a Gretchen il nome dello stalker di Meg e poi le fece una lista di tutti i nomi dei partecipanti al ritiro, compresi Cooper, Alice e persino Meg, indicandone approssimativamente le rispettive età e il luogo di provenienza che avevano dichiarato.

Mi ci metto subito.

Josie aggiunse un altro messaggio:

E se puoi, cercami un modo per contattare il custode o il proprietario della tenuta per scoprire se ha nascosto intenzionalmente delle videocamere nella proprietà.

Ci provo.

Il custode aveva con sé un telefono satellitare quando è partito giovedì. Controlla se qualcuno ha avuto sue notizie o ha provato a chiamarlo al telefono.

Controlleremo anche questo.

«Vedo che stai facendo una pausa non autorizzata.» le disse in tono scherzoso Alice varcando la soglia.

Josie alzò il telefono. «Mi sono messa in contatto con la mia collega. Mi ha detto che stanno facendo il possibile per raggiungerci.»

Sandrine entrò dietro Alice con un sorriso luminoso, il primo da molte ore. «Questa è una notizia meravigliosa.»

Tutte e tre raccolsero quel poco che era rimasto nella stanza della rabbia. Non era granché. Josie cercò comunque di ritardare il più possibile il ritorno alla casa principale, sperando che Gretchen le rispondesse dandole qualche altra informazione. Le ci sarebbe voluto un po' di tempo per fare le dovute ricerche sui nomi che Josie le aveva dato, ma la telefonata al proprietario della tenuta o a Cooper non avrebbe dovuto richiedere molto tempo. Intanto Alice si mise a raccogliere i resti scheggiati di una grande tavola che in precedenza avevano fatto parte di una credenza e li infilò sotto un braccio mentre con l'altra mano si massaggiava la parte bassa della schiena. «Preferirei non dover fare la parte della vecchia, ma la schiena mi sta uccidendo. Tutto quello spalare è stato peggio di un turno di dodici al pronto soccorso!»

«Dovresti fare una pausa.» le consigliò Josie. «Se vuoi tornare alla casa principale, posso pensarci io a finire qui.»

Alice le rivolse uno sguardo pieno di significato. «Non ti lascio qui da sola, Josie.»

«Rimango io con lei.» la rassicurò Sandrine. «Non credo che ci sia molto altro che possiamo portarci via, ma posso rimanere ad aiutare Josie a finire, così tu puoi concedere un po' di riposo alla tua schiena.»

Alice aspettò che Josie le facesse un lieve cenno prima di raccogliere il piccolo mucchio di frammenti di legno che avevano accumulato e tornare alla casa principale. Nel frattempo che Sandrine rovistava nella stanza, Josie si allontanò per controllare di nuovo il telefono. Stavolta non c'era campo. Tornò al punto in cui si trovava prima e in pochi secondi apparvero due tacche, ma non apparve nessuna notifica di messaggi in arrivo. Pensò di provare a chiamare Noah, ma sapeva che c'erano pochissime probabilità che la chiamata sarebbe partita e che, quand'anche fosse partita, non avrebbe voluto parlargli per la prima volta dalla loro discussione subito prima di partire per il ritiro, tantomeno davanti a Sandrine né a nessun altro. Cercò il suo numero di cellulare tra i contatti per mandargli un messaggio, ma si fermò un attimo dopo. Ancora non trovava le parole per iniziare e ancor meno per continuare. Fece diversi tentativi e ogni volta che i suoi polpastrelli si avvicinavano alla minuscola tastiera, la sua mente si fissava sull'espressione di delusione impressa sul volto di Noah quando gli aveva detto che non poteva dargli un figlio.

«Ci sono aggiornamenti?» le chiese Sandrine.

Josie riportò con gesto rapido la schermata in modalità di blocco e infilò il telefono in tasca. «No. Ancora niente.» Si avvicinò alla porta e guardò fuori. Guardando in alto, a diverse decine di metri verso la vetta, Nicole e Brian stavano ancora spalando i sentieri per raggiungere gli ultimi alloggi. Josie era rimasta sola con Sandrine e questa era una buona occasione per prendere tempo finché Gretchen non fosse riuscita a rimettersi in contatto con lei per darle le informazioni che le aveva richiesto. Una volta tornate alla casa principale, Josie avrebbe avuto a disposizione pochi motivi validi per continuare a tornare nella stanza della rabbia a controllare i messaggi. Naturalmente avrebbe potuto dire che voleva controllare i progressi dei soccorsi, ma quante volte avrebbe potuto farlo prima gli altri si insospettissero?

«Sandrine, ieri sera ho fatto una strana conversazione con Brian. Su di te.»

«Non sono granché convinta di volerlo sapere.» disse Sandrine con un sospiro. «Brian asseconda qualsiasi cosa Nicole gli dica di fare. Non so per quale motivo, ma Nicole ha espresso chiaramente di credere che io sia un'imbrogliona.»

«A tal proposito, ho qualche riserva.» disse Josie. «Non credo che siano i tuoi metodi o la tua istruzione a essere messi in discussione.»

«E allora che cosa?»

Josie si leccò le labbra. «Sembrerebbe che Brian e Nicole pensino che tu non sia chi dici di essere.»

Sandrine scoppiò a ridere. «E chi altro potrei essere? Tutte le mie credenziali sono elencate sul mio sito web. Cos'altro vogliono da me? Delle lettere dei miei colleghi? Non so a cosa si stanno aggrappando né tantomeno perché, ma è assurdo.»

«Lo capisco.» le assicurò Josie.

«Le cose con loro sono andate bene per tutta la settimana. Magari un po' tese. Diciamo che sono stati difficili da gestire nelle loro sessioni. Non volevano aprirsi. Entrambi traboccano di rabbia e di dolore. Ma non mi hanno mai accusata di essere qualcuno che non sono. Può darsi che la morte di Meg li abbia fatti cadere in una spirale. Un altro trauma su un altro trauma per tutti. Ho cercato di mantenere la calma, di guidarvi meglio che ho potuto in questa situazione finché ancora ci tocca rimanere tutti qui, ma ora penso che a loro potrei essere sembrata troppo composta.» rifletté spostando con un piede alcuni pezzi di ceramica in frantumi. «O magari pensano davvero che io non abbia mai avuto alcun trauma.» Un gemito di frustrazione le uscì dal profondo del diaframma. Sembrava che volesse prendere una delle mazze della stanza della rabbia e iniziare a spaccare ogni cosa.

Josie la guardò fare alcuni respiri di purificazione prima di continuare: «Sai come ti cambiano i traumi. Quanto saresti stata diversa se fossi cresciuta con la tua vera famiglia, Josie?»

Josie aveva condiviso con Sandrine la storia della sua vita durante la loro seconda seduta individuale. Fino all'ultimo, terribile, spaventoso dettaglio. Quella settimana avevano parlato a lungo della sua infanzia, ma Sandrine non le aveva mai fatto questa domanda. Era il tipo di assurdo "e se" che Josie rigirava regolarmente nella sua mente ogni volta che parlava o vedeva qualcuno della sua famiglia biologica: sua sorella gemella, Trinity, suo fratello minore, Patrick, sua madre e suo padre, Shannon e Christian Payne. Quando aveva appena tre settimane di vita, una delle donne del servizio di pulizia a cui si rivolgevano i suoi genitori aveva dato fuoco alla casa di famiglia. Quella donna si chiamava Lila Jensen e prima che l'incendio divampasse aveva portato via Josie per poi fuggire a Denton. Le autorità che avevano indagato sull'incendio avevano ritenuto che la piccola Josie fosse morta. La sua famiglia le aveva fatto un funerale e l'aveva pianta da quel giorno in poi. Non sapevano che Lila aveva sfruttato la piccola Josie per rimettersi insieme al suo ex fidanzato, Eli Matson. A quei tempi non esistevano i test di paternità per corrispondenza, perciò, quando Lila si era presentata alla porta di casa sua quasi un anno dopo che si erano lasciati, e gli aveva detto che Josie era figlia sua, lui non aveva fatto domande e, anzi, aveva amato Josie con profonda e incondizionata tenerezza fino a quando, sei anni più tardi, Lila lo aveva ammazzato proprio per questo.

Josie si sfiorò la cicatrice che dall'orecchio destro scendeva lungo il lato del viso fino a sotto il mento.

«Quella non l'avresti avuta.» sottolineò Sandrine. «Anche se quella cicatrice non è nulla in confronto al resto che quella donna ti ha fatto passare quando eri solo una bambina.»

«È vero... hai ragione.» convenne Josie con voce strozzata ripensando a tutti gli abusi fisici ed emotivi che Lila aveva compiuto su di lei; in effetti, sembrava che traesse divertimento dal trovare modi sempre nuovi e creativi per farla soffrire. Solo quando la madre di Eli, l'unica nonna che Josie avesse mai conosciuto, Lisette Matson, aveva strappato a quella donna la custodia di Josie, che ormai aveva compiuto quattordici anni, le aveva fatto conoscere la pace e la normalità. Lisette era una forza della natura con la quale bisognava fare i conti e che Dio aiutasse chiunque si mettesse sulla sua strada per tutelare la sua nipotina. Non era stata in grado di usare la forza bruta per tenerla lontana da Lila, quindi aveva dovuto usare l'ingegno. Per quanto fosse una persona dotata di grande gentilezza, generosità e tenerezza, Lisette sapeva essere altrettanto dura, astuta e capace del tipo di spietatezza che nasce dall'amore più puro, con cui aveva mostrato a Josie il vero significato di grinta e grazia.

«Non avrei conosciuto mia nonna, però.» osservò Josie con un sorriso.

«Ti ha reso la persona che sei oggi.» concordò Sandrine. «Né più né meno di quanto Lila ha fatto con i suoi abusi. Sai, mia madre era molto simile alla tua... a Lila, intendo, non alla tua mamma, Shannon. Non mi ha lasciato cicatrici fisiche. Almeno, non direttamente, ma mi ha lasciato molte, molte cicatrici emotive e allo stesso tempo mi ha plasmato.»

«Di cosa stai parlando?» chiese Josie.

«Brian e Nicole hanno ragione in un certo senso. Non sono

la persona che ero da bambina. E non sono nemmeno la stessa che ero da ragazza e nella prima età adulta. Le cose che mi sono successe mi hanno cambiata in modo irreversibile. Per certi versi, in peggio. Ma ho dedicato la mia vita a rimediare, ad aiutare gli altri a riprendersi da esperienze simili. Mi ci sono voluti molto tempo e molto duro lavoro per diventare quello che sono oggi, quella che vedi davanti ai tuoi occhi. Ma io sono solo me stessa.» Qualcosa tremolò nei suoi occhi e costrinse il suo sguardo a spostarsi brevemente verso l'alto, alla sua sinistra e senza incrociare gli occhi di Josie, aggiunse: «Sono la dottoressa Sandrine Morrow.»

Josie sentì il telefono che le vibrava nella tasca. Lo tirò fuori e vide che aveva delle notifiche. Prendendo un respiro profondo, aprì i messaggi. Era di nuovo Gretchen.

Nessuno riesce a mettersi in contatto con il custode. Non risponde al telefono. Nemmeno con il telefono satellitare hanno avuto fortuna. Ma ho contattato lo sceriffo Shaw. Dice di non aver mai usato videocamere di alcun tipo, né lassù né in nessuna delle sue proprietà. Josie, cosa diavolo sta succedendo?

Josie inviò rapidamente a Gretchen una foto della videocamera che aveva trovato in cucina.

Ne ho trovate tre di queste nelle aree comuni. Potrebbero essercene delle altre. Se non è stato Shaw a piazzarle, allora significa che è stato qualcuno di qui a metterle.

Porca puttana. Sto ancora lavorando su quei nomi. Guardati le spalle finché non ti raggiungiamo.

VENTISEI

Quando uscirono, Josie poté vedere Taryn e Nicole che stavano spalando un sentiero per raggiungere l'ultimo alloggio. Lei e Sandrine si incamminarono lungo il sentiero che insieme ad Alice avevano spalato per avere accesso alla stanza della rabbia. I loro scarponi perdevano aderenza e slittavano sul sottile strato di neve rimasto. Sandrine infilò di nuovo la mano nell'incavo del gomito di Josie e si lasciò trascinare. Quanto a Josie, tra che aveva trasportato il corpo di Meg il giorno prima e che aveva spalato il passaggio nella neve quella mattina, sentiva la parte superiore della schiena e le spalle che urlavano vendetta, ma non negò a Sandrine il suo aiuto, cercando invece di sfruttare la breve camminata dalla stanza della rabbia alla casa principale per raccogliere tutte le informazioni che poteva, ora che era abbastanza sicura che la persona che aveva ucciso Meg era la stessa che aveva piazzato quelle videocamere.

«Sandrine, lo conosci bene Cooper?»

«Oh, per niente, a dire il vero. Quando ho preso in affitto questo posto, mi è stato detto che lui si occupa della gestione di questa proprietà per tutto l'anno. Vive in questa zona. L'ho conosciuto solo poche ore prima di voi. Quando ho prenotato queste baite, il proprietario mi ha detto dove e quando incontrarlo e mi ha assicurato che si sarebbe occupato di tutto ciò di cui avremmo avuto bisogno, e così è stato.»

Sì, se si tralasciava il fatto che li aveva lasciati tutti bloccati in cima alla montagna non appena il tempo era peggiorato.

«Vi è capitato di parlare molto questa settimana?» le chiese Josie.

«Non tantissimo. Era sempre in giro, ai margini della proprietà, e aiutava a far funzionare tutto senza intoppi. Mi ha chiesto di alcune cose che stavamo facendo. Della meditazione. Dello yoga. Voleva sapere cosa c'entrassero con le "cose della testa". Ho cercato di spiegargli della connessione tra la mente e il corpo, ma non sono sicura che abbia capito.»

«Ti ha mai fatto sentire a disagio?» continuò Josie. «O ha mai detto o fatto qualcosa che hai trovato inappropriato, per quanto insignificante?»

Sandrine si fermò, costringendo anche lei a fermarsi. «Perché mi chiedi queste cose, Josie?»

Josie non era pronta a rivelare a Sandrine delle videocamere, ma più ci pensava, più le sembrava plausibile che fosse stato Cooper a nasconderle in giro per la casa principale, dato che era lì che passava la maggior parte del tempo. Non avrebbe avuto problemi a piazzarle in cucina e nelle salette di ricreazione e poi a cambiare senza destare sospetti le schede di memoria. Nessuno se ne sarebbe accorto. Ma, anche in questo caso, si chiedeva, se era stato Cooper a nasconderle, cosa stava cercando di riprendere? Un gruppo di persone che fanno il saluto al sole? Due persone sedute su una poltroncina che parlano per un'ora? Sandrine che preparava pasti salutari insieme a Taryn che le chiedeva informazioni sulla terapia per il trattamento dei traumi? Anche se le videocamere avevano una componente di registrazione audio e lui aveva registrato illegalmente le conversazioni senza il permesso di nessuno di loro, cosa poteva aver sperato di sentire? Una mezza dozzina di storie dell'orrore sulla profondità della depravazione umana? Una manciata di racconti che dimostravano che la sfortuna non risparmia nessuno? Aveva una perversa fissazione per il dolore altrui?

«Cooper non è tornato.» rispose Josie. «Non posso fare a meno di chiedermi se non ci sia qualcosa di più del maltempo che lo ha trattenuto.»

Sandrine guardò verso la casa principale, distante ormai solo una decina di metri. «Sono sicura di no, Josie. Cooper non mi ha mai messo in difficoltà, né ha mai detto o fatto qualcosa di inappropriato. Mi sono sentita molto a mio agio con lui. Se così non fosse stato, non gli avrei permesso di restare. Avrebbe potuto benissimo consegnarci le nostre provvviste per la settimana e lasciare che fossimo noi a gestire tutto.»

Il vento sferzava intorno a loro e pungeva il viso di Josie. Quando si leccò le labbra, sentì che aveva la bocca secca. «Meg non è mai venuta da te a lamentarsi di Cooper?»

Liberando il braccio da quello di Josie, Sandrine mise le mani sui fianchi. «Di cosa stai parlando?»

Considerando che non ci fosse niente di male se le confidava quello che Alice aveva detto a lei su ciò che aveva visto durante la settimana, decise di raccontarle di come Cooper e Meg si fossero incontrati dietro la casetta di lei in almeno tre occasioni, del modo in cui li aveva visti conversare, di come Cooper le avesse stretto la nuca e Meg si fosse allontanata. Alla fine, accigliandosi, Sandrine disse: «Questo è strano. Non hai idea di quale fosse l'argomento di discussione?»

Josie scosse la testa. Il freddo si stava insinuando nelle dita dei piedi e delle mani. Si sentì sollevata nel vedere una colonna di fumo alzarsi dal camino della casa principale. Non vedeva l'ora di scaldarsi vicino alla stufa a legna. «Poteva essere una cosa innocente, ma mi chiedevo se Meg fosse mai venuta da te a esprimere motivi di preoccupazione per Cooper.»

Sandrine si voltò e lanciò un'occhiata verso la cima del pendio, dove Nicole si era messa a sedere sui gradini dell'ultima baita a guardare Taryn che spalava. «Non era Cooper a preoccupare Meg.»

«Cosa vuoi dire?»

Sospirando, Sandrine si mise di nuovo di fronte a Josie. «Non dovrei dirlo...»

«È qualcosa che Meg ti ha confidato in una seduta privata?»

«Oh, no. È solo che...» Sandrine fece una pausa. Il suo sguardo fu attirato di nuovo dall'ultima casetta, dove si vedeva Taryn che stava ancora spalando con grande impegno. Si era tolta il cappellino e i lunghi capelli scuri agitati dal vento le svolazzavano intorno alla testa.

«Taryn...» disse Josie. «Meg era preoccupata per Taryn?»

«Ti prego, non dirlo a nessuno, Josie. Non dovrei nemmeno dirlo a te perché non sono convinta che abbia qualche fondamento... però, Meg pensava che Taryn avesse una fissazione innaturale verso di me. Pensava che Taryn avesse gli stessi atteggiamenti di uno stalker.»

La confessione privò Sandrine di qualcosa. Le sue spalle si afflosciarono. Josie la raggiunse e la strinse ancora una volta a sé sorreggendola con un braccio. Pensò al modo in cui Meg era stata sempre più all'erta con Taryn nel corso della settimana. Pensò alle insistenze di Taryn per sedersi sempre accanto a Sandrine; alle infinite domande che poneva a Sandrine come se volesse atteggiarsi a fare la prima della classe. Perfino nelle scelte d'abbigliamento Taryn riprendeva lo stile di Sandrine.

«Tu cosa ne pensi?» le chiese Josie.

«Non so cosa pensare...» ammise Sandrine. «È vero che Taryn è molto legata a me. Non ho voluto dirlo a Meg, ma Taryn ha assistito ad almeno tre conferenze che ho tenuto nel corso dell'ultimo anno in luoghi diversi.»

«E le hai permesso di partecipare a questo ritiro?» esclamò Josie.

«Non ha mai oltrepassato i limiti, Josie. Credo che mi veda più come una figura materna. Ti ricordi cosa ha detto nelle sessioni di gruppo, vero? Che sua madre era crudele con lei! Perciò, deve vedermi come un mentore. Non credo che ci sia qualcosa di più. Ha solo bisogno di aiuto, come tutti gli altri.»

«Quindi secondo te non ha sviluppato atteggiamenti da stalker.»

«No.»

Josie guardò Taryn che si avvicinava a Nicole e cominciava a gesticolare all'impazzata verso il sentiero. Con riluttanza, Nicole si rimise in piedi e ricominciò a spalare. «Invece Meg pensava di sì.»

«È vero.» concesse Sandrine. «Però, bisogna tenere a mente che Meg era ancora molto sconvolta per l'esperienza che ha vissuto. Con quell'uomo ancora a piede libero, non aveva nemmeno iniziato a elaborare tutto quello che le era successo. Era sempre in guardia. Ti ricordi com'era alle sedute di gruppo, no?»

Josie sentì una pugnalata al cuore ricordando il modo in cui Meg aveva raccontato di essersi sentita una vera stupida per non essersi accorta del peggioramento nei comportamenti di Austin Cawley; di come aveva raccontato di essersi sentita in colpa per non essere stata più scrupolosa nel denunciarlo quando i suoi comportamenti erano meno aggressivi. «Sarei dovuta andare alla polizia quando non la smetteva di mandarmi messaggi, più volte al giorno.» aveva detto. «E di presentarsi dove lavoravo o nei posti dove mangiavo o dove andavo a lezione di yoga, ma non volevo farne un dramma. Perché in quel momento non stava facendo nulla di male. Mi metteva solo molto a disagio.»

«Sandrine, ieri ti ho chiesto se Meg aveva avuto problemi con qualcuno in questo ritiro e tu hai detto di no.»

«Veramente ho detto "no, non direi proprio".» chiarì Sandrine. «Infatti, Meg non ha avuto problemi con Taryn. Pensava solo che ne avessi io. Non c'era alcun conflitto diretto tra di loro. Sono sicura che Meg me ne avrebbe parlato, altrimenti.»

Prima che Josie potesse insistere ulteriormente con Sandrine, Alice apparve sul portico della casa principale. «Entrate a riscaldarvi.» le chiamò.

Josie guardò indietro lungo il sentiero che gli altri avevano spalato dalla casa principale a ogni alloggio. Nicole e Brian erano scomparsi. Taryn era tornata indietro lungo il sentiero e ora si trovava sulla soglia della propria baita.

«Arrivo subito.» disse Josie. «Voglio controllare una cosa in camera mia.»

«Vengo con te.» si offrì Alice.

Josie sorrise. «Non importa, tu resta pure con Sandrine.»

«Josie...» disse Alice, con una nota di avvertimento nella voce.

«Va tutto bene.» la rassicurò Josie. «Da qui potrai guardarmi le spalle.»

VENTISETTE

Noah si svegliò con la schiena rigida e il profumo di uova e pancetta. La federa bianca e inamidata del cuscino gli graffiava la guancia. Aprì gli occhi e vide che la televisione era ancora sintonizzata sulla WYEP. Stavano ancora trasmettendo il servizio sull'emergenza meteo, solo che stavolta Dallas Jones si trovava di fronte alla centrale della Polizia di Stato tra Laporte e Dushore, in piena luce del giorno. In basso a destra dello schermo era indicata l'ora. Era ormai pomeriggio inoltrato.

Imprecando, si mise a sedere e cercò gli scarponi sul pavimento. Vi infilò i piedi e si sistemò la pistola alla cintola. Dalla cucina sentì lo sferragliare di pentole e padelle. Ignorando la vescica piena, entrò e trovò Cooper ai fornelli. Indossava ancora gli stessi vestiti che gli aveva visto addosso la sera prima. «Ehi.» disse Noah. «Siamo già a metà giornata. Tra poco non ci sarà più luce. Che cosa sta succedendo? Perché non mi hai svegliato?»

Usando una spatola per rimestare le uova strapazzate in una padella, Cooper si voltò verso di lui, sorridendo. «Mi dispiace, amico. Mi sono svegliato tardi. Finisco di preparare qualcosa da mangiare e poi ci mettiamo subito in marcia. Anch'io sono ansioso di tornare lassù, sai. Quella gente conta su di me.»

Passò la spatola a una seconda padella in cui sfrigolavano le fette di pancetta. Lo stomaco di Noah brontolò forte.

«Vai a sistemarti...» lo invitò Cooper, «sarà pronto tra pochi minuti.»

Noah cercò di reprimere la rabbia che gli saliva dentro. Cosa poteva dire? In fin dei conti Cooper gli aveva fatto una gentilezza a lasciarlo dormire e ora gli stava anche preparando da mangiare. Aveva ancora tempo per salvare Josie. Lanciando un'occhiata fuori dalla finestra vide che l'ammasso di neve che si era depositato sul suo fuoristrada era alto diversi centimetri, ma perlomeno aveva smesso di nevicare. Portò la borsa con il cambio e il telefono in bagno, dove cercò di trovare il segnale, ma non ci riuscì. Nonostante avesse lasciato il telefono in carica per tutta la notte, aveva solo il dodici per cento di batteria.

«Ma che diavolo!» mormorò, chiedendosi se fosse la presa a cui l'aveva collegato che non aveva funzionato.

Non aveva tempo per preoccuparsene in quel momento. Si lavò i denti e si cambiò i vestiti. Tornato in cucina, trovò Cooper con due piatti in mano, pronto a servire una colazione molto posticipata. Noah si sedette e accettò il suo piatto con un mormorio di ringraziamento. Cooper si sedette di fronte a lui. Alla luce del giorno, Noah poté osservare meglio la stanza. Il tavolo era in formica e cromo, a occhio e croce del valore di una piccola fortuna considerata l'epoca, con sedie in vinile abbinate per quattro persone. Un piccolo portaoggetti sul tavolo conteneva tovaglioli, sale e pepe. Le piastrelle e gli armadietti della cucina dovevano avere una ventina d'anni, se non di più. Il frigorifero era più moderno. Come decorazione, sullo sportello erano stati appuntati con le calamite diversi fogli e alcune foto, la maggior parte delle quali ritraeva una bambina dai capelli mori raccolti in due codini. Cresceva tra una foto e l'altra: all'inizio era una bambina sorridente e paffutella, in uno scatto teneva le mani alzate ricoperte di quella che sembrava vernice. In quello che all'apparenza doveva essere lo scatto più recente, doveva avere l'età di Harris, o al massimo qualcosa in più, sugli otto o nove anni. Si trovava accanto a un uomo anziano, tra i sessanta e i settant'anni. Aveva folti capelli grigi e brillanti occhi azzurri. La bambina si appoggiava al suo fianco, cingendogli la vita con le braccia sottili, mentre l'uomo le accarezzava la schiena tenendoci sopra una mano. Tutti e due sorridevano alla macchina fotografica. «Quella è mia sorella...» disse Cooper, seguendo lo sguardo di Noah. «Quando era piccola. Quello lì è mio padre insieme a lei. Tanti anni fa. È morto subito dopo che è stata scattata questa foto.»

«Cavolo, mi dispiace.» disse Noah portandosi alla bocca una forchettata di uova. Voleva solo mangiare e mettersi in viaggio. Raggiungere Josie.

Cooper sospirò. «Grazie. Mi rendo conto solo adesso che non ho foto di me stesso con mio padre. Credo che dovrei metterne di più recenti o magari toglierle. Voglio dire, mia sorella è all'università ora. Suppongo che starai pensando che sono un tipo strano, dico bene? Ti va qualcosa da bere?» gli chiese aprendo il frigorifero ed elencando le bevande che c'erano dentro.

«L'acqua va benissimo. Grazie.» disse Noah. Prese un pezzo di pancetta, cercando di pensare a cosa dire. Prima, quando si era svegliato, era stato scortese e non voleva indisporre il suo ospite. «Quando è stata l'ultima volta che hai visto tua sorella?»

«L'anno scorso. Ormai è una studentessa modello all'università e non viene a trovarmi molto di frequente.»

Noah masticò la pancetta e guardò di nuovo la foto della bambina e di suo padre. C'era qualcosa di strano, qualcosa di sbagliato, ma non riusciva a capire cosa potesse essere.

«Tu e tua moglie avete figli?» gli chiese Cooper.

Noah staccò gli occhi dalla foto. «No. Noi, ehm... no. Non ne abbiamo.»

Da qualche punto della casa giunse un suono simile a un incrocio tra un gemito e uno scricchiolio.

La casa si ergeva contro il vento che soffiava ancora forte. Cooper sembrò non sentirlo o, se lo aveva sentito, non gli dava pensiero e passò a chiedergli: «E non ne volete?»

Noah non era proprio in vena di discutere la questione dei figli con un perfetto sconosciuto. «Io... non lo so. E tu? Hai figli?»

«No. Volevo averne. Avevo incontrato la donna giusta, ma alla fine non ha funzionato.»

Cooper spinse indietro la sedia, facendo stridere le gambe sul pavimento. Si avvicinò al bancone, rovesciando altre uova nel suo piatto intatto. «Le donne... impossibile accontentarle, dico bene?»

Noah diede un'occhiata alla foto del padre e della sorella di Cooper e allora capì che cosa c'era che non gli quadrava: anche se non poteva vedere per intero la maglietta della bambina, perché era girata verso il padre, poteva vedere una parte del disegno stampato sul davanti. Riconobbe l'abbigliamento di un personaggio di uno dei cartoni preferiti di Harris, che il bambino aveva fatto vedere a lui e a Josie almeno un centinaio di volte.

Era uscito l'anno prima.

Il che significava che la bambina della foto non avrebbe potuto indossarla quando aveva l'età di Harris, anni prima. Il che voleva dire anche che Cooper Riggs stava mentendo su qualcosa.

La casa gemette di nuovo contro l'assalto del vento e una corrente d'aria fredda scivolò lungo la nuca di Noah.

Cooper si voltò e si appoggiò al bancone. Si grattò la fronte. «Sembra proprio che questo posto stia per crollare, vero? Il vento è piuttosto forte. Pensi che dovrei preoccuparmi?»

Noah si alzò per cercare la fonte di quella corrente d'aria fredda. Da sotto la camicia di flanella, Cooper estrasse una pistola e la puntò direttamente sul viso di Noah. Il suo tono cambiò, e si fece freddo e piatto. «Fai esattamente quello che ti dico o ti sparo in faccia.»

Noah alzò le mani. La sua mente prese a correre. Da dove si trovava, poteva dire che la sicura della pistola che Cooper gli stava puntando in faccia era disinserita. Teneva un dito premuto sul grilletto. Bastava una pressione di uno o due chili perché gli conficcasse un proiettile nel cervello. «Non voglio problemi...» disse. «Voglio solo trovare mia moglie. Nient'altro.»

«Non me ne frega un cazzo di tua moglie.» Con la mano libera, Cooper fece un gesto verso i piedi di Noah. «So che sei armato. Tira fuori la pistola, mettila a terra e calciala verso di me.»

Noah si mise in ginocchio lentamente, analizzando la situazione: non c'era modo di prendere la pistola e puntargliela contro senza che Cooper lo uccidesse prima che fosse riuscito a estrarla dalla fondina anche solo per metà.

«Sbrigati.» gli intimò il custode.

«Che cosa vuoi?» gli chiese Noah.

«La tua pistola! La tua pistola! Forza, consegnamela o ti faccio saltare le cervella.»

Noah fece come gli veniva ordinato e gli consegnò l'arma che portava quando non era in servizio. Poi il telefono. Sotto la minaccia della pistola, si diresse verso la porta chiusa a chiave all'altro capo della cucina. Come da istruzioni, la sbloccò e la aprì. C'era una serie di gradini di legno che sparivano nell'oscurità sottostante. Cooper lo spinse da dietro e lui cadde giù. L'impatto con il pavimento gli tolse il respiro. Poi arrivarono i secondi più terrificanti della sua vita, mentre vedeva Cooper che lo seguiva nel seminterrato. Noah voleva chiudere gli occhi. Non voleva vedere la canna della pistola prima che Cooper premesse il grilletto, ma non riusciva a far fare al suo corpo nulla di ciò che gli diceva. Per quella che gli sembrò un'eternità, guardò Cooper che si avvicinava, desiderando che l'ossigeno gli tornasse nei polmoni. Ma non lo fece.

Nella sua mente, stava già pronunciando le parole che non riusciva a costringere il suo corpo a pronunciare. *Mi dispiace, Josie. Mi dispiace tanto.*

VENTOTTO

Josie arrancava sul sentiero innevato con i polpacci che a ogni passo bruciavano di più. Passò davanti all'alloggio di Sandrine e poi davanti a quello di Brian e Nicole. La porta era aperta. Passando davanti alla soglia del bungalow, Josie intravide Brian che spostava la cassettiera sul pavimento. Il successivo era l'alloggio di Taryn. La porta era leggermente socchiusa, ma Josie la vide che faceva avanti e indietro all'interno. Poi c'era l'alloggio di Meg. Josie guardò lungo il pendio per assicurarsi che nessuno la stesse osservando, poi salì di corsa i gradini e controllò la porta per controllare che fosse ancora chiusa. Vedendo che la porta non si muoveva, si sentì pervadere da un'ondata di sollievo che la riscaldò per un breve momento contro le temperature gelide e il vento tagliente. Si spostò verso il suo alloggio dove, in realtà, non aveva lasciato nessuna delle sue cose, ma avendo scoperto che non era stato il proprietario a nascondere le videocamere nei locali della casa principale, stava cominciando a chiedersi se chi ce le aveva piazzate non ne avesse nascoste anche nei vari bungalow. Una sensazione di malessere le attanagliò le viscere mentre si chiudeva la porta alle spalle. Ogni cosa era esattamente come l'aveva lasciata. A guardare ora la camera, spogliata dei suoi effetti personali, non c'erano molti posti in cui si potesse nascondere una videocamera. Ma non era un buon motivo per non controllare ogni angolo e ogni fessura. Si sentì sollevata di non trovare nulla. Uscendo, passò di nuovo davanti alla baita di Meg e scendendo di nuovo lungo il pendio fu colpita da un pensiero: solo perché non c'erano videocamere nascoste nel suo alloggio, non significava che la persona che aveva piazzato quelle che lei aveva trovato non le avesse messe negli alloggi degli altri. Per esempio, se fosse stato Cooper a piazzare quelle tre, nessuno di loro avrebbe trovato strano vederlo aggirarsi nelle loro casette dato che aveva libero accesso a tutti i locali del ritiro.

Al solito, il problema era che Josie non poteva perquisire legalmente le camere occupate dagli altri, non senza il loro permesso. Quello che poteva fare era cercare di acquisire prove immediatamente individuabili nei limiti imposti dal Quarto Emendamento contro le perquisizioni irragionevoli, ma questo era possibile solo se veniva invitata a entrare.

La porta di Taryn era ancora aperta. Josie salì i gradini e bussò delicatamente alla porta. «Avanti!» disse Taryn.

Non aveva l'apprensione o l'ipervigilanza che avevano gli altri. Josie la invidiava, ma era anche contenta per Taryn che il mondo non le avesse ancora fatto perdere un senso di sicurezza e di protezione.

«Oh, ciao.» le sorrise. Aveva il viso arrossato. Evidentemente era ancora accaldata per le ore passate a spalare la neve. Si era tolta il cappello, la sciarpa e i guanti e li aveva lasciati sopra la cassettiera. Era china su una collezione di borse da viaggio al centro della stanza e stava frugando in una delle tasche.

Josie approfittò per esaminare rapidamente la piccola stanza in un momento in cui Taryn non guardava, sempre alla ricerca di videocamere. Fatta eccezione per le borse sparse in giro, l'alloggio era identico al suo. E non c'era traccia di videocamere nell'ambiente principale.

«Come ti senti?» chiese Taryn.

Josie le girò intorno, approfittando che fosse ancora occupata con la sua borsa, cercando di intravedere il bagno. «Bene.» rispose Josie. «E tu?»

Da quello che poteva vedere, non c'erano videocamere nell'alloggio di Taryn.

«Considerando le circostanze, anch'io, credo.»

Josie si voltò dal bagno e vide che Taryn stava pescando barrette di muesli e pacchetti di cereali da ciascuna borsa e li stava raggruppando in un'unica tasca. Le altre borse erano piene di vestiti, articoli da toilette e quello che sembrava un raccoglitore a tre anelli.

Taryn si fermò, con un piccolo pacchetto di mirtilli disidratati tra le mani. «È troppo per una persona sola, vero?»

Josie non rispose.

«Alla fine, non ne ho mangiata nemmeno una questa settimana. Mi faceva semplicemente sentire meglio averne di scorta. Quando ero piccola, i miei genitori mi portavano a fare escursioni in mountain bike o a fare trekking. Mia madre portava da mangiare, ma mai abbastanza per me.»

Josie cercò di non darle a vedere che trasaliva. Aveva ascoltato con partecipazione alcune delle storie che Taryn aveva raccontato su sua madre durante le sessioni di gruppo, che principalmente ruotavano intorno alla trascuratezza e alla privazione intenzionale. Anche la finta madre di Josie, Lila Jensen, l'aveva abitualmente affamata, chiudendola in uno sgabuzzino per giorni interi. Per questo, Josie aveva valutato di condividere la propria esperienza, ma era ancora qualcosa di cui non le piaceva parlare. All'inizio della settimana aveva avuto difficoltà a parlarne anche con Sandrine. Così, invece, le fece la domanda che desiderava farle da tutta la settimana. «Che cosa aveva da dire tuo padre sul fatto che ti faceva morire di fame?»

Taryn si strofinò l'incavo del collo con l'indice. «Diceva sempre che avrei dovuto ascoltare mia madre.»

«Ma è tremendo.» disse Josie.

Taryn fece una mezza alzata di spalle e si chinò di nuovo a cercare tra le borse altre cose da mangiare. «La verità è che non ero figlia sua.»

«Di tuo padre?»

«Mia madre mi ha adottata quando ero piccola, quando era sposata con un altro. Poi quell'uomo è morto e mia madre si è risposata un paio d'anni più tardi con l'uomo che consideravo mio padre. Ma lui non era lì per me, solo per lei. Non gli importava di quello che lei mi faceva. Ancora non capisco perché mi avesse voluta. Per avere qualcuno con cui fare la stronza, credo.»

Josie pensò a tutte le cose orribili che aveva visto come agente di polizia. «Alcune persone sono semplicemente malate, Taryn. La cosa importante da ricordare è che non è stata colpa tua. Niente di quello che ti ha fatto è colpa tua.»

Taryn alzò lo sguardo dalle borse e le sorrise con gli occhi lucidi di lacrime non versate. «Ti ringrazio per averlo detto. E ti ringrazio anche per avermi difeso da Nicole oggi. Ha significato molto.»

Josie si avvicinò mentre Taryn scavava nella borsa che conteneva il raccoglitore a tre anelli. Un'occhiata più attenta rivelò le parole "Dottoressa Sandrine Morrow" scritte con il pennarello lungo il dorso.

«Figurati.» disse Josie. Nel momento in cui Taryn allungò la mano sul fondo della borsa, sollevando ancora di più il raccoglitore, Josie notò delle linguette colorate che spuntavano dalle pagine, ma non riuscì a leggere cosa c'era scritto sopra.

Taryn mollò la borsa a mani vuote e notò che Josie la stava fissando. «Sembra strano, ma in realtà non lo è.»

Josie alzò le mani in aria, come in segno di resa. «Non ho detto niente.»

Taryn estrasse il raccoglitore dalla borsa come se fosse un

neonato e lo strinse al petto. «Questo l'ho fatto con tutti gli appunti dei seminari che ho frequentato e le cose che ho imparato qui perché mi piacciono gli insegnamenti di Sandrine, chiaro?»

Era uno strano modo di dire, ma Josie lasciò correre. «Puoi fare qualsiasi cosa ti aiuti, Taryn. Non sono qui per giudicare.»

La ragazza infilò una mano tra il bordo del raccoglitore e il collo e si grattò. «Davvero? Perché sembra che tutti gli altri siano qui per giudicarmi. Tranne Sandrine.»

«Stai parlando di Nicole.» disse Josie.

Taryn abbassò lo sguardo sul raccoglitore. «Non solo lei. Anche Meg. Ho commesso l'errore di lasciare questo in bella vista e infatti l'ha visto e ha dato di matto.»

Era questo che aveva fatto scattare Meg, facendole credere che Taryn stesse perseguitando Sandrine, ma bisognava ammettere che il modo in cui lei pendeva dalle labbra di Sandrine non contribuiva a farsi un'altra idea.

«Quando l'hai mostrato a Meg?» chiese Josie.

«Siamo uscite una sera, dopo che tutti erano andati a dormire. Aveva paura di notte, anche se le baite sono chiuse a chiave. Le ho detto che poteva stare qui con me. Le prime notti è andato tutto bene. Poi martedì eravamo qui e lei voleva uno spuntino, così le ho detto di guardare nelle borse.»

Josie sentiva il freddo penetrarle nelle ossa, ora che non si muoveva da un po'. Spostava i piedi da una parte all'altra nel tentativo di far muovere il sangue. «Ha visto il tuo raccoglitore?»

Gli occhi di Taryn si incupirono. «Sì, ha cominciato a dire che ero malata. Che avevo una "fissazione malata" per Sandrine. Ha detto un sacco di cose brutte, e così l'ho fatto anch'io. Abbiamo litigato. Da allora non è stato più lo stesso.»

Meg era scomparsa giovedì sera, due giorni dopo. «Non è più tornata qui?»

Taryn guardò verso la porta, ancora semiaperta. «Dopo aver fatto il bagno sonoro, giovedì, ho cercato di fare pace con lei. Le ho chiesto di venire da me dopo il tramonto e di darmi la possibilità di spiegare.»

Un brivido attraversò la nuca di Josie. «Ed è venuta?»

Taryn scosse la testa. «No. Ha detto che lo avrebbe fatto, ma poi non è venuta.» Le sue narici si dilatarono. «Non mi ha mai dato la possibilità di spiegare, di esserle di nuovo amica.»

«Non l'hai più vista quella sera, dopo aver lasciato la casa principale?» chiese Josie.

Il volto di Taryn si contorse in una massa di linee arrabbiate. Non stava più ascoltando Josie. Si grattò di nuovo la gola, questa volta con rabbia, facendo uscire il sangue. «Meg mi ha giudicata. Si è comportata come un'amica, poi ha visto una cosa e mi ha giudicata. So che tutti pensano che io sia patetica, ma non lo sono.»

«Questo io non lo penso.» le disse Josie. All'inizio della settimana, Taryn aveva detto al gruppo che le andava bene il contatto fisico. Josie si avvicinò e le strinse la spalla. «Taryn, non credo che tu sia patetica.»

Qualcosa dentro di lei sembrò cambiare. Sbatté le palpebre e la rabbia diminuì. «Non hai voluto essere mia amica questa settimana. Stai sempre con Alice.»

Josie sentì di nuovo il freddo pennello dell'apprensione lungo la nuca. «Alice lavora in un pronto soccorso. Io sono un'agente di polizia. Abbiamo molte cose in comune, tutto qui.»

Prima che Taryn potesse rispondere, dall'esterno giunsero delle grida. Josie corse a guardare dal piccolo portico, ma non vide nessuno. Un attimo dopo sentì altre grida. Non riuscì a distinguere le parole, ma capì che provenivano dalla casa accanto, quella di Brian e Nicole.

VENTINOVE

Via via che Josie si avvicinava alla loro casetta, salendo di corsa i gradini che conducevano alla porta aperta, sentiva sempre meglio le loro voci, forti e piene di rabbia. Erano in piedi al centro della stanza, l'uno di fronte all'altra. Brian stava dicendo: «Lasciamo perdere. Non otterremo quello che vogliamo. È come un libro chiuso.»

Nicole gli rispondeva: «È ovvio che non otterremo quello che vogliamo. Sono l'unica che ci sta provando!»

«È stata una totale perdita di tempo.» si lamentava Brian. «Mi sono stufato di questa storia. L'unica cosa che voglio è andarmene da questa montagna.»

Josie arrivò sulla porta proprio quando Brian si girò sul posto, dove si era fermato per parlare con la moglie, e usciva come una furia. Si fermò di colpo quando la vide, con il viso che diventava cinereo.

Josie guardò prima il marito poi la moglie. «Va tutto bene qui dentro?»

Brian aprì la bocca per parlare, ma non gli uscì nulla. Nicole si avvicinò alle spalle del marito, con le braccia incrociate sul petto e gli occhi come laser letali. «Cosa vuoi?»

Josie guardò da un capo all'altro del sentiero. Taryn stava uscendo dal suo alloggio munita di cappello, sciarpa e guanti e una borsa a tracolla.

«Vi ho sentiti gridare.» spiegò Josie. «Volevo solo assicurarmi che foste entrambi al sicuro. Posso entrare?»

Brian si allontanò dalla porta per farla passare, invece Nicole disse: «Non sono affari tuoi quello di cui stavamo discutendo.»

Con tutti e tre all'interno, lo spazio era diventato claustrofobico, ma già che c'era, poteva anche cercare le tracce di una videocamera nascosta. Non vide nulla perlustrando rapidamente lo spazio alle spalle di Nicole, che le urlò contro: «Ma mi stai ascoltando?»

Josie sfoderò il suo miglior sorriso conciliante. In quella gelida baita aveva la possibilità di restare da sola con Nicole più di quanto le sarebbe stato possibile altrove. Josie era ancora curiosa di sapere cosa avesse fatto credere a Nicole e a Brian che Sandrine fosse un'imbrogliona, ma non aveva la minima possibilità di ottenere informazioni da loro, se Nicole manteneva quello sguardo ostile. «Volevo solo scusarmi per ieri sera, per aver forzato la questione di tua... sorella, e poi per essere stata poco rispettosa con te prima a colazione. Non era mia intenzione mettere pubblicamente in imbarazzo nessuno di voi due. Siamo tutti nervosi, me compresa. Quello che volevo dire è che non importa se quella tragedia ha colpito tua figlia o tua sorella. Rimane una tragedia orribile e mi dispiace molto per la perdita che hai subito.»

Josie percepì che Brian stava fissando sua moglie. A bassa voce, disse: «Nicole...»

L'espressione di Nicole si addolcì. «Grazie.»

«Sì...» mormorò Brian. «Lo apprezziamo molto.»

Josie si girò verso di lui, cogliendo l'occasione per fare una perquisizione a vista su quel lato dell'alloggio. Non c'era nulla che assomigliasse a una videocamera. C'erano alcune borse nascoste accanto alla cassettiera, ma per il resto lo spazio era vuoto. «Posso chiederti una cosa, Nicole?»

Con un sospiro, Nicole rispose: «Immagino di sì.»

Quello che Josie voleva davvero sapere era di chi e cosa stessero discutendo quando stava raggiungendo di corsa la loro baita poco prima. Chi era come un libro chiuso? Cos'è che volevano ottenere? Ma Nicole aveva già chiarito che non erano affari suoi, quindi chiese: «Perché pensi che Sandrine sia... come hai detto a colazione? "Non è poi tanto perfetta come vuole far credere"? È successo qualcosa tra voi due? O ha fatto qualcosa che ti ha spinta a sentirti così?»

Nel silenzio che seguì la sua domanda, Josie sentì lo scricchiolio di una serie di passi nella neve. Taryn stava origliando? O stava aspettando che uscissero? Oppure Alice o Sandrine erano venute a cercarle?

Nicole incrociò le braccia sul petto sottile. «Perché ti interessa?»

Josie cercò di pensare a una risposta che potesse convincere Nicole a confidarsi con lei. «Perché abbiamo speso tutti un sacco di soldi per venire qui questa settimana e un membro del nostro gruppo ci ha rimesso la vita. Se c'è qualcosa di cui sei al corrente e che il resto di noi non sa, penso che dovresti condividerlo.»

Con la coda dell'occhio vide che Brian chiudeva la mano intorno al polso. Il giaccone copriva la cicatrice della bruciatura, ma lui la continuava a strofinare. Con i denti Nicole prese a mordicchiarsi il labbro inferiore. Guardò Brian per un attimo e poi disse: «Non so nulla che voi altri non sappiate. Penso solo... io ho l'impressione che Sandrine stia nascondendo qualcosa.»

Stava mentendo. Si stava inventando tutto. Ma Josie non poteva costringerla a dire la verità. «Nascondere qualcosa di che tipo?»

Lo sguardo di Nicole si diresse di nuovo verso Brian, ma lui non aveva alcuna risposta da darle. Mentre tra di loro si svolgeva una conversazione silenziosa, Josie sentì altri passi all'esterno. Adesso era certa che ci fosse più di una persona là fuori.

«Allora dimmi...» la invitò Josie quando fu evidente che Nicole non le avrebbe risposto «ti sentivi così nei suoi confronti anche quando ti sei iscritta a questo ritiro?»

«No...» rispose Nicole senza esitazione.

Brian aggiunse: «Non avremmo mai partecipato se avessimo pensato che fosse un'imbrogliona.»

Josie fece muovere di nuovo i piedi, cercando di stimolare la circolazione nelle sue gambe congelate. «Ma poi è successo qualcosa che ti ha fatto sentire così mentre eri qui. Che cos'è stato?»

Altro silenzio. Altri passi dall'esterno. Brian e Nicole erano così concentrati l'uno sull'altro e sulla risposta da dare a Josie che non se ne accorsero. Dopo un attimo, Nicole sbottò: «Meg.»

«Che cosa?» sbottò Brian.

Nicole proseguì. «Meg. Sandrine ha lasciato che Meg venisse a questo ritiro quando non aveva ancora iniziato a elaborare il suo trauma.»

«Nicole, tu hai mentito sul tuo di trauma per partecipare a questo ritiro.» le fece notare Josie mantenendo un tono uniforme e non accusatorio.

«Non è la stessa cosa. Quello che è successo a me... e a mia sorella... è successo secoli fa. Meg lo stava ancora vivendo il suo trauma. Nel vero senso della parola, era in fuga dall'uomo che l'aveva molestata! Come faceva a elaborare tutto quello che le aveva fatto quando sapeva che non era nemmeno al sicuro da lui?»

«Non credo che funzioni così, Nicole.» obiettò Josie. «Da quello che mi hanno detto gli psicologi, non è mai troppo presto per iniziare a farsi aiutare dopo aver vissuto un'esperienza traumatica.»

«Ma ha messo in pericolo il resto di noi!» ribatté Nicole con voce che si faceva più acuta. «Lo stalker di Meg è ancora a piede libero! Può averla seguita fin qui. Sandrine non ne ha mai tenuto conto. Stiamo parlando di un uomo così malato che ha scattato delle foto a Meg senza che lei lo sapesse e poi ha rapito lei e sua sorella! Sua sorella è morta di crepacuore e Sandrine, che sapeva che quel mostro è ancora libero, da qualche parte, ha pensato che fosse una buona idea permettere a Meg di partecipare comunque. A conti fatti, anche se so che non è quello che le è successo, non si può escludere che quel tale non l'abbia trovata davvero.»

Josie flesse le dita, cercando di riacquistare un po' di sensibilità. I guanti le sembravano fatti di ghiaccio. Il calore che inizialmente le avevano fornito era scomparso da tempo. «Stai dicendo che pensi che Sandrine nasconda qualcosa o che sia un'impostora perché ha permesso a Meg di venire qui, nonostante quell'uomo sia ancora a piede libero?»

«È una bella fregatura, poco ma sicuro.» concordò Brian. «Per la miseria, prendi i soldi da una manciata di persone con un complesso disordine da stress post-traumatico per farle venire a un ritiro durante il quale hai promesso di aiutarle, e per tutto il tempo sai che non sono davvero al sicuro. Non è la cosa peggiore che si possa fare a persone del genere? La maggior parte di noi ha subito atti di abuso e violenza!»

«Ma questo non vi ha dato preoccupazioni per tutta la settimana fino alla morte di Meg?» li incalzò Josie.

Brian si strofinò di nuovo il polso. «Non ci è venuto in mente fino alla morte di Meg, no.»

Nicole agitò un braccio in aria per enfatizzare. «Perché ci sentivamo in una bolla di sicurezza finché Meg non è morta, e questo ci ha fatto riflettere sulla nostra situazione. Va bene che Meg è morta assiderata, ma non è mai stata veramente al sicuro. Nessuno di noi lo è stato. Chiunque di noi potrebbe morire congelato quassù. E poi c'è un orso che gira per questi boschi! Chiunque di noi potrebbe essere sbranato. Ora ci ritroviamo bloccati qui e potremmo morire di fame! Sandrine sapeva che c'erano tutti questi pericoli, ma non le è importato niente. La verità è che non sa cosa sta facendo! Nessuna persona sana di mente ci avrebbe portato in un posto come questo sapendo quante cose potevano andare storte!»

Brian annuì. «È stata una manovra per accaparrarsi i nostri soldi, pura e semplice. Non le interessa aiutarci a superare i nostri problemi. Non sa nulla di come si curano persone come noi. Sta recitando la parte della santona del trauma come se fossimo in una specie di reality show.»

Prima che Josie potesse aggiungere altro, la porta dell'alloggio si aprì di schianto ed entrò Sandrine. Alice e Taryn si assieparono dietro di lei, guardando con occhi spalancati Sandrine che superava Josie con occhi infuocati, e puntava il dito contro Brian, a pochi centimetri dal suo viso. «Basta così. Sono stufa di sentire tutte queste lamentele. Come vi permettete di mettere in discussione le mie qualifiche? Con che coraggio osate trattarmi così? Io non ho fatto altro che cercare di aiutarvi. Sono stata trasparente! Io ho...»

«No che non l'hai fatto.» sbraitò Nicole facendo un passo avanti.

Le assi di legno del pavimento sotto di loro tremarono sotto i colpi di piede che Sandrine batté a tempo delle sue parole. «Sì che l'ho fatto! Che altro vuoi da me?»

La piccola stanza piombò nel silenzio. Il vento soffiò una nuova raffica di neve attraverso la porta parzialmente aperta. Taryn la chiuse e vi appoggiò la schiena.

«Non credo che una persona che avesse davvero saputo trattare persone affette da sindrome post-traumatica le avrebbe messe in pericolo come hai fatto tu questa settimana.» sentenziò Brian. «Questa è la differenza tra una persona che ha appreso solo dai libri di testo e una che ha fatto esperienze dirette in prima persona.»

Un muscolo della mascella di Sandrine tremò quando si

voltò a guardarlo. «Conosco i traumi per esperienza diretta in prima persona.»

Le dita di Nicole cercarono la fede nuziale, ma i guanti le impedirono di girarla. «Non ci hai detto nulla di te.»

Sandrine alzò le braccia in aria. Le sue guance si infiammarono di rosso. «Buon Dio, siamo di nuovo a parlare di questo? Non vi ho detto nulla di me perché non sono io il centro di questo ritiro. Non siamo qui per me e, in quanto guida di questa iniziativa, non è previsto che si parli di me! Ma facciamo come volete! Avete bisogno di sapere qualcosa di me? Eccovi serviti. Volete un trauma? Volete i miei traumi? Quando ero bambina, sono stata ripetutamente abusata. In occasioni diverse, da uomini diversi. È andata avanti per anni. È stato devastante, fisicamente ed emotivamente. È stata una vera e propria tortura.»

«Oh mio Dio.» sussultò Taryn. Si sistemò la borsa sulla spalla e alzò una mano per raggiungere Sandrine, ma poi decise di non farlo.

Josie cominciava a sentire caldo con tutte quelle persone ammassate in uno spazio così ristretto. Finalmente aveva riacquisito sensibilità alle dita dei piedi e delle mani.

Osservò lo sguardo di Brian cadere sul pavimento. Cercò di allontanarsi da Sandrine, ma non c'era spazio.

«Oh, Sandrine...» disse Alice con voce strozzata. «Non sai quanto mi dispiace...»

«Anche a me.» disse Josie. «Mi dispiace che tu abbia dovuto affrontare tutto questo e mi dispiace che tu ti sia sentita in dovere di dircelo quando non avresti dovuto farlo.»

«Oh, chiudete quella boccaccia!» sbottò Nicole. «Tutte e due. Si può sapere di cosa stai parlando, Sandrine? Hai vissuto una vita d'oro. Voglio dire, guardati! Sei l'immagine del successo.»

Josie ripensò alla conversazione che aveva fatto con Sandrine nella stanza della rabbia su come le esperienze trau-

matiche possono cambiare il corso di una vita in modo irrevoca-
bile e si chiese quanto poteva essere costato a Sandrine
raggiungere un tale successo nonostante i suoi traumi. Sandrine
scosse la testa. Si vedeva bene che era sull'orlo del pianto. Si
accasciò su sé stessa. «Capita a molte persone di successo di
dover sopportare cose orribili. Io ho dovuto lottare per arrivare
fin qui.»

«Ma piantala.» si schernì Nicole. «Non ci crede nessuno.»

Alice superò Sandrine per avvicinarsi a Nicole. «Te lo
chiedo di nuovo: si può sapere che problemi hai? Sandrine non
deve dimostrare niente a nessuno. Soprattutto non a una
bugiarda come te. Sai una cosa? Hai davvero il cervello
bacato.»

Nicole puntò un dito contro Sandrine. «Avrei il cervello
bacato perché voglio sentire la sua storia? Lei le ha sentite tutte
le nostre storie. Fino al più sordido dettaglio. Come mai,
secondo voi, è così insensato che io voglia conoscere la sua?»

Alice lanciò a Nicole uno sguardo carico di incredulità. «Tu
non stai bene.»

Sandrine rimase calma. Con un braccio sbarrò il passo ad
Alice, impedendole di avvicinarsi a Nicole. Con l'altro tese la
mano verso l'alto. «Va tutto bene. Va tutto bene. Vuoi la mia
personale storia dell'orrore? Eccotela. Mia madre era un'alcoliz-
zata ed era negligente e quando era in quello stato trovava ogni
modo per usarmi a suo vantaggio.»

«Tua madre?» disse Brian. «Non è possibile.»

Tutte quante si voltarono a guardarlo. «Che c'è?» disse lui.
«Mi stavo solo chiedendo che razza di madre farebbe una cosa
del genere.»

«Molte di più di quante pensi.» borbottò Josie. «Rimarresti
inorridito se sapessi quante madri che si potrebbero definire
assolutamente tremende ci sono in giro.»

«Esatto.» disse Taryn a bassa voce dalla porta. «Guarda la
mia.»

Nicole la fulminò con lo sguardo. «Non farne una questione incentrata su di te ora.»

«Non rifartela su Taryn.» la ammonì Sandrine. «È vero, ci sono molte madri negligenti in questo mondo, che tu scelga di crederci o meno. Mia madre era una delle peggiori. Ora vi dirò una cosa e la dirò solo una volta e poi avremo finito di parlarne una volta per tutte.»

Nessuno parlò né fece un fiato.

«Mia madre lavorava come attrice tra gli anni Sessanta e Settanta, e per un po' anche negli anni Ottanta. Aveva solo diciotto anni quando è rimasta incinta di me. Non mi ha mai detto chi fosse il mio vero padre, ma ha sedotto un produttore di discreto successo e lo ha convinto a sposarla. Quando sono arrivata io, lui ha pensato di essere mio padre e per diversi anni è andato tutto bene. Ma poi mia madre ha iniziato ad avere una relazione. Il produttore lo ha scoperto e l'ha lasciata. A un tratto ha smesso di credere che io fossi sua e si è sbarazzato di noi come fossimo spazzatura. Mia madre è dovuta tornare nel mondo vero e procurarsi un lavoro. All'epoca le cose funzionavano in maniera diversa. L'idea del "divano per le audizioni" era un fenomeno estremamente reale. Non sempre, ma capitava diverse volte. Quando lei lavorava, venivo lasciata da sola sul set a girovagare. In quei momenti succedevano alcune cose spiacevoli e, altre volte, le cose spiacevoli succedevano perché era lei a farle succedere.»

«No.» disse Brian. «Non posso credere che avrebbe mai potuto fare una cosa del genere.»

«Oh, puoi crederci, l'ha fatto eccome. C'erano alcuni produttori esecutivi che erano disposti a procurarle delle parti se lei gli permetteva di farmi quello che volevano. Ero piuttosto piccola quando è iniziato e uno di loro è stato così... violento... da lasciarmi delle lesioni permanenti che mi hanno impedito di avere figli.»

«Oh Dio...» ansimò Alice.

«No!» gridò Taryn. «Sandrine, è davvero spaventoso.»

«Era un mostro.» continuò Sandrine. «La vita con lei era un caos assoluto. Quando non tramava sul modo migliore in cui potevo aiutarla a fare carriera, mi lasciava a casa di alcuni suoi "amici" per mesi interi. Ogni volta mi chiedevo se sarebbe mai tornata o se quella fosse l'ultima volta che la vedevo. Ma alla fine tornava ogni volta, anche se non scoprivo mai dove fosse andata né il perché. L'unica cosa che sapevo era che tornare a stare con lei era sempre la cosa peggiore che potesse capitarmi.»

Brian si strofinò vigorosamente il polso. «Non ci credo.»

«Nemmeno io.» disse Nicole.

Sandrine emise una risata dura. «Ma certo che non ci credete! Se vi dicessi che fuori c'è la neve, non mi credereste perché l'ho detto io. Ma indovinate un po'? Non mi interessa più quello che credete.»

«È il racconto più triste che abbia mai sentito.» disse Taryn. «Ti dispiace se ti chiedo una cosa? Chi era tua madre?»

«Non ha importanza.» disse Sandrine. «È morta molto tempo fa. Adesso, se volete scusarmi, ho finito con questa conversazione. Torno alla casa principale. Posso dormire in una delle salette comuni. Non sarà necessario che ci rivolgiamo più la parola per il resto del tempo che passeremo insieme, a meno che non sia assolutamente necessario.»

Detto questo, Sandrine si voltò e uscì dalla porta. Taryn la seguì. Alice prese Josie a braccetto e, guardando Brian e Nicole con le labbra arricciate dal disgusto, sentenziò: «Noi andiamo con loro.»

TRENTA

Il suono del nastro da pacchi che veniva strappato rese il corpo di Noah debole per il sollievo. Non gli era ancora tornata l'aria nei polmoni, ma era abbastanza lucido da rendersi conto che se Cooper stava strappando il nastro adesivo, significava che non teneva in mano una pistola. Il seminterrato era completamente immerso nell'oscurità. L'altro uomo era solo un'ombra color inchiostro che incombeva su di lui. Delle mani si arrampicarono sul corpo di Noah e lo girarono mettendolo a pancia in giù. Era ancora incapace di reagire come un pesce spiaggiato. Per quanto desiderasse che i suoi arti si muovessero, il suo cervello e ogni processo automatico del suo corpo erano concentrati su un unico compito: far entrare aria nei polmoni. Non c'era verso che le braccia e le gambe rispondessero ai comandi.

Intanto, Cooper gli aveva stretto le mani dietro la schiena e stava iniziando a legargli i polsi con il nastro adesivo. Appena ebbe finito iniziò a legargli le caviglie. Quando i sensi di Noah tornarono a funzionare, sentì odore di muffa. Il pavimento di cemento era freddo sotto la sua guancia. Cercò di mettere da parte il panico abbastanza a lungo da rallentare la respirazione e provò a dire «Ehi, aspetta...» ma gli uscì un filo di voce a malapena udibile.

Cooper continuava ad avvolgere il nastro adesivo intorno alle caviglie di Noah.

«Ehi.» riuscì a dire Noah, con voce più forte stavolta. «Parliamone.»

Cooper grugnì e fece cadere le caviglie legate di Noah sul pavimento. Noah non voleva nemmeno pensare a quanto sarebbe stato difficile liberarsi. Iniziò subito a testare la forza dei polsi. Un attimo dopo sentì qualcosa di spigoloso e duro contro la nuca. Doveva essere la canna della pistola. «Non provarci nemmeno.» gli intimò Cooper.

Noah rimase immobile. Non riusciva a vederlo negli occhi, era troppo buio per vedere la sua espressione, per valutarne l'umore o le intenzioni, anche se era a faccia in su. «Non cercherò di scappare.» provò a dire Noah. «O di farti del male. Dimmi solo cosa vuoi. Posso darti una mano.»

«Lo dici solo per salvarti la pelle.»

«Beh, sì.» ammise Noah. «Ti sto dicendo che non devi uccidermi. Posso aiutarti...» Ma vedendo che Cooper non gli rispondeva, disse: «Tu mi hai aiutato ieri sera. Mi hai dato un posto dove dormire. Diavolo, mi hai anche dato da mangiare. Sono in debito con te.»

La pressione della canna contro la nuca scomparve com'era comparsa. Chiuse gli occhi, lanciando una preghiera di ringraziamento a chiunque volesse prestargli ascolto. «Non distorcere la situazione.» lo ammonì Cooper. «Ti lascerò vivere solo finché mi sarai utile.»

Noah sentì le scale scricchiolare: Cooper stava tornando al piano di sopra.

«Aspetta!» lo chiamò. «Aspetta un attimo!»

La porta sbatté, immergendolo in un'oscurità così profonda da confondere i suoi sensi. Una sensazione di disorientamento lo investì. Per un attimo gli sembrò di fluttuare nello spazio infinito. Poi provò a muovere i polsi e le caviglie e questo lo riportò nel suo corpo. Facendo un inventario dei suoi dolori, si accorse con sollievo di non aver riportato lesioni gravi nella caduta dai gradini.

Non avendo altro da fare, cominciò a chiedersi per quanto tempo sarebbe stato utile a Cooper, e in che modo lo sarebbe stato.

TRENTUNO

Con il gruppo diviso, Josie sperava che fossero tutti troppo distratti per fare caso al fatto che lei si era andata a rifugiarsi di nuovo nella stanza della rabbia per controllare il telefono. Sembravano tutti sconvolti dalle rivelazioni di Sandrine. Nicole e Brian avevano fortemente insistito per conoscere gli eventi traumatici del suo passato, ma da quando ne erano stati messi a parte, il sospetto e la rabbia nei suoi confronti avevano lasciato il posto alla vergogna. Così, si era aperta una frattura nel gruppo e, senza rifletterci, Josie aveva preferito Sandrine e Alice agli altri. Taryn si era unita al loro gruppo solo perché si era incollata a Sandrine. Josie aveva aiutato Sandrine, Alice e Taryn a trasportare i materassi dai loro alloggi alla casa principale. Li avevano trascinati tutti nella sala di ricreazione, quella con i trofei di caccia imbalsamati; allo stesso modo, Brian e Nicole avevano recuperato il loro materasso e lo avevano portato nella sala con i giochi. Quando Josie era tornata alla stanza principale, poté sentire Nicole e Brian discutere sottovoce dietro la porta di quella che ora era la loro stanza. Si stava facendo buio e lei non voleva uscire di notte, se poteva evitarlo, ma aveva voluto approfittare del fatto che tutti gli altri erano occupati e così si era rimessa il giaccone, il cappello e i guanti e si era diretta verso il casotto che ospitava la stanza della rabbia. All'interno c'era ancora meno luce di prima. Usando l'applicazione torcia del telefono per muoversi tra gli oggetti sparsi sul pavimento, trovò il punto in cui era riuscita a ottenere la connessione in precedenza e tenne il telefono davanti al viso.

Stavolta però non accadeva nulla.

Spostò il telefono da una parte all'altra, tenendolo alto sopra la testa, sperando in un segnale. Sentiva già che il freddo di quella stanza piena di spifferi le entrava nelle ossa quando il telefono finalmente emise la vibrazione all'arrivo di una notifica, che quasi la fece scoppiare a piangere per il sollievo. I messaggi di Gretchen cominciarono a moltiplicarsi rapidamente, uno dopo l'altro e lei, tenendo il telefono sopra la testa, li fece scorrere.

La Loughlin ha fatto delle ricerche su quei nomi. Sandrine Morrow, Alice Vargas e Meg Cleary sono risultate a posto. Non hanno precedenti. Vargas aveva subito un paio di arresti per possesso di droga e istigazione al consumo vent'anni fa, ma le accuse sono sempre cadute.

Gretchen le aveva elencato i loro indirizzi e le loro età, che corrispondevano a ciò che Sandrine, Alice e Meg avevano dichiarato durante la settimana.

Lo sceriffo della contea di Sullivan ha garantito per Cooper Riggs, anche se nessuno è riuscito a mettersi in contatto con lui né a casa sua né tramite il telefono satellitare.

La Loughlin dovrebbe comunque andare a controllare come sta.

Se ne sta già occupando. Ha anche indagato su quello stalker, Austin Cawley. Non si è più visto da quando è stato rilasciato su cauzione. La Loughlin ha parlato con la polizia locale del Maryland, dove viveva Meg Cleary. Hanno fatto delle indagini. Qualche giorno fa, l'appartamento della Cleary è stato scassinato, secondo quanto ha dichiarato un altro inquilino del palazzo che, passando di lì, aveva visto che la maniglia della porta era rotta. Il proprietario dell'appartamento non è in grado di dire cosa manca, ammesso che manchi qualcosa. Però sembra che l'appartamento sia stato messo a soqquadro. Abbiamo chiesto se avessero rilevato impronte o tracce di DNA, ma ci hanno risposto di no, non lo fanno per un'effrazione in cui il residente non era presente e non è chiaro se è stato preso qualcosa.

Josie non aveva dubbi che l'irruzione in casa di Meg significava che il suo stalker si era messo sulle sue tracce. Ciò su cui aveva ancora dubbi era se fosse arrivato fino alla montagna dove era andata in ritiro e se era riuscito a rintracciare Meg in quel rifugio, nonostante la sua posizione remota. Prima che Josie riuscisse a vagliare tutte le possibilità, il telefono vibrò ancora e ancora con l'arrivo di altri messaggi.

Lo sceriffo della contea di Sullivan ha ricevuto tutte le informazioni su quest'uomo. Finora non hanno riscontrato alcun avvistamento, ma non lo stanno cercando perché sono ancora alle prese con le conseguenze della tormenta di neve. Ci sono state molte persone che hanno avuto incidenti o che sono rimaste bloccate.

Torniamo ai nomi. Qui la cosa si fa strana. Brian Davies, Nicole Davies e Taryn Pederson non esistono. Almeno non con l'età e nei luoghi che mi hai indicato. La

Loughlin ha contattato l'ufficio di Sandrine. Ha parlato con la sua assistente. Ha ottenuto le informazioni di ammissione per tutti i partecipanti al ritiro. Le informazioni fornite da quei tre sull'ammissione non corrispondono.

Il cuore di Josie prese a battere forte.

Che cosa vuol dire?

Nel frattempo che aspettava che le rispondesse, si avvicinò alla porta per vedere se qualcuno l'avesse seguita. Lungo il sentiero, vide Nicole che usciva dalla casa principale. Una volta arrivata in fondo alla scalinata, risalì il pendio e infine entrò nella baita assegnata a lei e a Brian.

Sollevata, Josie tornò al punto in cui riusciva a ricevere i messaggi e aspettò ancora qualche istante che Gretchen le inviasse la sua risposta:

Vuol dire che gli indirizzi che hanno fornito non erano reali. Oltre a questo, non abbiamo trovato nessuno con questi nomi che corrisponda all'età che ci hai fornito. Abbiamo trovato centoquarantasette Brian Davies in tutto il Paese e di questi solo quattro sono quarantenni. Sono stati contattati tutti quanti e hanno superato i controlli. Nessuno di loro è al ritiro con te. Stesso procedimento e stesso risultato per Nicole Davies e Taryn Pederson. Tutte le Nicole Davies sui trent'anni sono state rintracciate, così come tutte le Taryn Pederson della stessa fascia d'età. Nessuna è con voi.

Brian, Nicole e Taryn.
Avevano mentito tutti e tre nella documentazione per l'am-

missione. Non poteva essere una coincidenza che tre persone su sette che partecipavano allo stesso ritiro avessero mentito sulla loro identità, il che significava che erano collegati. Significava anche che si conoscevano da prima di partecipare al ritiro. Erano venuti insieme. Ma per quale scopo?

Josie ripensò al fatto che tra loro ci fosse o meno una certa familiarità. Brian e Nicole erano sposati, quindi il loro legame non era una sorpresa. Non sembravano particolarmente uniti, ma non tutte le coppie sposate hanno lo stesso livello di intimità di tante altre. Semmai, condividevano il genere di disappunto reciproco di lieve entità che Josie vedeva in diverse occasioni tra i coniugi sposati da molto tempo, la cui dinamica era meno attenta e più critica. D'altronde non tutti i matrimoni sono uguali. Allo stesso tempo, doveva riconoscere che non si può vivere con un'altra persona e passarci quasi tutto il tempo insieme senza che questa non esponga caratteristiche che alla lunga infastidiscono. Per quanto Josie amasse Noah, c'erano sempre delle piccole cose che la facevano impazzire, come il modo in cui scorreva i canali televisivi senza mai scegliere qualcosa da guardare, o come il modo in cui lasciava sempre solo poche gocce di latte nel cartone invece di buttarlo via e comprarne uno nuovo. Da parte sua Noah, per quanto le fosse devoto e premuroso nei suoi confronti, non riusciva a sopportare il modo in cui lei dimenticava sempre di avere un carico di biancheria nell'asciugatrice. «L'asciugatrice non è mai vuota!» si lamentava in continuazione con lei.

Quanto a Taryn? Non sembrava esserci alcuna familiarità tra lei e la coppia. Anzi, c'era stata subito tensione tra Taryn e Nicole. D'altra parte, nell'ultimo giorno, c'era stata tensione tra Nicole e tutto il resto del gruppo. Ma Taryn sembrava sorpresa quanto tutti gli altri che Nicole e Brian avessero mentito sul motivo della loro presenza al ritiro. A meno che non fosse tutta una recita.

Ma allora perché erano venuti? Qual era il loro obiettivo?

Josie pensò a quello che aveva sentito poco prima tra Nicole e Brian quando lui le aveva detto: *"Lasciamo perdere. Non otterremo quello che vogliamo. È come un libro chiuso."*

Nicole *gli aveva risposto: "È ovvio che non otterremo quello che vogliamo. Sono l'unica che ci sta provando!"*

"È stata una totale perdita di tempo." si era lamentato Brian. "Mi sono stufato di questa storia. L'unica cosa che voglio è andarmene da questa montagna.»

Volevano informazioni. Visto il modo in cui Nicole si era accanita su Sandrine dopo la morte di Meg, dovevano volerle da lei. Questa teoria metteva in una nuova luce il raccoglitore che Taryn aveva creato con il materiale di Sandrine. Poteva darsi che non la stesse stalkerando come Meg aveva pensato, ma stesse raccogliendo informazioni. Eppure, Taryn non le era mai sembrata interessata alla vita privata di Sandrine, ma solo ai suoi metodi di lavoro. Che cosa significava? Che tipo di informazioni avrebbe giustificato la menzogna dei tre sulla loro identità? E chi erano in realtà?

«Aspetta un attimo.» mormorò Josie tra sé e sé.

Non avevano dato i loro veri nomi o i loro indirizzi corretti ma, a pensarci bene, era convinta che nelle loro storie ci fosse un fondo di verità. Ricordava il modo in cui gli occhi di Brian diventavano vitrei e spenti quando ricordava l'incendio della sua casa-famiglia e il modo in cui sfregava la cicatrice da ustione quando era sotto stress. Taryn accumulava generi alimentari. Nicole aveva ammesso di aver mentito sui motivi per cui aveva voluto partecipare al ritiro, ma Josie era sicura che avesse detto la verità sul rapimento e l'uccisione della sorella. Il dettaglio che il colpevole fosse l'autista di un camioncino dei gelati sembrava tutt'altro che inventato. Non riusciva a spiegarsi, perciò, quali motivi potevano averli spinti a mentire su alcune cose e a raccontare la verità su altre.

All'esterno della stanza della rabbia, qualcosa scricchiolò sulla neve. Josie si avvicinò alla porta e guardò fuori, ma non vide nulla. Poi uno sbuffo familiare le fece attraversare il corpo da una scarica di paura.

TRENTADUE

Josie rimase impietrita quando vide l'orso avanzare sul lato dell'edificio, destreggiandosi tra due metri di neve con molta più grazia e finezza di qualsiasi altro essere umano che avesse mai conosciuto. Si fermò quando raggiunse il sentiero che avevano scavato per potersi muovere tra gli edifici del campo. Alzò il muso, annusando l'aria. Più a monte, Josie vide Sandrine uscire dalla casa principale. Senza guardarsi intorno, scese i gradini. Prima che Josie potesse chiamarla e avvertirla di stare attenta all'orso, la vide sparire nella sua casetta. Se l'orso si fosse accorto di lei, non lo diede a vedere.

Josie osservò l'orso che fiutava ancora una volta qualcosa nell'aria e poi si allontanava verso gli alberi come un'enorme macchia scura contro la neve. Non era il caso di andare da nessuna parte per il momento. Voleva dare all'orso il tempo di allontanarsi dal campo. Chiudendo saldamente la porta, si affrettò a tornare al punto in cui aveva ottenuto la migliore connessione e scrisse in fretta una risposta a Gretchen.

Non sono sicura di cosa stia succedendo. Queste persone potranno anche aver davvero mentito sulla loro identità, ma credo che nelle loro storie ci sia qualcosa di vero. Tu o Heather potete provare a scoprire chi sono e controllare gli articoli di giornale e i rapporti della polizia locale?

Stava scrivendo il resto quando Gretchen le rispose:

Intanto scrivimi quello che sai.

Le dita congelate di Josie volarono sullo schermo. Passò al setaccio tutto quello che ricordava per restituire ogni dettaglio che ciascuno dei suoi compagni aveva condiviso durante la settimana. Brian e l'incendio della casa-famiglia. La sorella di Nicole e l'autista del camioncino dei gelati che l'aveva rapita. Josie non aveva idea di che tipo di incidente avesse ucciso i genitori di Taryn, ma sapeva che il marito di Taryn era morto in un tragico incidente nautico che aveva coinvolto una balena impazzita. Anche in questo caso, si trattava di un tipo di dettaglio specifico che Josie dubitava fosse stato inventato. Fece le sue migliori ipotesi sui tempi e sui luoghi di ciascuna delle storie.
Qualche minuto dopo, Gretchen rispose.

Vedremo cosa riusciremo a scovare. Mi raccomando, guardati le spalle.

Josie voleva tornare alla casa principale, ma non riuscì a resistere alla domanda.

Hai qualche notizia di Noah?

Sto ancora cercando di mettermi in contatto con lui. Il capo andrà lì domattina. Tranquilla, troverà Noah. Così non dovrà fare altro che tornare in sé e i servizi di emergenza ti porteranno via da quella montagna in men che non si dica.

Nonostante le tristi circostanze, Josie sorrise alla battuta.

Si sentiva rassicurata dal fatto che il capo Chitwood si fosse inserito personalmente nelle operazioni, ma sentiva lo stomaco bruciarle per la paura. Il servizio di telefonia mobile era limitato nei luoghi più remoti della contea di Sullivan, ma non era impossibile da trovare. Perché Noah non era in contatto con il resto della squadra? E perché non cercava di mettersi in contatto con lei? Gli era successo qualcosa? Le mani tremarono al pensiero. All'improvviso, la discussione che li aveva allontanati sembrava priva di significato.

Tu non sei delusa?

Sì. Certo che era delusa. Perché si era aspettata che lui la pensasse diversamente? Erano insieme in quella situazione. Avevano affrontato e sopportato tutto insieme. Lui era stato al suo fianco per anni, anche prima della loro relazione sentimentale e non aveva mai vacillato nei sentimenti che provava per lei. E allora perché aveva pensato che questa cosa avrebbe cambiato il loro rapporto, specie dopo che lui aveva fatto di tutto per rassicurarla che non sarebbe successo? Perché non gli aveva creduto? Era stato lui a volerne parlare dopo che avevano ricevuto la notizia e lei gli aveva negato la possibilità di farlo.

Ecco cosa aveva fatto. Quando le cose diventavano troppo difficili dal punto di vista emotivo, quando colpivano troppo da vicino le parti lacerate e tenere del suo spirito che erano state ferite durante l'infanzia, si chiudeva. Meglio chiudere ogni strada che potesse portare al dolore che affrontare la paura, che le era stata impressa da Lila Jensen, di non essere abbastanza brava. Che non era degna di essere amata. Non per davvero. Perché lei era il genere di persona che non ispirava amore nemmeno nella propria madre.

Anche se Lila non era sua madre; era stato tutto un enorme inganno. Eppure, anche così, le ferite che Lila le aveva inferto erano permanenti e irrevocabili. Non importava che, vent'anni dopo, Josie sapesse che Lila non era sua madre, che la sua vera madre era sempre stata da qualche parte a piangere per la sua scomparsa. Josie aveva creduto che Lila fosse sua madre e Lila l'aveva torturata. Era una ferita così profonda che non si era mai rimarginata. Nemmeno con l'amore e la devozione di sua nonna o del suo primo marito. Li aveva persi entrambi e ancora si rimproverava. Si incolpava anche per la morte di Mettner. Se fosse stata una persona migliore, più forte, più veloce, più intelligente, più degna - il tipo di persona che sua madre avrebbe potuto amare - sarebbero stati tutti ancora vivi. Ora era abbastanza grande e matura per capire che, in realtà, le cose non funzionavano così. Era stata una bambina innocente sottratta alle persone che la amavano. Il modo in cui Lila l'aveva trattata non avrebbe dovuto avere alcuna influenza su di lei perché non era frutto del suo valore, ma di quello di Lila stessa. Il valore di Josie non era affatto un fattore che determinava l'esito degli eventi. Le persone fanno del male alle altre persone e lei non poteva impedirlo. Nessuno può impedirlo. Non poteva impedire che un assassino a sangue freddo si portasse via Mettner. Nessuno poteva impedire a Ray o a Lisette di andare a cercarla nel momento del bisogno e di finire uccisi. Loro l'avevano amata. Così come Noah la amava. Ed era ovvio quindi che la amava ancora se era pronto a seguirla nelle condizioni in cui si trovava. Nessun motivo di delusione, per quanto grande potesse essere, gli avrebbe impedito di andare a cercarla, di desiderarla incondizionatamente.

«Sono proprio una cretina.» brontolò tra sé e sé con le lacrime che le pungevano gli occhi. Velocemente, cercò il suo nome tra i contatti, assicurandosi stavolta di recuperare il numero di cellulare. Provò a chiamarlo. La prima volta la chiamata non partì. La seconda volta squillò due volte prima di cadere. La terza volta squillò finché non scattò la segreteria telefonica. Il suono della sua voce la ridusse quasi in ginocchio. Deglutì per il groppo in gola proprio mentre sentiva il segnale acustico. «Noah!» disse, e la voce le uscì più alta di quanto volesse. Ci riprovò. «Noah, sono io. Mi dispiace. Mi dispiace di non averne parlato con te. Avrei dovuto darti una possibilità di spiegare. Ti amo. Spero che tu stia bene. Per favore, vieni appena puoi. Io...»

La chiamata si interruppe prima che potesse continuare.

Pensò di riprovare, ma doveva tornare alla casa principale. Fuori si stava facendo sempre più buio. Non aveva portato con sé niente per farsi luce. I suoi pensieri passarono da Noah alla sua situazione attuale. Era bloccata su quella montagna con tre persone che avevano intenzionalmente nascosto la loro identità per ottenere qualche informazione da Sandrine. Se cercavano informazioni personali, significava che erano stati loro a piazzare le videocamere? Ovviamente non potevano conoscere la legge della Pennsylvania sul consenso di due parti per le registrazioni audio. D'altra parte, nemmeno i residenti nello Stato della Pennsylvania ne erano sempre al corrente. Cosa speravano di ottenere da Sandrine? Cosa c'era di così importante da spingerli a darsi tanto da fare? Chiaramente non si trattava dell'orribile storia dell'infanzia di Sandrine. Erano sembrati tutti colti di sorpresa quando l'avevano sentita. Che cosa, allora? Qualunque cosa fosse, uno di loro era disposto a uccidere per nascondere le proprie intenzioni? O erano tutti coinvolti nella morte di Meg? Aveva visto o sentito qualcosa che uno o tutti loro non volevano farle sapere?

Fu in quel momento che un altro pensiero si fece strada nella sua mente: che ruolo aveva Cooper in tutta quella storia? Era in qualche modo coinvolto? Perché nessuno aveva più avuto sue notizie da quando li aveva lasciati sulla montagna? Perché non era tornato? Meg si era confidata con lui su ciò che aveva visto o sentito? Era di questo che avevano discusso durante la settimana? L'oggetto delle loro conversazioni aveva fatto uccidere anche lui? Il suo corpo sarebbe stato trovato da qualche parte più avanti lungo il sentiero che porta alla strada? I tre bugiardi avevano cospirato per uccidere sia lui che Meg, per nascondere ciò che stavano progettando? Se le cose stavano così, significava che Josie, Sandrine e Alice erano in pericolo.

«Siamo nella merda.»

Josie infilò in tasca il telefono e uscì fuori. Ormai si era fatto completamente buio. Seguì le luci della casa principale lungo il sentiero. Varcata la porta d'ingresso, vide che Brian era avvolto in una coperta, seduto su una delle poltrone vicino alla stufa a legna. Josie si diresse di corsa verso la stanza di ricreazione che lei, Sandrine, Alice e Taryn avevano preso per loro. Spalancò la porta e si rallegrò di vedere Sandrine che dormiva, rannicchiata sul suo materasso e, dall'altra parte della stanza, Alice seduta a gambe incrociate sul suo, a scribacchiare sul suo diario. Vedendola entrare, le sorrise. Smise di scrivere, la penna rimase in bilico sulla pagina. Ma quando studiò la sua espressione, il suo sorriso scomparve. «Josie, va tutto bene?»

Josie si guardò alle spalle. Riusciva ancora a vedere la testa di Brian che spuntava da dietro lo schienale della poltrona su cui era seduto, ma era troppo lontano per sentire quello che si dicevano. «Volevo solo controllare come stavate.» le disse.

Oppure, forse, non era seduto abbastanza lontano; un attimo dopo lo vide alzarsi di scatto, le gambe della poltrona grattarono contro il pavimento di legno. Josie aveva il cuore in gola. Non c'era modo che lui lo sapesse, ricordò a sé stessa. Non c'era modo che nessuno di loro sapesse che lei aveva scoperto che stavano mentendo. Lo guardò mentre attraversava la stanza. Brian si fermò appena prima di raggiungere Josie, girando la testa verso la cucina. «Nicole?» chiamò.

La moglie apparve dalla cucina e lo raggiunse.

Josie si posizionò in mezzo alla porta. «Che succede?»

Nicole incrociò le braccia sul petto e guardò Brian, che disse: «Volevamo scusarci con Sandrine. Abbiamo esagerato. Lo stress di tutta questa storia – la morte di Meg, il fatto di essere rimasti bloccati quassù, il fatto di non sapere quand'è che verranno a salvarci – ci ha fatto perdere la testa.»

Josie colse un movimento alle sue spalle e si accorse che Alice si era alzata e le si era avvicinata. Sandrine, invece, era rimasta sul suo materasso, ma si era messa a sedere a gambe incrociate, strofinandosi il sonno dagli occhi. «Cosa sta succedendo?» chiese.

Josie guardò dietro Nicole e Brian. «Dov'è Taryn?»

«Era con voi.» ribatté Brian.

Alice si accostò a Josie, stringendosi vicino all'ingresso. «Ha detto che stava andando in camera sua.»

«Quanto tempo fa è successo?» si informò Josie.

Alice rise. «Qui il tempo non esiste, te ne sei dimenticata?»

Josie guardò da Nicole a Sandrine. «È stato prima o dopo che Nicole e Sandrine sono andate nei loro alloggi?»

Alice lanciò un'occhiata a Sandrine, che si era alzata e si stava avvicinando e camminava verso di loro. «È stato prima che Sandrine uscisse.»

«Aspetta...» disse Nicole. «Ci stavi spiando?»

«No.» disse Josie. «Ero nella stanza della rabbia e stavo cercando di usare il mio telefono per farmi dare eventuali aggiornamenti dai miei colleghi su quando verranno a salvarci e ti ho vista andare verso il tuo alloggio e poi più tardi ho visto anche te, Sandrine. Non ho visto Taryn, però. In compenso ho visto l'orso, quindi sono un po' preoccupata che Taryn sia andata verso la sua stanza e non sia ancora tornata. Non ha nemmeno una torcia con sé. Sono tutte qui vicino alla porta, il che significa che è uscita al buio.»

«Aspetta, hai visto l'orso?» chiese Nicole. «Dove?»

«Lungo il sentiero.» disse Josie.

Nicole diede una gomitata nelle costole a Brian. «Dovremmo andare a controllare. Hai ancora la torcia?»

«Ce l'ho, ma le batterie sono scariche.»

«Dovremo usare le lanterne.» disse Josie avvicinandosi alla porta. «Vengo con voi.»

«Anch'io.» disse Alice.

Brian alzò le braccia in aria. «Perché non andiamo tutti, allora?»

Sandrine uscì dalla sala di ritrovo, stringendosi nel maglione. «Io rimango qui. Posso preparare qualcosa per la cena così, intanto, voi andate a prendere Taryn. Mi fa piacere vedervi lavorare insieme.»

Josie ci pensò su. Lasciare Sandrine da sola mentre gli altri andavano alla ricerca di Taryn era presumibilmente la scelta più sicura. Non sarebbe stata in balia di Taryn, Nicole o Brian, ma nemmeno sotto la protezione di Josie o Alice se fossero rimaste insieme a lei. «D'accordo.» disse. «Andiamo.»

TRENTATRÉ

Josie teneva la sua lanterna a energia solare davanti a sé, per illuminare il sentiero che portava agli alloggi. La luna era solo una sfera opaca nascosta dietro una coltre di nuvole ed emetteva una luce a dir poco tenue. Le suole dei suoi scarponi scivolavano sul terreno innevato. Dato che si era fatta sera, la temperatura era scesa ulteriormente, rendendo il sentiero più ghiacciato e pericoloso. Una mano la afferrò per un braccio, tenendola in piedi perché non cadesse.

«Ti tengo io.» la rassicurò Alice.

Josie si voltò e fece un'altra conta dei presenti. Alice, Nicole e Brian. Ognuno di loro aveva portato la propria lanterna. Non era un granché per farsi luce, ma era pur sempre meglio di niente e Josie si augurava che fossero sufficienti per avvistare in tempo l'orso prima che si avvicinasse.

«Restiamo uniti.» si raccomandò.

«Questa è una cosa stupida...» commentò Brian. Si portò le mani alla bocca e gridò: «Taryn!»

Passarono davanti all'alloggio di Sandrine, poi davanti a quello di Nicole e Brian, prima di fermarsi in fondo agli scalini che portavano a quello di Taryn.

Con la coda dell'occhio, Josie vide le luci alle sue spalle che oscillavano da una parte all'altra.

«Io vengo con te.» disse Alice.

«Noi stiamo di guardia per l'orso.» si offrì Brian.

Ma la stanza era vuota. Di Taryn erano rimaste solo le borse, da una delle quali spuntava un angolo del raccoglitore sul materiale di Sandrine. Alice non se ne accorse e chiese: «Ma dov'è?»

Il battito del cuore di Josie aumentò, al ritmo delle ali di una farfalla nel petto. «Non lo so.» Controllò una seconda volta il bagno, ma era chiaro che l'alloggio era vuoto.

Tornando fuori, Josie diede al resto del gruppo la notizia che Taryn non era in casa. La lanterna di Nicole cominciò a vibrare violentemente al tremolio della sua mano. «Che cosa facciamo adesso?»

Brian girò lentamente su sé stesso, facendo oscillare con il suo lungo braccio la lanterna in un movimento ad arco, proiettando la luce più ampiamente possibile intorno a loro. Josie notò che non c'erano impronte nella neve intorno all'alloggio e nemmeno tracce che Taryn si fosse allontanata dal sentiero spalato che portava al bosco; perciò, era chiaro che Taryn aveva lasciato la baita, ma doveva essere rimasta sul sentiero.

«Dobbiamo continuare a cercarla.» disse Brian. «Se è ancora in giro potrebbe morire congelata, come Meg.»

Nicole rabbrividì, la sua lanterna tremò insieme al suo corpo. «Non dire così.»

Alice si strinse a Josie. «Da dove cominciamo? Dove potrebbe essere?»

La mente di Josie correva con le possibilità. Il battito del suo cuore si avvicinava alla velocità delle ali di un colibrì. Fece un paio di respiri profondi e allontanò i pensieri che le invadevano il cervello. Adesso doveva trovare Taryn. Quella era la priorità. Per le teorie e le paure ci sarebbe stato tempo dopo. Indicò il sentiero. «Credo che la cosa più logica sia cominciare controllando tutte le strutture. Possiamo iniziare dalla baita di Alice e scendere giù per la collina.»

«Perché dovrebbe trovarsi nella baita di Alice?» chiese Nicole.

«Non ne ho idea.» rispose Josie. «Ma ha senso controllare tutti gli edifici. Avrò bisogno del tuo permesso, però.»

«Accomodati.» disse Alice.

Vennero colpiti da una folata di vento. Nicole inciampò all'indietro e andò a finire contro il petto di Brian. Ripreso l'equilibrio, disse: «Permesso? Perché hai bisogno del nostro permesso per cercare Taryn?»

Josie non voleva stare a spiegare che come agente delle forze dell'ordine - anche se fuori servizio e nella giurisdizione di un altro dipartimento - doveva comunque fare ogni sforzo possibile per seguire la procedura. Dopo tutto, stava indagando su quella che, in quel momento, era la scomparsa di una delle sue compagne del ritiro. Se Taryn non se ne era andata di sua iniziativa, c'era il rischio di trovarsi di fronte a un crimine; e se tutta quella storia non fosse iniziata con l'omicidio di Meg, quasi sicuramente non avrebbe pensato in questi termini, ma non aveva alternative proprio perché c'era già stato un omicidio su quella montagna. Infatti, non era azzardato pensare che chiunque avesse ucciso Meg potesse aver ucciso anche Taryn e nascosto il suo corpo da qualche parte. Questo significava che era necessario trattare il campo del ritiro come avrebbe fatto se vi si fosse trovata in qualità di rappresentante della legge. Legalmente, non poteva entrare in nessuno degli alloggi senza il permesso delle persone che vi avevano preso possesso, perché se lo avesse fatto e avesse rinvenuto il corpo di Taryn, qualsiasi prova che avessero scoperto sulla scena del crimine avrebbe potuto essere messa in discussione in tribunale, sempre ammesso che l'assassino di Taryn fosse stato consegnato alla giustizia.

«Josie?» la incitò Brian. «Stiamo congelando qui fuori. Possiamo andare?»

«No.» disse Nicole. «Voglio sapere perché ha bisogno del nostro permesso.»

«Per cortesia.» disse infine Josie. «Ma anche per le chiavi. Ci servono le chiavi delle camere di tutti, nel caso siano state chiuse.»

Nicole mise una mano sul fianco. «Come avrebbe fatto Taryn a entrare nelle nostre stanze se erano chiuse a chiave?»

«Non lo so.» rispose onestamente Josie. «Ma penso comunque che dovremmo controllare.»

«Puoi avere la nostra chiave.» disse Brian. «Io non mi sento più la faccia. Andiamo.»

«Non c'è alcun bisogno di perquisire il nostro alloggio.» disse Nicole, puntando la sua lanterna in faccia a Josie. «Ci sono appena stata. Taryn non c'è.»

«Dovremmo comunque controllare.» le disse Josie. «Voi eravate nella casa principale con noi, quindi c'è la possibilità che sia entrata nel vostro alloggio.»

Prima che Nicole potesse ribattere ancora, Brian alzò la voce fino a gridare. «C'è un orso da qualche parte qui vicino! Non è sicuro per noi rimanere esposti! Andiamocene! Per favore!»

Alice si voltò verso la parte del sentiero che saliva, con la sua lanterna a farsi da guida. «Sì, andiamo. Nicole, puoi continuare a fare la difficile anche mentre cerchiamo Taryn.»

Josie si aspettava che Nicole continuasse a discutere, ma invece si mise in fila dietro di loro. Passò un'eternità prima che raggiungessero l'alloggio di Alice. Il vento aumentava man mano che salivano lungo il pendio, come se cercasse di spingerli a ridiscendere la collina. Una volta che ebbero raggiunto l'alloggio di Alice, si ammassarono gli uni sugli altri contro il muro per stare al riparo per qualche minuto. Dentro Taryn non c'era. Non era nemmeno nell'alloggio di Josie. Tornando indietro, ridiscendendo il pendio, Josie aprì l'alloggio di Meg e si guardò intorno, facendo del suo meglio per non far entrare la neve.

Anche lì, nessuna traccia di Taryn. Mentre tornavano verso l'alloggio di Taryn, Nicole chiese: «Perché hai la chiave di Meg?»

«È una copia di riserva.» disse Josie. «Me l'ha data Sandrine.»

«Ma perché proprio a te?»

«Nicole.» disse Brian. «Ma che te ne importa? Andiamo a controllare le altre stanze.»

«Dopo il vostro alloggio, rimane solo quello di Sandrine.» osservò Alice. «Ci servirà la sua chiave.»

Si fermarono in fondo alla scalinata che portava alla sistemazione di Brian e Nicole, ma Brian continuò a camminare. «Vado a chiedergliela.»

Josie provò una certa apprensione a lasciarlo solo con Sandrine, anche se solo per pochi istanti. «Alice.» disse. «Perché non vai con lui? Così voi due potete riscaldarvi e intanto Nicole può farmi entrare da loro.»

Brian era già a metà strada verso la casa principale. Alice alzò la lanterna in modo che Josie potesse vedere l'espressione di esitazione sul suo volto, a cui Josie rispose con un sorriso. «Va tutto bene.» le assicurò. «Vai pure.»

Josie rimase a guardare finché Brian e Alice non furono entrati nella casa principale. Poi si voltò verso Nicole. «Entriamo.»

Si aspettava che Nicole protestasse di nuovo, ma invece salì i gradini e aprì la porta. Spingendola per aprirla, si mise in disparte e fece cenno a Josie di entrare all'interno. Josie tenne la lanterna sollevata, muovendola avanti e indietro per poter illuminare ogni angolo della stanza. C'erano un paio di piccole borse, ma ancora nessuna traccia Taryn. Nicole rimase accanto alla porta mentre Josie si dirigeva verso il bagno. Nemmeno là c'era traccia di Taryn.

«Non è qui.» concluse, tornando nella stanza principale.

Ancora sulla porta, con la lanterna al suo fianco, Nicole appariva come un'ombra. «Te l'avevo detto.»

A ogni passo che Josie muoveva dirigendosi verso la porta, faceva oscillare lentamente la lanterna da una parte all'altra. Un oggetto indefinito sopra la cassettiera scintillò al suo passaggio.

Josie si fermò e si avvicinò, accostando la luce alla superficie di legno del mobile. Un anello d'oro. Era la fede nuziale di Nicole.

«Ehi.» disse Josie, riuscendo a prenderla tra il pollice e l'indice nonostante il guanto. «L'hai lasciata qui.»

Da vicino, vide che l'anello era pieno di ammaccature e graffi. Sembrava più vecchio di quanto Josie avesse pensato a una prima occhiata. Lo girò alla luce e notò che all'interno della fascia c'era un'iscrizione. *Fino alla morte. Con amore, B.*

Le parole erano sbiadite, la "m" e la "e" di "amore" non si leggevano più bene. Josie vide che anche la curva della parte superiore della "B" si era smussata. Nicole si precipitò dall'altra parte della stanza e le strappò l'anello di mano. «Dammela!»

Josie fece un passo indietro, quasi inciampando nel telaio del letto rimasto senza materasso. La lanterna ondeggiò selvaggiamente mentre cercava di rimettersi in piedi. Nicole non le offrì alcun aiuto, limitandosi a stringere l'anello nel pugno e a guardarla mentre si affannava a riconquistare la posizione eretta.

Alla fine, con la mano libera, Josie trovò la parete e riuscì a rimettersi in piedi. Nicole tenne la propria lanterna vicino al viso, in modo che Josie potesse vedere il suo sguardo. «Non toccare la mia fede.»

Alcune imprecazioni accuratamente scelte si posarono sulla punta della lingua di Josie, ma riuscì a trattenerle. «Non mi interessa il tuo anello. Mi sorprende che tu l'abbia lasciato qui.»

Nicole posò la lanterna sulla cassettiera, si sfilò il guanto sinistro e si infilò l'anello al dito. «Non volevo lasciarlo.»

Josie si spostò sulla soglia della baita, camminando di sbieco mentre usciva: non si fidava più di Nicole al punto da voltarle completamente le spalle. Il vento la avvolse di nuovo e il freddo le punse il viso scoperto. «Andiamo. Voglio cercarla anche negli altri locali.»

TRENTAQUATTRO

Incontrarono Alice e Brian sui gradini della casetta di Sandrine. Josie e Alice guardarono all'interno, mentre Brian e Nicole aspettavano sul sentiero. Poi andarono a cercare nella stanza della rabbia, anche se Josie era proprio lì quando Taryn era scomparsa. Dopodiché Josie aprì il capanno dove giaceva il corpo di Meg e vi diede un'occhiata. Ma nemmeno lì c'era alcuna traccia di Taryn.

Infine, tornarono indietro. Nel frattempo che gli altri si riscaldavano, Josie cercò anche in tutta la casa principale. Questa volta entrò nella piccola zona notte di Cooper. All'interno non c'era altro che la sua branda e un tavolino con una lampada sopra. Josie si mise a gattoni per guardare sotto il lettino, ma non trovò nulla.

Taryn non si trovava da nessuna parte all'interno della proprietà. Non c'erano nemmeno impronte che mostrassero che si era allontanata dal campo.

Una volta che tutti si furono riscaldati a sufficienza, Josie insistette perché tornassero fuori e riprendessero le operazioni di ricerca, questa volta girando intorno a ogni struttura per vedere se Taryn vi si fosse messa dietro o nei pressi. Ma non c'era.

Alla fine, con l'energia sempre più debole delle loro lanterne, formarono una fila e si incamminarono lungo il sentiero che avevano battuto il giorno prima quando avevano trovato Meg e l'avevano riportata al campo.

Taryn non si trovava da nessuna parte e non c'erano impronte, se non quelle che avevano lasciato loro camminando.

Ogni momento che passava, il terrore che Josie percepiva alla bocca dello stomaco diventava sempre più inquietante.

Tornati alla casa principale, diedero la notizia a Sandrine e poi si riunirono tutti di nuovo intorno alla stufa, ancora con cappotti, guanti e cappelli addosso. Si strinsero insieme, con le mani tese verso il bagliore arancione dietro il vetro, battendo i piedi per riprendere sensibilità. Mentre erano via, Sandrine aveva caricato la stufa con i pezzi di legno che avevano recuperato nella stanza della rabbia. Dietro di loro, sul tavolo, aveva sistemato piatti, posate e bicchieri d'acqua e al centro una grande ciotola di pasta, accanto a un'insalata appassita. Sembrava così strano vedere qualcosa di tanto normale in circostanze invece così bizzarre e spaventose.

Erano bloccati su quella montagna con quasi un metro di neve. Una loro compagna era stata uccisa e adesso un'altra era scomparsa. Almeno altri tre di loro erano impostori, in un modo o nell'altro. Josie non riusciva ancora a capirne i motivi.

Perché mentire? Perché darsi tanto da fare? Cosa volevano ottenere? Perché una loro compagna era scomparsa? Erano stati gli altri due a farle qualcosa? O davvero non sapevano nulla della sua scomparsa? Si erano dimostrati disponibili a cercare Taryn ed erano stati partecipi. Quanto di tutto ciò era una recita? Avevano recitato tutta la settimana fingendo di non conoscerla?

«Venite.» li invitò Sandrine. «Sedetevi e mangiamo.»

Con riluttanza, si tolsero tutti i giacconi, i guanti, i cappelli e le sciarpe e si diressero verso il tavolo. Come al solito, Alice si sedette accanto a Josie, fissandola con occhi spalancati e pieni di confusione. Senza che ci fosse bisogno di parlare, ponevano la stessa domanda a cui il cervello di Josie stava cercando di dare una risposta: dove diavolo era finita Taryn?

Sandrine si sedette di fronte a Josie e Alice, con accanto Nicole e Brian. Nella penombra, Josie poteva vedere che aveva gli occhi rossi per il pianto. Sandrine fece un cenno alle scodelle. «Ci rimanevano soltanto pasta senza glutine e una salsa alla panna da mangiare e questo è ciò che è rimasto delle nostre verdure fresche. C'è rimasta anche una mezza bottiglia di vinaigrette balsamica.»

Nessuno si mosse.

Ancora una volta, Josie sapeva di doversi sforzare di mangiare, ma era l'ultima cosa che aveva voglia di fare. Gli unici suoni che si sentivano nella casa principale erano il crepitio e lo scoppiettio della legna nella stufa e le urla del vento all'esterno. Josie avrebbe dato qualsiasi cosa per tornare all'inizio della settimana, quando erano tutti vivi e incolumi, indenni da questa nuova tragedia, quando la conversazione a cena era vivace e le risate venivano facilmente.

Sandrine spiegò a metà il tovagliolo. «Non avete trovato nessuna traccia di Taryn?»

«Nessuna.» disse Josie.

Alice prese un bicchiere d'acqua e ne bevve un sorso. Il bicchiere le tremava nella mano, l'acqua scivolava oltre il bordo del bicchiere e le finiva addosso, ma senza preoccuparsi di asciugarsi, disse: «Dove diamine può essere finita?»

Nicole fece ruotare l'anello intorno al dito. «Potrebbe aver lasciato il campo. Avete sentito quando ha detto che i suoi genitori erano entrambi amanti della vita all'aria aperta, no? Per quanto ne sappiamo, potrebbe essere in grado di sopravvivere nella natura selvaggia per giorni.»

«Con questo tempo e senza provviste?» fece Josie allungandosi verso la ciotola di pasta per metterne un po' nel piatto, anche se l'odore del sugo alla panna le faceva venire il voltastomaco. «Non credo proprio. Non ha portato nulla con sé.»

«Come fai a saperlo?» chiese Nicole.

Josie mise nel piatto anche un po' di insalata. «Perché non ha portato via nessuna delle sue tre borse: quella in cui ha portato le cose da mangiare da condividere con noi è in cucina e le altre due sono ancora nella sua stanza. L'ho visto prima, quando sono entrata nel suo alloggio.»

«Ma il suo giaccone e tutto il resto sono spariti.» osservò Nicole. «Come facciamo a sapere che non ha portato con sé un po' delle sue barrette? L'avete messe nell'inventario quando eravate con lei?»

«No.» disse Josie. «Non so se manca qualcosa. Quello che so è che, a meno che Taryn non abbia alle spalle una lunga esperienza di spedizioni nell'Artico, non ha alcuna possibilità di sopravvivere a questo freddo. Non ha lasciato il campo.»

Brian si servì per secondo della pasta. «Non aveva motivo di lasciare il campo. Non è successo niente che l'avrebbe spinta ad andarsene. Temo che l'abbia presa l'orso.»

Nicole si girò verso di lui e per un attimo rimase con la bocca aperta. Vedendo che il marito non le dava attenzione, gli diede una pacca sulla spalla. «Come puoi dire una cosa del genere? È orribile!»

Brian si sfregò la spalla, lanciandole un'occhiata di rimprovero. «Sono realista, Nicole. Taryn non è qui. Josie ha già avvistato quell'orso questa settimana e oggi l'ha visto al campo. So che non vuoi pensarci, ma non è impossibile.»

«Non c'erano tracce.» obiettò Alice. «Da nessuna parte nel campo. In nessun luogo. Solo quelle che abbiamo fatto noi per cercarla. Non c'era nemmeno sangue. Non vi pare che avremmo trovato del sangue se fosse stata sbranata da un orso?»

Nicole si accasciò con sollievo. «Hai ragione. Quindi non è stata uccisa né trascinata via dall'orso.»

Brian iniziò a versare la pasta nel piatto di Nicole, ma lei lo spinse da parte, facendogli cadere di mano il cucchiaione che, sbattendo sul tavolo, sparse il sugo su tutto il legno. «Ma che diavolo fai?» disse lui.

«Sono intollerante al lattosio, ricordi?» scattò Nicole. «Prendo solo l'insalata.»

Brian raccolse il cucchiaione della pasta e lo ributtò nella ciotola. Non tentò nemmeno di servire l'insalata a Nicole. «Come vuoi.» disse. «Se non ci sono impronte né sangue, allora dove diavolo è finita?»

Josie disse: «È ancora qui.»

Nicole usò le pinze da insalata per riempire il proprio piatto. «Ancora qui? Cosa stai dicendo? Che si sta... nascondendo?»

Josie dubitava fortemente che Taryn si stesse nascondendo, anche se non poteva escluderlo del tutto. L'ipotesi più probabile era che qualcuno in quella stanza l'avesse uccisa e ne avesse nascosto il corpo abbastanza bene da non renderlo trovabile neanche con le loro ricerche approfondite.

«Perché diavolo dovrebbe nascondersi?» chiese Alice con aria risentita.

Josie sentiva la paura e l'agitazione che le si riversavano addosso a ondate. Sotto il tavolo, si avvicinò e accarezzò il ginocchio di Alice. Invece di rispondere a una delle due domande, Josie chiese: «Dove eravate tutti voi quando Taryn è andata nel suo alloggio?»

Brian disse: «Io ero qui. Sono uscito sul retro per controllare quanto gasolio era rimasto nel generatore e poi sono entrato e mi sono seduto vicino alla stufa.»

Si voltarono tutti a guardare verso Nicole. «Lo sapete bene dov'ero.» si difese lei. «Ero salita nel nostro alloggio per cambiarmi. Poi sono tornata indietro e sono andata in cucina a bere dell'acqua quando Brian mi ha chiamato.»

Con una mano Alice trovò quella di Josie e la strinse forte. «Io ero qui, nella sala ritrovo.»

Nicole guardò Sandrine. «E tu?»

Sandrine mescolava la pasta nel piatto senza mangiarla. «Io ero andata in camera mia per un po'. Avevo bisogno di spazio. Avevo bisogno di stare un po' di tempo da sola.»

«Al freddo?» chiese Nicole.

Sandrine tenne gli occhi sul suo piatto. «Sì, al freddo. Infatti, non sono rimasta a lungo lì dentro perché si gelava. Sono tornata e sono andata a riposare nel mio letto.»

Josie chiese: «Qualcuno ha visto davvero Taryn lasciare la casa principale?»

Trascorsero alcuni istanti di silenzio in cui nessuno rispose.

«Io l'ho vista uscire dalla sala di ritrovo.» disse poco dopo Alice. «Tutto qui.»

Seguì altro silenzio. Si guardarono intorno. Josie rimase colpita dal modo in cui tutti apparivano diversi in quel momento rispetto a due giorni prima: ognuno di loro era pallido in viso e aveva pesanti borse sotto gli occhi e un'aria stanca e affaticata, spaventata e incerta.

Nicole infilzò un pomodoro ciliegino con la forchetta. Il succo schizzò nel piatto. «Che importanza ha se l'abbiamo vista andare via? Adesso non è qui. Il vero problema è trovarla!»

«Io vorrei sapere cos'è che ci siamo persi qui...» aggiunse Brian. «Voglio dire, le persone non svaniscono nel nulla.»

«No, infatti.» convenne Alice con voce tremante. «Credo che tutti noi sappiamo cosa è successo veramente a Taryn, ma nessuno qui vuole dirlo...»

Sotto il tavolo, Josie strinse la presa sulla mano di Alice intimandole: "Sta' buona".

Brian alzò gli occhi dal piatto. «Tu pensi che sia morta.»

«No.» sussurrò Sandrine. «No, non dire così.»

Alice strappò la mano da quella di Josie e si alzò, sbattendo entrambi i palmi sul tavolo, facendo saltare i piatti. Sandrine si portò una mano al petto. «Alice, calmati.»

«No che non mi calmo! Voi, piuttosto, come fate a starvene seduti così, tutti calmi? C'è solo una spiegazione per quello che è successo a Taryn: è morta!»

Josie cercò di trovare un modo per evitare che la conversazione degenerasse, ma era esausta e sentiva il cervello lento e annebbiato. Non solo non aveva riposato molto da quando Sandrine l'aveva svegliata per dirle che Meg era scomparsa, ma aveva fatto avanti e indietro per tutta la proprietà, avanzando in un metro di neve, spalando e poi cercando la compagna scomparsa, mentre le informazioni inquietanti che Gretchen le aveva dato le giravano in testa.

Nicole aveva gli occhi lucidi sull'orlo del pianto. Con le dita faceva girare la fede nuziale. «Sta' zitta! Non dire così! Non puoi saperlo! Perché deve essere morta? Come fa a essere morta?»

Quando Alice le rispose, le parole le esplosero da dentro. «Perché qualcuno di voi l'ha uccisa! Proprio come avete ucciso Meg!»

TRENTACINQUE

L'oscurità nella cantina era così totale che Noah non riusciva a distinguere nulla, nemmeno quando i suoi occhi riuscirono ad abituarsi. Per un po' di tempo, una piccola scheggia di luce delineò la porta in cima ai gradini, ma alla fine scomparve anche quella. Si era fatto buio, evidentemente. Oppure era di nuovo sera. O, in alternativa, Cooper aveva appena spento la luce della cucina. Noah rimase sdraiato a pancia in giù per quelle che sembrarono ore, girando la testa a destra e a sinistra per evitare che il collo gli facesse male. Il pavimento sembrava di terreno compatto. Riusciva a malapena a sentire le braccia e le gambe. Non c'era calore, nonostante il fatto che da qualche parte nelle vicinanze una caldaia ruggisse di tanto in tanto. Aveva passato molto tempo a cercare di allentare il nastro che gli legava i polsi, tirandolo fino a farsi tanto male alle spalle da urlare. Quando il sudore cominciò a colare dal cuoio capelluto e a bruciargli gli occhi, decise che era meglio fermarsi per un po'.

Rimase a lungo in ascolto, cercando di dare un senso ai rumori che sentiva sopra la testa. Non c'era quasi nulla. Passi occasionali che non poteva sentire se la caldaia era in funzione. Si rese conto di essersi appisolato solo quando si svegliò da un sogno in cui si dimenava contro le cinghie. In quel sogno era andato di porta in porta a Denton, entrando nelle case e aprendo le ante degli armadi, alla ricerca di Josie. Quella in cui si trovava ora era il tipo di oscurità che lei gli aveva descritto quando gli aveva raccontato ciò che Lila Jensen le aveva fatto durante l'infanzia. Aveva sempre pensato di riuscire a capire come si fosse sentita e invece solo in quel momento riuscì a comprendere che non era qualcosa che si poteva capire se non la si sperimentava sulla propria pelle. Non solo il fatto di non avere una fonte di luce, ma di essere intrappolati, completamente privi di aiuto e vulnerabili, come lo era lui in quel momento.

Sopra la sua testa, la casa gemeva. Di nuovo il vento. La caldaia si spense e Noah si mise in ascolto di passi. Non ce n'erano. Qualche minuto dopo, sentì il rumore del motore di un veicolo che rombava. Si chiese se Cooper se ne stesse andando e se gli avesse preso il fuoristrada. Noah non aveva avuto molto tempo per riflettere su cosa stesse realmente accadendo. Una cosa di cui era abbastanza certo era che l'uomo al piano di sopra non era il vero Cooper Riggs. Tanto per cominciare, se fosse stato davvero lui, non avrebbe mentito sulla foto appesa al frigorifero e Noah era pronto a scommettere che l'uomo canuto che si vedeva nella foto era il vero Cooper Riggs.

Ma allora, dov'era finito?

Noah provò a muovere gambe, portando i talloni verso i glutei e cercando di far ripartire la circolazione. Si sforzò contro il nastro adesivo intorno alle gambe. Non era molto elastico. Avrebbe avuto più fortuna a liberare le mani. Si contorse, ruotando il corpo fino a raggiungere la posizione seduta, con le mani che toccavano il pavimento dietro la schiena e i piedi davanti a sé. Roteò le spalle in avanti, cercando di usarle per esercitare una maggiore pressione sul nastro intorno ai polsi.

Il rumore degli pneumatici che si staccavano dalla neve gli giunse debole, ma udibile. Intuì che Cooper doveva avere difficoltà a uscire dal vialetto. Per qualche ragione, questo riempì Noah di sollievo. Non voleva che quello psicopatico si avvicinasse a Josie.

Ammesso che non fosse già stato sulla montagna.

In effetti, poteva essere già stato al ritiro e poteva aver creato scompiglio. Poteva aver ucciso il vero Cooper Riggs e poi essersi rifugiato in casa sua in attesa che la tormenta finisse. Era questo il motivo per cui Josie non era tornata a casa? Perché era morta?

A questo pensiero, un flusso di adrenalina percorse il corpo di Noah, acuendo tutti i suoi sensi. I suoi polsi erano in fiamme, ma continuava a tirare e a torcersi, sperando di liberare le mani. A un certo punto, gli sembrò che finalmente stesse per liberare una delle mani e si impegnò ancora di più, rifiutandosi di credere che Josie fosse morta e riflettendo che se quell'impostore aveva ucciso tutti i partecipanti al ritiro e si era introdotto nella casa del vero Cooper Riggs per superare la tormenta, non avrebbe avuto motivo di tenere in vita lui. Quindi, evidentemente, doveva avere ancora bisogno di lui per qualcosa. Cominciò a chiedersi se gli avesse detto la verità sul fatto di aver bisogno del suo aiuto per caricare la motoslitta sul furgone, ammesso che ci fosse davvero una motoslitta e non si fosse inventato anche questo, e ammesso che avesse davvero intenzione di salire sulla montagna e non lo avesse detto soltanto per ingannarlo.

Non c'era modo di saperlo con certezza. L'unica cosa che Noah poteva dire con certezza era che la sola possibilità che aveva di uscire vivo da quel posto e di salvare Josie era quella di liberarsi dal nastro adesivo con cui era stato immobilizzato, in modo da essere pronto quando lui sarebbe finalmente tornato a prenderlo.

TRENTASEI

Nel silenzio che seguì la sfuriata di Alice, Josie poté sentire il ronzio del gruppo elettrogeno sul retro che si univa al sibilo del vento e agli schiocchi della legna che bruciavano nella stufa. Nessuno parlò né si mosse per un tempo indefinito. Josie si guardò intorno e osservò i volti dei suoi compagni. Brian era rimasto a bocca aperta. Nicole aveva gli occhi spalancati dalla sorpresa. Sandrine aveva le guance umide per le lacrime. Fu lei la prima a parlare e quando parlò, la voce le uscì graffiata. «Di cosa stai parlando, Alice?»

Quando Alice abbassò lo sguardo su di lei, Josie vide che le sfumature verdi dei suoi occhi erano diventate scure. «Mi dispiace tanto, Josie.» le disse, ma prima che lei avesse il tempo di rispondere, Nicole disse: «E adesso perché ti scusi con lei? Cosa sta succedendo?»

«Credo che Meg sia stata uccisa.» chiarì Josie con un sospiro.

Sandrine usò la manica del suo maglione per asciugarsi le lacrime. «E ce lo hai tenuto nascosto? A tutti noi?»

«Non volevo causare una crisi di panico non necessaria.» spiegò Josie.

Brian chiuse la bocca e deglutì due volte, facendo rimbalzare il pomo d'Adamo su e giù prima di dire. «Nei sei sicura?»

«Sicura per quanto posso esserlo.»

«Qualcuno l'ha strangolata.» sbottò Alice.

«Alice...» iniziò Josie, ma Nicole la interruppe di nuovo: «Per tutto questo tempo hai saputo che qualcuno aveva strangolato Meg e non l'hai detto a nessuno di noi? Sapevi che eravamo in pericolo e non hai detto nulla? Pensavo che fossi un'agente di polizia. E se Taryn fosse morta davvero? Avresti le mani sporche del suo sangue.»

L'accusa colpì Josie in pieno petto. Una fitta esplose nel suo cuore. Era vero? Se Taryn era effettivamente morta, lei avrebbe potuto evitare la sua morte dicendo a tutti che Meg era stata uccisa? Sarebbero stati tutti più attenti? Si era preoccupata soltanto che la persona che aveva ucciso Meg fosse in mezzo a loro e che dirlo a tutti non avrebbe fatto altro che aizzare ulteriormente la furia dell'assassino, mettendo ciascuno di loro in pericolo. Adesso non poteva fare a meno di chiedersi se, dicendolo a tutti, l'assassino si sarebbe invece trattenuto e se Taryn sarebbe stata lì in quel momento, sana e salva; perché, in effetti, se l'assassino non fosse stato uno qualsiasi dei suoi compagni in quella stanza, gli sarebbe stato impossibile prendere Taryn, se lei avesse detto la verità sulla morte di Meg. Aveva fatto un errore di calcolo che aveva causato la morte di una persona?

Brian si sfregò la cicatrice. «Nicole...» disse a bassa voce. «Non esagerare.»

Nicole scattò dalla sedia. «Ma stai zitto! È vero! Se ci avesse detto che Meg era stata uccisa, almeno saremmo stati in guardia. Avremmo potuto stare più uniti. Taryn non sarebbe andata nella sua stanza da sola.»

«No!» esclamò Alice. «Non è vero. Josie stava cercando di proteggerci. Io ero d'accordo con la sua decisione. Voleva che rimanessimo calmi e concentrati per potercene andare da questa maledetta montagna. Perché avrebbe dovuto condividere questa informazione? Per quanto ne sappiamo, uno di voi è l'assassino!»

«Cosa?» esclamò Brian.

La testa di Josie cominciò a pulsare. Nicole aveva ragione? La scomparsa di Taryn e il suo potenziale omicidio erano colpa sua?

Intanto Alice continuava a gettare benzina sul fuoco. «Quando abbiamo trovato Meg, ho pensato che era possibile che il suo stalker fosse riuscito in qualche modo a rintracciarla quassù e l'avesse uccisa. Poi ho iniziato a pensare che potesse essere stato Cooper, visto che non è più tornato. Ma ora che Taryn è scomparsa, rimane soltanto una possibilità: che è stato uno di voi ad uccidere Meg e Taryn!

Avremmo dovuto annunciare che sapevamo che uno di voi era un assassino? E se poi ci aveste attaccate? Probabilmente è quello che è successo a Taryn! Aveva capito che era stato uno di voi e avete dovuto ucciderla per farla tacere.»

Con le unghie Brian scavò tanto nella cicatrice da farsi uscire il sangue. «Tutta questa storia è una follia! Non sta accadendo davvero.»

Josie avrebbe potuto evitare quello che era successo a Taryn? Il dolore al petto la opprimeva a tal punto che riusciva a malapena a respirare.

«Smettetela! Smettetela subito!» urlò di colpo Sandrine infilandosi le dita tra i lunghi capelli. «Ancora non lo sappiamo se Taryn è morta. Non lo sappiamo punto e basta. Anche se non trovo una ragione per la quale abbia deciso di nascondersi da noi con questo freddo, non possiamo e non dobbiamo dare per scontato che sia morta.»

La voce fantasma di Mettner riemerse dal fondo della mente di Josie, ricordandole quello che gli aveva detto molte volte quando lavoravano insieme, quello che diceva alle famiglie delle vittime: "Boss..." le diceva, "solo gli assassini sono responsabili della morte delle vittime". Erano solo in sei su quella montagna, intrappolati insieme in un'area relativamente piccola e si erano separati raramente da quando era iniziata la nevicata. Uccidere Taryn avrebbe comportato un rischio enorme per chiunque, il che spingeva Josie a pensare che all'assassino non importasse molto delle circostanze: chiunque fosse, avrebbe ucciso a prescindere da tutto il resto. Ma anche così, non riusciva a togliersi dalla testa il pensiero che avrebbe potuto evitare che succedesse qualcosa a Taryn. «Se si fosse nascosta, a quest'ora l'avremmo trovata.» affermò Nicole fissando Sandrine. «Le hai uccise tu, tutte e due, sbaglio forse?»

Sandrine spalancò gli occhi e alzò lo sguardo verso Nicole. Sul suo volto balenò un lampo di paura.

«Cosa? Pensi che sia stata io a uccidere Meg e Taryn? Pensi che sarei stata capace di uccidere due persone? E per quale motivo avrei dovuto fare una cosa del genere?»

Josie cercò di parlare, ma le parole le si strozzarono in gola. Faceva ancora fatica a respirare.

«Eri da sola quando Taryn è "scomparsa". Molto comodo. Proprio come eri sola con Meg. Sei tu che ci hai svegliato uno dopo l'altro per dirci che Meg era sparita.»

«Un attimo, Nicole. Anche tu eri da sola quando Taryn è scomparsa.» le fece notare Alice. «Eri nella tua stanza.»

«No.» disse Nicole, con lo sguardo che passava furiosamente avanti e indietro tra Alice e Sandrine. «Sono tornata prima di allora.»

«Come facciamo a saperlo?» replicò Alice.

Sandrine si alzò in piedi. «Basta! Adesso basta! Nessuno di noi ha visto Meg lasciare il suo bungalow. Nessuno di noi ha visto Taryn lasciare questa casa. Non possiamo iniziare a incolparci a vicenda. Non servirà a nulla.»

«Non cercare di sviare l'argomento.» le urlò Nicole puntando un dito contro Sandrine. «Meg ha lasciato questo campo nel cuore della notte. Ha cercato di scendere verso valle a piedi nel bel mezzo di una bufera di neve. Perché avrebbe dovuto fare una cosa del genere se non fossi stata tu a spingerla a farlo?»

Josie era ancora concentrata a far arrivare ossigeno ai polmoni. Ma Taryn aveva chiesto a Meg di raggiungerla nella sua stanza quella sera. Meg aveva pensato che Taryn stalkerasse Sandrine. Forse si era davvero presa una fissa per Sandrine, ma non nel modo in cui Meg sospettava. Josie era sicura che Taryn fosse d'accordo con Brian e Nicole e, in base a quello che aveva scoperto, Taryn poteva aver ucciso Meg per nascondere ciò che stavano cercando di fare, qualsiasi cosa fosse.

Sandrine raddrizzò la schiena e fece una risata ironica. «Ci tieni tanto a incastrarmi, vero? È una delle cose più assurde che abbia mai sentito in tutta la mia vita.»

Nicole fece un passo verso Sandrine, con gli occhi fiammeggianti di rabbia e di odio. «Davvero? È così assurdo pensare che tu possa uccidere qualcuno?»

Sandrine non indietreggiò. Anzi, spinse il mento in avanti e rivolse a Nicole un sorriso beffardo. «Immagino che la prossima cosa che dirai sarà che anche la tormenta di neve è colpa mia.»

A modo suo, stava cercando di abbassare la temperatura nella stanza. Prima che qualcun altro potesse parlare, dalla stufa a legna giunse un sonoro crepitio che ebbe l'effetto di un colpo di pistola esploso al centro della stanza. Saltarono tutti quanti per lo spavento e Alice andò a urtare contro la sua sedia, facendola cadere.

Josie si alzò e raddrizzò la sedia. «Anche io sono convinta che iniziare ad accusarci l'un l'altro di qualche crimine non ci porterà a nulla di buono nelle condizioni in cui ci ritroviamo. Sì, Meg è stata uccisa e sicuramente avrei fatto meglio a dirlo al gruppo, ma non l'ho fatto e lo venite a sapere solo adesso. Quanto a Taryn, non sappiamo cosa le sia successo.»

«Sì che lo sappiamo!» insistette Alice, con lo sguardo di chi sta per scoppiare in lacrime rivolto a Josie, che le rivolse la miglior espressione rassicurante che riuscì a sfoderare. «No,

Alice. Non lo sappiamo. Sappiamo solo che è andata nel suo alloggio e non è tornata. Tutto qui. Saltare alle conclusioni e discutere non aiuterà nessuno di noi. Alle prime luci dell'alba, potremo ricominciare a cercare Taryn. In questo momento, l'unica cosa su cui dobbiamo concentrarci è rimanere al caldo e a stomaco pieno fino all'arrivo dei soccorsi.»

«Stai scherzando, vero?» disse Nicole. «Ti aspetti che ce ne stiamo qui seduti tutti insieme a mangiare la cena come se nulla fosse?»

Alice fu scossa da un brivido. Poi andò a prendere il giaccone dalla rastrelliera accanto alla porta d'ingresso e afferrò la maniglia per uscire. «Non posso restare qui in queste condizioni. So che stai cercando di tenerci calmi, Josie, ma questo è troppo. Qualcuno in questa stanza ha ucciso Meg e Taryn. Non posso mangiare, dormire e chiacchierare con tutti voi con questo pensiero. Cosa impedisce all'assassino di prendersela con il resto di noi? Soprattutto ora che sa che noi sappiamo di lui.»

Brian si alzò di scatto dalla sedia. «Lui? Hai detto "lui"? Devo essere stato per forza io, è questo che stai dicendo? Perché sono l'unico uomo qui?»

«E dove pensi di andare, Alice?» le chiese Sandrine. «Non è sicuro stare là fuori da soli. E poi hai bisogno di rimanere al caldo e di mangiare.»

Alice si infilò il giaccone. «Non quanto mi serve restare viva.»

«Non essere ridicola.» le disse Brian. «Se hai paura di me, allora posso andarmene io. Se questo fa sentire tutti meglio, non mi dispiace farlo, ma non lascerò mia moglie da sola con voi tre.»

«Esatto.» disse Nicole, avvicinandosi a Brian. «Non voglio rimanere da sola con voi. E chi ci assicura che... che non sia stata la poliziotta?»

Josie sentì un nuovo brivido nel petto. Tutti gli occhi si posarono su di lei. Nicole le puntò il dito contro. «Ci ha tenuti lontani dal corpo di Meg. Non ci ha detto che Meg è stata uccisa. Oggi è andata nella stanza della rabbia da sola. Perché l'ha fatto? Cosa doveva fare lì? L'unica cosa che c'è là dentro è il corpo di Meg e non vuole che nessuno di noi ci si avvicini. Sta nascondendo delle prove! E se non l'avete notato, Taryn è scomparsa mentre lei era là!»

Josie si sentì avvampare in viso. Era tentata di affrontare sia Nicole che Brian in quel momento, davanti ad Alice e Sandrine, ma senza sapere di più sul motivo per cui erano al ritiro e su ciò che volevano, non se la sentiva di farlo. Per quanto ne sapeva, avevano cospirato insieme per eliminare Taryn, magari perché lei aveva deciso di non assecondare più il piano che avevano elaborato e così l'avevano tolta di mezzo. Tutto ciò che Josie voleva era andarsene da quella montagna senza che nessun altro si facesse del male. La cosa migliore da fare era cercare di disinnescare la situazione e aspettare il momento giusto. «Non ho più visto Taryn dopo che me ne sono andata da qui e non le ho fatto nulla. E non sto "nascondendo nessuna prova", le sto preservando meglio che posso fino all'arrivo dei soccorsi. Ve l'ho detto, sono andata nella stanza della rabbia per cercare di contattare i miei colleghi e chiedere tra quanto saranno qui.»

La mano di Alice si posò sulla maniglia. «Che cosa hanno detto?»

«Che ci stanno lavorando e che ci avrebbero fatto sapere il prima possibile.»

«Il prima possibile?» ripeté Alice con le lacrime agli occhi. «Mi dici come facciamo a cavarcela? Come facciamo a rimanere vivi in cima a questa montagna se uno di noi è un assassino?»

«Ci dividiamo.» propose Brian. «L'abbiamo già fatto: io e Nicole stiamo nella sala ritrovo e voi potete stare nell'altra stanza.»

«No.» disse Sandrine. «L'unico modo per sopravvivere è restare tutti insieme. Nessuno fa niente o va da nessuna parte per conto suo. Porteremo tutti i nostri materassi qui dentro.

Stanotte dormiremo tutti insieme nella stessa stanza, proprio come ieri sera.»

«Ma sei impazzita?» disse Nicole. «E cosa impedirebbe all'assassino di venire a cercare uno qualsiasi di noi nel cuore della notte?»

«Il fatto che siamo in tanti...» disse Sandrine, «e che possiamo stare di guardia. Possiamo organizzare dei turni: due persone restano sveglie e intanto gli altri dormono a rotazione.»

Vedendo che nessuno aveva da ridire, Sandrine si girò verso la sala di ritrovo. «Io farò il primo turno di guardia.» annunciò al di sopra delle sue spalle.

Josie disse: «Anche io posso fare il primo turno.»

«Questo è un piano stupido.» sentenziò Nicole.

Alice si allontanò dalla porta e si girò per seguire Sandrine nella sala di ritrovo. «Hai un piano migliore?»

«Sandrine ha ragione.» convenne Brian. «Rimanere insieme è la cosa più sensata. Ma visto che non ci fidiamo l'uno dell'altro, dovrei fare il primo turno con una di voi.»

Senza voltarsi, Sandrine agitò una mano in aria. «Va bene. Come vi pare. Brian e Josie possono fare il primo turno. Spero che ci resti solo un'altra notte da passare qui.»

TRENTASETTE

Abbandonando la cena, iniziarono a trascinare i materassi nella sala principale. Josie, Sandrine e Alice raggrupparono i loro materassi sul lato opposto della stanza rispetto a Brian e Nicole. Sandrine mise la pasta e l'insalata nel frigorifero. Josie temeva che più tardi si sarebbe pentita di non aver mangiato, ma non pensava di riuscire a trattenere del cibo in quel momento. Era una sensazione surreale immaginare che uno dei suoi compagni del ritiro fosse un assassino a sangue freddo e che fossero tutti costretti a comportarsi in modo civile con quella persona fino all'arrivo dei soccorsi. Non aveva provato la stessa sensazione di orrore quando aveva pensato che ci potesse essere la possibilità che a uccidere Meg fosse stato un estraneo o Cooper. Avrebbe voluto tornare nella stanza della rabbia e controllare il telefono per vedere se Gretchen aveva altre notizie, ma avevano deciso di rimanere insieme. Voleva anche parlare con Sandrine e Alice di ciò che aveva scoperto, ma non c'era occasione nemmeno per quello.

Josie prese la sua coperta e si accoccolò su una delle poltrone vicino alla stufa, mentre tutti gli altri si sistemavano nei loro giacigli. Brian la raggiunse, sedendosi di fronte a lei. Frugò nella tasca posteriore dei jeans e tirò fuori la sua sigaretta elettronica. «Non preoccuparti.» le disse. «È sempre rotta.»

«Al punto in cui ci troviamo...» disse Josie, «se funzionasse, ti chiederei di condividerla.»

Brian rise sommessamente e si rigirò la sigaretta elettronica tra le mani.

Tra di loro cadde il silenzio. Josie dava di tanto in tanto un'occhiata ai materassi. Sandrine, Alice e Nicole erano avvolte sotto le coperte. Una di loro russava leggermente. Josie aveva qualche dubbio che qualcuno sarebbe riuscito a dormire in quelle circostanze, ma erano tutti esausti, fisicamente ed emotivamente. Anche lei lo era, ma soffriva di insonnia più forte che mai. Solo in quel momento, dopo una settimana trascorsa sotto la tutela di Sandrine, era in grado di riconoscere lo stato di ansia e di ipervigilanza che la accompagnava costantemente sottotraccia: la percepiva come una vibrazione leggera che la attraversava per tutto il corpo, come un ronzio che la teneva sveglia anche al culmine della stanchezza, una tensione che le tendeva i muscoli del collo e che la costringeva a concentrarsi sulla respirazione per rallentare il battito cardiaco; se non lo faceva, si sentiva stordita.

La sua terapeuta sarebbe stata così orgogliosa che fosse riuscita a fare la scansione del corpo con successo. Rimase seduta il più a lungo possibile, annotando tutte le sensazioni e le emozioni a queste collegate, ma più a lungo lo faceva, più si sentiva a disagio. Un mal di testa stava cominciando a pulsare nelle tempie. Più si concentrava, più peggiorava. Mancavano ancora parecchie ore prima di poter riposare di nuovo nel suo letto. Sapeva che non avrebbe dormito, ma doveva distrarsi.

Ripensò alle lezioni di Sandrine su come muovere il corpo, scrollarsi di dosso le preoccupazioni o addirittura ballare. Non poteva scuotersi o ballare in quel momento, ma poteva alzarsi e muoversi. E così fece: si alzò e si avvicinò alla stufa. Sandrine vi aveva lasciato accanto un secchio di frammenti di legno raccolti dalla stanza della rabbia. Consapevole che Brian la stava osservando, si chinò e iniziò a caricare altra legna nella stufa prima di tornare alla sua poltrona.

Il mal di testa non accennava a diminuire, ma la sensazione di stordimento era sparita. I suoi pensieri andarono a Brian, Nicole e Taryn. Rivide mentalmente la settimana, ripercorrendo ogni interazione che li aveva visti insieme. Non si erano traditi in nulla. Anche in un contesto intimo, in cui avevano condiviso i racconti più profondi e personali delle esperienze traumatiche a cui erano sopravvissuti, non avevano avuto alcun cedimento. Josie non si sarebbe mai immaginata che Taryn conoscesse già Brian e Nicole. Anche Brian e Nicole sembravano conoscersi appena, eppure erano sposati.

Magari Brian e Nicole non conoscevano bene Taryn nella vita di tutti i giorni. Magari quella parte non era affatto una recita. Ma avevano un rapporto abbastanza stretto da spingerli a unirsi, a spendere un sacco di soldi per partecipare al ritiro e a mentire sulle loro vere identità. Che tipo di relazione poteva essere? Non aveva nemmeno abbastanza informazioni per formulare una teoria.

La voce fantasma di Mettner le sussurrò: "Ti stai ponendo le domande sbagliate. Ti stai concentrando sugli aspetti sbagliati."

"E quali sono le domande giuste?" gli chiese lei, ma conosceva già la risposta; dopotutto, quella conversazione con Mettner la stava costruendo nella sua mente, basandosi su ciò che credeva che lui avrebbe detto se fosse stato accanto a lei.

"Smetti di pensare a ciò che non sai", le disse Mettner.

"Concentrati su ciò che sai."

Fissando Brian, Josie si ricordò che aveva appena trascorso una settimana con quelle persone. Quello che sapeva era come si erano atteggiati e come si erano comportati. Nicole e Brian si erano serviti della tragedia che lei aveva subìto durante l'infanzia per assicurarsi di essere inclusi nel ritiro. Era chiaramente abbastanza importante che lei partecipasse al ritiro tanto da mentire su quella storia. La menzogna spiegava anche perché i due sembravano così chiusi e mentalmente distanti dalla tragedia. Perché non era davvero la loro tragedia. Apparteneva solo a Nicole e comunque lei non l'aveva vissuta nel ruolo di madre. Eppure, entrambi si erano impegnati in tutte le sessioni di gruppo. Le cose erano andate bene, ma con il passare della settimana Nicole era diventata sempre più irritabile. All'inizio sembrava che fosse perché stavano scavando in profondità nel loro trauma, ma ora Josie si chiedeva se fosse perché si stavano avvicinando alla fine del ritiro e non erano riusciti a raggiungere il loro obiettivo. Da quando era cominciata la tormenta di neve, Nicole aveva iniziato ad accusare apertamente Sandrine di essere un'imbrogliona. Inizialmente Josie aveva pensato che si stesse semplicemente sfogando per lo stress della morte di Meg e per il fatto di essere rimasta intrappolata su quella montagna, ma in quel momento cominciava a pensare che forse si era comportata in quel modo anche perché il ritiro stava volgendo al termine e il tempo a loro disposizione per realizzare ciò che erano venuti a fare era limitato. Nicole si era lamentata con Brian di essere l'unica a impegnarsi. Ma era vero?

A differenza di Nicole e Brian, che avevano interpretato il ruolo dei genitori in lutto per tutta la settimana, Taryn si era affermata come una sorta di ammiratrice sfegatata di Sandrine: si era sempre messa al suo fianco, aveva imitato il suo modo di vestire, le aveva chiesto informazioni sui metodi per elaborare i traumi e aveva persino conservato un raccoglitore con tutti i suoi appunti. In effetti, Sandrine l'aveva già incontrata in diverse occasioni nell'ultimo anno. Ciò significava che Taryn aveva usato per molto tempo una falsa identità per avvicinarsi a Sandrine, verosimilmente anche più a lungo di quanto avessero fatto Brian e Nicole. Eppure, il suo approccio di quella settimana, anche quando il ritiro stava volgendo al termine, era stato l'opposto di quello adottato da Brian e Nicole e aveva persino difeso Sandrine davanti alle loro accuse in più di un'occasione.

Si chiese se anche quella non fosse stata tutta una recita, se avessero pianificato tutta quella dinamica in anticipo per cercare di condizionare Sandrine e convincerla a dare loro quello che volevano. Si chiese se, per esempio, non stessero usando la strategia del poliziotto buono e del poliziotto cattivo per fare in modo che Nicole e Brian spingessero Sandrine al limite emotivo, per permettere a Taryn di confortarla e, così facendo, di manipolarla affinché confessasse ciò che volevano sapere. Ancora una volta il mistero riguardava di cosa si trattasse.

«Ehi, Josie.» Brian pronunciò il suo nome a voce non così forte da disturbare gli altri, ma alta quanto bastava perché lei potesse sentirlo, facendola trasalire. Sbattendo le palpebre, alzò lo sguardo da dove le mani di Brian cullavano la sigaretta elettronica, con le dita che ci tamburellavano sopra in tutta la sua lunghezza, fino ai suoi occhi. «Sì?»

«Non sopporto più di sentirmi questi sguardi addosso.» disse lui. «Togliamoci il pensiero e mettiamo subito le cose in chiaro, visto che dobbiamo stare seduti qui insieme per altre quattro ore. Pensi che sia stato io, vero? Pensi che io sia un assassino psicopatico.»

Josie si tirò la coperta fino al mento, preparandosi a mentire. «Scusami se ti stavo fissando. Non volevo metterti a disagio. Non lo pensavo affatto.»

Lui si piegò in avanti, con le spalle larghe e arrotondate, e appoggiò i gomiti sulle ginocchia. «Non devi mentirmi.»

Josie gli indicò le mani. «In realtà stavo guardando la tua fede nuziale.»

Lui abbassò lo sguardo come se l'anello gli fosse appena apparso sul dito. «Guardavi la mia fede? Perché?»

Fece scivolare la mano fuori dalla coperta e agitò le dita. La luce del fuoco danzò lungo una fascia argentata. «Io e mio marito abbiamo preso degli anelli uguali. Io lo volevo d'argento. Lui lo voleva in titanio. Ho vinto io. Ora mi chiedo perché abbia dato tanta importanza a una cosa come questa. Ho notato che tu e Nicole avete anelli diversi.»

Brian lasciò riposare la sigaretta elettronica sulla coscia e strofinò un dito sull'anello di silicone. «Questo costava poco. Per questo l'ho comprato.»

«E non ci volevi un'incisione?» gli chiese Josie.

Brian aggrottò la fronte. «Cosa?»

Josie puntò il dito sul proprio anello per enfatizzare la domanda: «Ho visto che hai fatto fare un'incisione all'interno della fede di Nicole. Non volevi un'iscrizione all'interno del tuo anello?»

«Tu e tuo marito ci avete fatto mettere entrambi un'incisione?»

A Josie non sfuggì che lui aveva risposto alla sua domanda con la sua stessa domanda e, secondo la sua esperienza, questo tipo di sviamento aveva solitamente una di due ragioni: guadagnare tempo in modo da poter pensare a una risposta appropriata, oppure distogliere l'attenzione da sé nella speranza di evitare del tutto la domanda. La cosa non la sorprese, dato che sapeva già che era un bugiardo, ma d'altra parte non gli aveva fatto una domanda per la quale avrebbe dovuto guadagnare tempo o sviare l'argomento. I rimasugli di un'idea cominciarono lentamente a formarsi via via che gli rispondeva. «La scritta che volevamo far incidere all'interno era troppo lunga, così abbiamo deciso di scrivere sulla parte esterna dei nostri anelli: "Prometto di...".» Si sfilò l'anello e glielo porse.

Lui dovette alzarsi e avvicinarsi alla stufa, tenendo l'anello accanto al vetro per studiare l'iscrizione. «Oh, vedo.» constatò. «Ma "Prometto di..." che cosa?»

Le parole le si piantarono per un breve istante in mezzo alla gola e una crisi di pianto minacciò di coglierla alla sprovvista. Il solo pensiero di suo marito e di ciò che si erano promessi portò in superficie tutte le sue complicate emozioni. Deglutì e sorrise. «Guarda dentro.»

Lui girò l'anello e sbirciò all'interno della fascia, leggendo lentamente le parole. «"Correre verso il pericolo con te. N."»

«Avremmo dovuto farci scrivere "Prometto di correre sempre verso il pericolo con te" ma non ci stava.» spiegò Josie.

Brian le restituì l'anello. «È questo che avete fatto incidere sugli anelli? Prometto di correre verso il pericolo con te?»

Josie fece scivolare di nuovo la fede al dito, provando un lieve senso di conforto, come se fosse il tocco di Noah. «No. Sulla sua c'è scritto: "Prometto di" all'esterno e "Tornare sempre a casa da te. J." all'interno.»

Brian si rimise a sedere, riprendendo la sigaretta elettronica dalla seduta dove l'aveva lasciata. Ne usò il bordo per grattarsi il lato della testa. «Non capisco.»

«Erano le nostre promesse di matrimonio.» spiegò Josie, con il groppo in gola che si faceva più denso che mai. «Lui mi ha promesso di correre sempre verso il pericolo insieme a me e io ho promesso di tornare sempre a casa da lui. Le abbiamo fatte incidere sulle nostre fedi qualche mese dopo il matrimonio.»

«Mhmm...» disse Brian. «Curioso.»

Josie guardò la fede che scintillava sul suo dito. Non avevano fatto il matrimonio che avevano progettato. Si erano invece sposati in ospedale, accanto al letto di sua nonna in fin di vita. Il desiderio di Lisette, in punto di morte, era stato quello di vederli sposati. Avevano scelto di improvvisare le loro promesse e per questo non avrebbero potuto essere più perfette. Noah aveva mantenuto la promessa che le aveva fatto. Aveva lasciato Denton non appena aveva iniziato a nevicare. Era andato a prenderla. Ma dov'era in quel momento? Accantonò quel pensiero. La fiamma in fondo alla sua mente si accese di più.

«Sì.» concordò. «È strano, ma aveva senso per noi. Ma sì,

non è tradizionale o bella come quella che hai fatto incidere sulla fascia di Nicole. "Per sempre tuo. B."»

Di nuovo, Brian usò il bordo della sigaretta elettronica per grattarsi la tempia. Le rivolse un sorriso a denti stretti. «Beh, sai...» disse. «Era così che voleva Nicole.»

TRENTOTTO

Josie si tirò su la coperta fino al mento, anche se probabilmente era troppo buio perché Brian potesse vedere il battito del suo cuore che palpitava selvaggiamente sotto la pelle nell'incavo della gola. Si sentì riavere quando lui si risistemò sulla sedia e si voltò a guardare le fiamme che lambivano il vetro della porta della stufa. Lavorò silenziosamente sul suo esercizio di respirazione, cercando di contrastare l'adrenalina che sentiva crescere dietro a quella scoperta.

Chiunque fossero, Brian e Nicole non erano sposati. Josie aveva iniziato a mettere insieme la maggior parte dei pezzi prima di cogliere Brian nella menzogna dell'iscrizione. Per tutta la settimana i due si erano a malapena sfiorati e sembravano emotivamente distaccati. Inizialmente, aveva attribuito il tutto alla tensione del loro matrimonio causata dall'omicidio della figlia. Ma non avevano una figlia che era stata uccisa. Poi c'erano i piccoli dettagli, come il fatto che Brian non sapeva che Nicole fosse intollerante al lattosio. Ancora più sconvolgente era che Nicole non sapesse dell'allergia alle arachidi di Brian, qualcosa che avrebbe potuto ucciderlo. Aveva ammesso di essersene dimenticata, ma la sua scusa era stata la nebbia cerebrale dovuta alla morte della figlia. Era una cosa che nessuno avrebbe osato mettere in dubbio, un modo eccellente per nascondere il fatto che non era affatto a conoscenza dell'allergia. Forse non tutte le coppie avevano il tipo di intimità che Josie e Noah condividevano, ma un'allergia alimentare potenzialmente mortale e l'iscrizione all'interno della propria fede nuziale erano sicuramente cose che un coniuge doveva conoscere, anche se non era sposato da molto tempo.

Di fronte a lei, Brian teneva la sua attenzione sulla stufa a legna, accontentandosi di non parlare. Josie fece del suo meglio per non fissarlo. Passarono alcune ore in silenzio. Josie aveva la mente in preda alla frenesia di cercare di capire cosa stesse succedendo esattamente, oltre a chiedersi cosa fosse successo a Taryn e se fosse colpa sua. Quando le sembrò di essere sul punto di esplodere, spostò la sua attenzione su Sandrine e su ciò che poteva nascondere. Le tornarono in mente le cose che aveva sentito durante la settimana e se le ripropose mentalmente, finché un'altra idea cominciò a brillare come un carbone ardente nella caldaia della sua mente. Era solo un dettaglio, ma era sicura che fosse importante. Per averne conferma, però, doveva trovare il modo di parlare da sola con Sandrine.

Con il passare delle ore, il vento all'esterno si attenuò e insieme al solo ronzio del gruppo elettrogeno e al crepitio della stufa a legna, nel buio della notte, Josie si sentiva come se fossero le uniche persone sul pianeta. Poi dall'esterno arrivò un rumore che non riuscì a identificare. Era forte. Ricordava qualcosa che veniva trascinato o che scivolava.

Sembrava quasi meccanico. Poteva essere un macchinario? Prima che la sua mente potesse elaborarlo, si era già alzata.

«Ma che cavolo...» le parole di Brian vennero inghiottite da un rumore indistinto all'esterno.

Josie corse all'attaccapanni accanto alla porta, cercando il giaccone e gli scarponi nella penombra. Dietro di lei sentì le voci di Sandrine, Alice e Nicole piene di sonno, ma allarmate.

«Cos'è stato?» chiese Alice.

«C'è qualcuno qui?» chiese Sandrine.

Nicole balzò in piedi e corse verso la porta. «Forse è Taryn!»

Brian, già davanti alla porta, la aprì con uno strattone. L'aria gelida attraversò la stanza. «Nicole, resta qui. Potrebbe essere l'orso.»

Josie indossò i suoi vestiti pesanti e prese due lanterne. Ne passò una a Brian. Lui aveva pantaloni della tuta e scarpe da ginnastica, ma non si preoccupò di indossare il giaccone e si precipitò sul portico. Josie gli andò dietro. Le loro lanterne erano quasi scariche, dato che le avevano usate prima per cercare Taryn, ma Josie fece del suo meglio per capire quello che poteva con la poca luce che ancora emettevano. Si fermarono in fondo ai gradini, puntando le loro luci a destra e a sinistra, alla ricerca della fonte del baccano.

A quel punto la notte era silenziosa. L'unica cosa che Josie poteva sentire all'esterno era il ronzio del gruppo elettrogeno.

Brian risalì il sentiero e si fermò tra la casa principale e la casetta di Sandrine, girandole intorno. «Non vedo nulla, ma sembrava che fosse vicino. Ho pensato che potesse essere qualcuno venuto a salvarci.»

Josie lo seguì, uscendo dal sentiero e immergendosi nella neve. Cominciò a camminare tra i due edifici. «Josie...» disse Brian. «Cosa stai facendo? L'orso potrebbe essere qui vicino.»

Le nuvole si dispersero e la luna cominciò a emergere, proiettando un bagliore argentato su ogni cosa. Verso il retro della casa principale, dove il tetto non era così spiovente come nella parte anteriore dell'edificio, era caduta un'enorme lastra di neve.

«Non è l'orso.» disse Josie. Gli fece cenno di avvicinarsi, ma lui non si spostò dal sentiero. Tenendo la lanterna verso il mucchio di neve, disse: «Guarda! È scivolata dal tetto. È questo che abbiamo sentito.»

Brian fece un passo incerto e scrutò quella che ora era una

montagna di neve lungo il lato della casa principale. «Possibile che abbia fatto tutto questo rumore?»

Josie si voltò verso di lui. «Beh, sì. È quasi un metro di neve che scivola da un tetto di metallo e cade su questo ammasso.» Batté il piede contro una superficie intatta di neve, producendo una serie di scricchiolii. «Questa si è congelata durante la notte, ma quella, sul tetto, probabilmente per il calore della stufa a legna si è scaldata abbastanza da scivolare via.»

«Porca puttana.» disse Brian.

Tornati all'interno, Josie poté constatare che gli altri erano allo stesso tempo sollevati dal fatto che la fonte del rumore non fosse una minaccia, ma delusi dal fatto che non fosse una squadra di soccorso. Brian e Nicole decisero di darsi il cambio. Alice prese il posto di Josie. Mentre Nicole e Alice si sistemavano sulle poltrone intorno alla stufa, Brian, Sandrine e Josie andarono nei rispettivi letti. Brian cominciò a russare nel giro di pochi minuti, tanto che lo si sentiva anche dalla parte opposta della stanza.

Josie si distese sul materasso e guardò Alice e Nicole, cercando di capire se avrebbero potuto sentire se avesse parlato con Sandrine. I loro materassi erano distanti solo una trentina di centimetri l'uno dall'altro. Sandrine era già su un fianco, di fronte a Josie, con una mano infilata sotto la guancia. Fiduciosa che non sarebbero state sentite se avessero tenuto bassa la voce, Josie si spostò sul bordo del materasso e si avvicinò, toccando la spalla di Sandrine, che aprì gli occhi. «Va tutto bene?» chiese. Josie si portò l'indice alle labbra per farle cenno che dovevano fare silenzio. Sandrine spostò il suo corpo in modo che anche lei fosse sdraiata sul bordo del materasso. Con trenta centimetri netti tra loro, era più facile conversare sottovoce. Cominciò Sandrine chiedendole: «Che succede, Josie?»

«Dobbiamo parlare. Mi dispiace di non averti detto di Meg. Mi sembrava necessario in quel momento.»

Gli occhi di Sandrine brillarono di lacrime non versate alla luce tremolante della stufa. «Sai cosa è successo a Taryn?»

«No.» Josie pensò a ciò che aveva detto Nicole. "Avresti le mani sporche del suo sangue". Prima che i sensi di colpa le annebbiassero la mente, cacciò indietro quella accusa. Se fossero usciti tutti vivi da quel posto, ci sarebbe stato tempo in seguito per esaminare il suo ruolo in tutta quella faccenda e se fosse costato la vita a Taryn. Per il momento, cercava informazioni. «Oggi, mentre ero nella stanza della rabbia, ho appreso dalla mia collega che Taryn, Nicole e Brian hanno mentito sui documenti di ammissione al ritiro.»

Un'espressione di sconcerto si dipinse sul viso di Sandrine. «Cosa? Che cosa stai dicendo?»

«Non sono chi dicono di essere.» spiegò Josie, raccontando ciò che le aveva detto Gretchen. «Non credo nemmeno che Brian e Nicole siano davvero sposati.»

«Non è possibile. No! È assurdo. Non può essere.»

Josie si portò di nuovo il dito alle labbra per far sì che Sandrine abbassasse di nuovo la voce. «Ne sono certa. Non so in che modo si conoscano tra loro o come conoscano Taryn, ma credo che quei tre si conoscessero già prima di arrivare qui, e sono venuti apposta per te.»

Con la mano libera, Sandrine si rimboccò la coperta fino alla spalla. «Per me? Che cosa significa?»

«Non lo so con esattezza.» disse Josie. «Ma Sandrine, vogliono qualcosa da te.»

«Va bene, ma cosa?»

«Non lo so per certo. Un'informazione di qualche tipo, da quello che sembra.»

Sandrine si acigliò. «Come fai a saperlo?»

Quando Josie le parlò delle videocamere che aveva trovato Sandrine si sporse di più sul bordo del materasso, avvicinando il suo viso a quello di Josie. «E adesso c'è una videocamera qui?»

«No, non sono riuscita a individuarne una in questa stanza.» rispose Josie.

Sandrine alzò la testa di qualche centimetro e guardò verso Alice e Nicole. Josie fece lo stesso. Si erano sedute sulle stesse poltrone che Brian e Josie avevano occupato, fissando la stufa. Sistemandosi sul cuscino, Sandrine sussurrò: «Ma Taryn? Era così dolce. Mi stava letteralmente attaccata al fianco!»

«Lo so...» disse Josie. «Credo che fosse questo il piano. Il compito di Taryn era quello di avvicinarsi a te. Credo che si sia avvicinata così tanto che ha cambiato idea su ciò che erano venuti a fare qui, qualsiasi cosa fosse, e che probabilmente è per questo che se n'è andata.»

«Ascolta quello che dici, Josie. Mi sembra assurdo. Stai suggerendo che queste tre persone abbiano mentito sulla loro identità per partecipare al nostro ritiro dove hanno piazzato delle videocamere perché speravano di ottenere informazioni da me? Cosa pensano che io sia? Un agente dei servizi segreti?» Tentò una piccola risata, ma le morì in gola. Era sul punto di scoppiare a piangere. «Pensi che siano stati loro a uccidere Meg?»

Josie guardò di nuovo in direzione di Alice e Nicole, ma nessuna delle due si era mossa. «Sembrerebbe altamente probabile. Deve aver scoperto o visto qualcosa. Non posso affermare o negare con certezza che siano tutti d'accordo, o se uno di loro abbia perso il ben dell'intelletto e abbia iniziato a uccidere. In ogni caso, credo che Taryn si sia rifiutata di seguire il piano e che Nicole e Brian possano averla uccisa e averne nascosto il corpo. Solo che non so dove.»

«Oh santo cielo...» disse Sandrine tirando su col naso. «Cosa facciamo? Siamo bloccati qui. E Dio solo sa per quanto tempo ancora ci dovremo restare.»

«Appunto.» convenne Josie. «Non voglio che qualcun altro muoia prima che ci salvino.»

Josie vide il corpo di Sandrine fremere. «Ma Brian e Nicole

ora sono consapevoli che sappiamo che Meg è stata uccisa e che sospettiamo che lo sia anche Taryn... Insomma, ci lascerebbero andare tutti sapendo che inizierà immediatamente un'indagine di polizia? Ognuno di noi sarebbe sospettato, dico bene? Compresi loro.»

«Sì.»

Una lacrima scivolò dall'angolo dell'occhio di Sandrine, percorse il naso e finì sul cuscino. «Come facciamo? Come facciamo a rimanere vive?»

«Credo che il tuo piano di restare tutti insieme sia il più sicuro.»

«Non voglio stare nella stessa stanza con loro.» disse Sandrine. «Con nessuno dei due.»

«Non abbiamo altra scelta.» disse Josie.

Sandrine nascose il viso nel cuscino e cominciò a singhiozzare. Le sue parole erano ovattate, ma Josie riuscì comunque a capirle. «È tutto così assurdo. Non posso crederci. È un incubo.»

Josie le accarezzò il braccio. «Lo so. Sandrine, ne usciremo e farò tutto il possibile per tenere te e Alice al sicuro.»

Una vocina in fondo alla sua mente le chiese: "Come hai tenuto al sicuro Taryn?" e lei dovette fare del suo meglio per ignorarla. Un'altra panoramica della stanza le fece capire che nessuno poteva sentirle. «Ascoltami...» disse allora picchiettando di nuovo sulla spalla di Sandrine finché non alzò la testa per prendere aria. «Nicole e Brian – o chiunque loro siano – hanno ripetutamente insistito sul fatto che sei un'imbrogliona e che non sei chi dici di essere. Questo mi fa pensare che credano che ci sia qualcosa nel tuo passato che possono smascherare. Non so come mai lo pensino o perché sia così importante per loro, ma hanno fatto di tutto per avvicinarsi a te.»

Sandrine scosse la testa, facendo ondeggiare i capelli sul cuscino. Poi rimase immobile quando le venne in mente un pensiero. «Pensi che... vogliano... pensi che vogliano uccidermi?»

Josie si strofinò gli occhi. «Se volevano ucciderti, avrebbero potuto farlo con molto meno sforzo che seguendoti in un ritiro e passando la settimana a partecipare a tutto questo.»

«Ma cos'è che vogliono? È una follia assoluta. Cosa c'è di così importante per loro da essere disposti a uccidere Meg... e forse anche Taryn?»

«Non lo so.» rispose Josie. «Ma voglio che tu sia sincera con me. Le nostre vite potrebbero dipendere dalla tua onestà.»

«Sono stata sincera con te.» le assicurò Sandrine, stringendo tra le dita il lembo della coperta.

Con il suo tono più garbato, Josie disse: «Lo sappiamo entrambe che non sei stata del tutto sincera.»

Sandrine sbatté le palpebre. «Cosa vuoi dire?»

«Intanto potresti iniziare dicendomi il tuo vero nome.»

TRENTANOVE

Sandrine si puntellò su un gomito e guardò Josie dall'alto. Alla debole luce del fuoco nella stufa, Josie vedeva bene l'espressione scioccata che si stava formando sul suo viso. La sua pelle si fece così pallida da essere quasi traslucida. Una vena in mezzo alla fronte cominciò a pulsare. «Di cosa stai parlando?»

«Fa' silenzio.» la ammonì Josie, facendole cenno di rimettersi sdraiata per non attirare l'attenzione di Nicole o di Alice. «So che Sandrine Morrow non è il tuo vero nome.»

Sandrine appoggiò di nuovo la testa sul cuscino, infilandosi una mano sotto alla guancia. «Ma come? Come fai a saperlo?»

Questa era l'idea che aveva maturato durante le ore in cui lei e Brian erano rimasti a vegliare sul resto del gruppo: era rimasta a rimuginare su cosa Brian, Nicole e Taryn potessero desiderare di scoprire così tanto da Sandrine. Di qualunque cosa si trattasse, non volevano soltanto sentirla dire direttamente da lei: la volevano riprendere in video. Brian aveva dichiarato apertamente a Josie che lui e Nicole non pensavano che Sandrine fosse la persona che diceva di essere. La stavano accusando della stessa cosa che avevano fatto loro per entrare nel ritiro. Questa conclusione aveva portato Josie a chiedersi se

Sandrine stesse davvero nascondendo qualcosa. Poi si era ricordata della conversazione che aveva fatto con Sandrine nella stanza della rabbia, quando Sandrine le aveva detto: "Mi ci sono voluti molto tempo e molto duro lavoro per diventare quello che sono oggi, quella che vedi davanti ai tuoi occhi. Ma io sono solo me stessa. Sono la dottoressa Sandrine Morrow".

Aveva dichiarato di essere la dottoressa Sandrine Morrow come se fosse un'identità che aveva assunto piuttosto che il suo vero nome.

«Non lo sapevo prima...» spiegò Josie. «L'ho capito dalle cose che ho sentito negli ultimi due giorni. Hai detto che tua madre era un'attrice. Non importa se non era molto famosa perché sicuramente, con il successo che hai ottenuto nella tua carriera, saresti stata associata a lei, prima o poi. Non ho potuto fare una ricerca approfondita su internet prima di venire a questo ritiro, ma ho comunque fatto i compiti a casa. Non c'è nulla su tua madre. Né sulla tua famiglia se è per questo.»

Sandrine fece un respiro tremante. «Molto bene. Non posso contraddirti. Il mio vero nome non è Sandrine Morrow. Però, Josie, posso assicurarti che tutte le mie qualifiche e la mia esperienza sono assolutamente autentiche. Tutto il resto che riguarda la mia vita è reale. Non è possibile che queste persone abbiano fatto tanta strada e si siano date tanto da fare solo perché ho cambiato nome quando avevo ventun anni!»

Su questo non c'era nulla da obiettare.

Uno scricchiolio proveniente dal lato opposto della stanza le fece tacere. Josie si girò un attimo per guardare cosa fosse stato: era Alice che caricava altri tronchetti di legno nella stufa. Le sarebbe piaciuto discutere di tutto questo con lei; era la persona più vicina a una collega di cui potesse disporre su quella montagna. Il problema era che nelle ultime ore non avevano avuto l'occasione di parlarsi in privato e, oltretutto, doveva anche tenere conto del fatto che Alice stava camminando sul filo del rasoio emotivo: già aveva rivelato l'omicidio di Meg al gruppo, dopo che lei le aveva chiesto espressamente di non farlo. Non che potesse biasimarla per non essere riuscita a tenerlo per sé: dopo tutto, ciascuno di loro si trovava su quella montagna perché stava affrontando gli effetti devastanti di una complessa sindrome da stress post-traumatico e a causa della tormenta di neve e in seguito alla morte di Meg, erano tutti sottoposti a un enorme stress. Se a questo si aggiungevano la stanchezza fisica e la misteriosa scomparsa di Taryn, tutto l'insieme era sufficiente a spingere chiunque di loro verso il punto di rottura. In fin dei conti, la cosa migliore era mantenere tutte le nuove informazioni che stava acquisendo per sé e Sandrine, almeno per il momento.

Quando Alice si fu di nuovo rimessa sulla poltrona, avvolta nella sua coperta, Josie e Sandrine si girarono ancora una volta l'una verso l'altra.

«Riflettici.» la esortò Josie. «Non c'è qualcosa che potrebbe essere successo, magari qualcosa che loro potrebbero aver frainteso, e che potrebbe averli spinti a fare una cosa del genere? Per esempio, un paziente con un esito negativo o qualcosa del genere?»

«Cosa intendi dire?» le chiese Sandrine. «Pensi che Brian e Nicole siano in relazione con un mio ex paziente?»

«È da prendere in considerazione. Hai avuto problemi con qualche tuo cliente in passato? Magari si è creata una situazione in cui il paziente ha fatto del male a sé stesso, o a un'altra persona, con conseguenze che potrebbero aver indotto i loro familiari a pensare che tu fossi un'imbrogliona?»

Sandrine fece una risatina ironica. «Io tratto pazienti con disturbi post-traumatici complessi, Josie, e esercito da decenni. Quindi, sì, è naturale che abbia avuto clienti con esiti tragici: ho trattato persone che sono morte per suicidio. Altri pazienti avevano tendenze omicide, anche se nessuno di loro ha mai oltrepassato quel limite. Almeno nessuno di cui abbia saputo. Quello che non mi è mai capitato è che un familiare di uno dei miei vecchi pazienti mettesse in discussione i miei metodi. I familiari dei miei pazienti comprendono sempre senza problemi quanto gravemente il loro caro sia affetto da sindrome da stress post-traumatico, per questo, generalmente, sono sollevati quando vengono a sapere che si sono rivolti a me per affrontarlo.»

Ma per quanti argomenti Sandrine adducesse a favore della sua tesi, Josie non poteva scartare l'idea che un paziente scontento o i suoi familiari fossero il motore delle macchinazioni di quella settimana; né, tantomeno, poteva evitare di chiedersi se in fondo non ci fosse stato qualcosa di più personale.

«Perché hai cambiato nome?» le chiese allora. «È stato per via di tua madre?»

«Sì, non volevo più portare il nome di mia madre. Non volevo essere riconducibile a lei. Non ti puoi neanche immaginare com'era quando la gente scopriva che ero sua figlia. Si entusiasmavano e mi facevano una miriade di domande, dando per scontato che dovesse essere una persona straordinaria e che dovesse essere stato davvero affascinante crescere con lei, ignorando quanto in realtà fosse stata una tortura. Quella donna era un mostro. Una volta libera, non ho voluto avere più niente a che fare con lei.»

«Era... è morta?»

Sandrine annuì. «Durante il mio secondo anno di università.»

«Mi dispiace.» disse Josie automaticamente.

«Non c'è niente di cui dispiacersi.» replicò Sandrine. «La sua morte mi ha reso libera, finalmente.»

«Come si chiamava?» si informò Josie.

«Perché? Pensi che questa storia abbia a che fare con mia madre? Come sarebbe possibile? Sono passati decenni e queste persone non hanno nemmeno l'età per ricordarsi di lei. Voglio dire, Taryn, Brian e Nicole hanno tutti tra i trenta e i quarant'anni. Erano solo bambini quando è morta. Tenderei a escludere che ne abbiamo addirittura mai sentito parlare.»

Un mormorio sommesso le costrinse a interrompere la conversazione. Josie alzò lo sguardo e vide Nicole e Alice in piedi e Alice che faceva cenno verso il bagno; ne seguiva una discussione e alla fine lei si dirigeva da sola verso il bagno con fare rabbioso. Allora Nicole si rimise seduta con le braccia incrociate e rimase lì ad aspettare il ritorno di Alice.

Anche Josie aspettò che Alice fosse tornata al suo posto prima di continuare la conversazione sottovoce. «Hai detto che era un'attrice. Era ricca? Può essere che queste persone abbiano scoperto che sei sua figlia e pensino che tu lo stia nascondendo? Per quanto ne sappiamo, la loro intenzione potrebbe essere quella di ricattarti con questa informazione.»

Sandrine scosse leggermente la testa, facendo ondeggiare i capelli sul cuscino. «Immagino che la notizia farebbe scalpore se venisse fuori che la dottoressa Sandrine Morrow, stimata psicologa e specialista in materia di traumi, si chiama in realtà Lola Stowe ed è figlia di Delilah Stowe. Ma non pagherei qualcuno per mantenere questo segreto.»

«Delilah Stowe...» ripeté Josie. «Mi suona familiare.»

Sandrine alzò gli occhi al cielo. «L'avevo dimenticato. Il suo nome è tornato sui giornali un paio di anni fa. Quando era giovane, aveva recitato in alcuni film con un attore molto famoso, Dean Thurman. Lui era sposato con una vera e propria stella di Hollywood, ma la tradì con mia madre. All'epoca fece scandalo. Fu una vera macchia sulla carriera di Dean Thurman. Ma per mia madre fu peggio. La stampa la accusò di averlo sedotto. La definirono una rovina-famiglie, ed è per questo che il suo nome salta fuori ogni volta che c'è anche quello di Dean Thurman. Poi, qualche anno fa, lui è stato accusato di violenza sessuale. Da una donna che faceva parte del personale addetto alle pulizie, mi pare. All'epoca era piuttosto anziano, ma l'età non ferma mai gli uomini come lui. La donna lo ha denunciato e a quel punto è stata intentata una causa civile. Non appena la notizia è apparsa sulla stampa, è venuto fuori che tantissime altre donne, nell'arco di decenni, lo avevano accusato di comportamenti sessuali inappropriati, di aggressioni, di stupri...»

«Me lo ricordo...» disse Josie. «La copertura della stampa era infinita. Ricordo che si parlava anche di Delilah Stowe.»

«Esatto.» disse Sandrine. «L'intera relazione tra lei e Dean Thurman è stata rivalutata con lo sguardo di oggi. La gente ha iniziato a chiedersi se all'epoca non avessero frainteso la narrazione, visto che mia madre era così giovane, una co-protagonista, e Dean era sposato. I giornalisti ne hanno scritto, ipotizzando che non fosse lei la vipera che lo aveva attirato lontano dal suo letto coniugale, ma che era stato lui a costringerla a una relazione inopportuna. Io ero troppo giovane e troppo preoccupata della mia sopravvivenza per farci caso. Il punto è che il suo nome era di nuovo sulla bocca di tutti.»

«Ecco perché lo ricordo.» disse Josie.

«Sì, ma tieni conto che mia madre non era ricca. Aveva sempre fatto di tutto per far credere di essere benestante, ma non lo era affatto. Ha sperperato tutto quello che aveva guadagnato. Non ha mai guadagnato molto con i diritti d'autore, nemmeno nei film più importanti. Di certo non abbastanza per vivere. Verso la fine, era indigente. Ha sposato un falegname. Sosteneva di amarlo davvero e che era stanca di essere sotto lo sguardo di tutti. Tutto quello che avevano era lo stipendio del marito e non era un granché. Non è che mi abbia lasciato una grande eredità. Più che altro mi ha lasciato cicatrici.»

Josie fece un cenno con la testa agli altri presenti nella stanza. «Ma loro non lo sanno.»

Sandrine emise un gemito sommesso. «È assurdo, infatti. Questa cosa non può essere accaduta per colpa di mia madre.»

«Non ho detto che lo sia.» rispose Josie. «È solo una teoria.»

«Ecco una teoria più probabile...» suggerì Sandrine, «queste

persone sono fuori di testa. Riflettici Josie: che razza di pazzoidi
si inventano un'identità fasulla per partecipare a un ritiro desti-
nato agli affetti da sindrome da stress post-traumatico solo per
parlare con me? Hai pensato a quanto possa essere assurdo? Ho
uno studio. Avrebbero potuto prendere un appuntamento.
Avrebbero potuto semplicemente cercare il mio indirizzo di casa
e bussare alla mia porta! Taryn è venuta a tre dei miei seminari!
Ha avuto l'opportunità di parlare con me dopo ogni volta.
Perché prendersi tutto questo disturbo? Non ha senso!»

«Abbassa la voce.» la zittì di nuovo Josie. «Sono d'accordo
con te, c'è qualcosa di molto strano in questa situazione e se si
trattasse di una sola persona, allora sì, direi che è probabile che
siamo alle prese con un problema di salute mentale. Ma sono in
tre, Sandrine! Tre persone. È tutto organizzato. È chiaro che
credono che tu abbia qualcosa che vogliono.»

«È ridicolo!» disse Sandrine. «Non posso credere che Meg e
Taryn abbiano perso la vita per questa sciocchezza. Oh, mio
Dio, non so quanto ancora potrò sopportare. Mi dispiace dirti
questo, Josie. Dovrei essere io quella calma, quella forte, la tua
terapeuta per la settimana. Invece, l'unica cosa che voglio
adesso è tornarmene a casa.»

«Lo capisco, Sandrine.» rispose Josie. «Anch'io voglio
tornare a casa mia. Ma se... se li affrontassimo?»

«Cosa?» domandò con voce abbastanza alta da attirare l'attenzione di Nicole e Alice.

«Tutto bene laggiù?» domandò Alice.

Sandrine agitò in aria una mano con fare liquidatorio. «Sì,
sì. Era solo un incubo.»

Si guardarono l'una con l'altra lasciando passare diversi
minuti. Alla fine, Sandrine disse: «Non credo che dovremmo
affrontarli. Se hai ragione su tutto quello che è successo questa
settimana, significa che abbiamo a che fare con almeno uno, se
non due, assassini a sangue freddo. Rischieremmo di farli
sentire minacciati e di spingerli a fare del male a noialtri. Anche

se siamo più numerosi di loro, tre contro due, non credo proprio che prepararci a un potenziale scontro fisico sarebbe saggio.»

Vedendo che Josie non le rispondeva, Sandrine colmò la distanza che le separava e le strinse il braccio. «So che stai pensando a Taryn. Pensi che, se tu fossi stata sincera sull'omicidio di Meg, lei sarebbe ancora con noi. Capisco che adesso sei alle prese con questo pensiero, ma ti dico che affrontarli non farà altro che metterci tutti più a rischio. Non quando siamo così vicini al salvataggio. Scendiamo da questa montagna e lasciamo che se ne occupino i suoi colleghi del dipartimento di polizia.»

Josie deglutì per sciogliere un nuovo nodo in gola. «Va bene, ma dovremmo dirlo ad Alice.»

Sandrine le strinse di nuovo il braccio. «Forse è meglio di no. Non può sbagliare se non sa nulla. È già abbastanza spaventata così com'è. Starà attenta. Lasciamo le cose come stanno.»

QUARANTA

Noah fu preso nuovamente da spasmi nella parte bassa della schiena per quella che sembrava la centesima volta. Aveva l'impressione che i muscoli delle spalle andassero a fuoco. Il sudore gli colava sul viso e negli occhi, facendoli bruciare. Sbatté le palpebre, cercando di fermare il bruciore, ma non servì a nulla. Era sicuro che il sudore gli offuscasse la vista, ma non poteva saperlo con certezza perché era immerso in un'oscurità infinita. Eppure, era riuscito a contorcersi, a rotolare e a dimenarsi per arrivare in fondo alle scale di legno. Aveva posizionato i polsi legati lungo il bordo del sostegno che correva dal gradino più basso, ad ancorare la ringhiera. Aveva strofinato il nastro adesivo contro il bordo del palo per quelle che gli erano sembrate ore, anche se forse erano stati solo pochi minuti.

Il tempo non aveva senso in quello scantinato.

Iniziò a tenerne traccia in base a quante volte la caldaia si accendeva e si spegneva, prima di rendersi conto che questo non gli diceva nulla del tempo che stava passando. La caldaia si accendeva quando la temperatura della casa scendeva al di sotto di un certo valore e si spegneva quando tornava a quel valore.

Aveva la vescica piena e ogni muscolo del suo corpo gridava

per un po' sollievo. Aveva smesso di contare quante volte era stato vicino ad arrendersi. L'unica cosa che lo spingeva ad andare avanti e che lo spronava a segare il nastro che gli legava i polsi contro il palo era il pensiero di Josie. Aveva perso sua madre, Colette, qualche anno prima, nel modo peggiore possibile. Suo padre era un farabutto di prima categoria. Tanto per cominciare, era convinto che suo padre non avesse mai amato sua madre. L'aveva lasciata praticamente il giorno in cui Noah, che era il più giovane di tre fratelli, aveva compiuto diciotto anni. Aveva subito messo su una nuova famiglia con un'altra donna, lasciandosi alle spalle Noah, suo fratello e sua sorella come se non fossero mai esistiti. Sua madre aveva affrontato tutta quella situazione con l'imperturbabilità di una statua, tanto che Noah si era sempre chiesto se le fosse mai capitato di piangere nei momenti più intimi. A un certo punto era arrivato alla conclusione che non lo voleva sapere, perché già il dolore che provava lui era più che sufficiente. Una volta che suo fratello e sua sorella si erano trasferiti, lui e sua madre avevano superato insieme la tempesta del tradimento del padre. Lei si era rifiutata di lasciarsi sconfiggere dal dolore. Era stata la sua roccia, la luce guida della sua vita per tanto tempo. Finché non aveva incontrato Josie.

Nel profondo sentiva che non sarebbe sopravvissuto alla morte di sua madre se non fosse stato per lei. All'esterno, l'aveva affrontata con la stessa forza d'animo che sua madre aveva dimostrato per tutta la sua vita, ma nel suo intimo si era sentito andare in pezzi. Josie era diventata il suo nuovo punto di riferimento, il suo faro. Quando il dolore lo trascinava nelle sue profondità più torbide, riusciva a risalire in superficie seguendo la luce di Josie.

Non poteva perderla.

Non poteva morire.

Il nastro cominciò ad allentarsi. Il dolore attraversò le spalle di Noah mentre le fletteva, facendole ruotare in avanti. Con un movimento dei polsi verso l'esterno, sentì il nastro strapparsi leggermente. Pochi istanti dopo, le braccia erano libere. Un'ondata di adrenalina lo attraversò dalla testa ai piedi, anestetizzando il dolore alle estremità causato dalle ore passate legato. Si dimenticò perfino della vescica piena. Si mise al lavoro sul nastro che gli legava i piedi, sperando di riuscire a liberarli prima che Cooper tornasse per servirsi di lui.

QUARANTUNO

Josie non pensava che sarebbe stata in grado di prendere sonno, ma dopo la conversazione con Sandrine chiuse gli occhi e in un attimo stava già sognando Noah. Lo vedeva che provava a raggiungerla ma era intrappolato. Anche Mettner era sulla montagna con lei, ma questa volta era lei quella che moriva e lui che non riusciva a salvarla. Si svegliò con i sudori freddi subito prima che facesse giorno. Mettendosi a sedere sul materasso, si accorse che i letti di Sandrine e Brian erano vuoti. Alice e Nicole erano in piedi, giravano per la stanza provando ad accendere gli interruttori e le lanterne a energia solare. Non funzionava niente. Josie si strofinò il sonno dagli occhi. «Ma che succede?»

Alice spalancò la porta della sala di ritrovo e allungò una mano all'interno provando ad accendere e a spegnere l'interruttore della luce. «Siamo abbastanza sicure che il generatore abbia finito il gasolio. Brian è andato sul retro a verificare. Non ti preoccupare, c'è Sandrine che lo sta controllando dalla porta sul retro.»

Questo le provocò un'occhiata di Nicole, che si lasciò cadere su una delle poltrone con un sospiro. «Il che significa che siamo ufficialmente senza energia. Ci rimane soltanto il calore della stufa adesso. Finché non finiamo la legna.»

«Quanta ce ne resta?» domandò Josie, avendo perso il conto di quanta legna avessero usato per alimentare la stufa.

Nicole si strinse nelle spalle. «Non saprei dire. Brian pensa che ce ne resti per un altro giorno o due, se siamo fortunati.»

Alice si avvicinò a ciò che restava della legna che avevano accatastato dalla stanza della rabbia e le diede un calcio. «Porca puttana.»

Josie si alzò e le si avvicinò. «Ehi, andrà tutto bene. Presto ce ne andremo da qui.»

Gli occhi di Alice si riempirono di lacrime. «E come siamo messi con le provviste?»

Sandrine entrò dalla cucina, seguita da Brian. Avevano il viso rosso ed erano intirizziti dal freddo. «Le provviste?» ripeté. «Ce ne restano abbastanza per oggi e, probabilmente anche per domani. Possiamo razionarle perché durino più a lungo adesso che...»

Il silenzio si allungò per un secondo di troppo. Tutti quanti rivolsero lo sguardo a Sandrine che si asciugò una lacrima dalla guancia.

Nicole squadrò Sandrine: «Abbi il coraggio di dirlo. Adesso che Taryn se n'è andata. "Adesso che abbiamo una bocca in meno da sfamare, grazie a uno dei presenti in questa stanza".»

Brian passò accanto a Sandrine, si lasciò cadere sulla poltrona accanto a Nicole e si ravvivò i capelli castani tutti in disordine. «Non ricominciamo con questa storia.»

Un tenue odore della legna bruciata si diffuse in tutta la stanza, crescendo d'intensità. Josie guardò la stufa, da cui però non usciva fumo. No, l'odore che si sentiva era molto più forte di quello che solitamente emanava quella stufa e sembrava provenire da un altro posto.

Sandrine si guardò intorno da un capo all'altro della stanza. «Qualcuno lo sente questo odore?»

«L'odore di qualcosa che brucia?» le chiese Brian indicando la stufa. «Sì. Stiamo bruciando la legna, se ci fai caso».

«No.» disse Alice, spostandosi verso il centro della stanza. Alzò il mento, le narici si dilatarono mentre annusava l'aria. «Questo non viene dalla stufa.»

Alle spalle di Sandrine, un velo di fumo si arricciava come un serpente fluttuante dalla cucina, strisciando lungo la parete e salendo verso il soffitto.

«Al fuoco!» gridò Josie sentendo il cuore vibrare. «Viene dalla cucina.»

«No!» gridò Brian, balzando in piedi.

Josie ebbe solo un attimo per guardarlo e vedere i suoi occhi spalancarsi dal terrore. Afferrò Nicole per un braccio e la trascinò via dalla poltrona per poi spingerla verso la porta d'ingresso. «Uscite tutti fuori. Prendete le giacche e gli scarponi, tutto quello che riuscite a portare via per tenervi al caldo nella neve e andate!»

Josie corse verso la cucina, tirandosi il colletto della camicia sulla bocca e sul naso. Le fiamme divampavano già lungo la parete di fondo, dalla porta sul retro al piano d'appoggio del lavello. Uno degli scaffali con le tazze di caffè bruciò rapidamente piegandosi al centro e facendo cadere tutte le tazze sul pavimento. Sulla parete opposta le fiamme lambivano le mattonelle, investendo il frigorifero e gli armadietti della cucina. Josie si addentrò quanto più possibile nella stanza, alla ricerca dell'estintore che Cooper teneva lì, ma era già avvolto dalle fiamme. Sapeva che ce n'era un altro nella sala principale, vicino alla stufa, così corse a prenderlo. La porta d'ingresso era aperta e tutti gli altri erano fuggiti, tranne Alice che era rimasta sulla soglia, tenendo il giaccone di Josie in una mano e il suo telefono nell'altra.

Josie staccò l'estintore dalla parete e urlò ad Alice. «Vai! Esci! Resta con Sandrine.»

Con un cenno, Alice sparì.

Tornata in cucina, vide che le fiamme già si avvicinavano al ripostiglio di Cooper e nell'aria si disperdeva una coltre di fumo nero e denso. Le lacrimavano gli occhi. La fuliggine le ricoprì il palato e il fondo della gola. Tirò il perno di sicurezza e puntò l'erogatore verso la base del muro di fiamme a cui era più vicina. Schiacciando la leva mosse l'estintore a destra e sinistra. L'agente chimico schizzò fuori in una nuvola bianca, combattendo le fiamme, che però erano già troppo alte e stavano divorando l'intera cucina e cominciavano a divorare la camera da letto nel ripostiglio di Cooper. Josie gettò da parte la bombola vuota e si tirò il colletto sul viso. La sala principale era ormai densa di fumo. Una figura occupò l'ingresso della porta. Era Brian.

Josie gli fece cenno di uscire. «Fuori! Fuori!»

L'aria fresca la colpì come uno schiaffo. I suoi polmoni fecero fatica ad assorbire l'aria pulita e per poco non cadde. Un attacco di tosse scosse il corpo di Brian, che inciampò sui gradini alle sue spalle. Alice, Sandrine e Nicole aspettavano lungo il sentiero spalato. Josie tossì per quelle che le sembrarono ore, anche se molto più probabilmente furono solo pochi minuti. Il dolore le squarciava la schiena. Gli occhi le lacrimavano di nuovo e stava quasi per vomitare, tanto erano forti gli spasmi nella gola e nel petto. Si piegò in avanti, con le mani sulle ginocchia, cercando di calmare il suo corpo. Quando smise di tossire, sentì Alice che le avvolgeva il giaccone intorno alle spalle.

Accanto a lei c'era Brian, che stava leggermente meglio. Quando ebbero smesso entrambi di tossire, Josie infilò le braccia nel giaccone. Stretti insieme, tutti e cinque guardarono la casa principale. Alle sue spalle, un denso fumo nero si espandeva nell'aria, guastando il cielo senza nuvole, che ora passava dal blu notte al pervinca con il sorgere del sole.

«E ora cosa facciamo?» disse Nicole.

Josie si prese un momento per orientarsi. Per loro fortuna, il vento era cessato durante la notte, rimaneva una leggera brezza che faceva salire il fumo verso la cima della montagna. «Andiamo sottovento. Nella stanza della rabbia.» suggerì Josie. «Dobbiamo solo sperare che non bruci insieme alla casa principale.»

QUARANTADUE

Raggiunta la stanza della rabbia, Alice e Sandrine si misero al lavoro per liberare uno spazio dove potessero sedersi tutti insieme. Brian rimase sulla porta a guardare il fuoco che distruggeva la casa principale. Nicole trovò una scopa e raccolse quanti più vetri rotti poté, spingendoli in un mucchio al centro della stanza. Josie stava ancora cercando di riprendere fiato: non riusciva a liberarsi dalla sensazione che la fuliggine le ostruisse la gola. Avrebbe voluto avere dell'acqua, ma tutte le loro scorte erano andate in fumo con la casa principale. Anche se i singoli alloggi avevano ancora l'acqua corrente, la stanza della rabbia non ce l'aveva. Non aveva le energie né il fiato per mettersi in cammino, superare la casa principale e salire fino a uno degli alloggi per cercare l'acqua. Le serviva qualche minuto. Si appoggiò a un muro e chiuse la cerniera del giaccone. Infilando le mani nelle tasche, trovò con sollievo i guanti e il telefono. Aveva tenuto il telefono attaccato al caricabatterie in casa, ma era già all'ottantanove per cento. Le si strinse il cuore quando si rese conto che ora, una volta che la batteria si fosse esaurita definitivamente, non avrebbe avuto modo di ricaricarla.

Nel frattempo, dopo aver sgomberato abbastanza spazio,

Sandrine, Alice e Nicole si sedettero con la schiena contro il muro. Brian, invece, rimase sulla porta.

«Che diavolo è successo?» domandò Nicole tirandosi le ginocchia al petto e abbracciandosi le gambe.

Brian, da sopra la spalla, le disse: «A me sembra che sia abbastanza ovvio.»

Josie fece un giro per la stanza, facendo finta di camminare finché non sentì il telefono ronzare nella sua mano all'arrivo delle notifiche dei nuovi messaggi. Si bloccò sul posto, aspettando che cessassero.

«Certo che è ovvio.» rispose Nicole irritata. «Quello che voglio capire è come può essere successo. Com'è scoppiato l'incendio?»

«Noi non possiamo saperlo, ti pare?» sbottò Alice. «Brian tu eri lì! Tu lo sai com'è iniziato?»

Nicole le lanciò un'occhiataccia. «Sapete cosa voglio dire! Cosa può averlo causato?»

«Veniva dalla cucina.» disse Sandrine. Si chiuse la cerniera del giubbotto e vi si raggomitolò dentro. Al momento non faceva troppo freddo, ma Josie sapeva che con il passare delle ore si sarebbero congelati lentamente.

Alice si avvicinò a Sandrine. «C'eravate tu e Brian sul retro. Avete visto qualcosa?»

Da sopra la spalla, Brian le rispose: «Io non ho visto niente.»

Sandrine lo guardò da dietro con gli occhi ridotti a due fessure. «C'era solo Brian a giocare con il generatore. Hai fatto qualcosa, Brian?»

«Era compito tuo tenerlo d'occhio, Sandrine!» sbottò Nicole. «Non l'avresti visto se avesse "fatto qualcosa"? Parla chiaro, se devi dire qualcosa! Pensi che Brian, che combatte con il trauma dell'incendio che ha raso al suolo la sua casa-famiglia quando era bambino, sarebbe stato capace di appiccare un incendio?»

Josie trovò un angolino lungo una delle pareti, lontano da tutti gli altri.

«Non ho detto questo.» si affrettò a dire Sandrine.

In quel momento una nuvola di fumo attraversò la porta e Alice, Nicole e Sandrine cominciarono a tossire.

«Chiu... chiudete la porta, per favore.» balbettò Alice.

Brian diede un'ultima occhiata a quel disastro e poi le chiuse. Si avvicinò e si sedette accanto a Nicole. «Non ho fatto nulla al generatore...» borbottò. «Stavo cercando di vedere se potevamo ricavarne ancora qualcosa, ma era rimasto completamente a secco.»

Alice si strofinò il viso con entrambe le mani. «Ha importanza cosa o come è successo? L'unica domanda che dovremmo porci adesso è: cosa possiamo fare?»

Josie tirò fuori il telefono e controllò i messaggi. Nessuno se n'era accorto, e se anche lo aveva notato, non le prestava attenzione. Non c'era niente da Noah, ma aveva ricevuto diversi messaggi da Gretchen.

Ho nuove informazioni per te. La Loughlin ha fatto un controllo su Cooper Riggs. È un militare in pensione, della Decima Divisione di Montagna e non ha precedenti penali. Nessuno l'ha sentito dall'inizio di questa tormenta. Comunque, lo sceriffo ha detto che indagherà. Non si hanno notizie di Noah, quindi stiamo cercando di rintracciare anche lui.

Josie cercò di placare la miriade di domande che le si affastellavano nella mente mentre leggeva il nome di Noah. Perché non era in contatto con la squadra? Dov'era finito? Dov'era Cooper? Cosa stava succedendo laggiù? Mise da parte le preoccupazioni, cercando di concentrarsi sul resto dei messaggi che le aveva mandato Gretchen. Gliene aveva inviati parecchi.

*Non vi hanno dimenticato. Un agente della contea di
Sullivan ha detto che si stanno organizzando per trovare
il modo migliore di arrivare lassù e portarvi tutti via da
quella montagna. Si stanno coordinando con la Polizia
di Stato. Si spera non ci voglia ancora molto.
A parte questo, pensiamo di aver trovato due dei vostri
compagni. Tara Pietro, trentanove anni. Originaria della
Florida. Nessun precedente e nessun mandato. Ti invio
anche un articolo. Ti mando la schermata visto che
suppongo non riusciresti ad aprire il link.*

Josie scorse la pagina. Tara Pietro doveva essere Taryn
Pederson. Aveva scelto un nome simile al suo. L'articolo era del
Saint Augustine Record, datato ventidue mesi prima.

Uomo di Saint Augustine muore dopo che una balena si scontra con una barca

Josie lesse velocemente l'articolo, constatando che i dettagli
corrispondevano esattamente a quelli che Taryn aveva fornito
durante la settimana. Lei e suo marito si trovavano su una
piccola barca da pesca al largo della costa della Florida quando
una balena si era abbattuta sulla barca, causandone il ribalta-
mento. Il marito di Taryn era caduto in acqua ed era annegato.
Lei era riuscita a riportare il corpo sulla barca e a praticargli la
rianimazione cardiopolmonare, ma non era riuscita a salvarlo.
Ritrovatasi sola in mare, spaventata e senza esperienza nella
gestione dell'imbarcazione come il marito, aveva lanciato una
richiesta di soccorso. Le autorità locali erano intervenute e l'avevano tratta in salvo.

Gretchen aveva dato seguito alla storia con un messaggio
che diceva:

Tara Pietro si è trasferita nella parte sud del New Jersey dopo l'incidente. Abbiamo parlato con una vicina che le mette da parte la posta, che ci ha detto che Tara non lavora perché ha ricevuto un indennizzo per l'incidente del marito. Viaggia parecchio. La vicina ha detto che è in vacanza per due settimane, ma non ha detto dove, quindi, sono abbastanza sicura che sia la persona che stai cercando.

La voce di Alice riportò Josie alla situazione attuale. «Cosa facciamo se l'incendio si propaga?»

Il fumo scivolava sotto la porta, indugiando all'interno dello spazio.

«Oh mio Dio...» gemette Brian con la voce ovattata dalle mani sul viso.

«Il vento è piuttosto calmo in questo momento.» osservò Sandrine. «Non credo che l'incendio riuscirà a espandersi. Forse questo sarà un bene. I servizi di emergenza potrebbero rispondere più rapidamente. Non vorranno che l'incendio si propaghi alla foresta.»

«Ma dovremmo restare qui?» chiese Nicole. Josie fece scorrere il messaggio successivo.

Il prossimo è Bradley Davison. Attualmente risiede a Los Angeles. Copio e incollo di nuovo.

«Che scelta abbiamo?» disse Alice. «Abbiamo bisogno di un riparo.»

Josie alzò lo sguardo dal telefono. «Potremmo andare a ripararci in uno dei nostri alloggi. Almeno avremmo l'acqua e potrebbe essere più facile stare al caldo se ci chiudessimo tutti in uno spazio più ristretto.»

«Ma tutte le scorte che avevamo da mangiare sono sparite.» disse Nicole. «E anche tutta la legna che avevamo spaccato per scaldarci è andata. Certo, i nostri alloggi hanno le stufe, ma non abbiamo più nulla da bruciare e non possiamo tagliare nulla perché l'ascia era nella casa principale!»

«La nostra fonte di calore è proprio fuori da quella porta.» le fece notare Alice. «Quel posto brucerà ancora a lungo.»

Josie scorse e lesse rapidamente l'articolo successivo, che risaliva a quasi quindici anni prima.

I SOPRAVVISSUTI ALL'INCENDIO DELLA CASA DEI RAGAZZI DELLA STELLA DEL NORD LOTTANO ANCORA CON LA PERDITA QUINDICI ANNI PIÙ TARDI.

Bradley Davison ricorda il giorno in cui la sua casa-famiglia è andata a fuoco come se fosse successo ieri. «Questo tipo di cose ti si imprimono nella memoria in modo permanente, mi capisce? Ci penso ancora, pratica-mente ogni giorno. Ci sono molti fattori scatenanti. E sono tormentato dagli incubi. È dura.»
Gli altri due sopravvissuti, che Davison considera come fratelli, si sono espressi negli stessi termini. Avevano solo un anno in meno di Davison quando un incendio distrusse la casa di accoglienza per bambini in affida-mento alla periferia di Los Angeles. Quel giorno sono morti tredici bambini e quattro assistenti. È stato uno dei giorni più tragici nella storia della città.
«Non credo di essermi mai ripreso.» afferma Chance Fields. «Sento ancora le loro urla nel sonno... le urla dei ragazzi che sono rimasti intrappolati ai piani superiori e non sono riusciti a uscire in tempo.»
«Sì... è stata una delle cose peggiori che mi siano mai successe.» conferma Micah Hewlitt. «Credo di avere il senso di colpa del sopravvissuto o qualcosa del genere. Da allora ho avuto problemi con le droghe e l'alcol. Non riesco a tenermi un lavoro. Tutta questa storia ha avuto un impatto su tutto.»

*A seguito dell'incendio, ciascuno dei tre ragazzi è stato
assegnato a una famiglia affidataria diversa. Anche se si
sono tenuti in contatto, non hanno mai trascorso molto
tempo insieme dopo la tragedia.*
*«È troppo difficile stare insieme...» racconta Bradley,
«perché ci ricordiamo l'un l'altro quello che è successo.»*
*Le indagini condotte in seguito all'incendio hanno rive-
lato che la causa dell'incendio non era determinabile e,
pertanto, non si poteva escludere che fosse un atto doloso.*
*Quindici anni dopo, il luogo di uno dei fatti più tragici
della città è oggi il Parco della Stella del Nord. Anche se
una targa commemora l'incendio, la maggior parte delle
famiglie che vengono a godersi il parco giochi e l'area
picnic non ricordano l'edificio che sorgeva lì e che poi è
stato raso al suolo.*
*Tutti e tre i sopravvissuti hanno visitato il nuovo parco
di recente, in occasione dell'anniversario dell'incendio.
L'atmosfera era cupa. «Credo sia stata una cosa bella.»
ha detto Bradley. «Trarre qualcosa di buono per la comu-
nità da questo posto, ma questo non cancella il dolore.
Niente potrà mai cancellare il dolore.»*

«Moriremo di fame quassù...» disse Nicole. «Per quanto
tempo possiamo stare senza cibo?»

«Non c'è bisogno di mangiare per sopravvivere un paio di
giorni.» disse Alice. «Ci basta l'acqua.»

Un altro velo di fumo si propagò lungo i bordi della porta.
Nicole tossì di nuovo. Brian ne osservò i vortici serpeggiare sul
pavimento, come vipere che strisciavano verso di lui. Si alzò di
scatto. «Non posso restare qui.»

«Ma dobbiamo restare qui.» disse Sandrine. «Va tutto bene,
Brian. Per favore. Siediti.»

«Ci ho pensato.» continuò Alice. «Non ce la faremo mai se
proviamo a raggiungere il fondovalle a piedi. La neve è troppo

profonda. Anche se non sono poi tanti chilometri. Ci ritrove-remmo fradici e congelati e anche una volta arrivati laggiù, la casa o la città più vicina o qualsiasi altra cosa è a chilometri di distanza. Siamo bloccati qui.»

Josie scorse gli ultimi messaggi di Gretchen.

A proposito, questo tizio, Bradley Davison, non è sposato. Non ha nemmeno una fidanzata, ma credo che sia la persona giusta in base alle informazioni che ci hai fornito. Non ha precedenti penali, anche se alcuni anni fa gli era stato ingiunto un ordine restrittivo per una denuncia da parte di quell'attore che ha suscitato grande scandalo per violenza sessuale, Dean Thurman.

QUARANTATRÉ

Il cuore di Josie partì al galoppo. Il sangue le ruggì nelle orecchie. Ecco il collegamento che aveva cercato tra uno degli impostori e Sandrine. Dean Thurman aveva recitato in un film con la madre di Sandrine, Delilah Stowe, e poi aveva avuto una relazione con lei. Sullo schermo apparve l'ultimo messaggio di Gretchen che diceva:

Sto ancora lavorando su Nicole Davies.

Quanto a un eventuale collegamento tra Dean Thurman e Brian, Gretchen e la detective Loughlin non si erano ancora preoccupate di verificare se ne sussistesse uno, dal momento che Thurman era morto e qualsiasi problema ci fosse stato tra loro due, per la squadra investigativa sarebbe sembrato irrilevante; non sapevano quello che aveva scoperto Josie.

Brian si diresse di nuovo verso la porta. Josie digitò un messaggio veloce.

Grazie. La situazione qui sta peggiorando rapidamente. Tara Pietro è scomparsa. Temo sia stata uccisa. La casa

principale sta bruciando. Non abbiamo scorte. Niente riscaldamento. I rifornimenti sono finiti. La batteria del telefono si esaurirà presto. Non c'è modo di ricaricarlo.
Ci serve aiuto.

Premette invio, ma sotto al messaggio apparve un piccolo orologio che si mise a girare, indicando che non sarebbe stato inviato. «Ma porca...» mormorò sottovoce.

Brian aprì la porta, facendo così entrare all'interno ancora più fumo. «Non posso restare qui. Non posso proprio. Voi non capite. Questo odore... non posso reggerlo.»

Sandrine balzò in piedi e gli si avvicinò, prendendogli entrambe le mani tra le sue. «Brian, guardami. È tutto a posto. Sei al sicuro. Ricorda il protocollo per fermare i ricordi. Respira. Ti aiuto io.»

Sandrine contò i secondi per la respirazione a scatola. Brian dovette compiere un bello sforzo per imitarla, ma alla fine riuscì a calmarsi leggermente. Alice si mise in piedi e chiuse di nuovo la porta, impedendo al fumo di entrare.

«Andiamo.» lo incoraggiò Sandrine, trascinando Brian per le mani verso il fondo della stanza, dove gli altri stavano aspettando. «Per ora, questo è il posto migliore per noi.»

Tossendo, Nicole si asciugò gli occhi che lacrimavano. «Ma è pieno di fumo.»

Sandrine fece cenno a Brian di sedersi di nuovo sul pavimento. «Il vento ne sta spingendo il grosso verso la vetta. Sarà peggio se cerchiamo di entrare in una delle baite, ci conviene rimanere qui.»

«E se usciamo fuori, moriremo di freddo.» aggiunse Alice. «Qui almeno siamo all'asciutto e siamo protetti contro il fumo.»

Sandrine si sedette a terra, a gambe incrociate, accanto a Brian. «So che sembra il momento peggiore per farlo.» disse. «Ma facciamo cerchio e proviamo a fare qualche esercizio di ancoraggio.»

«È la cosa più stupida che abbia mai sentito.» esclamò Nicole voltandosi a guardare Brian, ma i suoi occhi si erano fatti spenti e vuoti più che si smarriva in qualche angolo della memoria.

Alice si spostò e andò a sedersi accanto a Sandrine. «Non è che hai qualche idea migliore? Perché in questo momento l'unica cosa che possiamo fare è stare seduti qui e dare di matto. Insomma, non è per questo che siamo venuti a questo ritiro, per imparare a non dare di matto?»

Josie si infilò il telefono in tasca e si sedette accanto ad Alice. Nicole lanciò un'occhiata a ciascuno dei suoi compagni prima di sgattaiolare accanto a Brian per sedersi accanto a lui e completare il cerchio. Sandrine disse: «So che non sono le circostanze migliori, ma cerchiamo di fare dei respiri profondi.»

Josie lanciò uno sguardo verso la porta, ma dai lati non filtrava più fumo; quindi, il vento doveva essere cambiato di nuovo, ma si riusciva comunque a sentire l'odore di bruciato che aleggiava all'esterno. Si chiese se le fiamme si fossero estese a qualcuna delle abitazioni o agli alberi vicini. Non voleva neanche pensare a cosa sarebbe successo se avesse cominciato a diffondersi. Avrebbero dovuto fare del loro meglio per scendere lungo il sentiero, immergendosi in quasi un metro di neve e con indumenti poco adatti per tenersi caldi e comunque non sarebbero mai stati in grado di superare le fiamme se si fossero propagate. La morsa del terrore si impadronì di nuovo del suo petto e capì subito che era dovuta alla paura e all'ansia e non ai residui di fumo nell'aria.

A prescindere da queste considerazioni, Alice aveva ragione: non era il momento di dare di matto; lei non poteva fare niente per controllare gli eventi che stavano accadendo all'esterno, ma poteva cercare di controllare i suoi pensieri e la sua respirazione. Si concentrò nuovamente sulle parole di Sandrine, seguendone le istruzioni passo dopo passo che li guidava attraverso un esercizio di respirazione. Era rientrata nel suo ruolo di terapeuta e di guida. Aveva riacquistato la notevole calma che aveva dimostrato per tutta la settimana, nonostante tutto ciò che Josie le aveva rivelato la sera prima.

Josie si accorse che Sandrine non stava usando nessuna delle tecniche di ancoraggio che aveva insegnato durante la settimana, probabilmente perché richiedevano tutte un contatto sensoriale con l'ambiente circostante e loro erano già sovraccarichi per le circostanze che stavano vivendo. Piuttosto, li stava facendo concentrare maggiormente sui loro corpi. «Strofinate le mani tra di loro...» diceva con calma. «Sentite l'attrito, il calore che le vostre mani creano.»

Josie pensò all'improvviso a Mettner e ancora una volta sentì la sua mano tra le sue, mentre la vita lo abbandonava. Si sentì meglio quando Sandrine passò alla parte successiva. «Mettete una mano sul cuore. Sentite come batte. Sentite come pompa il vostro sangue senza sforzo, portando ossigeno al resto del corpo. Questo cuore vi ha sostenuto per tutti i giorni della vostra vita. Vi ha accompagnato tanto nei momenti migliori quanto nei momenti peggiori. Sentitelo ora e prendete coscienza del fatto che vi accompagnerà attraverso molto altro.»

Josie prese coscienza che il suo battito cardiaco avrebbe dovuto rallentare, ma era ancora in fibrillazione quando la sua mente tornò a un argomento più sicuro dell'inferno che infuriava all'esterno: il collegamento tra gli impostori e Sandrine. Brian, Dean Thurman, Delilah Stowe, Sandrine. Che motivo aveva avuto Brian di dare il tormento a Dean Thurman a tal punto da rendere necessaria un'ordinanza restrittiva?

«Ora mettete una mano sulla nuca.» disse Sandrine. «Sentite come è solida e confortante, come quando eravate nati da poco e venivate cullati da un genitore.»

Un genitore.

Josie guardò di fronte a sé, nel punto del cerchio dove Sandrine e Brian sedevano, fianco a fianco, a testa china, con la mano sinistra sulla nuca. Pensandoci, non aveva mai notato alcuna somiglianza fisica tra loro due, ma d'altronde non l'aveva nemmeno cercata. Ma adesso che si ritrovava a fissarli, passò in rassegna le istantanee che aveva scattato nella sua mente nel corso della settimana, alla ricerca di una somiglianza. Erano i loro occhi, pensò alla fine. Entrambi avevano gli occhi azzurri sui quali si inarcavano sopracciglia disegnate con la stessa geometria. Quando sorridevano, le loro guance si arricciavano allo stesso modo, creando sul loro viso le stesse linee d'espressione. Era incredibilmente sottile, ma una volta che la vedevi, non potevi sorvolare sulla somiglianza.

Restava il fatto che Sandrine non poteva avere figli; e quand'anche avesse potuto averne, non aveva di certo l'età per essere la madre di Brian. Eppure, lui era cresciuto in affidamento, senza mai conoscere i suoi genitori naturali. Da quello che Josie aveva capito, Brian era finito nel sistema affidatario dalla nascita e non era mai stato adottato definitivamente. E nonostante nessuno gli avesse chiesto nel corso delle sedute di quella settimana se avesse mai tentato di trovare i suoi genitori biologici, non significava che non li avesse effettivamente cercati e trovati.

Un soffio d'aria fredda tinta di fumo che proveniva da sotto la porta fece tossire Alice, che però ritrovò subito la concentrazione, abbassando il mento sul petto e continuando a seguire le istruzioni di respirazione che Sandrine ripeteva come un mantra.

Josie si ricordò di ciò che Sandrine aveva detto di sua madre. *"Quando non tramava sul modo migliore in cui potevo aiutarla a fare carriera, mi lasciava a casa di alcuni suoi 'amici' per mesi interi. Ogni volta mi chiedevo se sarebbe mai tornata o se quella fosse l'ultima volta che la vedevo. Ma alla fine tornava ogni volta, anche se non scoprivo mai dove fosse andata né il perché"*. Delilah scompariva per mesi per dare alla luce un altro figlio? Un figlio avuto con un altro attore sposato? Dean Thurman era il padre di Brian? Questo avrebbe reso Sandrine e Brian fratelli.

Da quando era cominciata quella storia, Brian aveva sempre

detto di non credere che Sandrine fosse stata sincera sulla sua identità. "Non sono convinto che sia chi dice di essere." In un modo o nell'altro, doveva aver scoperto che Delilah Stowe era sua madre. Poi, nonostante Sandrine avesse cambiato nome da tempo, lui era riuscito a rintracciarla. Ma se le cose erano andate così, non riusciva a capire perché non l'avesse semplicemente chiamata al telefono o non avesse fissato un appuntamento nel suo ufficio per dirle che erano fratelli persi da tempo. E invece era in vetta a quella montagna, si era iscritto a quel ritiro, con altri due impostori.

Un'altra ventata di fumo li raggiunse e questa volta, quando Josie inspirò, le fece il solletico alla gola. Arrivò un'altra crisi di tosse che la costrinse a servirsi della mano che teneva sul cuore per coprirsi la bocca, come fecero anche gli altri un attimo dopo, e Alice si ritrovò addirittura con il viso rosso e le lacrime che le scendevano sulle guance. «Dovremmo cercare di ostruire la parte inferiore della porta con qualcosa.»

Nicole si guardò intorno. «Tipo cosa?»

«No.» disse Brian. «Non ce la faccio a stare qui dentro.»

Sandrine gli si avvicinò di nuovo e gli prese la mano. «Va tutto bene, Brian. Credo che Alice abbia avuto una buona idea. Così ci eviteremo un po' di odore.»

«No.» disse ancora lui e strappando la mano dalle sue, saltò in piedi, e si mise a correre verso la porta, la spalancò e si tuffò nella neve.

QUARANTAQUATTRO

Noah fece qualche passo nella cantina buia, con le mani tese in
avanti per non urtare i muri o qualsiasi altra cosa potesse
trovarsi in quello scantinato. Doveva recuperare la sensibilità
alle gambe e alle braccia. Doveva essere pronto. Aveva trovato
un angolino dove potersi liberare. Aveva fatto il giro della stanza
un numero sufficiente di volte per farsi una mappa mentale.
C'erano diversi scaffali lungo una delle pareti. A tastoni aveva
identificato il maggior numero possibile di oggetti che vi erano
disposti. Barattoli di vernice, pennelli, nastro adesivo, alcuni
teloni, diverse lattine e bottiglie di prodotti chimici, quelle che
dovevano essere decorazioni per le feste, lampadine, una serie di
altre cose varie che non si preoccupò di cercare di capire perché
non gli servivano a nulla. L'unica cosa su quegli scaffali che gli
poteva tornare utile era il martello, che aveva prontamente infilato nella parte posteriore della cintura, in modo che fosse facilmente estraibile al ritorno dell'impostore. Il problema era che
non ne aveva sentito i passi al piano di sopra per diverso tempo e
dalla porta in cima ai gradini non filtrava alcuna luce.

Doveva fare una scelta: poteva provare a rompere il pomello
e aprire la porta, oppure poteva aspettare. Nel primo caso, se il

finto Cooper avesse sentito che cercava di uscire, c'erano forti probabilità che sparasse contro la porta e lo uccidesse; d'altro canto, se l'uomo non fosse stato in casa e Noah non fosse riuscito a uscire, una volta che alla fine fosse tornato, avrebbe visto i danni che aveva fatto nel tentativo di fuggire e quasi sicuramente lo avrebbe ucciso comunque.

Quindi, forse la cosa migliore era aspettare. Noah aveva un vantaggio là sotto, al buio: Cooper non sapeva che si era liberato dal nastro. Non sapeva che aveva trovato il martello. Quindi Noah poteva aspettare che arrivasse in fondo ai gradini e attaccarlo. Però, se l'uomo avesse aperto la porta o acceso una luce, Noah ne sarebbe rimasto accecato e non solo avrebbe perso il vantaggio, ma sarebbe stato di nuovo alla mercé del suo aguzzino. Aveva bisogno di mettere a punto un piano per quando sarebbe tornato, con una soluzione che non lo lasciasse indifeso nel caso in cui avesse acceso la luce.

Si mise a camminare di nuovo per la cantina, con la mente impegnata a trovare una soluzione. La caldaia si accendeva e si spegneva. Sopra di lui, la casa era silenziosa. Non c'era nemmeno il vento a farla gemere. Non si sentiva alcun suono.

Noah si fermò al centro della stanza. «Fanculo tutto.» mormorò. «I piani sono stupidi.»

Estrasse il martello dalla cintura e salì i gradini di corsa e prima di avere il tempo di ripensarci, alzò il martello sopra la testa e lo fece cadere nel punto in cui pensava si trovasse la maniglia della porta. Un clangore gli rimbombò tra le braccia dandogli una grande soddisfazione. Continuò a martellare imperterrito. Quando il pomello cadde, puntò l'estremità ad artiglio del martello lungo il bordo della porta per aprirla. A quel punto si trovò nella cucina vecchio stile. La luce era fioca. Noah sbatté più volte le palpebre per abituare gli occhi. Trovò l'orologio sulla parete. Era pomeriggio, ma non sapeva di che giorno.

«Cosa diavolo pensi di fare?»

Cooper era in piedi sulla porta che conduceva al soggiorno. La mente di Noah si soffermò sul suo aspetto. Jeans troppo grandi, giaccone, cappello calato sulla testa calva, guanti alle mani. Neve bagnata sugli scarponi. Niente pistola.

Noah si precipitò contro di lui.

QUARANTACINQUE

Josie scattò in piedi e corse appresso a Brian. Fuori, il fumo che si sprigionava dalla casa principale continuava a salire verso il cielo e di tanto in tanto un colpo di vento ne spingeva dei pennacchi verso la stanza della rabbia, ma in linea di massima l'aria era ancora respirabile. Tuttavia, prese i lembi del colletto della camicia da sotto il giaccone e se li tirò su fin sopra il naso. Guardandosi intorno, non vide impronte fresche che si allontanavano dall'edificio. C'era solo il sentiero spalato che era pieno di tutte le loro tracce. Il calore del fuoco le aveva trasformate in fango. Guardò lungo il pendio, ma non lo vide. Era salito verso i bungalow? Si voltò per seguire il sentiero in quella direzione, ma la voce di Alice la fermò.

«Josie! Dove stai andando?»

Josie abbassò il colletto. «Devo trovare Brian e riportarlo indietro. Non sta bene. Potrebbe morire qui fuori.»

Alice fece un passo avanti e afferrò il braccio di Josie. «Potrebbe ucciderti! Potrebbe essere lui l'assassino, Josie! Ci hai pensato?»

«Sì.» disse Josie. «Ma devo comunque andare a cercarlo.»

«Perché? È per quello che ha detto Nicole? Che hai il

sangue di Taryn sulle tue mani? Si sbaglia, Josie. Spero che tu te ne renda conto. Se le è successo qualcosa di brutto, non lo potevi prevedere. Hai fatto la cosa giusta.»

Josie la guardò nei suoi occhi nocciola, che alla luce del sole si erano fatti dorati e ambrati; per lei era l'amica quella che sbagliava, ma non aveva senso discutere.

«Grazie, Alice.»

Alice la tirò per un braccio, incoraggiandola a tornare nella stanza della rabbia. «Torna dentro.»

Con delicatezza, Josie allontanò le sue dita e le strinse la mano. «Tornerò quando avrò trovato Brian. Ma ascoltami...» Prima di proseguire, valutò la situazione: aveva promesso a Sandrine di non raccontare ad Alice quello che aveva scoperto su Taryn, Brian e Nicole. Anche se aveva voluto dirglielo, non ce n'era stata l'occasione. Ma ora la preoccupava lasciare Alice da sola con Nicole e Sandrine, in una situazione in cui non aveva tutte le informazioni. La sera prima era stata troppo esausta e sopraffatta per mettere in dubbio i motivi che avevano spinto Sandrine a tenere Alice all'oscuro; ma allo stato delle cose attuale, si chiedeva se avrebbe avuto importanza se Alice avesse fatto un passo falso o se avesse perso di nuovo la calma. Anzi, il timore che se le fosse successo qualcosa prima che riuscissero a scendere dalla montagna perché lei non le aveva detto tutto, la portava a chiedersi come avrebbe fatto a convivere con sé stessa. La risposta era che non ci sarebbe riuscita. Tanto più che non era nemmeno sicura di poter convivere con il fatto che il destino che era toccato a Taryn, qualunque fosse, con tutta probabilità era colpa sua.

«Cosa ti prende?» le chiese Alice, stringendo ancora la mano di Josie.

«Devo dirti alcune cose. Non abbiamo molto tempo, quindi ti dirò tutto quello che so il più velocemente possibile e poi andrò a cercare Brian e lo riporterò da noi. Ma ho bisogno che tu stia calma.»

Alice raddrizzò la sua postura. La paura nei suoi occhi si ritirò, sostituita da qualcosa che Josie aveva visto in molti dei suoi colleghi quando dovevano riporre le loro emozioni personali per portare a termine il lavoro. Era un'infermiera del Pronto Soccorso, sapeva adattarsi alle situazioni di crisi e di caos. Era pronta a tutto. A questo pensiero, Josie provò un grande sollievo che le sciolse i muscoli tesi delle scapole.

Un'esplosione di fumo proveniente dalla casa principale le investì. Josie si tirò di nuovo il colletto della camicia sul viso e condusse Alice verso la casetta. Una volta al riparo, le raccontò tutto quello che aveva appreso fino a quel momento, tralasciando la sua teoria che Brian potesse essere il fratello di Sandrine. Alice ascoltava, la sua mano stringeva sempre più forte quella di Josie a ogni parola, finché le nocche non le fecero male. Avvertendo l'urgenza di Josie e sapendo che avrebbero potuto essere interrotte in qualsiasi momento, non fece domande. Al contrario, quando Josie ebbe finito, disse: «Non posso lasciarti andare dietro a Brian da sola.»

«Starò bene.» le garantì Josie.

«Non puoi saperlo.»

«Ho affrontato persone molto più spaventose di Brian.»

Alice fece un debole sorriso. «Questo non mi fa sentire meglio. E cosa ne sarà di noi?»

«Qui starete bene, purché restiate insieme.» le disse Josie. «Non ha senso che ci congeliamo qua fuori tutti quanti. Torna dentro. Rimani vicino a Sandrine e aspettami.

Ti assicuro che non ho intenzione di provocare Brian. Lo voglio solo riportare nella stanza della rabbia. Non posso rischiare che altri di noi spariscano o rimangano feriti o vengano ammazzati.»

A malincuore, Alice la lasciò e tornò dentro di corsa. Josie aspettò che la porta si chiudesse e poi seguì il sentiero di neve sciolta fino alla casa principale, tenendo naso e bocca coperti e procedendo il più velocemente possibile. Quando passò davanti alla casa, un'ondata di caldo torrido la colpì così forte che le sembrò di poter cadere. Deviò nella neve per allontanarsi. Quando passò davanti all'alloggio di Sandrine, vide che il rivestimento aveva iniziato a sciogliersi. Josie impose alle sue gambe di muoversi più velocemente, ma la neve era ancora alta e difficile da attraversare. Sentiva ancora una morsa sul petto. Le sembrava impossibile respirare profondamente. Stava rimpiangendo la decisione di partire all'inseguimento di Brian quando lo vide seduto sui gradini della baita che aveva condiviso con Nicole. Se ne stava ingobbito, con i gomiti sulle ginocchia e la testa rivolta verso il fuoco. In quel punto c'era ancora fumo, ma non più di quanto ce ne fosse nella stanza della rabbia. Fermandosi proprio di fronte a lui, parlò attraverso il tessuto della camicia. «Brian, per favore, torna laggiù con noi.»

Lui non si mosse, non la guardò neppure. La sua voce suonava piatta quando parlò. «Non voglio tornare. Preferisco starmene qui fuori, all'aria aperta.»

Josie si abbassò il colletto della camicia. Le sembrava di avere ancora la gola spessa e ricoperta di fuliggine. «Allora perché non vieni a sederti davanti alla stanza della rabbia? Torna indietro. Nessuno può andare da nessuna parte da solo, ricordi? Non è sicuro.»

«L'odore me lo fa tornare in mente.» disse con gli occhi ancora fissi sul fuoco. Il centro dell'edificio aveva iniziato a crollare su sé stesso. I vetri delle grandi finestre della facciata si erano già incrinati e in alcuni punti erano andati in frantumi e le fiamme guizzavano attraverso le aperture.

«Sai, gli altri ragazzi hanno sentito le urla. Quella è stata la cosa che gli è sempre rimasta impressa, ma per me è l'odore. Mi riporta a quel periodo della mia vita.»

Gli occhi di Josie presero a lacrimare. «So che l'odore è un fattore scatenante per te, ma non sei al sicuro qui fuori. Ti prego, torna indietro. È importante che restiamo tutti insieme per quando verranno a salvarci, cosa che dovrebbe avvenire presto, mi auguro.»

I suoi occhi erano di nuovo vitrei e smarriti. Era tornato in un posto che lei non poteva raggiungere. A Los Angeles, quasi sicuramente. Durante l'incendio che aveva ucciso più di una dozzina di persone nella sua casa-famiglia.

Josie salì sul primo gradino, tenendosi alla ringhiera per mantenere l'equilibrio. La mancanza di aria pulita le dava le vertigini. «Non ti resta più molto tempo per ottenere quello che vuoi da Sandrine.» gli disse.

Lui sbatté le palpebre e la sua espressione tornò vigile. Lentamente, girò la testa verso di lei. Il suo pomo d'Adamo prese a muoversi su e giù nella gola mentre deglutiva un paio di volte. Quando parlò, la sua voce era roca e bassa. «Aspetta. Come hai... tu non potevi... Sandrine lo sa che...»

Josie si era andata a cacciare in un territorio pericoloso; perciò, doveva stare attenta a quello che diceva per evitare che lui capisse che stava bluffando per fare in modo che lui le desse certe informazioni.

«Sandrine non sa nulla.» gli assicurò. «E nemmeno Alice.»

«E allora come fai a saperlo? Come fai a sapere perché sono qui?»

«È il mio lavoro, Brian. O dovrei forse chiamarti Bradley?»

QUARANTASEI

«Da quanto tempo?» gracchiò. «Da quanto tempo lo sai?»

Gocce di sudore cominciavano a imperlare l'attaccatura dei capelli di Josie. «Non da molto.»

Lui si frugò in una tasca del giaccone. Josie si tese immediatamente. La mano le prudeva per prendere l'arma d'ordinanza che non aveva con sé. Fortunatamente per lei, Brian stava solo cercando la sua sigaretta elettronica rotta, che si limitò a tenere in una mano e a fissare. «Non l'hai detto a Sandrine?»

«Ho pensato che, essendo suo fratello, dovesse toccare a te questo onore.»

Nel modo in cui indietreggiò un po' e arricciò le dita intorno alla sigaretta, Josie vide che la sorpresa lo aveva colpito come un pugno. Guardò alle sue spalle lungo il sentiero che avevano spalato, più ampio ora che gran parte della neve davanti alla casa principale si era sciolta. Da quello che riuscì a capire, nessuno era uscito dalla stanza della rabbia. Avevano un po' di tempo, se riuscivano a stare ancora un po' vicino al fuoco. «Quando hai scoperto di avere dei fratelli?» gli domandò.

Usò deliberatamente il plurale, ancora una volta cercando di bluffare per ottenere informazioni da lui. Mentre erano seduti in cerchio nella gelida stanza della rabbia ed eseguivano l'esercizio di radicamento di Sandrine, una parte della sua mente aveva cercato di mettere insieme gli elementi che aveva a disposizione. Non aveva avuto il tempo di disporre tutti i pezzi del puzzle e di esaminarne i bordi per vedere come si incastravano, ma si era fatta una vaga idea del quadro generale che formavano.

Brian ora la osservava con attenzione. Senza distoglierle lo sguardo di dosso, si rigirava la sigaretta elettronica tra le mani. Lei colse l'esitazione nei suoi occhi mentre stabiliva quanto raccontarle. Alla fine, si decise a dire: «Qualche anno fa. Ma non capisco, come sei riuscita a...?»

«Non sei l'unico che non è stato cresciuto dai suoi genitori biologici...» gli fece notare Josie.

Lui sospirò. «Quella maledetta di Taryn.»

Josie dovette ricordarsi di non mostrare alcuna soddisfazione per aver indovinato.

«È stata lei a dirtelo?» le domandò Brian.

«Mi ha detto che sua madre l'aveva adottata da neonata.» disse Josie.

Come Brian, anche Taryn era troppo grande per essere la figlia biologica di Sandrine. Josie ripensò a quando Taryn e Sandrine avevano sparecchiato la tavola nella sala da pranzo e a come le erano sembrate praticamente gemelle. In effetti, Taryn assomigliava fisicamente a Sandrine più di quanto non le assomigliasse Brian. Se si erano messi d'accordo per un obiettivo comune, era ragionevole pensare che anche Taryn fosse una delle sorelle di Sandrine, anche se Josie non riusciva ancora a capire a cosa puntassero; oltre a questo, non aveva ancora capito quale fosse il ruolo di Nicole, anche perché Gretchen non era riuscita a risalire alla sua vera identità. Brian si passò la sigaretta da una mano all'altra, mormorando: «Non posso crederci.»

Nicole non aveva mai detto di essere stata adottata, anche se nemmeno Taryn lo aveva fatto fino a quando non ne aveva parlato in privato con Josie. Nicole non assomigliava molto a Taryn e nemmeno a Brian. Si poteva dire di vedere una certa somiglianza tra lei e Sandrine nella linea del mento e nella forma del naso ma, a conti fatti, Josie non riusciva a capire se la somiglianza ci fosse davvero o se la sua mente non le giocasse brutti scherzi a forza di formulare teorie su teorie.

Non poteva fare a meno di chiedersi se stava seguendo le prove o se stava cercando di adattarle alla sua versione dei fatti.

"C'è solo un modo per scoprirlo", le disse la voce fantasma di Mettner. "Sei arrivata fin qui".

Per quale altro motivo Nicole avrebbe partecipato al ritiro? Perché assumersi il rischio di mentire sul suo trauma passato per assicurarsi di partecipare al ritiro? Anche se era possibile che lei e Brian non fossero una coppia e semplicemente fingessero di essere sposati, Josie si sarebbe comunque aspettata di vedere più intimità e confidenza tra loro. Josie rivide nella sua mente Sandrine, Brian e Nicole seduti nella stanza della rabbia con le mani dietro la nuca. Le loro mani sinistre. Erano tutti mancini, proprio come Taryn. In effetti, a pensarci bene, lei, Alice e Meg erano le uniche destrimane del ritiro. Era saltato fuori durante i pasti, con i mancini che urtavano sempre i destrimani. Senza contare che la maggior parte delle persone che Josie conosceva era destrimane. La voce di Mettner riecheggiò nella sua mente, questa volta come un ricordo. "Solo dall'otto al dieci per cento della popolazione mondiale usa la mano sinistra". Una volta si erano ritrovati a lavorare a un caso di accoltellamento con due potenziali sospetti. La scientifica aveva stabilito che il colpevole era mancino. Mettner sosteneva che avrebbero dovuto interrogare per primo il sospettato mancino e chiudere il caso in un attimo. Ci aveva visto giusto. Avevano ottenuto una confessione nel giro di un'ora.

Quante probabilità c'erano che su sette persone che partecipavano allo stesso ritiro, ce ne fossero quattro mancine?

Mettner le aveva detto anche che il mancinismo è un carattere ereditario. Non c'era dubbio che quattro fratellastri tutti mancini fossero estremamente rari, ma per Josie era più che abbastanza per correre il rischio di interrogare Brian in quel momento con l'obiettivo di verificare che la sua teoria fosse corretta.

«Quando vi siete trovati voi tre?»

Brian scosse la testa. «Circa cinque anni fa. Abbiamo fatto il test del DNA e tutto il resto. Su uno di quei siti web in cui spedisci un campione di saliva e ti dicono il tuo legame di parentela, ma hai anche la possibilità di rendere pubblico il tuo profilo per vedere con chi sei imparentato.»

Un vetro si infranse in lontananza. Gran parte della facciata della casa principale crollò sul porticato, facendo volare una nuvola di braci sopra le loro teste.

«Deve essere stato piuttosto scioccante scoprire di avere due sorellastre.» disse Josie. «E che vivevano in altri Stati, per giunta. Vi siete incontrati subito?»

Lui lanciò un'occhiata in tralice, seguendo le colonne di fumo che si levavano nel cielo. «Sono stato l'ultimo a fare il test del DNA. Nicole e Tara si erano già incontrate. Una volta che il mio DNA è stato pubblicato sul sito, sono loro che mi hanno contattato e un mese più tardi ci siamo incontrati.»

«Come avete fatto a scoprire che eravate tutti figli di Delilah Stowe?»

Un sorriso cupo gli si allungò sul viso quando si girò di nuovo verso di lei. «Però... hai davvero scavato a fondo. Accidenti. Noi ci abbiamo impiegato degli anni per sbrogliare questa porcheria e tu l'hai fatto in una settimana. Avremmo dovuto assumerti fin dall'inizio.»

Era un'agente di polizia, non un'investigatrice privata, ma non stette a farglielo presente, tenendo di più alla speranza di ottenere altre informazioni prima di fare un altro tentativo per spingerlo a rientrare nella stanza della rabbia.

Intano Brian continuò: «Il sito web ti dice da quale parte sei imparentato, se dal padre o dalla madre. Abbiamo capito subito che avevamo tutti la stessa madre. Non sapevamo di Delilah, ma stando ai risultati del sito che abbiamo consultato per elaborare il nostro DNA, ero imparentato con una persona che era tipo un lontano cugino di secondo grado di un attore piuttosto famoso. È morto qualche anno fa.»

«Dean Thurman.» disse Josie.

«Porca puttana. Ma come hai fatto a...» scosse la testa. «Sai cosa? Non importa. Sì, era Dean Thurman. Taryn mi ha detto che avrei dovuto seguirlo, come se fosse una pista, e così ho fatto. Sono riuscito ad avere la conferma che sono il figlio illegittimo di Dean Thurman. Purtroppo, non è stata una buona notizia per me.»

«A causa degli scandali sulle violenze sessuali?» chiese Josie.

«Esatto. E anche per il fatto che quando finalmente sono riuscito a ottenere un incontro con lui, stava per essere condannato agli arresti domiciliari per il resto della sua vita! Non ti puoi immaginare quanto sia rimasto deluso. Avevo sognato per tutta la vita di incontrare il mio padre naturale, e lui era solo un vecchio stronzo pervertito a cui non importava nulla degli altri.»

«Cosa ti ha detto quando l'hai incontrato?»

Brian scoppiò in una risata amara. «Che non aveva più soldi, se era questo che cercavo. Ma non era così. Quello che intendo dire è che non volevo mentire, sarebbe stato bello, ma a quel punto tutto quello di cui mi importava era ottenere informazioni. È stato lui a dirmi che mia madre era Delilah Stowe. Poi ha detto delle cose davvero disgustose su di lei che, onestamente, vorrei non aver sentito.»

Il suo volto si fece rosso come il fuoco al ricordo.

«Non l'hai presa molto bene.» concluse Josie. «È per questo che ha chiesto un ordine restrittivo contro di te?»

Brian non rispose e Josie, accorgendosi che i suoi occhi

cominciavano ad assumere di nuovo quello sguardo lontano, cercò di farlo rimanere nel presente.

«A quel punto lo sapevi.» disse. «Di Delilah.»

Lui sbatté le palpebre e tornò a concentrarsi su di lei. «Sì. Abbiamo iniziato a fare ricerche su di lei. Abbiamo scoperto che aveva un'altra figlia, una figlia che aveva tenuto con sé.»

«Lola Stowe.» disse per lui Josie.

«Sei davvero sorprendente.» si complimentò Brian. «Sì, è così. Era l'ultimo collegamento che rimaneva con nostra madre. Siamo stati veramente felici di esserci ritrovati. È stato davvero un momento di grande emozione. Mi sentivo come se per la prima volta in tutta la mia vita avessi trovato una famiglia. Ma quello che non riuscivamo a capire, quello che non riuscivamo a superare, era perché nostra madre avesse tenuto Lola ma avesse rinunciato a noi altri. Volevamo delle risposte.»

Il sudore colava sul viso di Josie, che lo asciugò con la manica del giaccone. «Come avete fatto a trovare Sandrine, allora?»

«Nicole aveva una pista anche dal lato del padre. A New York rimanevano persone ancora in vita che si ricordavano di lui. Grazie a una di queste con cui si era messa in contatto ha avuto la conferma che Delilah era sua madre; questa persona si era anche ricordata che Delilah aveva un'altra figlia, più grande quando Nicole era nata. L'aveva vista una volta in televisione. Aveva detto che era una "strizzacervelli tutta matta che bruciava incenso e cantava ai cristalli".» A queste parole sgranò gli occhi. «Quindi ci è voluto un po' per capire a chi si riferisse. Parlava di Sandrine.»

Il rivestimento della facciata dell'alloggio di Sandrine sembrava ormai uno sciroppo, sciolto dal calore della casa principale che le stava accanto. Anche da dove si trovavano, si sentiva un caldo intenso. Josie avrebbe voluto togliersi tutti i vestiti di dosso e rotolarsi nella neve. Cercò di mantenere la calma. C'erano molte cose che voleva ancora sapere, ma saltò subito a quella più urgente. «Brian... Bradley, dimmi, se volevate delle risposte, perché non avete chiamato Sandrine o non siete andati nel suo ufficio? Perché vi siete iscritti tutti e tre a questo ritiro? Perché avete mentito?»

Infilò in tasca la sigaretta elettronica. «Perché abbiamo mentito?»

Josie sapeva che stava guadagnando tempo per inventarsi un'altra bugia. Non riempì il silenzio. Brian avvolse la mano sul polso, dove la cicatrice da ustione era nascosta sotto la manica del giaccone. «Avevamo paura che ci respingesse.» spiegò. «Lei ha una vita perfetta. E se scoprire che aveva dei fratellastri l'avesse rovinata? E per quanto riguarda il ritiro, era perfetto, se ci pensi. Saremmo rimasti isolati, da soli con lei. Sarebbe stata costretta ad ascoltarci. Sarebbe stata costretta a conoscerci.»

Josie si asciugò il sudore dal viso. Era sempre più difficile respirare. «Dovrai fare di meglio.» gli disse. «So che non è l'unica ragione per cui siete qui.»

QUARANTASETTE

Josie si appoggiò alla ringhiera per salire un altro gradino, in modo da trovarsi faccia a faccia con Brian. Giù alla casa principale, l'altro lato dell'edificio crollò, distruggendo il portico. Pezzi di legno in fiamme rotolarono sul sentiero e si sparsero sulla neve. Presto sarebbe stato ancora più difficile tornare alla stanza della rabbia. Brian osservava, con un'espressione stranamente vuota.

«Avete mentito tutti quanti sulle vostre identità e siete venuti da tutto il paese solo per conoscere Sandrine durante questo ritiro? E ti aspetti che io creda che voi tre avevate intenzione di fare solo questo?»

«Perché, cos'altro pensi che avessimo in mente?» le chiese, con gli occhi ancora puntati sulle macerie che fiammeggiavano ai piedi della casa principale.

«Non lo so, ma Meg è morta e Taryn è sparita.»

«Di quello non ne so nulla.» disse lui, stringendosi il polso.

«Ah no? Voi tre sareste venuti qui per "conoscere" Sandrine, la vostra sorella maggiore, e alla fine della settimana qualcuno è stato ucciso e una di voi è scomparsa. Sto cercando di farmi un po' di conti, Brian, ma i conti non tornano.»

Con l'indice scavava sotto il bordo del guanto e poi sotto la manica del giaccone. «Pensi che io sappia cosa è successo a Meg e Taryn?»

«Credo che tu sappia qualcosa.»

L'indice trovò la cicatrice e la sfregò. Lui la guardò negli occhi. «Non so nulla di cosa è successo a Meg e Taryn. Non sono stato io a uccidere Meg e non so che fine abbia fatto Taryn. Pensi che non sia preoccupato per lei? È la mia sorella maggiore! È la mia famiglia. La mia vera famiglia!»

Josie si tirò su di un altro gradino, avvicinandosi a lui. «Taryn sembrava molto più legata a Sandrine che a te o a Nicole.»

«E allora?» disse irritato. «Non era mica una gara! Non sono io quello che si è incazzato per quanto si era avvicinata a Sandrine.»

«A Nicole non è piaciuto.» disse Josie. Nicole era stata molto sgradevole con Taryn nel corso della settimana, anche se Josie pensava che facesse parte di una recita che tutte loro stavano mettendo in scena per coprire i loro veri motivi.

Con la punta del dito, Brian scalfì la crosta della cicatrice finché non comparve una piccola goccia di sangue. «Se vuoi davvero sapere qual era il piano per questa settimana, devi parlare con Nicole. Lei aveva ragioni diverse dalle nostre per essere qui.»

Prima che Josie potesse rispondere, si udirono delle grida provenire da più a valle. Josie non riuscì a capire esattamente da dove venissero, ma capì che provenivano dal lato opposto della casa principale. Afferrando il braccio di Brian, lo trascinò in piedi e lo spinse giù per i gradini. «Andiamo.»

Si misero a girare intorno alla facciata della casa principale e si diressero verso l'edificio che ospitava la stanza della rabbia. Le urla si fecero più chiare. Era Alice. Stava gridando il nome di Josie e, a giudicare da quanto era acuta la sua voce, doveva essere successo qualcosa di brutto.

Josie diede una spinta a Brian, cercando di affrettare il passo. Dalla porta della stanza della rabbia, Alice si precipitò verso di loro, con un braccio attorno alla vita di Sandrine, sorreggendola. Avevano entrambe tracce di sangue sui giubbotti.

Brian si fermò di botto a fissarle. «Che diavolo è successo?» guardò dietro alle loro spalle. «Dov'è Nicole?»

Alice lo fulminò con lo sguardo. «Ha aggredito Sandrine.»

«Che cosa?» disse Brian. Nonostante quello che aveva appena fatto intendere a Josie su Nicole, sembrava sorpreso.

«Ha ferito Sandrine con un pezzo di vetro rotto.» disse Alice.

Sandrine cadde sulle ginocchia. Alice non riusciva più a sorreggerla. Tenendo d'occhio Brian, anche Josie si inginocchiò e guardò Sandrine. «Dove sei ferita?»

«È una ferita superficiale.» disse Alice.

Sandrine alzò le mani, mostrando un grosso taglio insanguinato su uno dei palmi. Sotto il taglio c'erano altri tagli nel giaccone. Per fortuna, il coccio di vetro non aveva penetrato lo spesso tessuto.

«È sotto shock.» disse Alice.

E aveva ragione: Sandrine aveva un respiro affannoso e le sue labbra erano quasi blu.

Quando Josie le toccò la guancia la sentì fredda e umida. Premette le dita sulla gola di Sandrine e riuscì a malapena a sentire il battito.

«È stata Nicole.» disse Alice, con gli occhi puntati su Brian. «È lei l'assassina. È pazza. È fuori controllo.»

Josie si avvicinò e parlò dolcemente all'orecchio di Sandrine. «È questo che è successo? Nicole ti ha aggredita?»

Sandrine annuì.

Brian le chiese: «Dov'è adesso?»

«Dove pensi che sia?» sbottò Alice.

Spingendole da parte, Brian si precipitò attraverso la porta della stanza della rabbia.

Alice fece scivolare un braccio sotto un'ascella di Sandrine. «Dobbiamo portarla via dalla neve.»

Josie si guardò intorno: la struttura più vicina era il capanno, ma dentro c'era il corpo di Meg e lei voleva che rimanesse intatto. Nelle ultime quarantotto ore si era già perso tanto. «Dove la portiamo?»

«Dobbiamo usare uno dei bungalow. Non abbiamo altra scelta.»

Josie si mise al fianco di Sandrine, infilandole una mano sotto l'altra ascella. «Non sarà una salita facile.»

Insieme, iniziarono a trascinare Sandrine verso la casa principale. «Non mi interessa.» disse Alice. «Non possiamo restare qui. Josie, ti dico che Nicole è fuori di testa. Ha perso completamente il cervello.»

Josie le guidò lungo il sentiero che lei e Brian avevano percorso tornando dalla baita dove lui si era rifugiato. «Camminiamo e raccontami.» disse ad Alice.

Mentre tutte e tre risalivano con passo incerto il sentiero, Alice raccontò quello che era successo; intanto, Josie continuava a scrutare i boschi ai loro lati, alla ricerca di altre minacce. Ogni nervo del suo corpo era teso.

«Eravamo sedute lì, contro il muro, ad aspettare che tu tornassi. Nicole si è alzata ed è andata alla porta. Non so se stesse guardando l'incendio o se stesse aspettando di vedere se Brian sarebbe tornato, fatto sta che le ho chiesto se poteva chiudere la porta, perché stava entrando troppo fumo. Mi ha detto di chiudere la bocca. Dopodiché le ho detto che doveva chiuderla lei la bocca, che non avrei detto niente fin dal principio se non avesse fatto entrare tutto quel dannato fumo, e che non capivo perché avesse lasciato andare te dietro a Brian visto che lei era rimasta indietro. E allora ho continuato e... le ho detto... le ho detto che se lui fosse tornato ma tu no, l'avrei fatta pagare a entrambi.»

«Alice!» esclamò Josie. In quel momento stavano passando

davanti all'alloggio di Sandrine. Il lato più vicino alla casa principale si stava afflosciando, come se fosse una torta gelato che aveva iniziato a sciogliersi.

«Lo so, lo so, ma ero talmente frustrata e spaventata e poi sono stanca di avere paura, Josie. Sono stufa da sentirmi male di sentirmi così atterrita. Non so nemmeno io perché l'ho detto! Non so cosa pensavo di fare! Combatterli entrambi? Me ne sono pentita non appena le parole mi sono uscite di bocca. A quel punto Nicole ha preso un pezzo di vetro e mi ha minacciato. Sandrine si è alzata e ha detto che dovevamo calmarci tutte quante.»

Josie sentì il corpo di Sandrine tremare in mezzo a loro, ma non disse nulla.

Intanto Alice continuava: «Poi Nicole ha detto a Sandrine che se non ne fosse stata fuori l'avrebbe ammazzata. E dopo ha detto: "È quello che ti meriti, puttana senza cuore" e ha iniziato a pugnalarla col pezzo di vetro. L'ho allontanata, ho preso Sandrine e siamo uscite da lì.»

Una folata di vento soffiò un pennacchio di fumo direttamente su di loro. Si coprirono la bocca e il naso nella piega del braccio libero. Il fumo era denso, ma per fortuna passò rapidamente sopra di loro. A Josie faceva male fino al più piccolo muscolo per lo sforzo di aiutare Sandrine a risalire la collina attraverso il fumo. Non se ne intendeva molto di incendi, delle possibilità che divampassero o se la neve avrebbe offerto un qualche isolamento contro la propagazione del fuoco, ma pregava che rimanesse circoscritto alla casa principale e non si diffondesse agli altri edifici o, peggio, provocasse un vero e proprio incendio nella foresta.

«In quale alloggio la portiamo?» chiese Alice, una volta che ebbero superato la casa principale.

Josie indicò la cima del pendio. «Al tuo. È l'ultimo, il più lontano dall'incendio. E poi da lì possiamo vedere tutto il campo.»

Intendeva dire che avrebbero potuto vedere se Nicole o Brian avessero cercato di inseguirli.

QUARANTOTTO

Il tempo rallentò. Sembrò che ci volessero ore per attraversare la piccola cucina. Man mano che si avvicinava, Noah notò che Cooper spalancava gli occhi. Cominciava ad alzare le mani. Apriva la bocca. Prima che potesse fare qualsiasi cosa di più, Noah gli fu addosso, conficcandogli la spalla in pieno petto. Sentì che un soffio d'aria gli sfuggiva dalla bocca. Subito dopo volarono insieme, con i piedi completamente staccati da terra per un breve momento prima di atterrare sul tavolino del salotto che si frantumò sotto il loro peso combinato. Quando Noah si mise a cavalcioni su Cooper, provò una certa soddisfazione nel rendersi conto di avergli tolto il fiato. Lo guardò lottare per riprendere aria per un secondo prima di cercare nella stanza la sua pistola, o qualsiasi arma, o qualsiasi altra cosa con cui trattenerlo. C'erano solo le tende.

Prima che Cooper potesse riprendere aria, Noah strappò le tende dalle loro aste. Fece girare l'uomo a pancia in giù e iniziò a legargli le mani dietro la schiena. Il tessuto era scivoloso, Cooper si agitò e si dimenò ma Noah non fu abbastanza veloce. Le mani scivolarono fuori dalla inconsistente legatura e l'uomo si divincolò dai resti del tavolino sul pavimento. Noah lo seguì, ma inciampò nella tenda abbandonata lì accanto e cadde, atterrando accanto a Cooper, il quale, prima che Noah riuscisse a orientarsi, ne agganciò il corpo con una gamba, mettendosi a cavalcioni su di lui. Gli strinse le mani intorno alla gola. «Te l'avevo detto che ti avrei fatto fuori.» ringhiò. «Non puoi tenermi lontano da lei. Nessuno mi terrà lontano da lei.»

Noah gli sferrò un pugno selvaggio al viso, assestandogli un bel colpo alla mascella. Fu sufficiente per stordirlo. Piegando le braccia sui polsi di Cooper, Noah ruppe la sua presa, inarcò i fianchi e lo fece rotolare sulla schiena. Non aveva idea di dove fosse finito il martello. Non gli restava altro che usare le mani.

Provò un grande piacere nel colpirlo di nuovo, stavolta con un gancio sul naso. Sentì lo scricchiolio di un osso, seguito da un copioso flusso di sangue. «Figlio di puttana.» urlò Cooper. «Ora sì che mi diverto a farti la pelle.»

Noah spostò il peso puntellandosi su un piede per far rotolare Cooper sullo stomaco. Con uno strattone gli piegò di nuovo le mani dietro la schiena, prima di dirgli: «Non oggi, stronzo.»

Riverso sul tappeto, Cooper borbottò una lunga serie di imprecazioni.

Noah si chinò e gli chiese all'orecchio: «Chi sei? Chi sei veramente e cosa ci fai qui?»

Una folata di aria fredda gli colpì la schiena. Si guardò alle spalle e vide che la porta d'ingresso era spalancata. Un uomo, alto e massiccio, ne riempiva le pareti. Aveva folti capelli grigi e ricci e occhi azzurri penetranti. Un livido viola scuro gli ombreggiava un lato del viso. Un taglio profondo gli incideva il labbro inferiore. I vestiti che indossava erano bagnati. Quando fece un passo all'interno, si trascinò dietro la gamba destra. Rivoli di sangue gli rigavano la gamba dei pantaloni.

Tra le mani teneva un fucile, con la canna puntata su Noah. «Chi diavolo siete voi due e cosa diamine ci fate in casa mia?»

QUARANTANOVE

Benché nell'alloggio di Alice la temperatura fosse solo marginalmente più alta, all'inizio, dava una sensazione stucchevole. Josie si tolse il giaccone e aiutò Alice a sfilare il giubbotto a Sandrine per valutare le sue ferite. Poi Josie chiuse la porta e vi spinse davanti l'intelaiatura metallica del letto. Non era un peso sufficiente per impedire a qualcuno di entrare, ma era già qualcosa. Ben presto il sudore che le colava sul viso e sulla schiena le si asciugò addosso e arrivò il freddo. Si rimise rapidamente il giaccone. «È parecchio grave?» chiese ad Alice.

«È solo un taglio sul palmo.» disse Alice tendendo la mano sinistra di Sandrine. «Ma è piuttosto profondo. Occorrerà sicuramente mettere dei punti.» disse rivolgendosi a Sandrine. «Ma dovrai aspettare finché non saremo scese da questa montagna. Se mai ci riusciremo. Ho bisogno di qualcosa per fasciare la mano.»

Ma non c'era nulla. Come Josie, Alice aveva portato via tutte le sue cose dopo la morte di Meg e la tormenta di neve le aveva trattenute nella casa principale. «Sandrine indossa un semplice vestito sotto il giaccone. Ha cominciato a legarlo vicino alla vita per potersi muovere più facilmente nella neve, ma se riesci a sciogliere il nodo, possiamo usare l'orlo del vestito.» suggerì Josie. «Vedi se riesci a strapparne una striscia. Poi mettici sopra il guanto. Non sarà molto igienico, ma è il meglio che possiamo fare.»

Strappare la stoffa non fu così facile come si vedeva nei film. Dopo aver faticato a sciogliere il nodo che Sandrine aveva stretto nel vestito, Josie e Alice fecero diversi tentativi prima di riuscire a strapparne una striscia abbastanza lunga da poterle fasciare la mano. Sandrine continuò a tremare silenziosamente sotto le loro attenzioni. Josie aiutò Alice a rimetterle il giubbotto e poi i guanti e il cappello. La appoggiarono al muro e lei si accasciò su un fianco, borbottando un grazie e poi chiuse gli occhi.

Josie si avvicinò alla finestra che dava sull'ingresso della casetta, ma non vide nessuno che si avvicinava. Alice si accostò alla stufa a legna e prese l'accendino a collo lungo che si trovava sopra di essa. «Dovremmo accendere la stufa. Ci dovrà pur essere qualcosa che possiamo bruciare. Per esempio, la tenda della doccia.»

«È tossica...» le fece presente Josie. «E non brucerà abbastanza a lungo da emanare calore. E poi, non voglio rivelare la nostra posizione.»

Alice rise. «La nostra posizione? Per quanto ne sappiamo, quella pazza è rimasta a guardarci mentre arrivavamo fin quassù. Non c'è un'infinità di posti in cui potevamo andare. Se lei e Brian vogliono raggiungerci, quasi sicuramente ci riusciranno.»

Josie si voltò dalla finestra. Fece un gesto verso Sandrine. «Allora avremo bisogno di riposare. Sediamoci.»

Presero posto ciascuna a fianco di Sandrine, stringendosi l'una all'altra per condividere il calore corporeo. Ora che erano lontane dal calore del fuoco, il freddo era insopportabile. Josie si chiese se non fosse il caso di cercare dei pezzi di legno all'esterno, magari di spezzare dei piccoli rami bassi degli alberi e provare a bruciarli. Alice aveva ragione: se Brian e Nicole volevano davvero trovarle, non ci avrebbero messo molto tempo. Tentare di nascondersi era sostanzialmente una mossa destinata a fallire. Ma Josie sperava disperatamente che ogni ora che passava fosse un'ora più vicina al salvataggio. Dovevano cercare di allungare il più possibile il tempo in cui potevano stare nascoste e al sicuro in quel bungalow. «Josie...» disse Alice. «Che cosa è successo con Brian? Perché sei stata via così a lungo?»

Josie si alzò e guardò di nuovo fuori dalla finestra. Non c'era anima viva. Riprese il suo posto accanto a Sandrine e raccontò ad Alice quello che aveva capito e di cui aveva avuto conferma parlando con Brian. Josie pensò che Sandrine avesse dormito per tutto il tempo, ma quando finì di parlare sentì il suo corpo fremere contro il suo. Josie la guardò. Le lacrime le scendevano sulle guance macchiate di sangue e borbottò "mi dispiace" più e più volte.

Alice passò un braccio intorno alle spalle di Sandrine e la tirò a sé. «Aspetta un attimo.» disse a Josie. «Mi stai dicendo che la madre di Sandrine, un'attrice che ha fatto la pappona con sua figlia quando era solo una bambina per ottenere delle parti, ha dato alla luce altri tre figli e li ha dati in adozione, poi questi si sono ritrovati da adulti e hanno deciso di usare dei nomi falsi per partecipare a questo ritiro, e Brian sostiene che il motivo fosse solo quello di avvicinarsi a Sandrine?»

«Esatto.» disse Josie. «Ma ovviamente non è questo il vero motivo per cui sono venuti. Non avrebbero piazzato videocamere o fatto pressioni così forti su Sandrine per ottenere informazioni se avessero voluto solo "conoscerla".»

«Allora perché sono venuti davvero? Qual è il vero motivo? Perché hanno ucciso Meg? E cosa diavolo hanno fatto a Taryn?»

«Non lo so.» disse Josie. «Sospetto che Meg abbia visto o abbia trovato qualcosa e sia stata uccisa perché non parlasse. Penso anche che, qualunque fosse il loro piano iniziale, dopo quello che Sandrine ci ha detto di sua madre, Taryn non volesse più andare avanti.»

Il corpo di Sandrine fu scosso da un altro brivido e Alice la strinse a sé. «Quindi hanno ucciso anche lei e poi hanno nascosto il suo corpo da qualche parte?»

Josie si avvicinò a Sandrine, cercando di condividere il calore del suo corpo, anche se sapeva che i brividi di Sandrine erano dovuti più alla situazione che al freddo. «Non so se sono stati tutti e due. Brian ha detto che è stata Nicole. Se ne fosse a conoscenza o se fosse coinvolto, non sarei in grado di dirlo. L'unica cosa certa è che non possiamo fidarci di nessuno dei due.»

Alice diede un colpetto alla spalla di Sandrine. «Tu lo sapevi? Sapevi di avere dei fratelli?»

Sandrine sbatté altre lacrime dagli occhi. «No, certo che no. Non ricordo che mia madre sia mai stata incinta. Sì, mi lasciava sola con degli sconosciuti per mesi, ma non mi è mai passato per la mente che nel frattempo mettesse al mondo altri bambini! Ve l'ho detto, cercavo solo di sopravvivere. Non avevo la testa per concentrarmi su molto altro.»

«Ma cos'è che vogliono?» chiese Alice, con la voce che si alzava quasi a un grido.

Sandrine rabbrividì e si allontanò da Alice. Josie le prese una mano. «È tutto a posto. Alice è solo frustrata. Non ti faremo del male.»

«Sì, scusami.» borbottò Alice.

Caddero nel silenzio. Rimase solo il suono del pianto sommesso di Sandrine che si appoggiava alla spalla di Josie. Questa volta fu Alice a controllare la finestra. «Non c'è nessuno.» disse prima di tornare a sedersi. Josie aveva i piedi intorpiditi per il freddo. All'interno dei suoi scarponi, piegava le dita, sperando di recuperare la sensibilità. Con la mente tornò agli impostori.

Il fratello e le sorelle di Sandrine. Nella sua esperienza, la maggior parte dei crimini si riduceva a una manciata di motivi tra droga, denaro, cuori infranti, per citarne alcuni.

C'era anche la vendetta.

Cosa aveva detto Nicole a Sandrine prima delle rivelazioni su Delilah Stowe?

"Hai vissuto una vita d'oro. Voglio dire, guardati! Sei l'immagine del successo".

Brian si era lamentato del fatto che Delilah avesse tenuto con sé Sandrine, che aveva avuto quando era ancora una ragazza, ma poi aveva rinunciato agli altri tre figli. Lui e Taryn avevano avuto un'infanzia tremenda. Josie non conosceva ancora la storia di Nicole, ma se era vero che era stata adottata da una famiglia che aveva un'altra figlia e che questa era stata rapita e uccisa, anche la sua infanzia non era stata affatto bella. Josie cercò di immaginare cosa dovesse essere stato per loro quando finalmente avevano trovato Lola Stowe e avevano visto che si faceva chiamare dottoressa Sandrine Morrow, psicologa di grande successo. Non solo Delilah aveva scelto di tenerla, rifiutando tutti gli altri figli, ma si era rivelata estremamente brava. All'apparenza, aveva avuto una vita dorata.

Non sospettavano minimamente quale fosse la verità.

Josie disse: «Credo che siano venuti qui per vendicarsi.»

Alice si portò le ginocchia al petto e si abbracciò le gambe. «Che cosa?»

«Non ho un'idea chiara di come sperassero di ottenerla.» disse Josie. «Ma credo che volessero vendicarsi di Sandrine per essere stata la prescelta della loro madre.»

«Stavano meglio senza di lei!» gridò Sandrine. «Lo dico con tutto il cuore! Non importa cosa abbiano passato, era di gran lunga meglio che essere cresciuti da quella donna!»

«Ma loro non lo sapevano.» disse Josie.

Sandrine si pulì il muco che le colava dal naso. «Nessuno di loro potrà mai capire. Sono pronta a scommettere che non mi credono nemmeno. Quello che mi ha fatto, nessun essere umano se lo merita. Sono stati fortunati. Sono stati fortunati. Sono stati fortunati.»

Si rannicchiò ancora di più, gli occhi le divennero vacui come tendevano a fare quelli di Brian quando si perdeva nei suoi pensieri.

«Sono stati fortunati. Sono stati fortunati.» ripeté ancora Sandrine, ormai come se stesse recitando un mantra.

Josie le strinse la mano. «Va tutto bene, Sandrine. Va tutto bene. Basta adesso. Credo che in questo momento la cosa migliore da fare sia cercare di riposare un po'. Io rimarrò sveglia. Voi due chiudete gli occhi per un po'.»

Si aspettava che Alice avesse da obiettare, ma invece non lo fece. Al contrario, voltò le spalle a Sandrine e si rannicchiò su un fianco.

Josie aspettò che entrambe si stabilizzassero in uno schema di respirazione regolare prima di tirare fuori il telefono. Era sceso al ventitré per cento. Innalzò una preghiera silenziosa per aver trovato la linea nelle ultime due ore e poi controllò se il suo messaggio fosse arrivato a Gretchen. Tirò un profondo respiro di sollievo quando vide che era arrivato. Un'ora e tredici minuti prima. Non c'era nessuna risposta, ma questo significava solo che qualsiasi cosa Gretchen avesse scritto non l'aveva ancora raggiunta.

Josie si alzò e andò alla finestra per controllare se gli altri fossero nelle vicinanze. Riuscì a vedere solo il fumo nero della casa principale che fluttuava nel cielo. Il sentiero che avevano spalato era vuoto. Si sedette di nuovo accanto a Sandrine che si agitò brevemente, aprendo gli occhi, cieca di terrore. Con tocco gentile, Josie le pose una mano sulla schiena. «Va tutto bene. Per ora sei al sicuro. Torna a dormire.»

Sandrine sbatté le palpebre finché i suoi occhi non si concentrarono su Josie; allora sorrise e accarezzò la mano di Josie con quella buona. Poi chiuse ancora una volta gli occhi. Cambiò posizione un paio di volte prima di trovarne una abbastanza comoda per tornare a dormire. Josie rimase in piedi, concentrandosi sulle sensazioni del suo corpo. La bassa vibrazione, che aveva imparato a conoscere come ipervigilanza, rivelava che il suo corpo era in guardia contro qualsiasi minaccia. Il sordo pulsare delle tempie. I dolori ai piedi e ai polpacci. La tensione delle scapole. Il freddo pungente che avvolgeva tutto il suo corpo. Da questa scansione corporea non sarebbe scaturito nulla di buono.

Ciononostante, rivolse i suoi pensieri a Noah nel tentativo di affogare la preoccupazione e di concentrarsi su di lui. Immaginò il suo viso, i suoi folti capelli scuri, la cicatrice vicino alla spalla destra che gli era rimasta da quando lei gli aveva sparato.

Come era stato possibile dubitare della sua devozione nei suoi confronti? Lei gli aveva sparato e lui l'aveva sposata lo stesso!

Nei suoi pensieri si ritrovò rannicchiata nel letto accanto a lui, che la avvolgeva stretta a sé con le sue braccia e respirava tra i suoi capelli. C'era anche il loro cane, Trout, che le scaldava i piedi. Era così immersa in quella fantasia che non sentì nemmeno lo scricchiolio dei piedi sulla neve.

CINQUANTA

Un colpo alla porta della casetta riportò Josie alla realtà. Si alzò di scatto e corse alla finestra. Sul piccolo gradino fuori dalla porta d'ingresso c'era Nicole. Il giaccone che indossava era ridotto a brandelli. Il cappellino di maglia che portava l'ultima volta che l'aveva vista era sparito. Macchie di sangue le macchiavano i capelli biondo rossiccio e le imbrattavano le guance. Quando alzò il braccio per battere di nuovo contro la porta, un rivolo di sangue le uscì dal pugno. Dalla prospettiva della finestra Josie non riusciva a vedere il punto in cui le gocce atterravano, ma si immaginò che fosse rimasto uno schizzo di sangue impressionante sulla porta d'ingresso. Accanto a lei c'era Brian che si affacciò sul sentiero spalato, reggendosi la testa. Anche lui era ferito, il sangue gli colava tra le dita. Oscillò e inciampò, cadde su un ginocchio e rimase lì. Aprì la bocca per dire qualcosa, ma Josie non riuscì a sentire quello che diceva.

Arrivando dietro di lei, Alice disse: «Non possiamo farli entrare.»

«Ma sono feriti.» protestò Josie.

Sandrine si tirò su per mettersi a sedere. «Nicole ha cercato di uccidermi.» le fece presente.

«Lo so.» disse Josie. «Ma stanno sanguinando tutti e due.»

Alice allungò il collo sopra la spalla di Josie per sbirciare fuori dalla finestra. «Può darsi che abbiano cercato di uccidersi a vicenda. Ad ogni modo, non è un nostro problema.»

Quando Nicole si voltò verso Brian per fargli cenno di raggiungerla, Josie poté vedere il sangue che gli scorreva sul lato della testa, sul collo e all'interno del colletto del giaccone. Si voltò e si precipitò giù per i gradini verso Brian. Mentre correva, lo sguardo di Nicole rimaneva fisso sul sentiero sotto di loro, come se si aspettasse che qualcuno o qualcosa li seguisse. Josie si chiese se temesse l'arrivo dell'orso. «Stanno perdendo molto sangue.»

«Non è un nostro problema.» ribatté Alice. «Possono rifugiarsi in uno degli altri alloggi finché non arrivano i soccorsi.»

Brian cadde di nuovo, questa volta trascinando con sé Nicole. Ormai accasciati l'uno sull'altra, a terra, Josie poteva vedere bene che si stavano lasciando una scia di sangue dietro di loro.

«Se sono feriti così gravemente...» disse Josie, «non avranno le forze per attaccarci. Alice, hanno bisogno di aiuto.»

Ancora una volta, Nicole si rimise in piedi e aiutò Brian a fare altrettanto. Gli infilò le spalle sotto il braccio e lo tenne in posizione eretta. Si scambiarono qualche parola.

Nicole guardò alle loro spalle e, non vedendo niente e nessuno sul sentiero, si avviò di nuovo verso l'alloggio.

«No.» disse Sandrine. «No. Non possiamo farli entrare qui. Brian, forse, ma di sicuro non Nicole. Mi ha aggredito!»

«Josie, anche se li facessimo entrare, non ho niente con cui medicarli.» le fece notare Alice. «Nessun kit di pronto soccorso. Niente bende, niente per pulire le ferite. Niente di niente! E comunque Sandrine ha ragione. Io ho visto tutto! Nicole voleva ucciderla.»

Nicole e Brian arrivarono ai piedi della scaletta. Brian le fece cenno di allontanarsi, tenendosi alla ringhiera con una mano e intanto con l'altra teneva il lato della testa. Nicole continuava a spostare lo sguardo da lui al sentiero che scendeva verso valle. Lui ondeggiò ancora un po', ma riuscì a rimanere in piedi.

«Sono in pessime condizioni.» constatò Josie.

«Non mi interessa!» ribatté Alice. «Non possiamo farli entrare qui.»

Nicole salì i gradini e ricominciò a battere sulla porta. «Sappiamo che siete tutte e tre lì dentro!» gridò. «Vi prego! Fateci entrare.»

Sandrine si alzò e si avvicinò alla finestra per guardarli. Nicole le vide e saltò verso la finestra, battendo i pugni contro il vetro, lasciandoci sopra macchie di sangue tutte irregolari. Sandrine fece un salto all'indietro, gridando.

«Basta!» urlò Josie, rispondendole battendo a sua volta contro il vetro.

Nicole si immobilizzò e fece un paio di passi indietro, stringendosi il pugno insanguinato contro il petto. Brian era salito dietro di lei. Anche lui si avvicinò alla finestra. Il suo viso pallido era segnato da una serie di linee, come se fosse in preda a un tremendo dolore. Anche lui guardò indietro lungo il sentiero. Ancora non emergeva niente e nessuno.

«Per favore.» gridò Brian. «Per favore, fateci entrare. L'orso ci ha attaccati! Sono riuscito a spaventarlo, ma potrebbe essere ancora nei paraggi.»

«Ci ha quasi divorati!» aggiunse Nicole, aprendo il pugno e tirando su la manica. Aveva una ferita di almeno dieci centimetri che correva lungo l'avambraccio, che doveva essersi procurata difendendosi. «Potrebbe tornare! Per favore, fateci entrare.»

Alice premette il viso contro la finestra. «Andate nella baita accanto! Qui voi non ci entrate.»

«Ma abbiamo bisogno di cure!» gridò Nicole. «Alice, ti prego! Sei un'infermiera. Abbiamo bisogno del tuo aiuto!»

Alle loro spalle, Sandrine disse: «Nicole ha cercato di uccidermi. Non potete farli entrare qui. Non potete!»

«Vi scongiuro!» urlò Brian. «Non vi faremo del male. È una promessa.»

«Ho commesso un errore prima.» aggiunse Nicole. «Mi dispiace. Non intendo fare del male a Sandrine. Lo prometto. Per favore, fateci entrare. Potete legarmi se volete, ma abbiate pietà, non lasciateci qui fuori!»

Brian batté di nuovo contro il vetro fino a farlo incrinare. Nicole tornò alla porta e cominciò a sbatterci contro con tutto il suo corpo.

«Non potete starvene lì a guardare mentre quella bestia ci massacra!» continuò Brian con gli occhi imploranti.

La porta tremò nel telaio. Josie vi si avvicinò e vi appoggiò la schiena. Nicole continuò a sbatterci contro con tutto il suo peso. Era più forte di quanto Josie avesse sospettato.

«Andate in uno degli altri alloggi!» ripeté Alice. «Andrà tutto bene.»

Brian si allontanò dalla finestra e raggiunse Nicole, spingendo a sua volta. L'impatto del suo peso contro la porta fragile fece tremare le ossa di Josie. Il legno cominciò a scheggiarsi. Uno dei cardini si staccò.

«No!» disse Sandrine, ritraendosi contro il muro. «No! Non potete farli entrare.»

Alice si precipitò ad aiutare Josie, cercando di tenere la porta con entrambe le mani. Ma fu inutile. Con altri due colpi, la porta si aprì di schianto, facendo cadere all'indietro sia Josie che Alice. Inciamparono sul telaio del letto e caddero sul pavimento. Josie allungò le mani per attutire la caduta. Alice atterrò sulla schiena. Guardandosi alle spalle, Josie vide Brian che si faceva strada a forza all'interno. Il letto grattò sul pavimento di legno. Sandrine si mise a urlare mentre Josie saltava di nuovo in piedi, pronta a combattere contro Brian, ma lui si limitò a barcollare oltre il letto e a raggiungere la parete più vicina. Si passò una mano tra i capelli insanguinati e si lasciò cadere sul pavimento. Nicole barcollò dietro di lui.

Andò a sbattere contro la struttura del letto e cadde, atterrando i piedi di Sandrine. Con un gridolino, Sandrine saltò in piedi e le girò intorno, avvicinandosi a Josie. Alice si alzò in piedi, spolverandosi pantaloni, e li guardò. Furia e paura si contendevano il dominio della sua espressione. Nicole era ancora supina, con lo sguardo rivolto a tutti loro. Il sangue le colava dalla mano, depositandosi in grossi goccioloni sul pavimento di legno.

«Ma cosa vi è saltato in testa?» ringhiò Alice.

La porta pendeva da un unico cardine e folate d'aria fredda la attraversavano. Tenendo d'occhio Brian, Josie si avvicinò e iniziò a chiuderla.

«Basta adesso!» disse Alice. «Io mi rifiuto, non ci penso neanche a rimanere qui dentro con questi maniaci. Li lasciamo qui e scendiamo noi nella prossima casetta.»

Sandrine si avvicinò alla porta, scavalcando il letto e girando alla larga da Nicole. «Sì, andiamocene.»

«Mi sta bene.» disse Brian. «Ma potete almeno dare un'occhiata alle nostre ferite per vedere se abbiamo bisogno di punti?»

«Mi gira la testa...» aggiunse Nicole, alzando in aria il braccio intriso di sangue.

«A che servirebbe?» chiese Alice. «Anche se aveste bisogno di punti, non potrei comunque fare nulla per voi. Non abbiamo un kit di pronto soccorso. Non abbiamo niente.»

Nicole rotolò sulle mani e sulle ginocchia. Il suo corpo ondeggiava da una parte all'altra. Josie pensò che potesse cadere, ma invece strisciò verso Brian e si accasciò accanto a lui. «Lasciate perdere, allora. Lasciateci qui. Ma fate attenzione all'orso.»

Sandrine si mise alle spalle di Alice e Josie, praticamente sulla soglia. «Andiamocene.» le esortò.

Josie guardò Alice che, nel frattempo, si era messa a fissare Nicole e Brian. L'infermiera che era in lei non poteva distogliere lo sguardo. Con un sospiro, disse: «D'accordo. Vi darò un'occhiata, ma poi ce ne andiamo.»

«Alice!» si lamentò Sandrine.

«Non c'è problema. Non ci metterò molto. Chiudi la porta.»

Con riluttanza, Sandrine aiutò Josie a reinserire la porta nel suo telaio. In questo modo potevano proteggersi dal freddo, ma una forte raffica di vento l'avrebbe sicuramente scardinata di nuovo nel giro di poco. Sandrine non si spostò di un millimetro dal gomito di Josie, osservando con attenzione Nicole e Brian. Alice scavalcò il letto e si inginocchiò davanti a loro. «Toglietevi i giacconi.»

«Ma si gela...» si lamentò Nicole.

«Avete sfondato la porta, nel vero senso della parola, per entrare qui dentro.» sbottò Alice. «Non avete alcun diritto di lamentarvi. Dovete togliervi i giacconi così posso constare le vostre condizioni. E poi noi ce ne andiamo.»

Brian iniziò a togliersi il giaccone, emettendo sibili di dolore. «Non credo di potercela fare.» disse. «Mi ha preso qui.» Si indicò le costole. «Mi fa un male cane.»

«Bene.» disse Alice. «Fammi dare un'occhiata alla testa.»

Mentre Alice usava la manica per pulire il sangue dalla ferita alla testa, Josie chiese: «Cos'è successo?»

«È successo che ce ne stavamo davanti alla stanza della rabbia e l'orso è sbucato dal bosco.» raccontò Nicole. «Mi è venuto addosso. Brian è andato dentro, ha preso un pezzo di un tubo e ha iniziato a colpirlo. L'orso ha tirato una zampata anche a lui. È successo tutto così in fretta, ma poi Brian mi ha trascinata dentro, abbiamo fatto un sacco di rumore e l'orso è scappato.»

Brian si indicò la fronte. «È un miracolo se l'abbiamo scampata. Ero come stordito. Ci siamo spaventati e Nicole ha detto che dovevamo venire a cercarvi.»

CINQUANTUNO

Josie poteva praticamente percepire su di sé l'angoscia che si sprigionava dal corpo di Sandrine. Alla fine, Alice dovette desistere dal tentare di fermare l'emorragia sulla testa di Brian, così gli sollevò il braccio e vi premette contro la manica del giaccone. «Fai pressione qui.» gli disse e si diresse verso Nicole, che si era già tolta quel che restava del suo giaccone.

«Vi sta bene.» disse Sandrine. «Adesso non siete messi meglio di me!»

«Questo non ci è d'aiuto.» le fece notare Alice da sopra la spalla.

Nicole guardò Sandrine con disprezzo. «Davvero?» disse. «Pensi che mi stia bene, sorellina?» Pronunciò la parola "sorellina" con una tale velenosità che Sandrine si ritrasse dietro Josie e tacque.

Alice tese il braccio di Nicole. «Non ho niente con cui avvolgerlo. Mi dispiace. Ma non credo che ci sia bisogno di punti. Rimettiti il giaccone.» Poi guardò Josie. «Cosa c'è che non va?»

Josie fissò il lungo taglio lungo il braccio di Nicole. In effetti c'era qualcosa che non andava. La sua mente si era già messa all'opera per capire cosa potesse essere.

«Josie?» la chiamò Alice.

Brian alzò la testa. «Controllate se l'orso si sta avvicinando.»

Questa volta fu Sandrine ad avvicinarsi alla finestra. «Non vedo niente.»

«Josie!» ripeté Alice, questa volta a voce più alta. «Va tutto bene?»

I suoi occhi si spostarono dal taglio netto lungo l'attaccatura dei capelli di Brian al taglio netto lungo il braccio di Nicole. «La ferita di Nicole.» le rispose. «Controllale la testa.»

«Oh, non serve...» disse Nicole, mettendosi una mano sulla testa. «È tutto a posto. Questa non è tanto grave.»

Alice fece una risatina sarcastica e cominciò a passare le dita tra le ciocche di Nicole, alla ricerca della ferita. «Come fai a saperlo? Non puoi vederla.»

Brian guardò Josie, con uno sguardo improvvisamente diffidente.

«Fai pressione su quel taglio.» gli disse lei, indicandogli la fronte. Lui obbedì, alzando l'avambraccio per coprirsi ancora una volta la testa. Josie frugò in tutta la stanza freneticamente, alla ricerca di una cosa qualsiasi che potesse usare come arma, ma non c'era nulla. L'unica cosa in tutta la stanza che le sarebbe potuta tornare utile era il coperchio del cassonetto del bagno, troppo lontano perché Josie potesse raggiungerlo in tempo. Ora che era rotta, la porta non sarebbe stata così facile da aprire in tutta fretta. Magari poteva ancora cercare di aprirla e spingere fuori Sandrine, ma c'era la possibilità che Brian e Nicole catturassero Alice prima che lei riuscisse a portarle entrambe all'esterno.

Alice finì di controllare la testa di Nicole. «Non vedo nulla. Da dove viene tutto questo sangue?»

Nicole si scostò da lei. «Te l'ho detto che non è grave.»

Alice la guardò perplessa. «Non si perde tanto sangue dal nulla, Nicole. Fammi controllare di nuovo.»

Josie si fece avanti. «Abbiamo bisogno di qualcosa per pulire la ferita.» Guardò Sandrine che aveva già il vestito strappato dai loro tentativi di poco prima. «Mi serve una striscia del tuo vestito.»

Sandrine cercò di allontanarsi, ma la stanza era troppo piccola e finì per sbattere contro il muro. «No.» protestò.

Josie si abbassò e afferrò l'orlo del vestito dove lei e Alice lo avevano strappato poco prima. «Non fare storie.» disse.

Questa volta si strappò più facilmente. Josie strinse con gesto vittorioso la striscia di stoffa nella mano ed entrò in bagno. Lasciò cadere lo straccio sul pavimento e andò dritta al gabinetto per sollevare il coperchio dal cassonetto. Tenendolo con entrambe le mani, tornò nella stanza principale. Faceva più caldo ora, con tutti i loro corpi schiacciati in un'unica stanza. O forse erano i suoi nervi a farla sudare di nuovo.

Brian fu il primo ad accorgersi del coperchio. «A che ti serve quello?»

Alice aggrottò la fronte. «Dov'è il panno bagnato?»

Josie sollevò il coperchio davanti a lei. «Alice, allontanati da Nicole.»

Lentamente, Alice si alzò e si allontanò, raggiungendo Sandrine al lato opposto della stanza rispetto a Nicole e Brian, trovandosi in questo modo molto più vicino alla porta rispetto a loro. Josie era al centro della stanza e dava le spalle al bagno.

Nicole guardò Josie. «Che diavolo stai facendo?»

Il cuore di Josie cominciò a galoppare. «Voi due non siete stati sbranati da un orso.»

Brian rise. Nicole tese l'avambraccio per mostrarglielo. Aveva smesso di sanguinare. «Allora questo come me lo sarei fatto?»

Le nocche di Josie erano bianche per quanto forte stava

stringendo il coperchio. «Queste non sono le ferite di un orso. Sono troppo pulite per essere state inferte da un animale selvatico. Ho visto da vicino gli artigli e i denti di quell'orso. Se foste stati attaccati da una bestia del genere, anche solo con una zampata, avreste riportato squarci ben più grandi, più irregolari e più frastagliati.»

«Allora come si sono feriti?» chiese Alice. «Un momento! Vi siete procurati questi tagli da soli? Ve li siete fatti a vicenda? Per ingannarci? Perché l'avete fatto?»

Josie si avvicinò a Nicole e Brian, brandendo il coperchio. «Noi ce ne andiamo. Non provate a seguirci.»

«Perché dovremmo andarcene noi?» disse Sandrine. «Sono loro che hanno fatto irruzione qui dentro. Dovrebbero essere loro ad andarsene. Possono benissimo prendersi uno degli altri alloggi. Non è necessario che stiano qui.»

Brian non si tirò su, ma tenne entrambe le mani alzate, con i palmi rivolti verso l'esterno, in un gesto di resa. «State calme. Non vogliamo farvi del male.»

Sandrine si slanciò in avanti e indicò la porta. Cominciò a urlare. Josie trasalì per l'intensità della sua voce. Era innaturale che venisse da lei, dopo che per tutta la settimana era stata calma e apparentemente pervasa da una pace interiore. «Uscite! Andatevene immediatamente! Non vi vogliamo qui! Io non vi voglio qui!»

«Oh, chiudi quella bocca!» le rispose Nicole urlando anche lei. «Sei solo una puttana egoista! Dopo quello che mi hai fatto, credi che mi interessi quello che vuoi tu?»

«E basta!» disse Alice. «Non ricominciare, ti prego. Sandrine ha ragione. Voi non dovreste stare qui e noi non dobbiamo andarcene. Andatevene voi due e basta. Prendete una delle altre casette e aspettate i soccorsi. Per favore.»

«Egoista io?» esclamò Sandrine, con una punta di indignazione nella voce. «Quello che io ti ho "fatto"? Non ho idea di cosa tu stia parlando. Non sapevo nemmeno di avere dei fratelli! Come avrei potuto farti qualcosa?»

«Sei proprio una bugiarda.» disse Nicole, barcollando per rimettersi in piedi. «Hai sempre saputo che esistevo!»

Sandrine scosse la testa. «No, invece. Non sapevo che mia madre avesse avuto così tanti figli e che li avesse abbandonati tutti.»

Josie tenne il coperchio del gabinetto davanti a sé e si avvicinò alla porta, posizionandosi tra Nicole e Sandrine. Brian rimase seduto. Aveva sopravvalutato la minaccia? No, non aveva alcun dubbio che si fossero autoinflitti quelle ferite. Dovevano avere qualche altro motivo se avevano voluto entrare nel loro stesso rifugio.

«Magari non sapevi di Bradley o di Tara.» disse Nicole. «Ma sapevi di me. Sapevi che esistevo!»

Per quale motivo avrebbero dovuto impegnarsi così tanto per entrare in quella baracca?

"Per Sandrine", disse la voce fantasma di Mettner. "Questo è abbastanza ovvio".

Stavano ancora cercando di ottenere qualcosa da lei. La cosa più plausibile era che stessero puntando a ottenere delle informazioni di qualche tipo.

«Non sapevo nulla di voi!» insistette Sandrine.

«Piantala di raccontare bugie!» strillò Nicole. «Tu lo sapevi! Sapevi di me!»

Josie iniziò a ragionarci su basandosi sulle informazioni che Gretchen le aveva inviato: tra Nicole e Sandrine c'era la maggiore differenza d'età; Sandrine doveva avere pressappoco tra i diciotto e i diciannove anni quando Nicole era nata.

Brian aveva detto che Nicole aveva trovato un parente da parte di suo padre che si ricordava di lui. Quella persona si ricordava anche di Delilah e che aveva una figlia più grande. Cosa le aveva detto Sandrine su Delilah?

*Verso la fine, era indigente. Ha sposato un falegname. Soste-
neva di amarlo davvero e che era stanca di essere sotto lo sguardo
di tutti.*

Josie abbassò il coperchio. «Sandrine, hai mai conosciuto il
falegname?»

Nicole rimase immobile. Rivolse uno sguardo a Brian, che
stava osservando con interesse l'intero scambio. Alice si allontanò di qualche centimetro da Sandrine, ma continuò a fissarla.

«Quale falegname?» disse Sandrine.

Rispondere a una domanda con una domanda. Sviamento.
Guadagnare tempo.

«Il falegname che tua madre aveva sposato.» spiegò Josie.
«Poco prima che morisse. L'uomo di cui diceva di essere innamorata... l'hai mai conosciuto?»

«Certo che l'ho conosciuto.» disse Sandrine. «Mia madre
aveva voluto che facessi da damigella d'onore al loro stupido
matrimonio da quattro soldi. È stato umiliante. Si comportava
come se fossimo sempre state vicine, come se fosse stata una
buona madre. All'inizio mi dispiaceva per lui, perché lui non
aveva idea di che donna fosse quella che stava sposando.»

«Vivevi con loro?» chiese Josie.

Sandrine si irrigidì. «Perché me lo chiedi?»

«Perché Brian mi ha detto che Nicole ti ha rintracciato
parlando con una persona che conosceva suo padre. Se Delilah
avesse abbandonato Nicole in segreto dopo la sua nascita, come
ha fatto con Brian e Taryn, allora come avrebbe fatto questa
persona che conosceva il padre di Nicole a ricordarsi sia di
Delilah che di te? L'unica risposta è che, a un certo punto, voi
quattro siete stati una famiglia completa...»

«È vero, Sandrine?» domandò Alice con un sussulto. «Tu
c'eri quando è nata Nicole?»

La voce di Sandrine tremò di rabbia quando disse: «Non
eravamo una famiglia!»

Prima che Josie potesse fermarla, Nicole attraversò la

piccola stanza, si proiettò in avanti per raggiungere Sandrine e puntandole un dito accusatore diritto contro il viso disse: «Quel falegname era mio padre! Era innamorato di nostra madre e lei lo ricambiava. Eravamo una famiglia e tu l'hai distrutta! Mi hai rovinato la vita! Due volte!»

CINQUANTADUE

Sandrine indietreggiò ancora. Con un colpo secco scacciò il dito di Nicole, che lo ritrasse. «Assolutamente no. Non è affatto vero.»

«Due volte?» chiese Alice avvicinandosi alla porta, fissando Sandrine con gli occhi spalancati. «Che cosa significa?»

"Verso la fine", aveva detto Sandrine. Verso la fine della vita di Delilah aveva incontrato il falegname, il che significava che doveva essere morta quando Nicole era ancora piuttosto piccola. Dal momento che Nicole non era andata a vivere con il padre, quest'ultimo doveva essere morto più o meno nello stesso periodo. Nelle ultime quarantotto ore, Nicole aveva accusato apertamente Sandrine di aver ucciso Meg e di aver fatto qualcosa a Taryn. Brian aveva detto che Nicole aveva altri motivi per partecipare al ritiro, oltre a lui e Taryn. Nicole aveva mentito per assicurarsi un posto al ritiro.

Quindi Josie ci aveva visto giusto: i fratelli erano lì per vendicarsi, ma non perché Delilah avesse scelto di tenere Sandrine abbandonando tutti gli altri. La nausea le salì allo stomaco vuoto quando capì perché avevano ritenuto necessario piazzare quelle videocamere.

Il coperchio si fece improvvisamente pesante tra le sue mani, ma non era pronta a posarlo. «Sandrine, cos'è successo a Delilah e al suo falegname? Come sono morti?»

Il volto di Sandrine perse ogni traccia di colore sotto il sangue secco del taglio che Nicole le aveva inferto. «Cosa? Cosa stai...»

«Diglielo!» la interruppe Nicole. «Diglielo e basta!»

Con la coda dell'occhio, Josie si accorse che Brian stava tirando fuori dalla tasca la sigaretta elettronica e la teneva stretta in un pugno.

Sandrine si afflosciò, lasciando cadere le spalle. «È stato un incidente. Erano andati a fare un'escursione in vetta a una montagna che scalavano spesso nella parte settentrionale dello stato di New York. Mia madre è caduta. Stava cercando di scattare una foto ed è scivolata. Nicole, tuo padre ha cercato di tirarla su, ed è caduto dietro di lei. È stato un incidente spaventoso, una vera e propria tragedia.»

Nicole avanzò di nuovo verso di lei e Sandrine andò a sbattere con la testa contro il muro alle sue spalle mentre cercava di allontanarsi.

Josie la ammonì: «Nicole!»

Nicole si fermò, ma guardò Sandrine con occhi ridotti a due fessure. «È quello che ho letto anche io sui vecchi giornali, dopo aver fatto il test del DNA e aver rintracciato i miei genitori. "Un'attrice tormentata trova finalmente il vero amore e si sistema, per poi cadere da una rupe qualche anno dopo".»

«Delilah non era capace di amare, Nicole...» provò a spiegarle Sandrine a bassa voce. «Eri troppo piccola per ricordarti di lei o per conoscere la sua vera natura.»

«Non stiamo parlando della sua natura.» la contraddisse Nicole. «Stiamo parlando della tua. Tu sei andata con loro in quell'escursione. Ti avevano chiesto di tornare a casa dall'università perché c'era una questione di cui volevano parlare con te, ma non sono ancora riuscita a capire per quale motivo ci sei andata. Era perché volevi rimanere nelle loro grazie per non perdere la retta dell'università?»

Josie osservò come cambiava l'espressione di Sandrine: una delle sue palpebre si contrasse, ma lei non disse nulla.

«Ho rintracciato la famiglia di mio padre, sai...» continuò Nicole. «Aveva un lontano cugino, di un paio d'anni più grande di lui, al quale era molto legato, che si ricordava tutto. È stato lui a dirmi che eri andata con loro. Poi ne ho avuto conferma dalla polizia locale. Uno degli agenti ha detto che tutti quanti sospettavano che fossi stata tu a spingere i miei genitori giù dalla scarpata, ma non ne avevano le prove.»

«Non c'erano prove.» disse Sandrine, con voce tremante.

"Non c'erano prove". Nella sua esperienza, Josie non l'aveva mai sentito dire da una persona innocente. Sandrine avrebbe potuto dire qualcosa come "non l'avrei mai fatto" oppure "non ho fatto niente del genere". Ma non aveva detto né l'una né l'altra; aveva detto che "non c'erano prove".

Josie guardò prima Brian, che stava ancora seduto appoggiato contro il muro, e poi Alice, che si stava avvicinando alla porta. Entrambi osservavano lo scambio con attenzione. Sembrava che nessuno nella stanza avesse preso fiato da un'eternità. Il presunto attacco dell'orso era stato dimenticato. Josie aveva male alle dita a forza di stringere il coperchio.

«Ma lui le aveva le prove!» rispose Nicole alzando la mano sinistra e scuotendo l'anulare per mostrare la vecchia fede nuziale rovinata. «La fede di mia madre. Gli agenti l'hanno trovata nella tasca della tua giacca quando sono arrivati sul posto. Avevi posato lo zaino e la giacca quando ti hanno portata dentro per l'interrogatorio. Questa era in una delle tasche esterne. Come ci è arrivata?»

«Questa non è una prova!» protestò Sandrine.

«Non per soddisfare le esigenze di un tribunale, forse...» rispose Nicole. «Non sono riusciti a costruirci sopra un caso, ma gli agenti che erano lì quel giorno non l'hanno mai dimenticato.

E dal momento che non è mai stato possibile montare un caso, il cugino di mio padre l'ha data a me. Pensavano che si fosse sfilata nel corso di una colluttazione tra te e Delilah e che, dopo aver spinto lei e mio padre Ben giù dalla scarpata, l'avessi nascosta. Gli avevi detto che Delilah era scivolata e caduta, e che mio padre aveva cercato di salvarla, ma erano finiti entrambi di sotto. Ma se così fosse, come avresti fatto a prendere la sua fede?»

«Nessuno può dimostrare nulla di tutto questo!» disse Sandrine. «Nessuno sa cosa sia successo quel giorno, tranne me! Io c'ero!»

«Se non li hai uccisi tu, allora perché non hai assunto la mia custodia dopo la loro morte?» ribatté Nicole. «I servizi sociali volevano che fossi tu a occuparti di me. Eri la mia parente più vicina. Avevi abbastanza soldi dal patrimonio che avresti potuto gestire, e invece ti sei sbarazzata di me. Una bambina di due anni. Il cugino di mio padre voleva prendermi con sé, ma non era sposato e a quei tempi il tribunale non voleva assegnare la custodia di una bambina a un uomo celibe che viaggiava molto per lavoro. Così sono finita in casa di estranei.»

«E sei stata fortunata!» strillò Sandrine all'improvviso, sputando per quanta forza ci mise, facendo trasalire tutti i presenti.

«Sei stata fortunata! Ti ho fatto un favore! A tutti voi! Pensate che Delilah Stowe fosse cambiata così tanto quando siete arrivati voi da non essere più capace di fare del male? Nicole, pensi che sarebbe rimasta con tuo padre e ti avrebbe cresciuta? Era una psicopatica malefica e senza cuore, e con svariati disturbi della personalità. Io ti ho salvata!»

«Tutto l'opposto!» rispose Nicole. «Sono finita con una coppia senza figli che ha avuto una bambina dopo che mi avevano già adottata. Era il loro piccolo miracolo. E poi, un giorno, quando io avevo sette anni e lei ne aveva cinque, stavamo giocando davanti a casa nostra ed è arrivato il gelataio e l'ha rapita. Prese lei al posto di me e da allora hanno dato la colpa a me. Fino al giorno in cui ho lasciato quella casa, ho dovuto convivere con il loro giudizio e il loro disprezzo. Mia madre, la donna che mi aveva adottata, mi diceva: "Perché non hanno preso te al posto suo? Perché hanno preso il nostro piccolo miracolo"?»

Quelle parole colpirono Josie come un pugno nello stomaco. Si immaginò la piccola Nicole costretta a crescere in un ambiente tanto triste e crudele. Anche Alice indietreggiò.

Sandrine alzò le mani in aria. «Sei stata fortunata, nonostante tutto. Non hai idea di quanto fosse malvagia Delilah... te lo ripeto, ti ho fatto un favore!»

Brian si alzò di scatto. In mano teneva ancora la sigaretta elettronica. Guardò oltre Josie verso Nicole. «Te l'avevo detto che non avremmo mai ottenuto una confessione da questa puttana.»

«Sandrine...» sussurrò Alice. «Hai ucciso tua madre e il tuo patrigno?»

Sandrine non prestò attenzione a quella domanda e si strinse nel suo giaccone, cercando di farsi più piccola.

Gli occhi di Alice passarono da Brian a Nicole e viceversa. «È per questo che voi tre avete piazzato le videocamere che Josie ha trovato. Per registrare la sua confessione?»

«Volevamo che tutti quanti sapessero cosa aveva fatto.» sentenziò Nicole.

«Le vostre registrazioni non sarebbero state ammissibili.» spiegò Josie. «A causa delle leggi vigenti nello stato della Pennsylvania.»

«E con questo?» la sfidò Brian. Le sue dita erano ancora avvolte intorno alla sigaretta elettronica. Con l'unghia del pollice scavava sotto il bordo dove normalmente la cartuccia scivola dentro e fuori. «Avremmo potuto comunque diffondere le registrazioni su Internet e rovinare la sua vita.»

«In questo caso sareste stati colpevoli di un reato.» disse Josie.

Brian si mise a ridere. «È chiaro che non ci siamo informati sulle leggi della Pennsylvania. Chi se ne frega. Non ha più nemmeno importanza adesso, perché non confesserà mai.»

Un'espressione di orrore si allungò sul volto di Alice. «Avete fatto tutto questo per una confessione che non potete nemmeno usare? Avete ucciso Meg e Taryn per niente? Due omicidi per far confessare un altro assassino?»

«Cosa?» sbottò Nicole accigliandosi. «Noi non abbiamo ucciso nessuno! L'unica assassina su questa montagna è Sandrine!»

Sandrine batté il piede al ritmo delle sue parole. «Io non ho ucciso nessuno! Non ho ucciso nessuno!»

«E allora chi è stato?» chiese Nicole scuotendo la testa. «È chiaro che non sono state la poliziotta e l'infermiera. Sicuramente non è stato Brian. Io non sono stata. Quindi rimani tu. Sei stata tu a uccidere due persone a sangue freddo. Ne hai avuto l'opportunità. Meg e Taryn si fidavano di te. Quanto sarebbe stato difficile per te avvicinarti a loro e farle fuori? Non riesco a immaginare che motivi potevi avere per togliere di mezzo la povera Meg, ma presumo che Taryn ti abbia raccontato chi eravamo e che tu l'abbia eliminata per metterla a tacere. Dov'è il suo corpo, Sandrine?»

Sandrine si strinse le mani ai fianchi, ma non rispose. Josie lanciò un'occhiata ad Alice, che ormai aveva iniziato a piangere e si stringeva le braccia in vita. Brian grattava ancora con il dito contro il bordo della sigaretta elettronica. Alla fine, il piccolo tappo bianco si staccò improvvisamente e attraversò la stanza, andando a finire ai piedi di Nicole.

Lei gli lanciò un'occhiata carica di disprezzo. «Vuoi smetterla di giocare con quella stupida macchinetta?»

Brian fece un paio di passi, fermandosi davanti a Josie, e si chinò per raccogliere il cappuccio. Un mucchio di piccoli quadratini neri fuoriuscì dall'interno della sigaretta.

«Che diavolo è quella roba?» chiese Alice, mentre lui si affrettava a inginocchiarsi per raccoglierli con rapidi gesti.

Non erano semplici quadratini. Erano micro-schede SD.

Josie guardò meglio la sigaretta elettronica, che ora Brian teneva allentata tra le dita. Non era rotta. Era falsa. L'aveva usata per conservare le registrazioni che avevano fatto quella settimana. Mentre infilava le minuscole schede nell'alloggiamento, teneva ancora il pollice premuto contro il bordo metallico della bocchetta e Josie era abbastanza vicina da vedere l'impronta che si era procurato sulla punta del polpastrello. Era una linea piccola e sottile, che si estendeva per appena mezzo centimetro, con una curva alla fine. Proprio come il taglio che Josie aveva trovato sulla guancia di Meg.

Nicole si voltò verso Sandrine. «Cosa hai fatto a Taryn? Meritiamo di sapere almeno questo.»

Sandrine si portò le mani tremanti al cuore. «Non ho ucciso Taryn. E nemmeno Meg.»

Josie non riusciva a distogliere lo sguardo dalla sigaretta elettronica. Brian prese il tappino e la richiuse. La teneva ancora stretta nella mano quando si accorse che Josie lo stava fissando. I loro occhi si incrociarono. Lui si guardò il pollice, dove il segno era ormai sbiadito. Josie sollevò di nuovo il coperchio del gabinetto, appoggiandolo sulla spalla sinistra, pronta a colpire.

«Non è stata Sandrine.» disse Josie. «Non è stata lei a uccidere Meg e Taryn. È stato Brian.»

Nicole girò la testa verso Josie e scoppiò a ridere. «Non essere assurda! E non prendere le parti di Sandrine. Noi. Noi non abbiamo ucciso nessuno.»

Brian non tolse gli occhi di dosso a Josie, ma quando parlò, rispose a Nicole. «Parla per te.»

Poi sferrò un pugno che colpì Nicole alla tempia, facendola cadere come un sasso.

CINQUANTATRÉ

Sandrine e Alice urlarono contemporaneamente. Alice si girò e cercò di aprire la porta, ma Brian fu troppo veloce. La afferrò per il colletto e la fece cadere con tutta la forza sull'intelaiatura del letto e sul pavimento. Le puntò un piede contro la gola. Le mani di Alice tremavano violentemente a ogni tentativo che faceva per allontanarlo. Sandrine scivolò lungo la parete, il più lontano possibile da Brian. Josie piegò le ginocchia, tenendo il coperchio pronto, ma cercando allo stesso tempo di restare lontano dalla sua portata. Il suo gancio sinistro era tremendo. Sotto il suo piede, Alice si contorceva.

Con lo sguardo fisso su Josie, Brian scosse la testa. «Che ficcanaso del cazzo. Non puoi farne a meno, vero? Sei peggio di Meg.»

«Ti ha visto con quella sigaretta.» disse Josie. «Con le schede di memoria.»

«Sì, è uscita dal suo alloggio la prima notte che ha nevicato. Non so dove stesse andando, ma mi ha visto uscire dalla casa principale. Solo che non me ne sono accorto perché era molto buio e nessuno di noi due aveva con sé la lanterna. Ci muovevamo entrambi di soppiatto. Non so se mi stesse spiando o che altro.»

Josie sapeva che era andata a trovare Taryn; per Meg quasi tutti le destavano dei sospetti. Aveva incrociato Brian nel momento sbagliato e gli si era avvicinata. «Mi ha visto che tenevo questa cosa in mano. Avevo appena finito di cambiare le schede di memoria e stavo cercando di rimettere questo stupido tappo, quando mi è caduto. Avevo con me il telefono, con l'applicazione della torcia accesa per trovare tutte le schede SD. E lei mi ha visto. Non mi ha dato la possibilità di spiegare. Ha cominciato a darmi del pervertito e ha detto che sarebbe scesa a valle e avrebbe chiamato la polizia. Così l'ho colpita con questa, poi l'ho trascinata lungo il sentiero e l'ho strangolata con la sua stessa sciarpa. Le ho tolto alcuni vestiti per far pensare che fosse andata in ipotermia. Cos'altro vuoi sapere prima che schiacci la trachea della tua amica?»

Alice si contorceva più forte, squittendo come un animale impigliato in una trappola.

Josie cercò di tenere Brian impegnato a parlare, in modo che non facesse più male ad Alice, e intanto un'altra parte del suo cervello si adoperava per trovare una via d'uscita. Non si poteva contare sull'aiuto di Sandrine, che si era rannicchiata in un angolo. Nicole era ancora ridotta a un ammasso sul pavimento. A una prima occhiata sembrava addirittura morta.

Alice avvolse le mani intorno alla caviglia di Brian e cercò di torcerla, ma lui premette più forte, facendole perdere il fiato. Josie esaminò la stanza, in cerca di una soluzione. Poteva lasciare il coperchio e lanciarsi contro di lui. Poteva caricarlo, piantandogli la spalla nel fianco con un colpo secco. Poteva farlo piegare in due e farlo volare all'indietro, oltre il letto e contro la porta. Ma a quel punto si sarebbe ritrovata senza armi e lui avrebbe avuto ancora molto vantaggio su di lei. Avrebbe dovuto ingaggiare un corpo a corpo con lui. E lui era molto più grosso di lei. In ogni caso, anche a distanza ravvicinata, poteva fare qualche danno. Ma era vero anche che lei aveva già affrontato uomini molto più grossi e rabbiosi di Brian.

«Perché hai ucciso Taryn?» gli chiese Josie.

«Perché stava per far saltare l'intero piano.» rispose lui. «Diceva che voleva bene a Sandrine e che voleva soltanto instaurare un buon rapporto con lei. Non le interessava quello che Sandrine aveva fatto in passato. Stava per smascherarci tutti e perdonare questo pezzo di spazzatura, anche se è un'assassina. Non potevo permetterle di farlo.»

«Dov'è il suo corpo?» chiese Josie.

«Sei tu che sai tutto.» disse Brian. «Dimmelo tu.»

Josie ripensò alla notte in cui Taryn era scomparsa, sapendo che dietro c'era Brian. Alice aveva detto che Taryn stava andando alla sua baita, ma in realtà non l'aveva vista uscire. Nessuno l'aveva vista sul sentiero. Brian era rimasto nella casa principale per tutto il tempo. Quando Josie era arrivata, lo aveva trovato accanto alla stufa. Aveva detto di essere rimasto lì tutto il tempo, tranne quando era andato a controllare il livello di gasolio nel gruppo elettrogeno.

Quando Taryn era uscita dalla sala di ricreazione per andare nel suo alloggio, avrebbe dovuto vederlo. Si sarebbero trovati da soli nella sala grande.

«L'hai uccisa nella casa principale...» disse Josie. «Non ha mai raggiunto il suo alloggio.»

Un sorriso maligno scivolò sul volto di Brian. Intanto allentò leggermente la gola di Alice. Josie la guardò riprendere un po' d'aria. «Sei talmente intelligente che nuoci al tuo bene.» disse Brian guardando Josie. «Mi rende un po' triste il fatto di doverti uccidere.»

Brian aveva ammesso di essere uscito sul retro per raggiungere il gruppo elettrogeno quando gli era stato chiesto cosa stesse facendo quando Taryn era scomparsa. Perché preoccuparsi di quel dettaglio?

«L'hai portata sul retro.» disse Josie. «Attraverso la cucina.

Ecco perché non c'erano tracce da nessuna parte. Hai nascosto il corpo vicino al generatore.»

Il suo sorriso si allargò.

Ma avevano controllato il retro della casa principale senza trovare Taryn. C'era solo neve e ancora neve che era caduta dal tetto della casa in grossi pezzi.

«Oh mio Dio...» disse Josie. «Non l'hai nascosta.»

Il suo sorriso lo fece sembrare una persona completamente diversa dall'uomo con cui avevano trascorso la settimana. «Non ce n'è stato bisogno.» disse. «L'ho portata sul retro, l'ho messa vicino alla casa e proprio quando ho cominciato a chiedermi come diavolo potevo fare per nasconderla, una grossa valanga è scivolata giù dal tetto e l'ha seppellita in un metro di neve. Nessun problema, nessun trambusto. Era destino.»

«Sei un mostro.» riuscì a dire Sandrine con un filo di voce.

Brian fece una risata ironica. «Oh, sarei io il mostro? Hai idea di quante vite hai rovinato quando hai ucciso nostra madre e il suo nuovo marito?»

Josie spostò il coperchio contro la spalla e studiò la posizione di Brian: era sbilanciato con il piede che teneva sul collo di Alice; perciò, se lei avesse fatto oscillare il coperchio con sufficiente forza, avrebbe potuto fargli perdere l'equilibrio. In questo modo avrebbe avuto un vantaggio e prima ancora che lui avesse il tempo di raddrizzarsi, lei avrebbe potuto saltargli addosso, colpendolo fino a metterlo fuori gioco. Ma Alice era un problema. Sarebbe rimasta in mezzo a quella baraonda e lei non poteva rischiare di ferirla o addirittura di ucciderla.

«Tu non li hai mai conosciuti!» disse Sandrine. «Sei stato fortunato a non averli mai conosciuti! Non hai idea di cosa stai parlando.»

«Immagino che tu li abbia uccisi prima che avessero la possibilità di dirtelo, allora.» disse Brian.

A quel punto, Alice sarebbe morta soffocata se Josie non si fosse data una mossa per fare qualcosa.

Sandrine si alzò mettendosi più dritta, ma rimase nel suo angolo. «Che cosa? La loro grande notizia? Che stavano per avere un altro figlio? Non era una buona notizia per nessuno.»

«Non stavano per avere un altro figlio.» disse Brian.

Approfittando del fatto che Brian era concentrato su Sandrine, Josie gli si avvicinò con un movimento ad arco, in modo da trovarsi alla sua destra e non più di fronte a lui. Avrebbe dovuto colpirlo alla testa e assicurarsi di tirare con l'angolazione giusta in modo che, cadendo, il suo corpo andasse all'indietro, alleggerendo il peso sulla gola di Alice invece di aumentare la pressione.

«Stavano per avere un altro figlio.» continuò Brian. «Ero io.»

Josie piegò le ginocchia, rielaborando lo scenario nella sua testa. Quasi sicuramente avrebbe dovuto saltare se voleva sferrargli un buon colpo alla testa. Abbastanza da fargli perdere l'equilibrio.

«Oh, per favore.» rispose Sandrine. «Sei pazzo quanto lei!»

«No, non sono pazzo!» disse Brian, alzando subito la voce. «Erano venuti a prendermi! Delilah e Ben erano venuti a prendermi alla casa-famiglia. Delilah aveva parlato a Ben di me. Sapeva che ero ancora abbastanza piccolo da rientrare nel sistema dei servizi sociali da qualche parte. Mi avevano rintracciato e avevano visto che non ero mai stato adottato. Mi avevano trovato. Erano venuti a casa e mi avevano incontrato. Mi aveva detto che era la mia vera madre e che le dispiaceva di avermi dovuto abbandonare, ma che ormai viveva in un posto migliore. Mi aveva presentato Ben. Volevano che fossimo tutti una famiglia. Mi avevano detto che avevo tre sorelle, anche se non avevano ancora trovato Tara, ma mi avevano promesso che l'avrebbero trovata e che ci avrebbero riunito tutti.»

«No.» disse Sandrine ansimando. «No. No. Non è successo. Non l'avrebbe mai fatto. Lei non era così!»

«È successo, e lei era così. Mi aveva detto che l'unico problema era che vivevamo in due Stati diversi e quindi sarebbe stato più difficile. Dovevano procurarsi un avvocato. Avrebbe dovuto combattere per riavermi, ma l'avrebbe fatto. L'avrebbero fatto.»

Alice squittì di nuovo e il suono attraversò Josie come una scossa di dolore.

«No.» disse Sandrine.

«Sì!» ribatté Brian. «Solo che poi sono andati a casa e non sono più tornati perché sono morti. Me l'ha detto il mio consulente. Non ho mai saputo il loro cognome. Ero così stupito quando vennero a trovarmi. Ero piccolo. O magari mi avevano detto il loro cognome, ma non me lo ricordavo. Non mi importava. L'unica cosa che contava era che mia madre fosse tornata per me. Quando il mio consulente mi ha detto che era morta, gli ho chiesto di dirmi almeno il suo nome completo e lui mi ha risposto che non ce n'era alcun motivo. Così ho dato fuoco a quel cazzo di posto fino alle fondamenta.»

«Oh mio Dio.» Sandrine appoggiò una mano contro il muro per tenersi ferma. «Hai appiccato il fuoco anche alla casa principale, vero?»

Lui rise. «Tu cosa pensi?»

Josie si rese conto che tutto quello che aveva detto sul fatto che l'odore dell'incendio lo aveva riportato a tanti anni prima era una recita. E una recita convincente, per giunta.

«Sei proprio come lei.» disse Sandrine. «Sei un mostro.»

Josie colse l'occasione e approfittò del fatto che Brian teneva ancora il suo sguardo maligno puntato su Sandrine per scattare in avanti, saltando in aria. Con il giusto tempismo fece oscillare il coperchio, che impattò con forza contro il lato del cranio di Brian. Lui volò all'indietro, sbattendo contro la porta e facendola uscire dai cardini. Josie atterrò accanto a lui. Prima che lui potesse riprendersi, lei era già in ginocchio e aveva ricaricato il coperchio sopra la spalla. Mentre lui cercava di alzarsi, Josie gli colpì di nuovo la testa, facendolo cadere. Si alzò in piedi e tirò la porta finché non ci fu spazio sufficiente per far passare una persona. «Correte!» gridò. «Alice! Sandrine! Correte. Uscite!»

Alice si alzò in piedi barcollando. Sandrine fissava con diffidenza il punto sul pavimento dove Nicole giaceva inerme, ridotta in un mucchio.

Brian cominciò a rialzarsi e con una mano si avvicinò a Josie, quasi afferrandola per il bavero del suo giaccone. Lei fece un salto indietro, allontanandolo con il coperchio.

«Fermo!» gli ordinò.

Dalle ginocchia, Brian scattò in piedi e si avventò su di lei, facendola cadere all'indietro. Il suo corpo si schiantò contro il muro. Lei cercò di scansarlo, ma andò a sbattere contro il letto e cadde sulla schiena. Lui le fu subito addosso. Era molto più alto e nel piccolo spazio le sembrava che fosse dappertutto, come una piovra. Josie tenne il coperchio vicino al viso, cercando di bloccare i colpi che le piovevano in testa.

«Sei morta!» ringhiò.

Josie si accorse vagamente delle grida di Alice e Sandrine, mentre le loro mani gli avvolgevano le braccia e le spalle, tirandolo indietro, lontano da lei. Con un solo colpo, fece volare Sandrine dall'altra parte della stanza. Alice continuò a provare a toglierglielo di dosso, rimanendo dietro di lui per impedirgli di dare al suo manrovescio una forza sufficiente a farle male. Si mosse seguendo il suo ritmo, tenendosi fuori dalla sua portata e controllando il suo braccio sinistro. Appena Brian rivolse la sua attenzione verso Alice, Josie si mise in ginocchio e sollevò ancora una volta il coperchio sopra la testa. Lo calò sul lato del ginocchio sinistro di Brian. Fu ricompensata con il suono delle ossa che scricchiolavano. Quando lui andò giù, lei scattò in piedi e avanzò verso di lui, sferrandogli un calcio all'inguine. Tutta la stanza tremò quando lui atterrò sulla schiena. Subito dopo si rannicchiò su un fianco, ululando per il dolore.

Alice apparve accanto a Josie e le diede una pacca sulla

spalla. Insieme, si misero davanti a Brian. Josie teneva l'arma pronta. Alice si strofinò la gola. «Ottimo lavoro, detective. Ottimo lavoro.»

CINQUANTAQUATTRO

Mancavano ancora diverse ore all'arrivo dei soccorritori. Josie stava cominciando a preoccuparsi vedendo il sole abbassarsi sempre di più all'orizzonte. Lei e Alice sorvegliavano Brian, che aveva avuto il buon senso di non tentare alcuna mossa con le due che incombevano su di lui e sul suo ginocchio ferito, una con un coltello di fortuna e l'altra con un tubo che Sandrine aveva recuperato dalla stanza della rabbia. Avevano anche strappato la tenda della doccia ed erano riuscite a ridurla in pezzi sufficienti per legargli mani e piedi. Sandrine si teneva alla larga e se ne stava seduta accanto a Nicole che non aveva ripreso conoscenza, anche perché aveva ancora un battito debole. Alice le aveva fatto una prima valutazione e aveva concluso che non c'era molto da fare per lei. Dopo un po' di tempo, Sandrine aveva sfidato la neve dietro i bungalow per trovare abbastanza rami bassi da spezzare con cui alimentare la stufa a legna. Quantomeno avrebbero avuto un po' di calore. Non durò a lungo, ma ne furono pienamente appagate.

Josie stava cercando di capire come avrebbero potuto sorvegliare Brian dopo che avrebbe fatto buio, quando sentirono un rombo simile a quello di un motore. All'inizio Josie pensò di avere le allucinazioni. Con tutto quello che era successo in così poco tempo, il salvataggio cominciava a sembrarle impossibile.

Alice indicò la porta con il tubo. «Vai tu.» disse. «Dai un'occhiata. Ci penso io a lui.»

Josie portò con sé il coperchio del gabinetto, così, se Brian avesse tentato di ribellarsi ad Alice, non avrebbe avuto un'arma a portata di mano, anche se l'ultima volta che l'aveva guardato, lui stava dormendo, con la bocca aperta e la bava che gli colava sul pavimento.

Uscita fuori, Josie scese i gradini della baita e si fermò sul sentiero, cercando di individuare la fonte del rumore. L'incendio della casa principale era ormai solo un mucchio di brace, il fumo ridotto a ciuffi neri. Con l'edificio ormai ridotto solo a un cumulo di macerie, si vedeva la dépendance rossa che ospitava la stanza della rabbia.

Il rumore si fece più forte, e sembrò intensificarsi.

Poi qualcosa apparve all'imboccatura del sentiero, superando la stanza della rabbia e facendosi strada verso la vetta.

«Non ci credo!» urlò Sandrine, che era arrivata sulla veranda della baita. Si mise in ginocchio e si prese il viso tra le mani. «Dio mio ti ringrazio!»

Josie sbatté le palpebre, cercando di elaborare quello che stava vedendo. Non si voleva sbagliare. Si augurava di non avere le allucinazioni. Noah planò verso di lei scivolando sulla neve, lungo il sentiero spalato, in sella a una motoslitta. Dietro di lui, apparvero altri due mezzi. Quando la vide, si arrestò di scatto e la motoslitta sbandò leggermente. Lei stava già correndo verso di lui prima che lui potesse appoggiare una gamba a terra.

«Noah!»

Si mise in piedi, affondando nella neve, e cominciò ad andare verso di lei, facendo del suo meglio per affrettare il passo, creandosi un sentiero tra i cumuli di neve.

Josie gli finì addosso così forte che lui cadde sulla schiena. Lei cadde insieme a lui, adagiandosi sulla sua solida corporatura e andò a finire con il viso nel suo collo. Sapeva di sudore vecchio di giorni, di idrorepellente e di casa. Lui le accarezzò il viso, le spalle e le mani, accertandosi di ogni centimetro del suo corpo. «Stai bene?» le chiese. «Dimmi che stai bene!»

«Sì.» disse lei, senza fiato. «Sto bene. Sono solo felice che tu sia qui. Perché ci hai messo tanto?»

«Ho avuto qualche contrattempo.» le disse lui respirando tra i suoi capelli. «Hai mai sentito parlare di un tizio di nome Austin Cawley?»

Quel nome le provocò un brivido che le percorse tutto il corpo. Si strinse di più a lui. «È il nome dell'uomo che molestava una delle compagne del ritiro.»

«Sono andato a casa di Cooper Riggs per vedere se poteva portarmi in cima alla montagna e mi sono imbattuto in Cawley.»

Sentiva il calore della pelle del suo collo contro la sua guancia. «Dov'è Cooper? Sta bene?»

Le mani di Noah continuavano a percorrere il suo corpo e il suo tocco le trasmetteva una forte ondata di sollievo. Era come un sedativo. «Ora sta bene. L'altra sera ha avuto un incidente d'auto subito dopo aver lasciato il campo e il suo furgone è rimasto bloccato sulla riva del torrente.

Il telefono satellitare è andato distrutto nell'incidente. All'inizio non riusciva a raggiungere la strada, così è rimasto a bordo. Oggi è riuscito a risalire il pendio e quando finalmente è arrivato in cima, è tornato a casa sua perché era il posto più vicino. Per mia fortuna, aveva portato il fucile che tiene sempre nel furgone. Così abbiamo tratto in arresto Cawley. Cooper è andato in ospedale per farsi controllare e lo sceriffo e la Polizia di Stato mi hanno permesso di venire qui con loro. Ora va tutto bene, Josie.»

Non riuscì a trattenersi dal piangere mentre si tirava su per guardarlo negli occhi nocciola. Con le dita Noah le asciugò le lacrime dalle guance. Lui la guardò con un mezzo sorriso e una mezza smorfia. «Mi dispiace di averci messo così tanto a raggiungerti.» disse.

Poi la baciò.

CINQUANTACINQUE
DENTON

Josie spinse con il fianco la porta della sala grande della centrale di polizia di Denton. Tra le mani reggeva un sottile portabicchieri del Kommorah's Koffee, con tutti e quattro gli scomparti riempiti e una quinta tazza incastrata in modo precario al centro. Lo portava con entrambe le mani mentre si dirigeva verso le scrivanie. Noah sorrise quando la vide e saltò in piedi per aiutarla, estraendo due tazze dal portabicchieri. Ne passò una a Gretchen, che stava scrivendo al computer, e mise l'altra sulla sua scrivania.

«Quinn!» gridò il capo uscendo dal suo ufficio. «Che diavolo ci fai qui?»

Josie posò il portabicchieri sulla scrivania e tirò fuori la tazza con la scritta Red Eye. «Questo è per lei.» annunciò.

Il capo la guardò con sguardo severo dall'alto in basso. Lei si preparò a una delle sue tipiche sfuriate, ma lui si limitò a dire soltanto: «Non dovresti stare qui.» Poi le prese il bicchiere.

Josie si voltò a guardare quella che era stata la scrivania di Mettner, accorgendosi con un certo sgomento quanto fosse diversa: c'era una marea di fascicoli tutti sparsi in modo disordinato. Il portapenne era sparito. Un minuscolo canestro da basket, a misura di scrivania, era affisso su un lato. Anche se Noah l'aveva avvertita, le sembrava comunque di aver preso una secchiata d'acqua fredda in testa. Nonostante il numero di volte in cui le veniva ricordata la realtà, sentiva che non ci si sarebbe mai abituata.

Mettner se n'era andato.

Fissò la scrivania e lasciò che il dolore le sbocciasse nel petto. Un dolore come un mal di denti e la puntura di uno spillo allo stesso tempo. Come se il suo cuore avesse calpestato uno dei mattoncini Lego di Harris. Non c'era niente da fare, le cose stavano così e basta. C'era un'altissima probabilità che si sarebbe sentita in quel modo per il resto della sua vita e non poteva farci un bel niente. Non c'era conforto. Nessun balsamo. Solo questo dolore che aveva preso il posto dell'amore che c'era prima. Non poteva fare altro che lasciare che esistesse; e perciò, lasciò che facesse male e che pungesse, che si conficcasse e si gonfiasse finché non pensò che le sarebbero lacrimati gli occhi e poi si allontanò. Fino alla prossima volta.

Questo era ciò che significava veramente stare seduti con le proprie emozioni. Sandrine glielo aveva insegnato. Non significava erigere muri o barricate quando il dolore minacciava di farsi sentire. Non significava cercare disperatamente una bombola d'ossigeno quando il dolore le toglieva il respiro. Significava lasciare che arrivasse. Significava stare sulla traiettoria del tornado senza indietreggiare. Significava accettare il pugno alla gola del dolore senza cercare di schivarlo.

Perché per quanto il dolore sembrasse grande, opprimente e impossibile da sopportare, non l'avrebbe uccisa. Era un dolore cronico che doveva imparare a gestire.

«Quinn!» sbottò il capo Chitwood. «Mi stai ascoltando?»

«Mi scusi, Signore.» disse Josie, staccando gli occhi dalla

vecchia scrivania di Mettner. «Non sapevo cosa bevesse il nuovo arrivato e gli ho preso un semplice caffè.»

Gretchen si intromise: «È di nuovo in ritardo.»

Noah le aveva anche raccontato che né lui né Gretchen erano particolarmente soddisfatti del nuovo arrivato. Nemmeno Josie lo era, visto che lui le aveva riattaccato in faccia quando aveva risposto al telefono di Noah. Ma era decisa a concedergli il beneficio del dubbio, ora che non si trovava più in cima a una montagna in pericolo di morte.

«Non mi trattengo.» disse. «Sono solo venuta a prendere mio marito.»

Noah chiuse il computer e si mise il giaccone. La porta delle scale si aprì di colpo. Josie si voltò proprio mentre il capo faceva un gesto in direzione della porta. «Quinn, questo è il nuovo membro della squadra investigativa, il detective Kyle Turner.»

Turner torreggiava su di lei, con gambe e braccia lunghe e spalle larghe. I suoi capelli erano folti e ricci, castani con riflessi grigi. Invece, la barba e i baffi erano ancora tutti castani. A ricambiare il suo sguardo c'era un paio di profondi occhi azzurri. Doveva avere sui quarantacinque anni, pensò Josie, quindi aveva all'incirca l'età di Gretchen. Quando le sorrise, alzò solo un angolo della bocca. In mano aveva una bottiglietta di plastica contenente una bevanda energetica chiamata Turbo Powr. Apparentemente, i produttori erano stati così energizzati da aver saltato la lettera E alla fine della parola "power".

«Bene, bene, bene...» disse Turner, squadrando Josie dalla testa ai piedi. «La grande Josie Quinn. Pensavo fossi più alta, sinceramente.» Si protese in avanti, allungando il collo per vedere dietro di lei. «E con un mantello. Non ho problemi a dire che sono deluso.»

«Turner.» ringhiò il capo. «Fai il bravo.»

Josie fece una lenta scansione, partendo dalla sommità del capo, scendendo verso i mocassini lucidi e risalendo fino alle zampe di gallina che gli spuntavano intorno agli occhi. «Siamo in due.» disse senza peli sulla lingua.

Dietro di lei, sentì Gretchen soffocare una risata nel cappuccino alle noci Pecan.

Turner le lanciò un'occhiata interrogativa, evidentemente decise di non rispondere e le girò intorno. «Parker...» disse. «Cosa ci tocca oggi?»

«Mi chiamo Palmer, idiota.» gli rispose Gretchen.

«Palmer.» la riprese il capo. «Modera il linguaggio.»

«Non può impedirmi di dare dell'idiota a questo idiota.» ribatté Gretchen.

Josie sentì la mano di Noah sul gomito. Il suo respiro era caldo contro il suo collo. «Usciamo di qui.» disse lui.

CINQUANTASEI

Con il sole che le scaldava la schiena, Josie si inginocchiò per lasciare dei fiori sulla tomba di Mettner. Il terreno sotto i suoi piedi era duro e freddo, anche se la temperatura superava i cinque gradi. Un clima praticamente tropicale se paragonato alla tormenta di neve che si era scatenata alla fine della settimana del ritiro. Rimosse i vecchi mazzi di fiori che altri parenti e amici avevano lasciato, li raccolse tra le braccia e si rimise in piedi. Li gettò nel cestino più vicino e si guardò intorno, alla ricerca di Noah. Non vedendolo, si diresse verso la parte del cimitero dove era sepolta sua madre; lo trovò infatti in piedi davanti alla lapide di Colette Fraley, con il mento quasi poggiato sul petto, intento a fissarla.

Quando gli si avvicinò, gli mise una mano sulla schiena. Lui tirò su il braccio e lei vi si infilò sotto, facendogli scivolare entrambe le braccia intorno alla vita.

«Non credo che sia qui.» disse lui.

«Cosa vuoi dire?»

«Mia madre, dico. Certe volte ho come la sensazione di sentirla intorno a me. Mi piace venire in questo posto, mi piace renderle omaggio, mi piace tenere la sua lapide pulita e lasciare un mazzo di fiori freschi, ma non mi sembra che lei sia qui.»

Josie pensò alle persone che aveva perso: a Ray, a Lisette, a Mettner. In passato aveva avuto esperienze in cui le era sembrato che il suo primo marito o sua nonna fossero con lei, a guidarla, quasi come se fossero realmente al suo fianco. Strinse forte Noah. «Credo che tu abbia ragione.» gli disse alzando il viso per guardarlo negli occhi e lui le sorrise di rimando.

«Hai notizie di Cooper?» gli chiese poi.

«Sì, ha riportato qualche lieve ferita dall'incidente che ha avuto col furgone. Non era neanche arrabbiato perché gli ho distrutto la porta del seminterrato. È venuto fuori che era preoccupato che Cawley si presentasse al ritiro per quasi tutta la settimana. Meg Cleary gliene aveva parlato più volte in privato.»

Questo spiegava perché Alice aveva visto Meg e Cooper parlare insieme dietro la baita di Meg in più di un'occasione. «Meg aveva paura che Cawley l'avrebbe trovata?»

«Ne era convinta e non voleva mettere in pericolo nessuno. Continuava a chiedere a Cooper se avesse visto qualcosa di insolito. Lui cercava di rassicurarla sul fatto che non c'era modo che Cawley trovasse quel posto, ma lei non si rassegnava al peggio. Alla fine, Cooper ha iniziato a pattugliare la montagna una volta al giorno, dalla vetta al parcheggio, per assicurarsi che non ci fosse nessuno in agguato.»

«Oh...» disse Josie. «Ecco perché l'ho incontrato in vetta, in cima alla montagna.» Ed era anche il motivo per cui aveva evitato di rispondere alla sua domanda, quando lei lo aveva interrogato sul motivo per cui si trovava lassù.

Noah le scostò una ciocca di capelli dal viso. «Invece tu hai saputo qualcosa di Sandrine?» le chiese.

«Il procuratore distrettuale di New York ha deciso di non procedere con nessuna imputazione nei suoi confronti, perché non ha mai confessato esplicitamente davanti a nessuno di noi. A quanto pare, il fatto che abbia detto "vi ho fatto un favore" davanti a tutti noi non è stato sufficiente per una condanna. E comunque, Sandrine insiste ancora nell'affermare che si è trattato di un incidente: dice che stava discutendo con Delilah e che è questo che l'ha fatta cadere giù dal dirupo e quando Ben ha cercato di aiutarla a risalire è scivolato giù anche lui. Comunque, Sandrine si ostina a dire che non lo ha fatto apposta. E, ad ogni modo, ha tutta l'intenzione di sporgere denuncia contro Nicole per averla aggredita. Non appena verrà dimessa dall'ospedale.»

Era sorprendente che il colpo che Brian le aveva sferrato non avesse ucciso Nicole; in compenso, le aveva provocato un ematoma subdurale e da quando erano stati soccorsi, era ricoverata in ospedale con una lunga lista di accuse che aspettavano di essere formalizzate contro di lei. Austin Cawley era già dietro le sbarre e il giudice della Pennsylvania non gli aveva concesso il diritto di uscire su cauzione. Anche Brian era stato assicurato alla giustizia ed era già stato chiamato in giudizio per due accuse di omicidio e per una serie di altri capi d'accusa minori, tra cui la violazione della legge sul consenso tra due parti in vigore nello Stato della Pennsylvania. Tutte le registrazioni che aveva fatto in segreto erano state acquisite come prova dalla Polizia di Stato. Josie non era entusiasta che le sue sedute confidenziali con Sandrine fossero state rese pubbliche, ma se questo poteva servire a far rimanere Brian in prigione più a lungo, era propensa ad accettarlo. Alice era tornata a casa, relativamente indenne dal punto di vista fisico, ma profondamente segnata dal punto di vista emotivo. Alla fine, si sarebbero tutti ritrovati per testimoniare durante i processi contro Brian e Nicole, incluso Noah che avrebbe dovuto testimoniare al processo contro Austin Cawley, qualora nessuno di loro avesse patteggiato, ma per il momento erano tutti sparpagliati per il paese.

Josie era tornata alla sua vita normale.

«Ne vogliamo parlare?» chiese a Noah.

Lui rise. «Stavo aspettando che cominciassi a parlarne tu. Volevo aspettare finché non ti fossi sentita pronta.»

Lei sospirò, appoggiando per qualche istante il viso sul suo petto. Poi, parlando nel suo giaccone, disse: «Non credo che sarò mai pronta per affrontare questa conversazione, ma prima o poi dovremo farlo.»

Lui la strinse a sé in un abbraccio. «Allora comincio io per primo. Mi dispiace per come ho reagito.»

Lei scosse la testa. «Non hai niente di cui scusarti, Noah. Sono io che ho reagito in modo eccessivo. Mi sento inadeguata perché non posso darti un bambino. Darci un bambino. Quando mi hai detto che eri rimasto deluso, l'ho presa sul personale. Ho pensato... ho pensato che mi avessi mentito tutte le volte che mi avevi detto che ti bastavo.»

Noah le posò un bacio sulla fronte. «Non ti mentirei mai. E non intendo mentirti adesso: sì, ero deluso. Quando abbiamo parlato di avere un bambino, di provarci, ho iniziato a immaginarmi come sarebbe stato. Mi sono immaginato come sarebbe stato tenere tra le braccia un bambino che sarebbe stato per metà tuo e per metà mio. Lo desideravo con tutto me stesso. Quindi, lo ammetto, ci sono rimasto davvero male. Ma, Josie, questo non cambia quello che provo per te e quello che ho sempre provato per te. L'unica cosa che ho sempre voluto sei tu. E tu mi basti, con o senza bambini. Posso vivere senza avere figli, ma non posso vivere senza di te.»

Josie cacciò indietro le lacrime. L'unica cosa che le impediva di scoppiare a piangere a dirotto era fissare il nome di Colette Fraley sulla pietra tombale di fronte a loro. Non era mai piaciuta alla madre di Noah. Poteva solo immaginare cosa avrebbe detto in un momento del genere: *"Tanto meglio. Non è il caso che tu abbia dei figli con la donna che ti ha sparato"*.

«Sono mortificata di non essermi fidata di te e di averti respinto quando volevi parlarne.» continuò Josie.

Si strinsero l'uno all'altra e rimasero in silenzio per qualche minuto. Una leggera brezza solleticava i petali dei fiori che Noah aveva sistemato sulla tomba di Colette. Da qualche parte nel cimitero, gli uccelli si chiamavano a vicenda. Josie si sentiva al caldo e al sicuro tra le braccia di suo marito. Il suo adorato marito.

«Noah, hai detto che ti sei immaginato un bambino che fosse per metà mio e per metà tuo. Era per questo che volevi avere dei figli? Per dare vita a una persona insieme?»

«Per dare vita a una persona insieme?» ripeté Noah ridendo.

«Sai cosa voglio dire.» ribatté lei dandogli un leggero schiaffo sul petto.

Lui le accarezzò la schiena, stringendola di più a sé. «No, non lo avrei detto proprio in questi termini...»

«Allora perché? Perché hai voluto tanto provare ad avere dei figli? È stato solo perché io avevo deciso di provarci?»

Noah scosse la testa. «No. Non ho mai pensato al perché, a dire il vero. Credo di aver pensato...» ma si interruppe e lei aspettò che finisse la frase, solo che lui non lo fece.

«Pensato a cosa?» gli chiese incalzandolo.

«Sul lavoro vediamo tante cose orribili. Tanta violenza e tanta confusione e la più... pura malvagità.»

Josie annuì appoggiandosi al suo petto. «Sì, è così.»

«Credo di aver pensato che io e te avremmo potuto fare di più che assicurare alla giustizia persone malvagie. Potremmo davvero portare un po' di felicità in questo mondo.» Fece una pausa. Josie sentì il suo petto alzarsi e abbassarsi uniformemente contro la sua guancia. «Ma non abbiamo bisogno di fare un bambino per riuscirci. Possiamo fare altre cose.»

«Per esempio?» gli chiese.

«Non lo so. Non ci ho ancora pensato. Ero troppo occupato a convincerti a parlare con me e poi a cercare di portarti via viva da quella montagna.»

Si spostò in modo da guardarla negli occhi e raccogliendo il suo viso tra le mani, si abbassò e la baciò intensamente. Josie sentì tutto il suo corpo sciogliersi su quello di Noah e quando le loro labbra si separarono, lui tenne la fronte premuta contro la sua. «Vuoi andare a casa?»

«Sì. Sì, andiamo a casa.» rispose lei.

A casa. Con o senza un bambino. La felicità.

Lui la prese per mano e si incamminarono verso la macchina. «Noah... non c'è un modo solo per diventare genitori. Se per te non è particolarmente importante che un bambino sia nostro dal punto di vista biologico, allora non pensi che dovremmo considerare altre strade?»

Lui le sorrise. «Certo, possiamo farlo.»

Lei sorrise a sua volta, facendo ondeggiare le loro mani intrecciate. «Ma prima, portami a casa a dormire.»

UNA LETTERA DA LISA

Vi ringrazio per aver scelto di leggere *Affronta la tua paura*. Se vi è piaciuto questo libro e se volete rimanere aggiornati su tutte le mie ultime uscite, vi invito a iscrivervi al seguente link. Il vostro indirizzo e-mail non verrà mai condiviso e potrete annullare l'iscrizione in qualsiasi momento.

italia.bookouture.com/subscribe/

Questo libro mi ha posto di fronte a sfide del tutto inedite. Sono abituata a immaginare Josie incaricata di risolvere un caso e a vederla in grado di usare le sue risorse investigative per risolvere il crimine. Questo ritiro remoto al di fuori della sua giurisdizione è stato un grande cambiamento per Josie. Mi sono consultata con le forze dell'ordine per cercare di rendere la parte della storia relativa alle procedure di polizia quanto più autentica possibile e ho fatto del mio meglio per assicurarmi che Josie si comportasse come farebbe qualsiasi agente delle forze dell'ordine in uno scenario simile. Perciò, anche se nella proprietà del ritiro Josie non ha dovuto agire come un agente di polizia - tanto più che, come ho detto, non si trovava nella sua giurisdizione - ho pensato che si dovesse comunque comportare come un membro delle forze dell'ordine e che dovesse fare affidamento sul suo addestramento. In ogni caso, eventuali errori o imprecisioni sono esclusivamente di mia responsabilità! A questo proposito, ci tengo a sottolineare che, per quanto sia difficile credere che a questo mondo esistano ancora luoghi in cui il servizio di telefonia cellulare non è disponibile, o lo è solo in parte, quanto ho scritto è frutto della mia personale esperienza. Difatti, mi è capitato di ritrovarmi nella stessa situazione in cui si è trovata Josie con il servizio di telefonia mobile in questo libro. Una situazione a dir poco frustrante. In aggiunta, i luoghi realmente esistenti che ho menzionato in questo libro sono tutti posti in cui sono stata e in alcuni dei quali ho trascorso molto tempo. Fa eccezione la proprietà del ritiro, che è interamente inventata sulla base di una combinazione di diverse proprietà che ho visto e visitato nella Pennsylvania centrale nel corso di molti, moltissimi anni. Peraltro, sebbene la contea di Sullivan sia un luogo reale, lo sceriffo e gli agenti di cui ho parlato nel corso del libro sono personaggi interamente romanzati.

Sono davvero grata a ognuno dei miei lettori e sono entusiasta del fatto che, anche se la serie è in corso da tempo, continua a conquistare un numero crescente di lettori. Sono sempre molto contenta di ricevere commenti da tutti voi, perciò, se volete mettervi in contatto con me, potete farlo attraverso il mio sito web o uno qualsiasi dei social media che trovate qui sotto, e anche attraverso la mia pagina di Goodreads. Inoltre, vi sarei molto riconoscente se voleste lasciare una recensione e se poteste consigliare *Affronta la tua paura* o altri libri di questa serie, ad altri lettori. Le recensioni e le raccomandazioni attraverso il passaparola sono sempre uno strumento prezioso nell'aiutare i lettori a scoprire i miei libri per la prima volta.

Quindi, vi ringrazio infinitamente per la fedeltà e la passione che dimostrate verso questa serie. Josie e io vi siamo estremamente riconoscenti e speriamo di rivedervi la prossima volta!

Grazie,

Lisa Regan

RIMANI IN CONTATTO CON
LISA REGAN

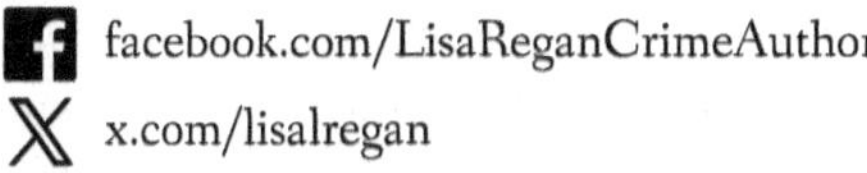

facebook.com/LisaReganCrimeAuthor
x.com/lisalregan

RINGRAZIAMENTI

Miei meravigliosi lettori! Non riesco a credere che siamo arrivati al diciannovesimo libro insieme! Vi ringrazio infinitamente per l'incessante dedizione che mi mostrate per questa serie; la vostra intramontabile passione per Josie e per tutti i fatti che accadono a Denton mi lascia lusingata e sbalordita! Sono sempre molto interessata a conoscere le vostre impressioni sui miei libri e non cala mai il mio entusiasmo nel ricevere i vostri commenti tramite i social media e via e-mail. I vostri messaggi mi risollevano nei giorni in cui non riesco a scrivere molto e mi fanno desiderare di essere una scrittrice migliore giorno dopo giorno. Credetemi se vi dico che ogni parola vale la pena di essere scritta per voi. Ed è per questo che sono infinitamente grata verso ciascuno di voi e vi ringrazio di cuore per aver voluto partecipare a questo incredibile viaggio insieme a me. Un grazie a tutti coloro che fanno parte del mio Salotto dei Lettori: avete creato uno spazio online pieno di allegria, gentilezza e di premure; non è un'impresa facile di questi tempi e, a parer mio, è un'iniziativa straordinaria. E trovo che sia veramente fantastico che gli appassionati della serie di Josie abbiano la possibilità di riunirsi in uno spazio online dove possono condividere i loro pensieri. Siete una garanzia di serenità quotidiana!

Per primo, come sempre, voglio ringraziare mio marito, Fred, per essersi preso in carico ogni cosa nei momenti in cui io ero occupata nella lunga lavorazione di questo libro, che è stata di gran lunga più estesa del previsto, e per essere stato costantemente una fonte di serenità e di sostegno. Ti ringrazio per aver risposto a tutte le domande sulla vita all'aria aperta in inverno nella Pennsylvania centrale e per avermi fatto partecipe delle tue vaste conoscenze sugli orsi! Voglio poi ringraziare mia figlia, Morgan, per le sue intramontabili parole di incoraggiamento, per i suoi abbracci e per la sua disponibilità a elaborare nuove idee. Quindi, un grazie a tutti e due perché siete sempre stati fantastici!

Grazie alla mia incredibile assistente, amica e prima lettrice, Maureen Downey, per avermi teso una mano più di una volta aiutandomi a scendere dai baratri emotivi: sei una santa e per questo ti voglio un mondo di bene. Grazie alle mie prime lettrici e amiche: a Katie Mettner, a Dana Mason, a Nancy S. Thompson e a Torese Hummel. Grazie a Matty Dalrymple e a Jane Kelly per la loro disponibilità nei casi di emergenza nella stesura della trama o in caso di una sessione di rielaborazione. Siete entrambe brillanti e per questo vi adoro!

Un grazie va alle mie nonne: a Helen Conlen e a Marilyn House; alla mia famiglia: a Donna House, a Joyce Regan, al defunto Billy Regan, a Rusty House e a Julie House; ai miei fratelli e alle mie cognate: Sean e Cassie House, Kevin e Christine Brock e Andy Brock; e alle mie adorabili sorelle: Ava McKittrick e Melissia McKittrick. Grazie anche a tutti i soliti sospetti per aver diffuso la notizia: a Debbie Tralies, a Jean e a Dennis Regan, a Tracy Dauphin, a Claire Pacell, a Jeanne Cassidy, a Susan Sole, alla famiglia Regan, alla famiglia Conlen, alla famiglia House, alla famiglia McDowell, alla famiglia Kays, alla famiglia Funk, alla famiglia Bowman e alla famiglia Bottinger! Sono eternamente grata a tutti i meravigliosi blogger e ai recensori che si uniscono fedelmente a Josie e alla sua squadra investigativa in ogni avventura e sono ancora più riconoscente a quei blogger e a quei recensori che hanno scelto questo libro come prima avventura di Josie Quinn. Ci tengo a ringraziarli di cuore per averle concesso una possibilità!

Come sempre, un ringraziamento va al tenente Jason Jay

per tutto l'aiuto che mi ha dato, in particolare nell'aver risposto a tutte le mie domande, per quanto specifiche o bizzarre che fossero. Un ringraziamento va anche a Stephanie Kelley, la mia fantastica consulente in materia di forze dell'ordine, per avermi aiutato a rendere questo libro il più realistico possibile; mi rendo conto che è stata una sfida davvero intensa, ma apprezzo sinceramente la pazienza che hai mostrato nel rispondere all'infinito flusso di domande con cui ti ho sommersa. Vorrei ringraziare Jenny Geras per essere stata sempre così gentile, paziente e rassicurante ogni volta che mi sono fatta prendere dal panico, cosa che non capita di rado. Ci tengo a ringraziarti per esserti sempre resa disponibile a fare due chiacchiere, anche con brevissimo preavviso, perché per me è stato davvero importante, e a ringraziarti per aver creduto in me e nella stesura di questo libro; a prescindere da quanto la mia fiducia abbia vacillato, sei sempre stata in grado di riportarmi sulla pagina, trasmettendomi la sensazione di poter dare a questo libro la dignità che si meritava! Sei davvero meravigliosa. Infine, voglio ringraziare Noelle Holten, Kim Nash, la mia nuova copy editor Liz Hatherell e la correttrice di bozze Jenny Page, nonché l'intero team di Bookouture.